阿南和阿蛮（上）

映漾/著

羊城晚报出版社
·广州·

图书在版编目（CIP）数据

阿南和阿蛮 / 映漾著. — 广州 : 羊城晚报出版社,
2022.12
ISBN 978-7-5543-1094-6

Ⅰ.①阿… Ⅱ.①映… Ⅲ.①长篇小说 - 中国 - 当代
Ⅳ.①I247.5

中国版本图书馆CIP数据核字(2022)第164861号

阿南和阿蛮
ANAN HE AMAN

责任编辑 黄初镇　张灵舒
特约编辑 刘兆兰　罗智超
责任技编 张广生
出版发行 羊城晚报出版社
（广州市天河区黄埔大道中309号羊城创意产业园3-13B　邮编：510665）
发行部电话：（020）87133824
出 版 人 吴　江
经　　销 广东新华发行集团股份有限公司
印　　刷 恒美印务（广州）有限公司
规　　格 889毫米×1240毫米　1/32　印张 17　字数 510千
版　　次 2022年12月第1版　2022年12月第1次印刷
书　　号 ISBN 978-7-5543-1094-6
定　　价 68.00元（全2册）

目录

CONTENTS

“如果我大脑前额叶区块是正常的。

“我应该很早就跟你表白了。

“很早。第一次看到你在阁楼上烧饭的时候。”

第1章
医闹

墨西哥切市郊区，费利兽医院。

因为是周末，所以只有前台莎玛、主治医师简南、值班护士切拉和院长室里的院长戈麦斯还在值班，兽医院里很安静。

简南正在做手术，手术对象是一头腹部长了肿瘤的黄牛，中型成年公牛的体重有900千克，麻醉和手术都是体力活儿。手术室里只有冰冷的器械声，值班护士切拉是个很严肃的墨西哥女人，戴着口罩，穿着消毒衣，在一旁动作娴熟地协助简南做各种辅助工作。

“牛的消化系统很有意思。”手术进行到后半程，一直沉默的简南突然开始说话。他是亚洲人，西班牙语很流利，但是多少会有一些口音，闷在医用口罩里，需要仔细听才能听清楚。

切拉看了简南一眼，没接话。

“反刍动物的消化系统其实很有意思。”简南也没指望切拉会接他的话茬儿，只停顿了一下就继续说了下去，“草不是反刍动物的食物，反刍动物吃草是用来喂饱它们胃里的微生物。”

“它们有四个胃，它们的身体就像一个可以呼吸的发酵罐。”

“它们第一个胃叫瘤胃。”他一边说一边做缝合，“瘤胃很大，里面有很多微生物，吃进来的草在瘤胃里发酵，分解生成糖、脂类和蛋白质，然后送到第二个胃，再吐回嘴里进一步咀嚼，接着送到第三个胃里吸收水分，最后在第四个胃里吸收营养物质。”

黄牛腹部的肿瘤已经切除，简南正在收尾，说得兴起，语速变得越来越快。

“所以反刍动物吃下去的是草，真正吸收的其实是低碳、高脂肪、中等蛋白质。”

因为黄牛腹部肌肉紧实，最后的缝合非常费劲，简南一边说一边转头让切拉帮他擦掉额头上的汗。

"进化路上的每一个分岔点，这些素食动物选择素食的原因，素食动物为了生存下去，一代一代进化的过程……"简南感叹，缝合结束后对空挥舞了一下缝合针。

切拉往后退了一步。简南收回手。

"你累了？"切拉说话一板一眼的。

她跟着简南做了两个月的手术，他专注的时候话其实不多，但是只要是累了，或者不需要那么专注了，她就会恨不得拿胶带封住他的嘴。

简南在医用外科口罩里吸了一口气，睫毛颤动了一下。

"莎玛说今天中午吃牛肚汤。"他声音闷闷的，听起来有些有气无力。长时间手术很消耗体力。

切拉："……"

"所以你刚才是在用进化论来提高自己的食欲？"经过两个月的相处，切拉已经渐渐能够猜到一点简南的脑回路。

"我在说服自己。"简南没否认。

刚给牛开膛破腹，结束后就得吃自己刚才摸到的东西，他需要用伟大的进化论来说服自己。毕竟，他非常清楚牛的胃里面充满了微生物，或者说，细菌。

他很饿。到了墨西哥，他一直有些水土不服，这里的食物大多都是辣的，每个菜都喜欢放番茄和炖豆子，酱料里基本都有奶油。他吃不惯，长时间以来都吃不饱。所以，有点委屈。

"出去吃饭吧。"切拉差点想伸手去摸摸简南的头发。

她不太分辨得出亚洲人的年龄，第一次看到头发乱糟糟的简南，她以为这家伙可能和她读中学的儿子差不多大。

其实也确实不大。才二十六岁，一来就做了主治医生，接手的都是大手术。

天才，戈麦斯走了很多程序申请来的顾问，履历光鲜，却出人意料的，话很多。

"我刚来的时候和食堂交换过食材，换给他们一包香料。"简南脱下手术服重新消完毒又从后面追了上来，"去腥味的话可以用白芷、草豆蔻、陈皮、丁香……"

有好几种香料简南找不到对应的西班牙语，索性掰开了再解释一遍。言下之意，应该是嫌弃莎玛的牛肚汤有腥味。

切拉不理他。

这位新来的天才兽医还有一个出人意料的地方——来的第一天就拒绝了

所有人的见面礼，厨房送给他单人的欢迎下午茶，他就还给对方一包中国香料。

他在人际交往上计算得十分精细，上午拿了她的面包，下午就一定会还她一个等价的东西。戈麦斯昨天帮他做了一台手术，他今天就在连轴转的情况下坚持做完了戈麦斯的手术。

计算得太精确了，反而显得不近人情，不容易亲近。

不过天才总是挺难懂的。

“说起香料，你有没有研究过香料贸易？”简南的眼睛突然变得亮晶晶。

“香料贸易其实有一段很完整的历史，其中最有意思的是中世纪后期欧洲对香料的巨大需求究竟是出于什么原因。

“我个人更倾向于贵族说，他们把香料用在食物、酿酒甚至医疗上……”

切拉猛地转身，冲着简南很凶恶地“嘶”了一声。简南咽了口口水，张着嘴还想继续说。

切拉对着自己的嘴巴做了个拉拉链的动作，简南终于可可惜惜犹犹豫豫地闭上了嘴。

“吃饭！”切拉被絮叨得一个头两个大，挥了挥手，表示自己对香料没兴趣，对进化论没兴趣，对一个天才的脑子里突然冒出来的各种话题都没有兴趣。

简南吸吸鼻子。这不是他第一次在谈兴正浓的时候被打断，他已经很习惯了。相比于这个，他更害怕今天中午的牛肚汤。

他在去餐厅之前转了个弯，打算先去医生办公室，他记得他抽屉里还有半盒胃药——顿顿吃番茄的下场就是他的胃酸开始泛滥。

他脑子里还在想中世纪欧洲人拿香料当药导致香料比黄金还贵的历史，走路的时候低着头，结果直接撞在了突然打开的医院后门上，哐的一声。

“抱歉。”对方似乎也吓了一跳。

是个亚洲女孩，大概率是中国人，西语发音比他纯正。

简南捂着头，剧痛让他的眼眶开始变红，生理性眼泪要掉不掉。

亚洲女孩：“……”

“抱歉。”她只能再次道歉。

简南揉着头，点点头又摇摇头。

那女孩看了他一眼，转身就走。

她穿着黑色的帽兜衫，黑色的裤子，黑色的短靴，背后有一个灰色的包，包上挂着一个红色的福袋，上面绣着“平安”。

剧痛中的简南看了一眼手表，下午一点十分。

他见过这个女孩，这两个月里，这是第六次。她每次来都是下午一点到两点，穿的都是这身衣服，脸上都像今天一样，青青紫紫。

他知道她是来做什么的。费利兽医院的院长戈麦斯有时候会给人治疗外伤，私下里卖一些抗生素、消炎药或者止痛药。

这个女孩并不是戈麦斯唯一的客人，简南还在深夜和凌晨见过其他客人，大多都是满身文身的壮汉，眼里藏着狠戾，受了不同程度的伤。

这算是戈麦斯的私活儿，虽然非法，但是在这个混乱的边境城市的郊区，这样的事情几乎可以忽略不计。

简南缩着脖子，转身的时候又一次撞上了还开着的后门，再次哐的一声。

那个女孩回头，十分无语地看了他一眼。

简南脖子红了，忍着差点叫出声的痛呼，一路小跑到医生办公室，关上门，这才敢捂着头跳起来轻叫出声。

痛死了。两次都撞在同一个地方。

不过……他红着眼睛揉头的时候突然想起那个女孩脖子上的伤口，像是抓伤，伤口很深，红肿，并且有发炎的迹象。

在那么脆弱的脖子上。

简南打了个寒战。痛死了。

午饭果然是莎玛说的墨西哥牛杂汤。大部分墨西哥餐厅都喜欢在周末供应这道特色菜。莎玛做的是当地家常版，还加了牛蹄，红通通的一大锅，简南只是看着就觉得胃里面又酸又辣。

他吃饭用自己带来的一整套餐具，这是当初来墨西哥之前就寄过来的巨大包裹的其中之一。

纯白的碗碟，鸡翅木的筷子和调羹。

墨西哥一直都是分餐制，带自己的餐具还算正常。不正常的是，他一个人有十双筷子，十只调羹，每双筷子和每只调羹的上方有个黑色的金属片，金属片上刻着中文。

因为他太啰唆，所以费利兽医院里从来没有人问过他这些筷子代表什么。

在一起吃饭的日子长了，谜底也就揭开了。

简南这个人，吃不同的食物会用不同的筷子和调羹。他不挑碗碟，只挑筷子，每次吃饭都会兴致勃勃地打开自己的宝贝盒子，十双筷子和十只调羹一字排开。

神经病一样，特别壮观。不过看得久了，也就见怪不怪了。

莎玛甚至还有闲暇吐槽简南筷子摆得不整齐，对于她们来说，看一个亚洲人每次吃饭都熟练迅速地交换使用两根长木棍，本身就挺有意思。

“戈麦斯呢?”切拉探头看了一眼房门紧闭的院长室。

“有客人。”管着前台的莎玛其实也管着后门，戈麦斯做的事情见不得光，也会担心遇到难缠的客人，管理病历做中间人的正是做事泼辣麻利的莎玛。

切拉耸耸肩。

简南专心地挑走牛肚上的辣椒末，盯着牛肚上的褶皱告诉自己，这是伟大的进化论。

所以当莎玛站起身大叫着冲向前台的时候，所有人都还没反应过来。

将近两百斤的大块头莎玛用和自己体形完全不对等的速度冲到了前台，迅速拉下了防暴栅栏，并摁响了报警铃。

简南被吓掉到地上的牛肚还烟气袅袅，因为新鲜，Q弹嫩滑。

门外，四五个壮汉从一辆破旧的皮卡车上跳下来，拉开皮卡的后车厢，一堆恶臭无比的鸡尸体争先恐后地往下掉。

“Shit！”热爱美剧的莎玛骂了句英文，觉得不过瘾，又骂了一句，“Fuck！！”

做医生就难免会遇到医闹，兽医也不例外。

发达一点的大城市，兽医院的医闹相对文明，堵门这种事做得少，稍微闹得大一点就会引来警察和媒体。但是像切市这种墨西哥边境城市，又是在郊区贫民窟里，兽医院的医闹看起来就像电影里的黑帮砸场子。

铁棍是必备的，脏话是暖场，他们甚至懒得编排医闹的借口，暖场结束就直接开始砸场子，通常会一直砸到医院给钱了事。

警察会来，只是在这样的大环境下，兽医院的医闹肯定不是警察需要优先解决的问题，所以警察会来，但通常都不会太及时，就算来了也会因为对方提供了死无对证的动物尸体，以调解为主，最后的结果往往只是医院少给一点钱。

对付这样的事情，混乱的地方总会有一套自己的混乱准则。

“你给贝托的保护费到期了?”阿蛮已经脱下了那件黑色帽兜衫，露出了灰色背心和肩胛骨上的刀伤，红红肿肿的一长条。

在这片区域，人人都知道贝托。光头，三十多岁，脸上文了半只鳄鱼。他是这个混乱地方唯一的准则。

戈麦斯摇摇头，他正戴着老花镜给阿蛮做缝合，动作不能太大，回答得很简洁:“他要加钱。”

阿蛮不作声了。

最近他们这一带很乱，来了很多陌生人，晚上住在居民区都能听到远处的枪声。

有新的势力想吃下这片区域，地头蛇贝托则在招兵买马——非常典型的抢地盘火并前夕。山雨欲来，有经验的平民早就从飞涨的保护费里嗅到了危险的气息，无所事事的混混则兴奋地红了眼，拿着铁棍对着无辜的防暴栅栏敲得震耳欲聋。

“伤口四天以后拆线，四十八小时之内不要碰水。”戈麦斯剪断缝合线，把药放在牛皮纸袋子里递给阿蛮,“这是药，里面有使用说明。”

阿蛮重新戴上黑色帽兜，看都没看牛皮纸袋一眼就直接把袋子揣进怀里，撩开百叶窗看了一眼窗外。

“要不要帮忙?”阿蛮冲戈麦斯歪歪头,“我给你打八折。”

八折，是她给熟人的价格。

“你会得罪贝托。”戈麦斯挥挥手,“我能解决。”

“怎么解决?”阿蛮皱眉。

戈麦斯苦笑，拿出手机:“加钱。”

想在这个地方把生意做下去，加钱是他唯一的选择。哪怕他比任何人都清楚，现在这个时期，他给贝托的保护费可能已经无法保护他多久了，但是起码可以解决这一次的危机。

他年纪也大了，躲过了这一次就退休吧。

只是可惜了简南，他的老朋友再三交代一定要好好照顾的简南，只能再换个地方了。

阿蛮伸手遮住了戈麦斯的手机:“我是自由人，不怕得罪贝托，更何况外面那些也不是贝托的人。”

那几个人只是附近村镇无所事事的想趁火打劫的闲汉混混，而她也只是一个黑市上有钱就可以聘用的保镖，她做她的生意，和贝托没有关系，也并不怕得罪贝托。

更何况这次是为了费利兽医院。她不想老戈麦斯心灰意冷关了兽医院，这几年来，她已经习惯了受伤就来这个地方。

这里虽然有动物的臭味，但是安全。能让她觉得安全的地方不多，关了有点舍不得。

戈麦斯灰褐色的眼眸盯着阿蛮看了一会儿。

他知道阿蛮的能耐，这个个子矮小的亚洲女孩曾经单枪匹马把雇主从十几个训练有素的武装分子手里完好地救出来，从此一战成名。

他是她的秘密医生，所以他知道，她的一战成名背后藏了多少伤口。

她其实完全没必要蹚这浑水，她已经成名，已经可以挑那种钱多又不用动拳脚的买卖。

“我原价请你吧。”五十多岁的戈麦斯掏出了支票簿。不要打折，这样哪怕传到贝托耳朵里，那也是名正言顺的买卖。

阿蛮笑，把牛皮纸袋子拿出来放在院长室里，松松脖子，打算大干一场。

其实不难，五个壮汉都只是村里的闲汉，没有什么拳脚功夫，全靠蛮力，这样的人，她没受伤的时候五分钟就可以搞定，就算她现在受伤了，十分钟也完全没问题。

“小心左肩。”戈麦斯叮嘱了一句，“不要勉强。”他还是可以直接给贝托打电话的。

阿蛮弯起眉眼笑了，打开院长室的大门，外面的嘈杂声却突然小了。

院长室正对着医院大门，所以阿蛮和戈麦斯都能清楚地看到一个又高又瘦的男人正贴着防暴栅栏趴着，撅着屁股尽可能地把身体塞到栅栏的缝隙里。那人手里拿着一根木棍，在门口那一堆死鸡上面十分艰难地扒拉着。

可能是因为他的屁股撅得太高，也可能是因为他动作太大，导致散落在地的鸡尸体上恶臭的鸡毛乱飞，门外的壮汉们都退开了几步，一脸疑惑地盯着这个几乎要卡在防暴栅栏里的年轻人。

他也不怕被铁棍锤死，就用这种滑稽的姿势贴着防暴栅栏，当着所有人的面扒拉到一只死鸡，又因为手套太滑、力气不够大而失手滑走，来来回回，折腾得满头大汗。

这个人阿蛮刚刚见过，就是在她面前连续撞了两次门板的亚洲男人，被门板撞哭的那个。举止仍然奇奇怪怪的，她担心他会火上浇油，快走两步，打算从后门绕出去，在出事之前先把这些人解决掉。

可是，却被戈麦斯拉住了。

“你等等。”阿蛮注意到戈麦斯的表情突然就不一样了，灰褐色的眼睛亮晶晶的，“可能，可以不用靠武力解决。”

阿蛮皱着眉，顺着戈麦斯的视线望过去。

简南终于扒拉到了一只死鸡，他动作笨拙地扭动着屁股，把鸡捡了起来，墨西哥的吐绶鸡，火鸡的一种，体形很大，所以他站起来的时候还差点失手把鸡又重新丢回去。

他很专注，隔着栅栏摆弄着鸡尸体，头上还插着几根鸡毛。

“简南！”躲在前台接待桌后面的莎玛探头，压低了声音，“赶紧过来躲好！”这要是一棍子敲下来，这个天才的脑袋还要不要了！

“这鸡去过血湖。”简南也不知道是在解释还是在喃喃自语，一边说一边弯下腰撅起屁股，故技重施，看来是想把其他的鸡尸体也扒拉过来。

“这只也去过。”简南又扒拉了一只，这一只比他刚才扒拉过来的小，所以他把鸡尸体从栅栏缝隙里直接拽进了大厅，鸡毛飞了一地。他掰开已经僵硬的鸡爪子翻弄了一下，皱眉，放下鸡，又撅起屁股准备扒拉第三只。

连续三次，他原本笨拙的动作开始变得驾轻就熟。

这下，外头的壮汉们回神了，用脚踹走简南伸在外面的木棍，再次举起了铁棍。

“想死？”领头的壮汉举起了铁棍。

他们来是求财，并不想在这兵荒马乱的时期弄出点其他事情，所以只是很凶恶地虚空挥了下铁棍，重重地砸在了防暴栅栏上。

简南本来就撅着屁股，此刻被这动静吓得直接坐到了地上，一头一身的鸡毛。他的肤色和切市炎热的天气以及彪悍的民风比起来过于白净，过于文静，露在口罩外面的脸有点呆滞，手里还拽着一只死鸡。

就在所有人都以为简南这次肯定会被吓得缩回桌子下面的时候，简南突然站起来，举起鸡问了一句：“这鸡是你家的？”

领头的壮汉愣了愣。

“是不是你家的？”简南把鸡塞在栅栏缝隙里，想让壮汉看清楚。

壮汉被死鸡臭得往后退了一步。

这鸡当然不是他们家的。他们最近都在趁火打劫，这并不是他们闹事的第一家兽医院，这一车的死鸡都是他们在附近收罗过来的，在皮卡车上放了一天，臭气熏天，放出来跟生化武器似的。

前面两家兽医院很快就给了钱，这家兽医院因为在巷子最里面，前台这个胖女人动作太快，听到动静后提前落下了防暴栅栏，他们本就锤得一肚子火，现在又遇到这么一个人。

动作怪里怪气的，看起来胆子很小，但是，有点邪门。

明明一副一拳头就可以打死的瘦弱样子，可是这人和他说话的时候直愣愣地看着他，眼珠子黑漆漆的，让他莫名其妙的就觉得瘆人。而且问完这句话之后，这人就这么一动不动地看着他，眼睛眨都不眨。

靠，这人到底成年了没？

壮汉被简南盯得从脊椎尾端开始发凉，举起手里的铁棍，愈加凶狠地砸了一下防暴栅栏。

他以为简南是打算找借口不赔偿。他们本来就是来闹事的，最不怕的就是遇到这种要跟他们讲理的家伙。于是，几个人又一次围了上来，这一次，他们砸门的动作开始变得凶狠。

简南手里拎着鸡，站在摇摇欲坠的防暴栅栏边一动不动，躲在后面的莎玛和切拉急得一直在后面叫他的名字，但是他皱着眉，像是老僧入定。

阿蛮这边还被戈麦斯拉着，眉头越皱越紧。这人，是脑子不正常还是真的不怕死？

“数目不对。”简南还在喃喃自语，“如果真的是你家的鸡，死的不应该只有这一些。”

他扒拉过来的这几只鸡看起来都死于急性败血症，速发嗜内脏型鸡新城疫，俗称“伪鸡瘟”，不会传染给人，但在禽类之间的传染速度非常快。

如果真的是这壮汉家里的鸡，那么死的肯定不止这一些。他知道附近这些村庄的养鸡方式，家家户户都有，基本都是三十只起步，全部散养，经常会为了分鸡蛋大打出手。

如果这真的是附近村庄的鸡，那么今天从破皮卡车上掉下来的，不应该只有零零散散的几十只。

应该，是全部。

阿蛮知道，聚众闹事容易失控。

污言秽语，铁棍砸在防暴栅栏上的敲击声，躲在前台桌子后面瑟瑟发抖的护士，都会让来闹事的壮汉们越来越兴奋。

在这一片混乱中，一直站在原地老僧入定般的简南突然转过身，头也不回地往医院里面冲，跑的时候腿还撞到了前台的桌子，哪怕在如此嘈杂的环境里，都能听到咚的一声。

闹事的人群在哄笑，场面越来越失控。

这个世界上有些事情，只能靠武力解决。阿蛮叹气，拉开了戈麦斯拽着她袖子的手。

"再等等。"戈麦斯额头和手心都有汗，眼睛却出奇地亮。

他也看得出场面就快失控，尽早让阿蛮到医院门外把事情解决，可以把医院的损失降到最小。

但是……简南刚才摆弄死鸡的动作，他检查的那几个部位，还有他昨天发现的那只鸽子……

如果是真的，那么费利兽医院就有机会在这个风雨飘摇的时期不依靠贝托也不依靠新势力，独自撑下去。

"再等等。"戈麦斯用力抓着阿蛮的衣服。

赌一次。因为这个被老友硬塞过来的古古怪怪的年轻人，垂垂老矣的他居然也有了年轻人才有的冲动。

跑到库房的简南很快又跑了回来。刚才被前台桌子撞着的腿还在痛，他跑起来跌跌撞撞，个子高，人瘦，再加上四肢修长，他整个人看起来就像商场门口手舞足蹈的充气娃娃。

防暴栅栏外的壮汉们笑得更加大声了。

阿蛮看着他把两张巴掌大小的东西分别递给莎玛和切拉，然后又急急忙忙地跑回防暴栅栏，经过通往院长办公室的走廊时，他瞥到站在走廊的院长戈麦斯和阿蛮，愣了一下。

阿蛮觉得，那一刻他藏在口罩后的表情是很纠结的，好像在纠结自己到底要不要绕远路跑过来。而且他起码纠结了三秒钟，才气喘吁吁地跑到他们面前，掏了半天才掏出一张巴掌大小的东西。

阿蛮发现他又露出了纠结的表情。

他先把手里捏着的东西递给了戈麦斯。然后，他看向阿蛮。

阿蛮面无表情地看着他。

"那个……"他对着阿蛮说的居然是中文，"口罩……不够了。"

他没想到从后门进出的戈麦斯的客人也会堂而皇之地站在这里，所以没拿……再从库房来回一趟起码有五十米，他会体力透支……

阿蛮挑眉。

"用这个……遮住嘴和鼻子。"他从裤子口袋里掏出一包纸巾递给阿蛮，在自己的脸上比画了一下，比画完还紧了紧自己脸上的口罩，那架势就像生怕阿蛮抢走他脸上的口罩似的。

阿蛮："……"

虽然这人的中文说得很好听，但行为实在是欠揍。而且他紧好口罩之后就盯着戈麦斯和她，表情很严肃，眼神很认真。

戈麦斯好像知道简南要做什么，很合作地戴好了口罩。

阿蛮嫌弃地拆开纸巾，翘着兰花指抽出一张遮住嘴。

简南皱眉，指指鼻子。

阿蛮维持着嫌弃的表情，把纸巾往鼻子上方拉了拉。

简南终于满意了，用商场门口充气娃娃的姿势重新跑到防暴栅栏边上，摁下门口墙壁上的橙色按钮。

一声警报之后，天花板上的消毒喷头开始启动，整个大厅瞬间就变得雾气腾腾。

阿蛮脸上贴着纸巾，面无表情地站在消毒喷雾里，生平第一次有了不收钱也想打人的冲动。

喷雾里是消毒水的味道，有些刺鼻，阿蛮在雾气里看到简南站在按钮下面喘了几口大气，揉了揉腿，重新站到了防暴栅栏面前。他的背影在雾气里很瘦，四肢仍然不协调，笨拙，且很不帅气，喘息的声音大到隔着一两米也能听得清清楚楚。

门外忙着砸门的壮汉们举着铁棍子定格在当场，因为不知道突然喷出来的是什么东西，他们手忙脚乱地捂着鼻子，开始不清不楚地咒骂。

“这鸡得的是传染病，瘟疫。”简南捡起地上的鸡尸体，在鸡毛纷飞的雾气中，阿蛮注意到他在百忙之中居然还换了一双消毒手套。

所有人都因为这突如其来的喷雾忙着捂嘴捂鼻，现场很安静，所以他这句话大家都听得非常清楚。

门外的壮汉们举着铁棍，捂着鼻子，一同看向简南。

很瘦很高的简南站在消毒喷雾里，口罩遮住了大半张脸，一动不动地举着鸡尸体。举止很怪异，却莫名地让在场所有的人都安静了下来。

“这几只鸡的尸体上都沾染了黄绿色的粪便，头颈扭曲，鸡冠和肉髯发紫，口腔内有黏液，味道酸臭。”简南一边说，一边对着壮汉们摆弄鸡尸体，“面部肿胀，食道嗉囊里有积液和气体。”

他的西语发音虽然有口音，但胜在吐字清晰，像现场教学的老师一样说到哪里就展示到哪里，连局外人阿蛮都下意识地跟着他的动作开始观察那只死鸡。

尽管隔着雾气她真的看不出一只鸡是怎么面部肿胀的。

“这是鸡瘟。”简南在口罩里瓮声瓮气地下了结论，“而且还是速发嗜内脏型鸡新城疫，感染率和死亡率都是百分之百。”

“而且，这里不是典型多发的气候环境，所以这附近的鸡都没有接种过鸡新城疫的疫苗。”

他看着那群壮汉，把死鸡往地上一丢。

壮汉们为了躲避鸡毛，集体往后退了一步。

“鸡新城疫的潜伏期平均为五到六天，主要传染源是病鸡和病鸡的粪便、口腔黏液，任何被病鸡接触过的饲料、饮用水甚至尘土都可以传播病毒，沾染上传染源的人、动物、物品和车辆都有可能机械携带或传播病毒。”

“如果这些鸡是你家的，根据它病发的程度来看，你们村所有的鸡应该都已经被传染了。”简南盯着他们，“你们现在要做的就是回去把这一批鸡全部烧死，深度掩埋，包括这些鸡用过的鸡笼、鸡碗和其他所有接触过的东西，都必须通过深度掩埋的方式处理掉。在彻底清理干净之前，都不可以再次养鸡。”

“这是最坏的情况。”他说的每句话停顿都很短，噼里啪啦的，似乎根本不用思考。

“最好的情况是，这些鸡是你们为了讹诈从路边捡来的。”简南的语速越来越快，“如果是这样，那说明你们村里的鸡现在还是安全的。”

“为了避免鸡瘟扩散到村里，我们需要查明这些鸡到底是从哪里来的，你们带着这些鸡去过哪里，并且在村里做好防护。”

“还有，”他指了指他们开过来的皮卡车，“这辆车也得彻底清洗消毒。”

简南安静了一秒。

大厅里的消毒雾气已经消退，简南的五官慢慢变得清晰，壮汉们又一次看到了这位亚洲青年黑漆漆的瘆人的瞳孔。

他已经默认了他们这些鸡是为了讹诈从路边捡来的，而他们，因为这不知真假的鸡瘟，居然无从反驳。

如果鸡瘟真的在村里传染开了，就算把病鸡都清理干净，曾经沾染过鸡瘟的鸡舍在很长一段时间里也会变得无人问津。这种结果对于主要经济收入来源是养鸡的他们来说，根本无法承担。

壮汉们手里的铁棍再也没有举起来，领头的那个人又往后退了一步，离那些死鸡远远的，梗着脖子瞪着眼：“我们凭什么信你？”

“我今年二十六岁，双博士，兽医全科，辅修动物行为学。”简南用很自然的语调说着很奇怪的自夸，“你们可以在六月十九日城市日报第三版找到我的照片。”

壮汉们还在犹豫，简南却已经摘下口罩，回头指示莎玛拉起防暴栅栏。

“你们的衣服都需要消毒，所有接触过死鸡的人都得用专门的消毒液进行全身消毒。”简南指挥得有条不紊，只是在后退的时候被地上的死鸡绊到，趔趄了一下。

“进来之后先排队。”他又不知道从哪里找来了一根粉笔，在地上画了一条线，“沿着这条线，一个个来。”

“对了。”他话很多，“铁棍也要消毒。”

阿蛮：“……”

就这样，她眼睁睁地看着刚才还剑拔弩张的壮汉们面面相觑了几秒钟，等防暴栅栏拉上去之后，居然真的老老实实拿着铁棍沿着那条粉笔线开始排队。

“全部消毒以后，你们再把捡到死鸡的地方以及接触过的人和物品都记录下来，我们会联系国际兽疫局，安排专门的人来跟踪后续。”

简南一边说一边拖过一个样品箱，打算把这群闹事的人运过来的鸡尸体都分门别类密封好，等这群人走了，他要好好解剖几只研究一下。

“简南。”等简南解决了所有事情以后，一直没有出声的院长戈麦斯才开口，“跟我来一下。”

简南拎着一只鸡，有些舍不得。

“切拉和莎玛会处理后续。”戈麦斯补充了一句。

简南犹犹豫豫地丢掉鸡尸体，恋恋不舍地脱掉了橡胶手套。经过阿蛮的时候，他又看到了阿蛮脖子上被抓伤的伤口，还是红肿的，看起来完全没处理过。

她不是过来处理伤口的吗？简南的困惑一闪而过，因为困惑，脸上的表情显得有些呆滞，盯着阿蛮脖子的时间也有点长。

阿蛮捂住脖子，往后退了一步。

“他是个怪人。”戴着口罩全副武装的莎玛嫌弃地把鸡尸体丢到样品箱里，一边丢一边和阿蛮搭腔，“但是人挺好的。”

“新来的？”阿蛮看着简南的背影。他居然还在揉他撞到的那条腿，从他的背影就能看出来他离开这堆死鸡有多委屈多舍不得。

“戈麦斯的老朋友介绍来的专家，中国人，叫简南。”莎玛实在受不了死鸡的气味，说得很简单，说完之后就开始憋气。

阿蛮没接话。

这位二十六岁的双博士，大老远从中国跑到一家只有四个护士三个兽医的兽医院，挺诡异的。

虽然，与她无关。

简南心里惦记着那几只等着他解剖的鸡尸体，坐在戈麦斯对面时坐姿异常乖巧，双脚并拢，两手端庄地放在膝盖上。

因为刚才的医闹，戈麦斯办公室里帮阿蛮处理伤口的工具还没收拾，桌上还有沾着血的药用酒精棉。

简南只看了一眼就别开眼，眼观鼻，鼻观心。

“和昨天那只鸽子一样，确定是NDV？”戈麦斯当着简南的面，很坦然地收起了那堆给人类做治疗的工具。

简南昨天捉到一只受伤的鸽子，拿回医院化验后，发现鸽子感染了NDV，只是这片区域没有人养鸽子，他们也没有找到其他的病体，所以当时只向兽疫局提交了样本记录。

没想到今天就有人带着鸡尸体找上门。

“对。”简南挺直了背，“这些鸡和那只鸽子一样，爪子里都有白鸟仙人掌的植物残渣，白鸟仙人掌在切市只有血湖附近有，所以我初步判断这次的鸡瘟和血湖有关系，详细数据还得等做完解剖，化验了才知道。”

戈麦斯点头，并没有马上接话。

简南眼神晃动，放在膝盖上的手指不安地摩挲着膝盖。

“联系国际兽疫局的事情由你负责，后续的接待工作也由你来做。”戈麦斯像是下定了决心，用的是命令的句式。

简南在椅子上挪动屁股，椅子嘎吱嘎吱的。他最不喜欢做这些事，他现在只想去实验室。

戈麦斯当作没听见。

“上周我收到谢教授的一封邮件。”他的下一句话，成功地让简南僵住了身体，椅子再也不“嘎吱”了。

“你自己看吧。”戈麦斯把电脑屏幕转向简南，不再说话。

简南没看，他低着头，放在膝盖上的手指慢慢地蜷缩成拳。

“谢教授说，他知道你到墨西哥之后并没有自暴自弃，还成功完成了几台重大手术，他很欣慰，也很高兴。”

简南一动不动。

“他说……”戈麦斯停顿了一下，改了口，“他希望我能把你安置在费利兽医院。”

很长的一封邮件，戈麦斯犹豫了半天，只复述了两句话。

简南坐在凳子上，挺直的脊背一点点地弯了下去，最终，和他低下的头一起，变成一种不想听、不想聊的防御姿态。

“我本来是想拒绝谢教授的。”戈麦斯自顾自地说。

他这两个月和简南聊了很多次，他知道和简南聊天有时候得硬起心肠。

像对孩子一样。

“你也知道，我们这一带最近很不太平，我能力有限，没有办法保证你的安全，所以我联系了其他朋友，想看看他们那里有没有适合你的地方。”

联系的结果并不如意，他大多数朋友都在大医院、大机构，那样的地方消息很灵通，他们都清楚简南曾经做过什么。

他知道那样的地方并不适合简南。

“但是你发现了NDV，加上今天这些死鸡，我们已经有足够的条件可以请国际兽疫局派专家过来。”戈麦斯并没有告诉简南他收到的那些表示拒绝的邮件，“国际兽疫局的人来了，我们这里也就相对安全了。”

因为没有任何一个所谓的地头蛇愿意和国际组织产生正面冲突。

“你的研究方向本来就是动物传染病这一块，所以我想，你或许可以靠你自己的力量保护费利兽医院，给自己找一个安置的地方。”

简南的椅子终于嘎吱了一声。

戈麦斯笑了。

“简南，有一点，我和谢教授的想法是一致的。

“你很特殊，你以后的成绩肯定不止于此。”

简南在费利兽医院绝对是屈才了，他也不应该像一只皮球一样被人踢来踢去。戈麦斯想给简南一个机会，让他靠着他自己，一点点地回到正轨。

“要不要试试？”戈麦斯微笑，一如这两个月每一次让简南自己解决大手术时那样，微笑，并且信任。

简南不说话。

“你先出去吧。”戈麦斯挥挥手，“先把门外那些人安排好。”

简南站起来的时候还是低着头。戈麦斯把他叫进办公室不是告诉他可以回国，而是跟他说谢教授已经真的不要他了，这件事彻底打击了他，他脑子里嗡嗡的，就像两个月前被打包送上飞机时那样，整个人没有实感。

他打开院长办公室的门，走出两步，又回头，从口袋里掏出了一支钢笔递给戈麦斯：“你昨天开会的时候借给我的钢笔被山羊嚼了，这是新的……”

他在手术之前跑出去买的，和之前的钢笔一样的牌子，一样的型号，他灌了同一种墨水，墨水囊里的墨水也和之前的一样多。

戈麦斯接过。

简南低下头，转身正要离开。

“简南。”戈麦斯叫住他，“你应该知道这种互不相欠的社交方式并不能改善你的社交情况。”反而会把想亲近他的人推得更远。

简南犹豫了一下，点点头。

“但是你并不打算改，对吗?”戈麦斯叹了口气。

简南这次没有犹豫，又点了点头。

他不改。因为改了，他就不得不去判断亲近他的人到底是善意的还是恶意的。判断结果大多都让人失望，所以他不能改。

“出去吧。”戈麦斯挥挥手，不再劝他。

简南安静地帮戈麦斯关好了门。那一瞬间，他看到了谢教授发给戈麦斯的邮件。因为他该死的瞬间记忆，他立刻就记住了那封邮件的画面。

邮件很长，一整个电脑显示屏只显示了一小半，都是和戈麦斯沟通他留在墨西哥的工作签证，他在这里的长期住所，还有，如果可能的话，他希望简南可以留在墨西哥。

谢教授希望他留下。

他走之前，谢教授说，会调查清楚。

两个月以后。

谢教授，并没有原谅他。

谢教授，并没有相信他。

第2章
血湖

阿蛮住的地方靠近贫民区的中心，穿过一条阴暗的巷子就能看到她住的房子，一幢两层楼的民宅，她住在二楼，一居室，自带卫浴和厨房。

贫民区的房子，从外观看起来十分破旧，一楼很久没有住人，院子里长满了杂草。通向楼梯铁门的钥匙阿蛮早就已经弄丢了，她懒得去配，每次都快跑几步，直接翻墙进门，所以门口的铁门锈迹斑斑，成了蜘蛛结网的好地方。

可是今天，阿蛮翻墙之前看了一眼铁门。

门口的蜘蛛网少了很多，门外泥地上也有好多陌生人的脚印。

阿蛮戴上帽兜，遮住半张脸，抽出她常用的匕首。翻墙进院子以后，她没有走楼梯，直接绕到后面同样锈迹斑斑的消防梯前面，握住楼梯扶手向上一荡，很轻盈地跳上二楼，没有发出一点声响。

楼梯上有两个人，警惕性并不高，她猫腰靠近的时候，对方一点都没有察觉。

阿蛮抬手，用匕首柄迅速敲晕了一个，在另外一个人反应过来之前，掐住了对方的脖子，把匕首刀锋对准了对方的颈动脉。

对方很合作，没有反抗，立刻举手做投降状。

“阿蛮。”那个人喊她的名字，用的中文，很蹩脚，“我只是来找你做保镖的。”

阿蛮藏在阴影里，一声不吭，手里的力道半分没少。

她做保镖只在暗网上接单，暗网上面有一套完整的流程，她接单的时候会定好见面的地方，双方见面签订合同之后才会开工，这么多年下来，她从来没有公开过自己的住所。

这幢破旧的二层民居看起来挺大，其实只住了她一户，她进出隐蔽，连对面楼的邻居都没有见过她的脸。

这个人知道她的住处，还知道她曾经的国籍。

她手里的匕首微微用力，嵌进对方的皮肤，血丝从匕首边缘渗出来，对方身体明显僵硬了不少，高举的手开始发抖。

“我是记者。”他先表明身份，这次不再用蹩脚的中文，“我左边的衣服口袋里有我的记者证。”

阿蛮没动。

他深吸了一口气。他并不知道阿蛮想知道什么，她这样神不知鬼不觉地从阴影里冒出来，全身黑漆漆的，他都没有看清楚她的脸，他甚至不知道这个人到底是不是传说中的保镖阿蛮。

而且她什么都没问，只是用匕首抵着他的脖子。匕首很锋利，他知道自己的脖子肯定已经流血了。

这个人真的会一声不吭地杀了他。他被这样的认知吓到，不敢撒谎，不敢试探，只能把自己的来历像倒豆子一样全都倒出来。

“我是记者，我认识贝托，是贝托的人告诉我你住这里的。”

阿蛮的匕首更加用力，他都能感觉到刀锋缓慢进入皮肤的微妙触感。

“我想请你做我的保镖，我想去血湖。”他闭着眼睛喊了出来，声音已经抖得不成样子。

阿蛮微微放松匕首，从他说的上衣口袋里抽出他的记者证，记者证后面还别着身份证。

这个胖乎乎的家伙叫达沃，墨西哥人，今年三十九岁，是切市某家网络媒体的记者。阿蛮听过这家媒体的名字，偶尔还会看他们网站的新闻。

阿蛮把记者证重新塞回他上衣口袋，仍然一声不吭。

达沃咽了一口口水。

“我想去血湖。”他重复，“我知道血湖那边有人一直在做野生鳄鱼皮的买卖，我想去拍他们捕猎的过程。”

阿蛮定定地看着这个人的眼睛。典型墨西哥人的长相，瞳孔是深棕色的，此刻因为害怕而瞳孔微缩，呼吸急促。明明看起来很害怕的样子，却一直在偷偷地瞄她，眼神闪烁。

阿蛮嗤了一声，放下匕首。

达沃松了口气，腿软了，贴着墙跌坐在地。

“我不接。”阿蛮终于开口说了第一句话，掏出钥匙，打算开门进屋。

这屋子被贝托的人发现了，自然就不能住了，她脑子里想着自己留的其他安全屋，皱着眉，心情很差。

“我出三倍的价格。”达沃腿还是软的，只能狼狈地坐在地上谈生意。

阿蛮嘴角扯了扯，打开门，直接把对方关在门外。她要收拾屋子，尽快离开这里。

“我认识加斯顿。”达沃还在门外，锲而不舍，“他说你欠他一个人情，答应会帮他做一件事。”

“Shit！”阿蛮低咒。

加斯顿就是那个让她扬名立万的雇主，战地记者，外面传说她孤身一人把他从十几个武装分子手里救了出来。

真实情景当然不是传说中的那样，她没那么勇猛。可是因为那个传说，她跻身成为暗网的一线保镖。

她欠他人情，必须要还的那一种。

“你会帮我的吧。”达沃终于能站起来了，敲了两下门，又贴着门上的猫眼想看看阿蛮在里面做什么。

“加斯顿说，你做完这件事就和他两清了。”达沃还在隔着门板喊话。

“我靠！”阿蛮开始骂中文。

她愤恨地打开门，对着达沃那张胖墩墩的笑脸，丢给他一个创可贴。

“贴上！”她的语气充满了火药味。

“把他带走。”她用脚尖碰了碰昏迷在地的另外一个人。

“在暗网上找我，我会联系你。”她说完最后一句话，当着达沃慢慢咧开的笑脸，嘭的一声关上门。

靠。阿蛮气得打包行李的时候差点摔碎放在门口的招财猫。

可她并没有料到，她那一天的霉运居然才刚刚开始。

作为保镖，阿蛮在切市费了很大力气弄了好几个隐蔽的安全屋，用来保护雇主或者自住。这样的屋子大多都在郊区，可最近这段时间郊区不太平，她留的几个地方都不太方便，唯一一个方便的地方就是紧挨着费利兽医院的一幢三层小洋楼，她在那地方的顶楼租了一套带卫浴厨房的阁楼。

因为太靠近费利兽医院，她怕遇到熟人，所以那天一直到半夜两点多，她才像做贼一样背着她的全副身家偷偷摸摸地爬楼。

爬到三楼的时候，三楼住户不知道为什么突然开了门。

一身黑的阿蛮像蜗牛一样背着自己的窝。

刚刚解剖了四五只鸡尸体，回了宿舍又觉得睡不着想出门晃一圈理理思绪的简南张着嘴看着她。

阿蛮：“……”

简南:“……”

“早……”简南觉得遇到熟人好歹要打个招呼。

阿蛮:“……”

阿蛮定定地看了简南一会儿，他已经是居家打扮，皱巴巴的灰色T恤，皱巴巴的长裤，脚上踩着一双随处可见的黑色拖鞋，戴上了黑框眼镜。

毫无防备的，傻乎乎的。

这个人活在和她完全不同的世界里，这个人活在秩序里。

阿蛮冲他点点头，算是回应他那句莫名其妙的“早”。

算了，受了伤又奔波了一天，背后缝合的伤口感觉都已经裂开的阿蛮面无表情地爬上阁楼。先休息一晚，明天再换地方吧。

她太累了，所以没注意到三楼那个傻乎乎的男人站在原地发了一会儿呆，挠挠头，还咕哝了两句。

简南非常在意阿蛮脖子上的抓伤。从她打开兽医院后门进来那一刻开始，他就一直在在意。

一整天下来，这个伤口在他面前晃了三次。三次，他都放任这个伤口从他眼前飘过去，他告诉自己，对方是人，他是兽医，他可以捡路边的小猫小狗，帮它们清理伤口，但是人不可以。

可是……简南使劲挠头，现在是第四次。

而且，他和戈麦斯不一样，他有护理学学士学位，给人类护理的那一种，当初不想那么快毕业所以随便修的学位。

简南探头，阁楼的门缝透出灯光，这个背着平安符的中国女孩还没睡，他还能听到她在阁楼走动的声音。

夜晚是人类自制力最薄弱的时候，黑夜会放大人类的自我意识。

简南一边嘀咕一边上楼，一脸自我厌弃地敲开了阿蛮的房门。

阿蛮:“……”

凌晨三点钟，这个人为什么要用这种表情敲她的门?

简南抱着手里的医药箱。

他没控制住，他敲了门，接下来他要请求一个只见了几次面连名字都不知道的人，看能不能帮她处理伤口。因为他有病，如果任凭她的伤口这样下去，他会睡不着，会一整天想着，会浑身不舒服。

然后，他会被当面甩上门。像过去每一次他发神经一样，这个世界上又多一个觉得他不正常的人。

“抓伤不是小伤。”简南几乎是闭着眼睛说这句话的，语速极快，“因为你并不知道抓伤你的东西携带了什么病毒，如果没有及时清理消毒，会引起发炎，灌脓，严重一点的甚至有可能感染病毒，导致各种类型的败血症，甚至休克，最后死于肾脏衰竭、心内膜炎、脑膜炎……”

“我自己抓的。”阿蛮打断简南的滔滔不绝。

“啊?”闭着眼睛等着对方把门板拍在他脸上的简南因为这个答案睁开了眼，张着嘴。

更呆了。

阿蛮往前走了一步，对着简南的脸挥了一拳，拳头堪堪停在简南的下巴边缘：“我这样挥拳过去的时候，对方伸出右手想打我的脖子。”

她左手抓住简南的右手，放在她脖子旁。

“我为了格开他的手，也伸出了左手，躲避的时候，大拇指刮到这里。”她伸着脖子，大拇指对着她的伤口，正好对得上，完整的一条。

简南的脸在阿蛮的拳头下：“……哦。”

“我手挺干净的，在那之前也没接触过什么东西，身体也健康。”阿蛮演示完就后退一步，放下手，“所以应该不会得你说的那些玩意儿。”

虽然感染和手挺干净没有直接关系，但简南看了一眼阿蛮收回去的拳头，只能讪讪地继续点头：“……哦。”

阿蛮没有再说话。

简南也没有再说话。

阿蛮的拳头很快，他根本反应不过来，只觉得一阵风刮过，拳头就已经在他下巴这里了。

他脑子木木的，心里想，这个女孩也挺奇怪的，半夜三点钟，跟他解释格斗术，也没有当着他的面甩上门。

“我……叫简南。”他开始自我介绍。

“我姓简，简姓在百家姓里排第382位。”他习惯性地在自我介绍的时候解释自己奇怪的姓氏。

解释完了觉得似乎有点多余，于是又不说话了。

“我叫阿蛮。”阿蛮站在门口，一边觉得荒谬一边继续对话，“我没有姓。”

简南抬头看了阿蛮一眼。真奇怪，她还是没有甩门。简南再一次在心里告诫自己，黑夜会放大人类的自我意识。

“我有药。”阿蛮一直没有关门的举动让简南越来越放纵，“可以消毒的，给人的伤口用的药。”

“……哦。”不知道该怎么接话的阿蛮学着简南刚才傻乎乎的语气。

她都不知道自己哪里来的耐心和闲情逸致，他们现在的对话，每一个字都很荒谬，但是她并没有关门的想法。

其实在简南抱着那个医药箱跟她掰扯抓伤会有哪些死法的时候，她就已经大致猜到这个人半夜三更敲门是为什么了。

她并不惊讶，从第一次见面开始，他就一直盯着她脖子上的伤口，目不转睛的那一种。被人盯着总是不太舒服，但她对他的印象倒不算太坏，就像莎玛说的，是个怪人，但是人不坏。

这个怪人也知道自己怪，所以说话小心翼翼，绕着圈子，绕远了又不知道应该怎么绕回来。

“我……”简南终于在沉默里下定了决心，彻底臣服于他的自我意识，抱着医药箱往前走了一步，“我把药给你，作为交换，我希望你可以让我帮你清理伤口。”

他说得干巴巴的，已经不在乎措辞了。

“清理伤口不行。”阿蛮伸出手，“你把药给我就行。”

终于知道他为什么那么纠结了。半夜三点，硬要给一个陌生人上药，这确实挺值得他那么纠结的。

“我有护理专业的学位证书。”彻底解放自我的简南开始为自己争取权益。

“那又怎么样？”阿蛮莫名其妙。

简南：“……”

“药给我。”阿蛮伸出去的手在简南面前上下晃动。

简南在只是把药给她是不是不符合自己互不相欠的社交原则的纠结中打开了药箱。

“这种药可以清洗伤口，对轻微灌脓的伤口最有效果，清洗的时候一定要把伤口和伤口附近的污垢、碎屑清理干净，灌脓的地方要多清洗几次。”简南抬头，黑框眼镜下面的大眼睛扑闪扑闪的。

表达得非常清楚，他想用，他想帮她用。

阿蛮：“……给我。”这男人长得过分精致了，眼睛的杀伤力有点大。

简南恋恋不舍地交出清洗药。

“这个是消毒的，等伤口清洗干净之后擦。”简南又掏出一瓶水，“可能会有点痛，你的伤口已经发炎了，所以用双氧水更合适一点。”

简南顿了顿。

“脖子的伤口……”他还在做最后的挣扎，“你自己清洗很不方便。”

阿蛮的回答是直接拿走简南手里那瓶双氧水。

就算这样，她也没有甩门。

简南合上医药箱，突然重复了一句：“我叫简南。”

他并不知道在公平交易没有达成的前提下，他为什么要重复自己的名字，他也不知道为什么，他心里居然有些雀跃。

阿蛮拿走了药，阿蛮没有当着他的面甩上门，阿蛮也没有嘲笑他刚才那句干巴巴的毫无人情味的交换条件。

他松了一大口气。

阿蛮手里拿着两瓶药水随意挥了挥。

她暂时不走了。不知道为什么，她在简南半夜送药之后突然就做好了决定。

只是她和简南毕竟是不同世界的，让人知道他和她之间有过这样的交集，对她，对简南，都不是什么好事。

“如果有人问起，不要和别人说我住在这里。”她在关门之前随口嘱咐了一句，“谢谢你的药。”

“我……”本来打算下楼的简南因为这句话又停住了脚步，“我不会撒谎。”

阿蛮：“……”她从来没有这么频繁地感觉到自己满头问号。

“我有PTSD（创伤后应激障碍），别人问我问题的时候，我如果撒谎，会因为压力过大而呕吐。”简南局促地用脚摩挲着楼梯。

这并不是日常生活中经常听到的对话，所以阿蛮有些呆愣。

简南低下了头：“抱歉。”

他搞砸了。和之前的每一次一样，他身上的各种毛病，总会有一个突然冒出头来，告诉他，他不正常，他无法进行正常的社交。

人类的所有喜乐，和他总是隔着一层纱。

阿蛮：“……”

“我只是假设。”她就是随口那么一说。

谁会问他这样的问题？谁会把她和他联系在一起？一个上过报纸的天才兽医和一个连姓都没有的黑市保镖，谁会认为这两个人有关系？

“但是没人知道我不会撒谎。”简南像是没听清楚阿蛮刚才说的话一样，再次抬头的时候，他的语气变得急急忙忙的，像是灵光一现，想要炫耀什么，“他们如果问我，哪怕我撒谎了，吐了，也不会有人知道我是因为撒谎而吐的。”

"你收下了我的药，作为交换，我不会让其他人知道你住在这里。"他郑重地，把阿蛮随口一说的"如果"，变成了他最擅长的公平交易。

"……怎么交换?"阿蛮理不清这逻辑关系。

"你收下了我的药。"简南重复。

她收下了他半夜敲门送过来的药，所以他决定为她撒谎，哪怕会吐，他也答应得非常郑重。只为了她随口一说的，其实本意只是想撇清两人关系的托词。

"晚安。"阿蛮落荒而逃，关门时发出嘭的一声，手里的两瓶药不知道为什么重得她都有点拿不动。

门外又响起了敲门声。这一次，阿蛮开门之前犹豫了一下。

打开门，门外仍然是简南，姓简，百家姓里排第382位的"简"。

"晚安。"他冲她挥手，下楼的时候拖鞋踢哩趿拉的。

他交出了药，虽然没能碰触到阿蛮脖子上的伤口，但是他今天晚上应该可以睡个好觉。

阿蛮没有觉得他是一个不正常的人。在这个谁都不认识他的地方，为了报答，他和阿蛮有了一个共同的秘密。他很开心，从背影都能看出来的那种开心。

阿蛮关上门，骂了一句脏话。

是哪个缺了大德的家伙把这样的孩子弄到这种兵荒马乱的地方的?!

那天晚上之后,住在同一幢小洋楼里的简南和阿蛮就没有在楼道里碰过面。两条平行线，偶然交织，又再次陷入各自的生活旋涡中，忙忙碌碌，浮浮沉沉。

阿蛮欠加斯顿的人情是必须要还的，贝托的人是怎么查到自己住处的，她也得查清楚。

都是暗夜里的纠缠，所以她总是半夜出门，偶尔会想起简南傻乎乎的那一声"早"。

黑暗中的"早"，有一种奇异的振奋人心的力量。

她今天难得在白天出门，坐在切市市中心的咖啡馆里，抚摸着脖子上的伤痕。简南给的药很管用，才一周的时间，她的伤口就基本全好了，摸起来只有一条细细的凸起。

简南很在意伤口，他甚至还往她门缝里塞了一张纸，上面详细写了怎么做伤口清理，还画了清理步骤。

很漂亮的字，很专业的画，很纠结的人。

阿蛮微笑，她猜想简南没做医生而选择做兽医的原因，可能就是他这点强迫症，毕竟主动给动物清理伤口比主动给人类清理伤口简单太多，他那天晚上因为想帮她清理伤口，焦躁得都快把她家门口那块地板磨穿了。

“阿蛮小姐……”坐在阿蛮对面的达沃非常紧张。那天阿蛮拿刀贴着他脖子的触感，他还记忆犹新，现在她坐在他对面，像个文明人一样，喝着咖啡，嘴角微扬。

怎么看怎么可怕。

这个在暗网极负盛名的顶级保镖阿蛮，身高甚至不到一米六，东方人的脸，在达沃的审美里，阿蛮看起来最多不超过十六岁。

但是，他绝对不会把她当成一个孩子。

她长了一双太过沉静的眼睛，那天在楼道里拿刀抵着他的时候，他在她的眼睛里没有读到任何情绪。她拿刀威胁他的样子像个死人，或者，像个已经死掉却仍然披着人皮的死人。

加斯顿跟他说，如果阿蛮愿意帮他，他一定可以拍到他想拍的素材。

他一开始是怀疑的，一个二十岁出头的小丫头被吹得再厉害，也只是个小丫头。他见过很多龌龊的事情，他知道这个世界上再厉害的女人，力气也不可能大过一个体重比她大一倍的男人。

但是，看到阿蛮之后，他信了。他甚至相信了那个加斯顿一直避而不谈的传说，眼前这个人，确实单枪匹马地把加斯顿从一小队武装分子的关押下救了出来，毫发无伤。

“我真的需要你的帮忙。”他非常迫切，十分恭敬。

阿蛮放下咖啡杯。

她已经和加斯顿联系过，帮了他这一次，他们之间那点人情债也就还清了。所以达沃的忙，她会帮，但有些事情还是得说清楚。

“我虽然是中国人，但是我并不会飞檐走壁。”

习惯性地先打消外国人对中国功夫的迷信。

“我学的是要员保护马伽术，擅长近身搏击，对付没有拳脚基础的普通人，可以以一打十。

“对付十个人左右的武装力量，我可以单独脱身，但是带着雇主逃生的可能性为零，加斯顿的情况是特例。

“血湖那个地方，地形复杂，进出口只有一个，遍地都是鳄鱼、毒蛇，还有偷猎人放的陷阱。偷猎都是在晚上，捕猎期的时候，那个地方的买家、卖家加在一起有三四十个人，几乎都是带着武器的。”

“在那样的情况下带你进血湖，让你取材之后再把你完整地带出血湖，可能性为零。”阿蛮又端起了咖啡杯。

“我们可以乔装……”达沃压低了声音，“我知道他们偷猎之后买卖鳄鱼皮的渠道，我可以乔装成鳄鱼皮的买主。”

在血湖，买家可以参与猎捕鳄鱼的过程，血腥残暴的活剥鳄鱼皮的现场会让很多人兴奋，这也算是血湖特色之一。

阿蛮低笑：“达沃先生，在那样的地方乔装，你不行。”

达沃涨红了脸。

“你放隐形摄像头的地方太明显。”阿蛮欺身向前，摘下达沃的眼镜，“表情不自然，动作也太刻意。”

达沃的脸红得都快要爆炸了。

“暗网虽然见不得光，但是也有它的规矩，谈买卖的时候偷拍交易过程是大忌。”

阿蛮把玩着达沃带着针孔摄像头的眼镜，始终笑笑的。

“我不知道达沃先生偷拍我的目的是什么。

“是因为公开捕猎野生鳄鱼的过程会得罪贝托，所以您打算提前录好我接生意的视频，到时候可以威胁我再保护您一次，还是您除了想拍偷猎这件事以外，还对曝光暗网这件事感兴趣？”

她问得客气，手里的眼镜却已经断成了好几节，被她直接丢进了咖啡杯里。

达沃的额头开始冒汗。

“我不喜欢这样。”阿蛮收起了微笑，“但是我也不喜欢欠着加斯顿的人情。”

她不信任加斯顿，达沃出现后，她就更加不信了。达沃这个人，不安分，眼神闪烁，在关键问题上含糊其词，做事情总是留着后手。

“所以，这件事只能照我的方式做。”她把装着眼镜的咖啡杯推到达沃面前，拿起了自己的手机，打开了摄像功能。

镜头下的达沃一脸不知所措。

“你找贝托的人查了我的地址，用加斯顿的人情做交换，以市价三倍的价格请我，要求我把你带进血湖，并安全地带出来，对不对？”阿蛮的声音波澜不惊，西语标准得像是母语。

“阿蛮小姐……”达沃一脸为难。

“对不对？”阿蛮不为所动。

“……对。”达沃只能点头，在镜头下擦了擦额头上冒出来的汗。

“我拒绝了，告诉你找我必须按照暗网的流程，你在暗网上用这个ID预付了定金。”阿蛮在镜头前晃了一个网络ID号,“我同你见面的时候，却发现你用隐形摄像机记录了我们见面的过程，对不对?”

她说完，还拿镜头拍了一下被她五马分尸的隐形摄像头。

达沃不知道应该怎么回答，只能难堪地一直擦汗。

“你去血湖打算做什么?”阿蛮隔着镜头问。

达沃又一次看到阿蛮拿着刀时的表情，半露着眼睛，眼睛里没有半点情绪。

“这个问题你必须回答。”阿蛮冷冷的，再也没有微笑过。

“拍……偷猎人的偷猎过程。”达沃犹豫了很久，终于开口,“如果有可能，最好能够采访到偷猎人或者买主。”

他已经猜到阿蛮想做什么，他知道他今天别无选择。

“我答应过加斯顿，你这笔生意，我一定会接。”阿蛮看着达沃的眼睛,“根据暗网的规则，我收了你的定金，也应该帮你解决问题。”

“采访是不可能的，我也不关心你偷拍偷猎人的偷猎过程是要做什么，既然偷猎过程的照片和影像是你想要的结果，我会给你这个结果。

“我不会带你去血湖，但是在月底之前，我会把偷猎人偷猎过程的照片和影像完整地发给你。

“你不可以要求我拍摄特定人物的特定照片，我也绝对不会问你这些照片和影像的后续处理，东西一旦给你，你就需要付清尾款，明白吗?”

达沃点头，表情颓败。

血湖那个地方，他带着助手在外围晃了一个月都没敢进去，他心里也知道阿蛮说的话是真的，为了安全，这确实是唯一的选择。

他就是怕阿蛮会有这样的提议，所以才处处设防，想抓着阿蛮的把柄威胁她带他进去，没想到还是被发现了。

阿蛮递给达沃一张纸，拍摄仍然在继续:“请你看清条款后，把名字签在这里。”

她用手指指了指合同下方的签名栏。

在阳光明媚的咖啡馆里，达沃最终在合同上面签上了自己的名字。

阿蛮关了摄像头，将手机锁屏。

“阿蛮小姐，其实你不必这样。”达沃再也使不出任何花招，胖乎乎的脸上除了难堪，还有些愤怒,“我让你做的并不是伤天害理的事。”

“偷猎野生鳄鱼本来就是违法的，我是在揭露罪恶，我是站在正义这一方的人，我们其实可以成为伙伴。”

“我知道。”阿蛮收好合同，“我没有阻止你宣扬正义，我只是想保住我自己的命。”

她站起身，仍然是一身黑，哪怕在正午的阳光下，她眼底也没有任何温度。

“我的命也是命。”她说完最后一句话，喊了服务员结清自己的咖啡钱。

这些人从来不会把她当伙伴，他们只会算计能让自己脱身的方法。

偷猎野生鳄鱼是贝托的生意。让贝托的人找到她的住处，拍下她接单的视频，都是想在事发之后让贝托有个可以发泄怒火的对象。

在这兵荒马乱的时期处理阳光下的记者太费周折，但是处理她这样从来没有站在阳光下的保镖，太简单了。

她明明是保别人命的保镖，可是有很多人，却在保住自己的命以后，就开始践踏她的命。

正午时分，费利兽医院附近都是来来往往的人，阿蛮没有办法在人这么多的时候回安全屋，索性拿帽兜盖住脸，绕远路买了午餐，找了间偏僻的咖啡馆，点了一瓶啤酒，打算在这个地方混完整个白天。

她其实很早就知道有人在靠近，对方犹犹豫豫的脚步声让她想起了住在她楼下那个傻乎乎的兽医，所以她拉下帽兜，在看到那个人真是简南的时候，也没有太惊讶。

“早。”她微笑，仰着头，脸上有正午的阳光。

“早。”简南有点拘谨，他答应过阿蛮不会泄露她的住所，这让他摸不清楚他能不能在大庭广众下和她打招呼。

“坐。”阿蛮用下巴指了指对面的沙发。

本来就是两个人的小桌子，单人沙发，一红一蓝，视觉效果很舒服。

“吃了没?”阿蛮问了一句中国人最爱问的话，问完之后，两个中国人都笑了。

“还没。”简南坐到对面的沙发上，觉得这家店的沙发特别舒服。

他这一周过得很糟糕，联系国际兽疫局和接待兽疫局的专家并不是他擅长的事，所以他才在吃午饭的时候溜了出来，本来想找间人少的咖啡馆睡个午觉，结果看到了阿蛮标志性的帽兜。

他不知道应不应该打扰她，她看起来比他还累。

阿蛮把自己的午饭分出一半递给简南，看起来像是包在纸包里的墨西哥卷饼:“里面包的是北京烤鸭和京葱，加了很多甜面酱。”

简南的眼睛瞬间亮了。他咽了口口水，把自己手里的三明治递给阿蛮，犹豫了一下，又低头从包里拿了一个餐包，一起递过去。

“作为交换?”阿蛮笑了。这人对交易社交真的很执着。

也挺好的，这样互不相欠，相处起来更舒服。

简南点头，因为闻到了熟悉的甜面酱的味道，他又多拿出来一个餐包。

阿蛮接过他递来的一大包食物，把自己手里剩下的卷饼也递给了简南。

这烤鸭卷是挺便宜的东西，简南给的那个牌子的三明治，价格可以买两个烤鸭卷。

简南小心翼翼地接过，小心翼翼地展开，吃之前先深深地吸一口气，咬下一口之后，又深深地叹了一口气。

阿蛮被逗笑，很轻的一声，听在简南耳朵里像是蝴蝶翅膀拂过。

简南咽下这满嘴的家乡味道，耳朵微微地红了。甜面酱的味道很地道，烤鸭的香味让人齿颊留香，简南一边吃一边看阿蛮。

阿蛮坐得很放松，拿着半瓶啤酒，半靠在沙发上，眯着眼睛。

阳光下的阿蛮。

简南又咬了一口烤鸭卷，笑了。

她脖子上的伤口好了。真好，终于有了一件让人开心的事。

血湖最初只是一个普通的潟湖，附近的屠宰场长期将宰杀后的猪血和内脏丢到湖里，导致湖水颜色变红，慢慢被当地人称为“血湖”。

充斥着血腥和腐臭的湖水引来了数百条鳄鱼和蟒蛇，也引来了数以万计的蚊蝇，这里是瘟疫和死亡的温床，也是一般人绝对不会涉足的禁区。

阿蛮藏在一棵墨西哥柏木上，不耐烦地弹走爬到她衣服上的蚂蚁，眼睛盯着血湖边上。

这是她在血湖的第三个晚上。前两个晚上，她在血湖后面相对隐蔽的屠宰场里拍下了交易和活剥鳄鱼皮的过程，今天晚上，她打算拍最危险的狩猎。

为了避免达沃利用这些照片做新闻以外的勾当，她只拍了过程，虚化了每个人的脸，这样的拍摄对取景的要求很高，她踩了几天点，才选了这棵墨西哥柏木。

足够茂盛，足够高，足够隐秘，唯一的缺点是需要提前藏好。

这种树上面各类昆虫很多，阿蛮挠了挠脖子，心里第一万次咒骂这场该死的生意。

这几个晚上，来偷猎的人并没有阿蛮之前调查的那么多，为了获得完整的鳄鱼皮，他们之中带枪的人很少，大部分和她一样，只带了随身的匕首。

比她想象中安全，却比她想象中残暴。

传说中的食人鳄鱼在全副武装的人群面前毫无抵抗能力，他们像钓鱼一样，用一块生鸡肉把鳄鱼引诱到网里，特质的鳄鱼网，越挣扎就会越紧，向来让人闻风丧胆的鳄鱼在这种网里面，扑腾得像一条离水的鱼。

为了取得有弹性的鳄鱼皮，他们会用钝器敲晕鳄鱼，斩断鳄鱼的四肢，在鳄鱼活着的时候剥下鳄鱼皮。

三个晚上，阿蛮都麻木地看，麻木地拍照，却在心里暗暗发誓，这样的活儿她这一辈子都不会接第二次。

她厌恶这种单方面的屠杀。

夜晚八点半。

远处的血湖入口陆陆续续来了一些偷猎人，狩猎之前，他们会先进行当地的祭祀仪式，一般会在晚上十点左右开始狩猎，今天不知道为什么提前了。

阿蛮把自己的身形彻底隐匿在黑暗中，对方突然把仪式提前使她变得更加谨慎。

血湖的夜很安静，除了远处逐渐嘈杂起来的人声，阿蛮这边只有安静的昆虫鸣叫，所以，那一道踩断树枝的声音变得特别明显。

阿蛮皱眉低头。树下站了一个人，背着一个巨大的看起来很重的工具包，从她这个角度只能看到这人包得严严实实的防护服。

那人似乎被自己踩断树枝的声音吓了一跳，拍拍胸口，自言自语:“没事没事，别怕别怕。”

阿蛮:“……”这声音太熟悉了，他用的还是中文。

这该死的简南为什么会在这种该死的时候出现在这个该死的地方?!

他看起来完全不知道几十米外的灌木丛里正藏着一群带着刀枪的偷猎人，此时拿着一个手电筒，低着头不知道在树下翻找什么。

阿蛮看向远处。偷猎人渐渐多了起来，有人点起篝火，有人已经开始布置狩猎场，远处有运输装备的卡车，从密林中能隐约看到车灯。

为了隐蔽，偷猎人的运输车都藏在血湖后面的屠宰场里，她藏身的这棵树是卡车的必经之地，为了拍到素材，她特意选了这条路，灌木丛茂密，到时候想拍近景，也可以借着卡车的掩护走到近处。

她以为这是拍照的风水宝地。现在看起来，更像是简南的葬身地。

偷猎人不会主动杀人，但是像简南这样特意凑上来的人，杀掉他简直比杀掉一只鳄鱼还简单。这地方太容易抛尸了，丢到血湖里，尸体浮起来之前应该就已经被吃得差不多了。

阿蛮“啧”了一声，在卡车开过来之前，从她好不容易找到的又安全又凉快只是多了点虫蚁的树上跳下来，在黑暗中动作迅猛且无声地扑向简南，捂住他的嘴，把他拽进了墨西哥柏木后面的灌木丛中。

卡车的车灯沿着密林小路慢慢靠近，阿蛮一声不吭地扯掉了简南身上醒目的白色防护服，用脚把简南那个巨大的黑色背包踹到了角落，自己则直接压在简南身上，一手捂住他的嘴，一手制住他的两只手，两条腿交叉固定住他的腿。

真瘦。阿蛮在百忙之中又“啧”了一声，一定是因为挑食。

简南惊恐地睁大眼睛，嘴里“唔”了一声，马上就被他身上的那个人恶狠狠地威胁：“闭嘴。”

中文。女人。

“啊唔！”简南的眼睛瞪得更大了，阿蛮在他圆不溜秋的眼睛里居然读出了惊喜。

阿蛮十分无语地拿开捂他嘴巴的手，敲了一下他的头。

卡车越来越近，车声隆隆，他们藏身的灌木随着车声抖动起来。简南在阿蛮身下不太自在地挪了一下，阿蛮的反应是更加凶狠地压住他，用十字绞的方式锁死了他的双腿。

简南不动了，也动不了。

他的衣服和防护服都被阿蛮撕破了，后背被地上的石头硌得生疼。压在他身上的阿蛮看起来小小一只，力气却很大，肌肉绷得很紧，呼吸轻到几乎没有，脸上涂了迷彩，只看得到一双黑漆漆的眼瞳。

眼瞳里面，没有情绪。

不知道为什么，这样的阿蛮让简南也跟着放轻了呼吸。

因为夜路，也因为密林路况复杂，卡车开得极慢，煎熬了几分钟后，那辆卡车晃晃悠悠地停在了刚才阿蛮藏身的那棵树下面——距离他们所在的灌木丛只有不到一米的距离。

阿蛮眯眼，从腰间掏出了匕首。

从卡车上下来了两个人，一个中年人，一个年轻人。

放倒两个人并不难，弄晕他们，拖到密林深处，等其他偷猎人发现少了两个人的时候，她应该已经偷偷摸出血湖全身而退了。

但是现在多了一个简南。

出血湖的路只有一条，必须经过现在正在举行祭祀仪式的偷猎人群，她用膝盖想都知道简南肯定没办法逃出去。

她瞪他，却发现被她压着的简南一直在用眼神示意她看他的脖子。他脖子上挂了一张工作证，因为防护服被扯烂而露出来，正乱七八糟地缠在脖子上。阿蛮空出一只手翻看了一眼，上面有很醒目的OIE字样，底下是一行英文全称。

国际兽疫局的工作牌，印的是另外一个和简南差不多岁数的亚洲人的照片和姓名。

简南冲她拼命眨眼。

阿蛮不动声色地把捂住简南嘴巴的那只手抬起来，遮住了简南的眼睛。

偷猎人不会没事找事去攻击国际兽疫局的人，这家伙来的时候带着工作牌，也算是有备而来。

他是在提醒她，除了用匕首还有别的方法。

她才不想用他的方法！

阿蛮小心挪动着，把简南露出来的一点点白色防护服塞到自己身下，身体仍然压着他，并没有放松对他的钳制。

下了车的那两个人拿着手电筒。在密林里漫无目的地看了两分钟，年轻的那个咕哝了一句："我刚才明明看到一个白色的影子。"

应该是穿防护服的简南。阿蛮气得又瞪了他一眼。

"今天晚上会起雾，除了我们，有谁会来这种地方找死。"中年男人的声音听起来有点疲劳，晃了一圈就关了手里的手电筒，掏出家伙开始尿尿。

年轻人又拿着手电筒在灌木丛里来回探了一圈，嘟嘟囔囔地开始解开皮带拉拉链。

"最近来买鳄鱼皮的人越来越少了。"年轻人小解声音急，水声哗啦啦的，几乎要盖过他说话的声音。

"还会更少的。"疲累的中年人在血湖的夜色里抖了抖身体，"这地方越来越毒了。"

他们周围已经有很多人开始生病，一开始只是皮肤瘙痒，到后来慢慢演变成眼睛发炎，咳嗽，到了医院也查不出原因。

"你说……"年轻人压低了声音，"那个鸡瘟，会不会传染人？"

附近村庄有几个闲汉吃饱了没事干，捡了一些瘟鸡敲诈兽医，结果钱没诈到多少，反而惹回了瘟疫。国际兽疫局的人来来回回好几趟了，附近四五个村庄的鸡全军覆没，村子里天天飘着焚烧和消毒水的味道。

"国际兽疫局的人说不会。"中年人系好皮带，叹了口气，"但是谁知道呢……”这个鬼地方的水已经毒到只是沾到一些就会发半年皮疹的程度了，谁知道会不会有其他病呢。

“贝托那边……”年轻人把声音压得更低，“还是想继续做这个吗？”

中年人这次没有回答。

阿蛮透过灌木丛看到中年男人已经转身上车，剩下年轻人在灌木丛边，看着狩猎场发了一会儿呆。

“走了！”驾驶座上的中年人扯起嗓子喊了一声。

“万一真的有人呢？”年轻人没动，他知道自己刚才看到的那个白色影子绝对不是幻觉。

“那也不是我们能管的。”中年人拍拍车门，“我们只负责送货。”

年轻人还是站着没走。

阿蛮悄悄握紧了手里的匕首。

“亚当，贝托已经不是以前的贝托了。”中年男人沉默了半刻，叹了口气，“我们只是司机，别站队。”

因为最近的地盘争夺，那个让人闻风丧胆的“鳄鱼贝托”脾气变得越来越暴躁，消失的人越来越多。他们这些外围的运输司机还是不要多管闲事了，毕竟一觉睡醒，变天了也说不准。

年轻人终于上了车。轰隆隆的发动机再次响起，地面又一次开始震动，远处又开过来几辆卡车，这一次没有停留，缓慢而又安静地开进了狩猎场。

阿蛮手里的匕首始终握得很紧。

简南不敢很用力地呼吸，阿蛮的十字绞非常到位，他呼吸一用力，就痛得直冒冷汗。他的眼睛还被阿蛮遮着，阿蛮的手心都是茧，他的眼睑碰触到那些茧，触感有些奇怪。

他没想到会在这里遇到阿蛮，她就这样从天而降，一身漆黑，露出来的皮肤都涂满了油彩。

他想起了阿蛮刚才拿出匕首时的表情，他还想起了咖啡馆里阿蛮脸上洒满正午阳光的样子。

他闭上了眼睛。

就像刚才那个中年人说的那样，这个地方，正常人不会过来。

在阿蛮给了他烤鸭卷之后，他偷偷翻看过莎玛的访客记录本，关于阿蛮的记录只有一条：阿蛮，女，暗网保镖，有过多次被虐打经历，没有杀人史。

第3章

葎草

第五辆卡车开过去之后，远处传来了昭示着祭祀开始的鼓声，灌木丛又恢复了安静，阿蛮等了几分钟，松开了扣着简南的手。

没有车灯，灌木丛里黑漆漆的，两个人都没有马上开口说话。

简南看起来情绪稳定，刚才突然被拉到灌木丛的惊吓过去之后，他表现得很合作，而且很镇定。

他在灌木丛里动作幅度很小地找到被阿蛮丢出去的背包，拿出一个垃圾袋，把已经被扯成咸菜干的防护服和口罩都丢了进去，系紧，接着不紧不慢地从背包里拿出一小瓶消毒液，先放在鼻子下面闻了闻，确定这东西的味道不会把那帮偷猎人吸引过来之后，才倒了一点点在手上，然后举着瓶子看着阿蛮。

阿蛮没动。

“我刚才碰过不少动物尸体。”简南压着嗓子。

阿蛮木着脸伸出了手。

有种非现实感。他们背后是正在呢喃着不明咒文准备开始屠杀的偷猎人，面前是这个忙着消毒的男人，他喷得特别仔细，几乎把她刚才接触到他的每一寸皮肤都喷了一遍。

而且这还没完。他最后还从他那个巨大的包里拿出一包东西递给阿蛮：“这个拿回去，洗澡的时候当肥皂用。”他把声音压得特别低，声线比平时低沉不少，在黑暗中听起来居然有些稳重。

“我还没有把样本送到实验室，但是基本确定血湖附近有部分哺乳动物身上携带了未知科属的痘病毒。

“从刚才那两个司机对话里也能听出来，已经有人类感染了这种痘病毒。

“痘病毒有很多科属，但是能传染给人类的科属里面，有一种痘病毒曾经摧残过全人类，就是天花。

“所以，你回家后必须全身消毒。”

他应该是怕她又一边嫌弃一边拒绝，所以噼里啪啦说了很多话，还搬出天花来吓唬她。

阿蛮顶着一张涂了油彩的黑漆漆的脸，在黑暗中盯着简南看了半秒钟，接过了那袋东西。她承认她被吓到了，就像那天他跟她说被抓伤之后可能会得的那些病一样。

这家伙挺会吓唬人的。

“当肥皂用?”接过之后，阿蛮还重复了一遍用法。

简南点头。在黑暗中咧着嘴点头。

“还有这个。”他又掏出一包东西，“口罩。”

这次他没解释。但是阿蛮突然就懂了。

那天在兽医院，他把唯一的口罩给了戈麦斯，纠纠结结地给了她一张纸。所以，他今天应该是还她一个口罩。

这真是……

“你会爬树?”阿蛮咳了一声，接过口罩，换了个话题，语气不是疑问句而是反问句。

她刚才看清了简南带过来的装备。他是有备而来，国际兽疫局的亚洲人的工作牌，还有那个应有尽有的工具包，阿蛮发现里面有攀爬专用的手套。

这人并不鲁莽，和那个妄想用伪装打入内部采访的达沃不一样。

不过她并不是特别想知道一个兽医为什么会在这种时候出现在这里，她只想尽快完成达沃的委托，尽快离开这里。

刚才那两个司机的对话在她心里留下了阴影，尤其是那个中年人的沉默，让阿蛮本能地觉得不安，可又想不出不安的理由。

想不出就索性不想。阿蛮站起身，开始思考他们两个现在的处境。血湖的出入口只有一个，必须穿过狩猎场，所以这个时间点出去显然是不可能的。

她在这里待了三个晚上，很清楚这帮人的工作流程。祭祀结束后就是狩猎，刚才开过去的卡车会把鳄鱼尸体和偷猎人一车车地运到后面的屠宰场，几个全副武装的偷猎人会堵死血湖的出入口，接着，屠宰场变成拍卖场，当场剥皮当场叫卖，卖不掉的鳄鱼尸体会在拍卖结束后和鳄鱼残体一起由卡车运出血湖。

整个过程接近四个小时，这期间他们两个都没办法走出血湖，只能藏。

“这棵树。”阿蛮走到那棵巨大的墨西哥柏木旁边，“上面第二个枝丫。”

“你先上去，我帮你把装备背上去。”她做惯了保镖，安排的时候永远奉行“雇主第一”的原则，甚至在树下曲起膝盖示意简南，“从这边踩着我的膝盖，抓住上面那个树结。”

简南瞪着那个弯曲的膝盖足足半秒钟，然后把自己飘飘荡荡的已经没有任何遮挡作用的T恤打了个蝴蝶结挂在脖子上，背上那个快有他一半体重的装备包，略过阿蛮的膝盖，直接爬了上去。

动作很笨拙，中间好几次差点摔下来。但是好歹是真的会爬树，也真的就磕磕绊绊地爬到了阿蛮说的第二个枝丫，爬的时候没发出声音，动作也还算快。

全程没有和阿蛮交流。

阿蛮耸耸肩。

“坐稳了。”她向来不太关心这些无关紧要的情绪，在下面叮嘱了一句就拽着一根树枝借力直接跃了上来。

这棵墨西哥柏木的高度将近三十米，能承受两人重量的枝丫大多在低处，第一个枝丫树叶太少，其他的太高，只有阿蛮刚才窝着的那个枝丫最合适。

但是再合适，那也只是一棵树。坐上了两个人，再加上一个重量不低的背包，阿蛮居然还从旁边树枝上拿出了一堆夜间偷拍专用的摄影器材，第二个枝丫一下子变得满满当当，两个人肉贴肉，瞬间挤成沙丁鱼。

可是，做惯了保镖的阿蛮没在意，从来没有在意过这种事的简南也没在意。

血湖的祭祀已经接近尾声，十几个拿着长矛的壮汉围着篝火转圈，站在篝火最中央的老者双手举向天空，用苍老的声音如泣如诉地唱出最后一个音符，几个壮汉拿着长矛顿地，湖边布置渔网的猎捕手动了起来，阿蛮拿起了相机。

身后的简南很轻很轻地呵了一口气。似乎是在笑，嘲讽的那一种。

阿蛮挑了挑眉，扭头看他。她印象里的简南十分纯良，这样的语气，这样的笑声，听起来有些违和。

“他们……”简南确实是笑了，嘴角还扬着，角度讥诮，“在被自己破坏了生态的地方祈求风调雨顺。”

他们跳的祭祀舞是墨西哥最古老的阿兹特克人的狩猎舞，目的是祈求平安、丰收，祈愿狩猎的日子风和日丽。

血湖是一个被人为破坏的潟湖，由于破坏得太彻底，他今天在这里已经找到了不止一种病毒体。血湖起毒雾的次数越来越频繁，这个地方很快就会变得不适合人类进入，而他们，却在这样的地方，祈求风调雨顺。

阿蛮定定地看了简南一会儿，扭过头，重新开始拍照。

她选择这棵树，除了安全，还有一个原因是这里可以看到大部分的狩猎全景，布网，投放鸡肉饵，用钢丝吊起鳄鱼，被惊扰的鳄鱼在湖面扑腾……整个过程，从这里都能一览无余。

阿蛮面无表情地按着快门，在鳄鱼愤怒的吼叫声中有些走神。

这个简南，和她想象中不太一样。

他是兽医，在这之前，她每次遇到他的时候，他都在做正面的事，工作，发现瘟疫，送药，口头禅是“作为交换”。他看起来善良无害，最多有些话痨，最多最多，为了让她用药，会拿病吓她。

但是这样的简南，在这样的夜晚，偷偷潜入了只有一个出入口的血湖，身上带着别人的工作证。她其实大概能猜到原因。欧美人对亚洲人大多脸盲，看着年龄差不多、发型差不多的，他们很容易认错，所以简南拿这个工作证应该是准备讹人的。

他背包里的东西很全，除了她看不懂的试纸和样品盒之外，还有匕首、绳索、弹弓，甚至卫星电话，还有一个叫起来会响彻云霄的警报器，她给未成年人做保镖的时候最喜欢教他们用的东西。

他会笑得讥讽，他会在血湖陷入如人间炼狱一般的单方面屠杀的时候，一声不吭。

阿蛮又忍不住回头看了简南一眼。在树叶的遮挡下，简南的脸上光影斑驳，他盯着血湖，没什么表情，眼底也没什么情绪。

阿蛮转过头。

就像她没有好奇简南进血湖干什么一样，简南也没问过她为什么会来血湖，他甚至没有好奇她窝在这里拍照的原因。

“你在上面等我，我下去拍几张近景。”阿蛮取下长焦镜头。

因为简南，她本来打算今天窝在树上拍拍远景就算了的，她做保镖做出了职业病，并不放心让他一个人坐在树上。

但是现在，她改变主意了。

没什么好不放心的，简南比她想象中更懂得保护自己，他没有因为眼前的场景而叫嚣着冲下去救鳄鱼，就已经让她觉得这个人很不简单。

因为这件看起来荒谬的事，在这样的场景下，要忍住其实很难。

偷猎人偷猎的鳄鱼体形都不大，他们的渔网和陷阱会把那些难对付的大型鳄鱼拦在狩猎场外面。

动物在遇到单方面屠杀的时候表现出来的纯粹的恐惧和绝望，其实会让人类战栗。起码像简南这种人，如果在这种时候突然丧失理智要跑进去救鳄鱼，听起来蠢，但是阿蛮觉得是合理的。

可是简南没有，他冲已经跳下树的阿蛮点点头，把自己隐藏到了树叶深处。

阿蛮扬了扬嘴角。

挺好的。说明这个人到现在为止的经历并不是一帆风顺，这样挺好的。

受过教训的人，才会知道怕。相比纯良，她更喜欢懂得恐惧的人。

偷拍狩猎过程这种事对于阿蛮这种身手的人来说其实很容易，血湖附近遮挡物很多，大部分人的注意力都在狩猎场，阿蛮像隐藏在暗夜中的幽灵，拿着单反越走越近。

狩猎场里正在猎捕今天晚上的重头戏——一只为了抢夺鸡肉诱饵从重重陷阱里面冲进来的长达两米多的中型鳄鱼。

阿蛮第一次近距离看到鳄鱼。摁下快门的时候，这只鳄鱼的上颚正好被钢丝捅了个对穿，疼痛让它变得疯狂，长尾巴狠狠地甩在了一个偷猎人的身上，偷猎人的惨叫和鳄鱼的惨叫震耳欲聋，阿蛮摁快门的手不由得停顿了一下。

她耳力很好，身边有非常非常轻微的像是小石头砸到土地的声音，她几乎立刻就隐蔽到一旁的灌木中。半分钟后，一个临时溜号上厕所的偷猎人从她刚才站的地方旁边的石头后面走了出来，拿着以一杆长枪，冲着那只还在扑腾的鳄鱼开了一枪。

阿蛮眯着眼睛看向简南藏身的大树。她脚边有一块很小的树皮，上面包裹着柏树叶。阿蛮想起了简南背包里的弹弓。

她拉着他进灌木丛救了她一命。他隔着几米远向草丛丢了一块树皮预警，让她提前躲开了带着武器的偷猎人。

作为交换。

这个人还真的……

挺有意思。

或许是因为有人受伤，或许是因为最近火拼站队人心惶惶，这天晚上的偷猎并没有像往常一样持续三波，第一波收网之后，所有的人都开始收拾装备，偷猎队伍三三两两地坐上卡车。轰隆隆的声音再次经过那棵墨西哥柏树，已经回到树上的阿蛮和简南安静地蛰伏在树上，听着那些经过树下的偷猎人或小声或大声地讨论着最近的鸡瘟，讨论着鳄鱼皮的价格，讨论着贝托。

血湖后面的屠宰场变得灯火通明，血湖在血色翻涌之后逐渐恢复平静，只有血湖入口还守着几个荷枪实弹的壮汉。

“你弹弓玩得不错。”血湖的人都撤走了，阿蛮换了根枝头松快松快，伸了个懒腰。因为拍照任务圆满完成，她有些惬意地晃了晃悬空的脚。

“没有很不错。”简南把手里一直拿着的弹弓重新放回到包里，“我弹了很多次。”

从那个人绕到灌木丛里面上厕所的时候，他就开始剥树皮，他坐的这一块地方的树皮都被他抠得斑斑驳驳。

阿蛮也看到了斑驳的树枝，笑了：“你剥树皮倒是没有强迫症。”把树枝剥得跟大花脸似的。

“只能剥落皮层的树皮，其他皮层的树皮有韧皮部，会把树弄死。”简南拍拍这棵他坐了一个多小时的大柏树。

他把这棵大树当成庇护所躲了那么久，他不能恩将仇报。

这种时候，他又变回了那个纯良无害的兽医，连剥树皮都得考虑树的死活。

阿蛮看着逐渐泛起雾气的血湖。

“我们现在有两个选择。”她做保镖的时候，除非对方是官方的，或者安保方面比她还专业，要不然她很少会给别人选择题。

但是简南有些特殊。

刚才那样的情况，预警不仅仅需要勇气。弹弓万一弹到偷猎人，就会暴露自己，通常情况下，失败一次，一般人就不会有勇气试第二次。

但是简南试了，并且试了无数次。

“入口处有三个带枪的守卫，每个人身上都带着对讲机，我可以搞定他们三个人，但是有打草惊蛇的可能性。

“今天现场没有买主，他们在屠宰场剥完皮应该就会全部撤离，估计还剩下一个小时。”阿蛮看了一眼手表，晚上十点。

“虽然现在大部分人都进了屠宰场，但是这种地方，能尽早出去总是好的，我可以现在去把门口的守卫放倒，我们马上出去。

“或者，我们就在这树上再等一个小时，等他们全部撤离了再走。”

她私心是想在树上再多待一个小时的，毕竟她是溜进来偷拍的，被贝托发现就麻烦了。

但是考虑到简南的安全，确实是越早把他送出去越好。这个地方就算没有人，光是毒蛇猛兽也能随时要人性命。简南虽然没有她想象中那么柔弱，但是如果他现在是她的雇主，她一定早就把他打包送出这个鬼地方了。

两个选择都有风险，送出去对她不利，留下来对简南不利。

阿蛮想知道简南会做什么选择，在枝丫上晃动的脚也停了下来。

简南看看血湖，又看看阿蛮。

“今天晚上如果没有遇到我，你直接出去是不是很方便?”简南规规矩矩地坐在树枝上，歪着头看着她。

阿蛮刚才拍照的身手他是看到了的，说飞檐走壁可能夸张了一点，但是确实，动作比一般人敏捷很多，跳得高，跑得快，而且几乎没有声音。如果没有他，绕过那三个看守应该很简单。

“嗯。”阿蛮没否认。

简南点点头。他似乎在思考什么，又盯着血湖看了很久。

“如果我从这边走，是不是就不会碰上偷猎人。”简南指了指血湖的东边。

东边靠近墨西哥边境，那边的密林比血湖这边更荒凉，连偷猎人都不会轻易过去。

阿蛮没有马上回答，她有些摸不清简南的意思。

“你可以直接走。”简南说出了第三个选择，“我可以先去那片地方工作，等他们撤了以后再走。”

“只要不要遇到那些人，就挺安全的。”简南觉得这个选择挺好，坐在树枝上动了动，后面那句话说得有些犹豫，“不过你能不能帮我一下，我不会下树。”

刚才是因为有偷猎人，又有阿蛮的膝盖刺激着，他爬到了自己从来没有爬到的高处，现在危机暂时解除，他看了一眼高度，觉得有点头晕。

这起码得有三米高……

阿蛮皱眉看向简南指的那片密林。

“你来血湖本来是打算干什么的?”阿蛮终于问了一个很早之前就应该好奇的问题。

“来找这次伪鸡瘟的病原体。”简南自己又尝试了一次下树，脚刚刚碰到树枝就默默地缩了回去。

三米高，以他的体重，砸下去应该会骨裂。

“我跟你一起去吧。”阿蛮跳到另一根树枝上，撑着树枝，伸手，“先拉住我的手，然后从那根树枝上下树。”

简南没动，皱着眉。

“你刚才的预警算是救了我一命，作为交换，我陪你去找病原体。”阿蛮说出了简南的口头禅。

简南犹豫了一下:“可是你也救了我一命。”

他刚才的预警不完全是作为交换的，但预警成功确实让他松了一口气，要不然他也不知道应该用什么来回报阿蛮刚才把他拉到灌木丛的救命之恩。

“我是做保镖的，救过很多人的命，所以我的命很值钱，以命换命的话，你亏了。”阿蛮等得不耐烦了，索性倾身，直接拽着简南的手把他往下一拉。

简南就这样憋着尖叫，被阿蛮从三米高拉到了两米高，然后直接拽下了树。

“走吧。”阿蛮拍拍身上的灰，背上了自己的相机包。

因为高空坠落而饱受惊吓的简南站在原地回了一会儿神，背上装备包跟在了阿蛮身后。

“这一带虽然没有偷猎人，但是有很多偷猎人放的陷阱。”阿蛮指了指草丛里一坨长得像大象脚的灰色植物，“看到这个东西你就绕远一点，他们一般会把陷阱放在这个东西的附近。”

“嗯。”简南跟得不算太近，阿蛮注意到在她说这句话之前，简南已经自发避开了一个偷猎陷阱。

“……你知道?”她不知道为什么莫名有点不爽。他怎么什么都知道!

“这是龟甲龙，属于薯蓣科。”大概是狩猎场已经恢复了平静，简南的话痨属性又有点压不住了，“我刚到这里的时候，因为天黑没看清楚，以为这是大型动物的粪便，所以停下来看了一眼，然后就发现了偷猎人放的陷阱。”

……所以是因为运气好。

“狩猎期的时候，血湖的出入口一直有人守着，你是怎么进来的?”已经绕进密林，血湖那边只能看到隐隐绰绰的一点灯光，阿蛮说话的声音也恢复到正常的音量。

“偷猎人里面有很多人是原住民，遵循着阿兹特克人的历法，每年七八月都会停止杀生，过他们的亡灵节。今天应该是第一天，会有盛大的晚宴，我是掐着晚宴的时间点来的，所以入口没有人。”他有些郁闷，“他们今天不应该出现的。”

亡灵节是善待亡灵、寻求庇护的节日，他没想到这种时候他们还会出来偷猎，一边摆着祭祀亡灵、祈求风调雨顺的阵法，一边在黑夜里制造嚎叫的亡灵。

阿蛮笑笑，没接话。她倒是忘记这件事了。

不过这些人杀生从来不看日期，也难怪她会忘记。

简南重新从自己的背包里拿出防护装备，为了避免被人发现，他这次没穿白色的防护服，只戴了面罩，戴了手套，穿上了一件黑色的雨衣。

然后再把同样的装备递给了阿蛮。

阿蛮这次倒是没嫌弃，她又探头往简南的背包里看了一眼。

“你……因为我没有从树上跳下去阻止偷猎人，很高兴?”简南觉得今天晚上的阿蛮有些过分配合，从偷猎时他发出那声冷笑之后，她就变得十分放松。

就好像，他突然不是累赘了。

“我以前接过一个单子。”阿蛮清理掉前面满是倒刺的灌木丛，“是一个妻子，想救出被偷猎人抓走的丈夫。”

她接着说：“她丈夫是环保人士，看到偷猎人偷猎棕熊，和偷猎人发生了肢体冲突。被抓的地方在边境，官方很尴尬。我花了很多力气和他们谈判，他妻子卖掉房子凑足了赎金，好不容易把他从偷猎人那里捞了出来。”

“结果第二个月，他又跑到了狩猎场，这次没那么好运气，直接就被当场击毙了。”阿蛮指了指脑袋，“据说是用身体拦在了棕熊面前，偷猎人没手软。”

“这个人有四个女儿，还有一个生病需要长期做肾透析的妻子，但是他死了。”阿蛮看向简南。

“所以你只是躲在树上，我觉得很好。”

他来之前做足了准备，他不莽撞，他只是来找病原体，他没有不自量力地打算路见不平拔刀相助，这样，她觉得很好。

简南的脸藏在面罩后面，看不清楚表情。

他身上的雨衣窸窸窣窣的，阿蛮猜想，他应该是在拿脚磨地。他犹豫思考的时候，总是会有些奇怪的反复的小动作。

“人类也是动物。”他在窸窸窣窣很久很久之后，才开口。

阿蛮看着他。

“你如果把刚才的场景想象成动物世界，那只是强势一方单方面对弱势一方的屠杀。那样，会觉得好受很多。”他的声音很平静，平静得甚至听不清楚情绪。

阿蛮愣住。

“只是他们的屠杀并不是为了果腹，他们屠杀、破坏，需索无度。

“所以，地球会开始自卫。”

简南把一小块半湿润的动物粪便放到采样袋里包好。

“血湖里面的鳄鱼和毒蛇都是被血腥味吸引过来的，这个地方本来是潟湖，可是现在已经渐渐变成了沼泽，最后，会变成毒沼。

“这里的雾气里已经含有瘴气，如果放任不管，这个地方很快就会变成人类的禁区。”

这些靠着猎捕鳄鱼营生的偷猎人，很快就会失去他们谋生的饭碗。不管跳多少次祭祀舞，不管牺牲多少祭品，都没有用。

因为工作关系，阿蛮很擅长观察人。每个人都有两面，有些人一面是真的一面是假的，有些人，两面都是真的。简南属于后者。

那个纯良无害、半夜送药、会关心植物死活的话痨是真的，现在这个把偷猎形容成动物世界，做什么事都用交换解决的看起来近乎冷血的人，也是真的。

他说他来这里是因为国际兽疫局申请进入血湖需要批文，时间太久，他怕伪鸡瘟控制不住，所以就自己先来了。白天排了很多手术，要来只能晚上来。

他说他那张工作证真的是偷的，他说他这一包装备有很多都是在国内就买好了，一盒一盒寄过来的。

他絮絮叨叨的，十分话痨，却总能很准确地绕过猎人的陷阱。

他绝口不提今晚看到的那场屠杀，阿蛮却看到他采样的样本里面有几个贴了鳄鱼字样的样本收集包。

他能分辨动物脚印，能分辨动物粪便，却不想去分辨人。

他说，等他拿到样本，国际兽疫局的人应该就可以申请到批文了；他说，他这两周已经把所有感染了伪鸡瘟的村庄都处理过，消了毒，只要没有外来病源，这次伪鸡瘟应该就可以控制住了。

他说得兴致勃勃，却在她问他什么事情都让他做完了，那国际兽疫局的人要做些什么的时候，突然就不吭声了。

夜色渐渐深了，屠宰场里的偷猎人陆陆续续地开着车子离开，有很多人喝了酒，夜空中飘散着他们带着酒意的笑骂声，越来越远，直至安静。

血湖的雾气变浓，烟青色的水汽从湖面上袅袅升起，一直弥漫到血湖入口的林间小路上，空气中有刺鼻的腥臭味。

阿蛮站在血湖外面的丛林里，看着简南从僻静的角落里摇摇晃晃地开出一辆破皮卡，皮卡车上印着费利兽医院的标志，挡风玻璃上还放着一张“OIE合作”字样的地方通行证。

所有设置都在为他这次的单独冒险做准备，他想过自己可能会被抓，他也想过他可能会死。

但是他仍然来了。为了这不会传染人的伪鸡瘟。甚至这些伪鸡瘟的来源，只是那几个本来想来他们兽医院讹钱的村头混混。

等简南晃晃悠悠地把车子停在了阿蛮的面前，阿蛮拍了拍车子的引擎盖，告诉他一条回城的近路：“一直往东边开，三十分钟就能进城。”

简南一怔：“你呢？”

他们不是一起走的吗？阿蛮说她来的时候搭的顺风车，他以为走的时候，他就是她的顺风车。

阿蛮耸耸肩："我还有事。"

她得往相反的方向走。最近切市风雨飘摇，有很多富商急着从切市撤资，急着跑路，她接了很多半夜带人或者带钱跑路的单子。

简南坐在车里看着她。皮卡车车身高，阿蛮个子小，简南居高临下，皱着眉说："很晚了。"

凌晨十二点多，是真的半夜了。

"我送你吧。"他打开车门跳下车，从车头绕了一个圈，打开了副驾驶座的门，"作为交换，你帮我两次，我也帮你两次。"

他觉得阿蛮刚才那句以命换命他亏了的话并不客观，他也救活过很多命，虽然是动物的，但是他也很值钱。送她出去，才算是公平交换。

阿蛮侧着头看他。有点好笑。

他离开了黑暗的掩护，在车灯下，看起来就又变回了傻傻的样子，连下车给女士开车门那么绅士的举止都无法挽回的傻乎乎的模样。

"还是往东开，把我送到能搭到车的地方就行。"

她最终还是上了他的车。

破皮卡在这种泥地上颠簸得每一个零部件都在颤抖，没有空调，发动机的热气和带着暖意的夜风一起涌上来，并不舒服。

两个人都不再说话，简南专心开车，阿蛮专心看着窗外。奇怪的是，气氛并不尴尬。

"前面有个坑。"阿蛮突然开口。

"哦。"简南动作灵活地转动方向盘，车子歪歪扭扭地避开了那个坑。

阿蛮坐在副驾驶座上，放下椅背，舒了一口气。

她没想到这几天忍着恶心在血湖拍照的工作会用这样舒服的方式结尾。她陪着这个人捡了一整个晚上的动物粪便和尸体，听他解释伪鸡瘟，听他把每一个奇奇怪怪的植物都叫出名字，分出科属。

这个人真的知道很多东西，乱七八糟的什么都能说很久，难怪能上报纸。

"六月十九日的《城市日报》上面为什么会有你的照片？"阿蛮突然想到简南对那些医闹的人自我介绍的时候说的报纸。

简南并没有马上回答。他踌躇了一下，提醒阿蛮："是在第三版。"

阿蛮："……"

"城市日报第三版中缝有外国人登记公示页。"简南声音带了笑意，"六月十九日，我刚来一个月，所以上面登记了我的照片。”

外国人登记公示页是自愿登记的，有些类似学校里的转学生报到公示，会放上照片、简单的简历和联系邮箱，夹在《城市日报》第三版中间的夹缝里，小小的一块，一般人都不会注意。

阿蛮彻底无语了。她以为是多牛的事情，毕竟简南当时的语气可骄傲了。

“你真能唬人。”她感慨。

可能因为不会撒谎，他言之凿凿的时候看起来会特别权威，真的特别能够唬住人。

简南笑了，眉眼舒展，在颠簸的卡车里，笑得露出了大白牙。

那夜之后，切市市区发生了一场激烈的枪战，脸上纹了半只鳄鱼的光头贝托失踪，切市的暗夜变得一片混乱。

阿蛮再也没有去过血湖，她把她拍到的所有照片都交给了达沃，达沃看过照片和影像之后，没有再找阿蛮麻烦。阿蛮按照规矩收足了尾款，又开始了夜夜卖命的日子。

她几乎快变成富商运钞车上的专有保镖，在城际之间，把那些暂时没有办法存入银行的现金和金条一点点地运出城，夜夜如此，所以她几乎没有时间想到血湖，想到简南。

在这样的时局下运送财物，大概率会遇到想趁火打劫的人，拳脚无眼，阿蛮因为外伤进出费利兽医院的次数就多了很多。只是她到的时间都是简南最忙的时候，她悄无声息地走后门，很少会遇到简南。

“你现在这个精神状态，最好不要再接单了。”戈麦斯戴着老花镜，拿着放大镜看阿蛮的瞳孔。

阿蛮扯嘴角，心情不佳：“你又不是医生。”

戈麦斯瞪她，放下了放大镜。

“你头上这个伤最好还是去医院检查一下，已经轻微脑震荡了，不能掉以轻心。”戈麦斯拿出一张纸，开始给阿蛮写药方。

“唔。”阿蛮应了一声。昨天晚上被那伙人揪着头发砸到了保险箱的钢板上，她拽拽头发，觉得该剪了。

“别不当回事！”戈麦斯看着鼻青脸肿却仍然漫不经心的阿蛮，叹了口气，“我有个研讨会，要离开切市一个月，所以这次给你多开点药。”

“重的伤一定要去医院复检，我给过你名片的。”阿蛮有些伤口去医院会引来麻烦，所以戈麦斯很早就给过阿蛮一张名片，让她受重伤的时候不要找他，去找这个医生。

“他收费很贵。”阿蛮哼哼。

她找过一次，差点被账单吓死，去一次就花掉她一次的保镖费，她要是每次都去，就真的不知道到底是在给谁赚钱了。

“财奴!”戈麦斯白了她一眼。

“我不在的时候，医院是交给简南负责的。”戈麦斯怕阿蛮不记得简南，多加了一句，“就是那个喷了你一脸消毒水还只给你一张纸巾的家伙。”

阿蛮低头笑。他还了，血湖那天晚上还给她一个口罩。

“国际兽疫局的人还在，照理说，费利兽医院近期不会出什么事，但是我怕万一。”戈麦斯摘下老花镜，叹了口气，“你也知道，最近……”

大白天都有人开枪，郊区都开始宵禁。

“所以你有空帮忙看着点，我按每天两小时的价格给你算钱。”戈麦斯很不放心，“其实这一个月我想干脆关掉医院的，但是简南不同意……”

他一个人偷偷摸摸从血湖弄回来一些样本，帮国际兽疫局的人争取到了禁区许可，戈麦斯觉得，现在关了费利，也确实会影响简南的工作。

“不用算钱，你请不起。”阿蛮答应得很爽快，“我会帮忙看着的。”

戈麦斯有些意外，想了想，想出一个折中的方法：“简南有护理学位，你万一真出了什么事也可以找他，我帮你跟他说说，他这个人信得过。”

“不用。”阿蛮摇头，“我这一个月不接单了。”

戈麦斯这回意外得眼睛都圆了。

“我也需要休息。”阿蛮半真半假地自嘲。

她这阵子趁乱赚了不少钱，但是现在时局越来越乱，昨天劫车的那伙人身上都带着枪，她觉得再接单子迟早会出事。

她现在已经不是以前那个吃都吃不饱的小孤女了，她的积蓄够过冬了。

“快乱到头了。”阿蛮解释了一句，接过了戈麦斯的牛皮纸袋，“账单发我邮箱。”

她走得有点急，像是不想再解释她这次为什么一反财迷本性，放过大好的工作机会。她的价格按天算钱真的很贵，戈麦斯为了简南也挺舍得出钱的。

她经过后门的时候顿了顿，眼角瞥到医生办公室里蹲着一个瘦瘦高高的男人，在男人面前，一个看起来六七岁的男娃娃正哭得天崩地裂。

阿蛮脚步停住。

“你别哭了，我给你吃糖。”简南哄孩子的声音。

男娃娃打了个嗝，接过简南手里的糖，然后喘了口气，哭得更加大声。丢了糖却没有达到目的的简南脸僵了片刻，挠挠头。

“其实……”他声音滞涩，听起来就手足无措，“狗能活十六岁已经很久了，你家的辛巴是自然老死的，并没有很痛苦。”

男娃娃声音停顿了半秒钟，继续号哭。简南继续挠头。

他都快要说出你家狗其实是喜丧这样的话了，话到嘴边又吞了回去，想要找个更能安慰人的措辞。

“我们会把辛巴火化，你可以带他的骨灰回去，撒在院子里，种上树。”他终于想出一个安慰的理由。

男娃娃这回哭的声音变轻了，抽抽搭搭地问：“撒在院子里，长出来的树就是辛巴吗？”

简南窒住。

“不是……”他艰难地说了实话，“死了就是死了，骨灰只是一堆无机物。”

大概从来没有人和男娃娃说过这么残忍的话，男娃娃张着嘴，倒真的忘记哭了。

“但是你看到树，就可以想起它。”简南补充，说得一如既往的认真。

阿蛮低着头走出兽医院后门，笑了。这人……

莎玛拿着动物死亡火化申请表走进医生办公室的时候，“咦”了一声。

“怎么了？”简南终于哄好了孩子，满头大汗。

“没事。”莎玛把申请表递给简南，“只是我刚才好像看到戈麦斯的客人了。”

戈麦斯的客人，下午一点到两点之间。

简南看着申请表格皱眉。

阿蛮最近，来得太频繁了。

最近这几天，简南找过阿蛮好几次，上班前，下班后。

国际兽疫局的通行证批下来后，他们又去了几次血湖。官方都是白天出门，基本不会遇到偷猎人，但是毒蛇猛兽还在，之前摆好的猎人陷阱也都没拿走。

为了一行人的安全，他们找了当地价格挺高的地陪，但是简南觉得，这些人都不如阿蛮。

不熟悉地形，话太多，没有常识，把一群来工作找病原体的专家当成旅游者，各种原住民的神话传说张嘴就来，关键还都是张冠李戴的。

所以简南有点想念阿蛮，想念她利落的身手，想念她话很少却会主动做很多事的样子。

他没有阿蛮的联系方式，唯一能找到她的地方只有阁楼，可是阁楼里面一直没有人。他每天上班前和下班后都会去阁楼敲敲门，几天之后，变成了习惯。

敲着一扇打不开的门没什么心理负担。这天，简南下班以后包都没放就先跑上楼，按照四分之三拍的节拍想敲一首歌以后再下楼，结果才敲了一个前奏，门就开了。

简南举着敲门的手，脑子里的曲子戛然而止。

阿蛮在家。

简南是天生的图像记忆者，阿蛮打开房门的那一瞬间，他脑子就已经锚定了无数个重点。

阿蛮的房间线条很多，各种五彩斑斓的装饰品，视觉冲击很强。

房间里的阿蛮没有穿着一身黑，切市全年平均气温在二十八摄氏度左右，所以阿蛮在自己家里只穿了一件紧身的灰色背心，一条热裤，打开门的时候，一头一脸的汗。

阿蛮剪了头发，她原来就是短发，现在直接剃成了板寸，看起来像个小男孩。

阿蛮左边胳膊有文身，一整条手臂的蔓藤，缠缠绕绕的。

阿蛮住的阁楼是个一居室，可是有一个功能非常齐全的厨房，他看到阿蛮的茶几上放了几样热气腾腾的菜，三菜一汤一个饭碗，餐具都是一次性的。

阁楼坐东朝西，黄昏时刻，一整个阁楼都是金黄色的，和一直在阴影里的全黑的阿蛮是完全不同的颜色。

简南脑子里戛然而止的曲子又一次颤颤巍巍地响了起来，是一首很老很老的歌——《白兰香》。

简南脑子里的留声机音质，黑白默片里嘎吱嘎吱的放映机声，和这一刻穿着背心热裤剃着平头的女孩子完美重合，他在很长一段时间里，只能举着敲门的手，一动不动。

“喂！”阿蛮问了几次为什么敲门，都没回应，只能伸手在简南的眼前晃。连带着她胳膊上的蔓藤也跟着一起晃。

葎草。

简南突然认出了阿蛮胳膊上的刺青，攀缘草本植物，茎、枝、叶柄都有倒钩刺，主要分布在中国、日本、越南，因为生长迅速，生命力强，是农田里需要被铲除的杂草。

这东西墨西哥没有。

阿蛮开始不耐烦了，这人敲开门之后就一动不动站着，都快站了一分钟了。

“再不说话我揍你了。”她开始威胁。

她昨天半夜做完最后一笔运货保镖的单子，今天白天特意去中国城买了好多菜准备犒劳自己，结果刚刚出锅，就被这呆子打断了。

阁楼没有空调，她热得要死，脾气很爆。

“我……”简南收回举着的手，清清嗓子，“抱歉。”

心跳如擂鼓，连收回去的指尖都是颤抖的。他忘记了敲门的理由，脑子里的《白兰香》像不停跳针的留声机，节奏乱了，心乱了。

他仓皇地转身想逃，脑子里的《白兰香》还在乱七八糟地唱，阿蛮手臂上在金色夕阳下缠绕的蔓藤还在他的脑子里晃。

阿蛮动作很快地拽住简南背上的单肩包。简南定住了。

阿蛮莫名其妙，哭笑不得，她扭头看了一眼自己茶几上的热饭热菜，想起简南吃烤鸭卷时的表情，问了一句：“你家有没有空调？”

被定住的简南机械地点头。

已经热得没脾气的阿蛮很快下了结论，她拍拍简南的肩：“去端菜，到你家吃，你出电费水费负责洗碗，我出饭菜钱煤气费负责烧饭。”

公平交换，简南最喜欢的。

她说完就径直下楼。身后的阁楼大门开着，黄昏的夕阳，饭菜的香味，还有阿蛮转身的时候从她下巴滑落的汗，变成了慢动作，在夕阳光照的尘埃里，定格成了光影里的光阴。

阿蛮的三菜一汤都是正宗的中国菜，红烧肉、香煎鲔鱼、酸辣土豆丝和西红柿蛋汤，要是换作平时，简南一定早早坐在餐桌旁准备大快朵颐了。

但现在不是平时。

他坐在餐桌旁，看着对面端着碗开始吃饭的阿蛮，东拉西扯地说了一句：“你……阁楼上有一个正在使用的望远镜。”

望远镜正对着费利兽医院。虽然此时此刻他一点都不关心这个望远镜是做什么的，他只是想找个话题。

他仍然一片空白，满脑子都是刚才夕阳下的《白兰香》。

“戈麦斯让我帮忙看着兽医院。”阿蛮夹了一块红烧肉。她觉得今天的简南很怪，从头到脚。

“哦……”简南两手放在膝盖上，犹犹豫豫地应了一声。这话他听到了，但是完全没进脑子。

阿蛮放下筷子。

“你……”简南两手握成拳，“有文身。”

“所以？”阿蛮应了一声，两手环胸，靠在椅背上。明确了，这人今天确实不对劲。

“是葎草。”简南现在说的每句话都没有经过大脑，完全遵循本能，“这种蔓藤在亚洲有很多，在墨西哥没有。”

阿蛮这回没接话，只是安静地看着他。

因为阿蛮的注视，简南脑子里乱七八糟的《白兰香》拉出了最后一个悠扬的长音，戛然而止。

阿蛮的眼睛，很好看。

“你今天找我有什么事？”阿蛮不想聊葎草，换了个话题。

“你……”简南总算能听懂阿蛮在说什么了，“收费贵吗？”

“……”

阿蛮默默地放下了再次准备开动的筷子。虽然她知道简南的意思，但是简南这样问问题，是很有可能被人打死的。

“我不接私单。”她坚强地吃了一口肉。

“那……贵吗？”简南很执着。

“分两种价格。”满口肉香的阿蛮决定满足他，“如果是保物，收取物品价格的百分之二；如果是保人，一小时三百美金，超过八个小时的话按天收费，一天五千美金。”

暗网再加收百分之二十的平台费。不过这个阿蛮不想告诉他。

简南张着嘴，呆呆的。他请的当地最贵的地陪，一个小时五十美金……

“哦……”巨大的金钱落差终于让简南清醒了些，脑子迅速算了一遍预算。

“不请了？”阿蛮心情很好地咧嘴。空调终于抚平了她一身的燥热，让她觉得此刻憋屈的简南挺好玩的。

简南老老实实：“请不起……”这个价格……比他出诊还贵……

“吃吧，菜冷了。”阿蛮拿一次性筷子敲了敲碗。

简南挪挪屁股，他的心跳已经被金钱平复了，现在终于闻到了饭菜香。他像平时一样，从自己的随身包里拿出了筷子调羹，十双，在餐桌上一字排开。

刚刚喝了一口汤的阿蛮差点被呛死。她只是想要找个有空调的地方好好吃顿饭！

简南调整好每双筷子的间隙，挑了其中一双筷子，夹了一块红烧肉。

阿蛮没忍住看了一眼，发现那双鸡翅木筷子上方的黑色金属块上写着“外婆”两个字。

嘴里的红烧肉顿时不香了，她默默地放下了筷子，探头去看简南放在桌子上其他筷子的称呼，果不其然，爸爸妈妈爷爷奶奶外公外婆舅舅舅妈一大家子。

……

这顿饭真的吃不下去了。

阿蛮低咒了一句脏话。

“你……”她斟酌了一下措辞，“这些筷子怎么回事？”

一个二十六岁的大男人，异国他乡孤身一人，吃饭的时候用十双筷子，筷子上刻着家里人的称呼。这个故事太悲伤了，阿蛮觉得连她这样的人都觉得嘴里苦苦的。

“我很小的时候就进了特殊教育学校。”简南吃了一口红烧肉，眼睛亮晶晶的，马上夹了第二块，“因为智商太高了。”

阿蛮：“……”她突然不想听了。

“我们家人很多，我喜欢一家人坐在一起吃饭的感觉，可是因为寄宿，再加上一些研究项目，我只有过年的时候才能回家一起吃饭。”简南又用“爸爸”的筷子吃了一口香煎鲔鱼，眯眼，“所以就弄了这些筷子。”

又因为他记性好，仅有的几次家庭聚餐让他记住了每个人的吃饭喜好，“爸爸”的筷子喜欢吃鱼，“妈妈”的筷子喜欢吃偏甜偏软的蒸菜，他觉得这样吃饭，热闹。

这比阿蛮乍一眼看到这些筷子时想的情况好很多，但是，仍然有些悲伤。

阿蛮把酸辣土豆丝往简南那边推了推：“吃吧。”

果然，精致咖啡馆里那些穿着精致的人幸福得很相似，而他们这些在异国他乡破旧公寓里的人，悲伤大多不尽相同。

简南盯着那碗土豆丝，又看着自己的一排筷子，最后挑了黑色方块上写着“简南”的筷子，勉勉强强地夹了一口。

“我们家的人不吃辣……”他解释。

但是因为是阿蛮给的，他有点想吃。

阿蛮斜了他一眼，眼底有笑意。

简南捧着饭碗，吃得嘴巴鼓鼓的，手里的筷子变换不停。

很热闹的一顿饭，比她在那个招夕晒的阁楼里一个人汗流浃背地边上暗网边吃饭要热闹很多。所以她多吃了一碗饭，并且用武力抢走了最后一块红烧肉。

第4章
鳄鱼文身

那天晚上，简南做了一个梦。梦里，他站在夕阳下，脚下是温暖的木质地板，地板声吱吱呀呀，有老式留声机的歌声，他听不出歌名，也不知道自己在哪儿。

四周很空旷，一片金色中，有一个模模糊糊的人影。简南在梦里隐隐知道这个人影是谁，他的心跳开始加速，老式留声机和他的心跳一起，开始跳针。

那个身影始终模模糊糊的，在他目力所及的地方，并不靠近。穿着灰色的紧身背心，手臂上有一大片葎草。

简南站着，那个身影在动，明明在远处，隐隐绰绰，却有真实的触感。

留声机的声音咿咿呀呀，节奏慢慢变快，梦里的夕阳光照开始变得刺眼，简南在留声机最后一声略显尖利的尾音中醒来，房间很黑，现实中没有那一片金黄。

他仰面躺着，表情有些困惑。

切市很热，他盖的是薄毯，睡觉的时候只穿了贴身的衣裤，因此发生了什么，他很清楚。从初中以后，他就很少再经历这种事，所以他盯着天花板愣了很久，然后恍然大悟地“啊”了一声。

他终于明白了傍晚的时候自己心跳加速的原因。雄性动物本来就会有这种让人摸不着头脑的冲动，作为思维相对复杂的人类，他有时候会因为这样的冲动感到困扰。

他认命地起身，准备重新梳洗。

为什么呢？热水浇到身上的时候，简南还是皱着眉。

大概和当时的环境有关系，温度、湿度、亮度和声音，应该都有影响……

或许跟时间也有关系，黄昏是大多数动物归巢的时间……

简南擦干净脸上的水渍。

也可能，只是因为太热了……

他在雾气腾腾的浴室里，终于给自己的困扰找到了科学依据。

人与人之间变熟悉的时机很奇妙。

阿蛮和简南楼上楼下住着的这段时间，是阿蛮这么多年来最空闲最居家的时候。她会半夜三更出门买菜，天还没亮就缩回窝里待着，有时候出门会遇到从实验室刚刚回来打着哈欠的简南，有时候买菜回来也会遇到天还没亮就出门上早班的简南。

遇到的次数多了，招呼打多了，阿蛮也会为了蹭空调邀请简南吃顿饭。大部分都是她自己烧的，也有她懒得烧让简南直接叫外卖的。

每次都非常公平，简南洗碗、善后，菜式太好的时候还会给她几比索以补充菜钱。仍然互不相欠，仍然不太会开口主动问对方的私事，见面的时候仍然会很客气地互相说着“你好”“谢谢”。

只是交换了对方的联系方式，只是吃晚饭的时候，会多一个人，闲聊一些当地不咸不淡的新闻，听听当地的广播，偶尔简南会放一些听起来就很老的歌。

阿蛮觉得很惬意，因为简南的屋子有空调。简南觉得很开心，因为阿蛮，他吃到了很多心心念念的中国菜，虽然阿蛮的厨艺普通，墨西哥买到的调味品也不见得正宗，但是总比那些番茄乱炖适合他。

所以，阿蛮忽略了简南房间里堆成山的没拆的快递盒，简南也忽略了阿蛮厨房明明有一堆锅碗瓢盆可她坚持用一次性碗筷的爱好。

萍水相逢，莫问出处。

阿蛮夹走了最后一只油爆虾，满足地眯起眼睛。

简南咬着刻着“妈妈”的筷子，退而求其次地夹了一筷子胡萝卜丝。

客厅里的老式收音机正在播放血湖的新闻，生态破坏、偷猎还有瘟疫。那天晚上阿蛮帮达沃拍的照片和简南带回去的样本，都在这个时间点爆发了，当地媒体甚至国际媒体都开始大肆报道这件事，尤其是切市主流媒体，最近所有的新闻都围绕着血湖，从屠宰场开始，一直蔓延到鳄鱼皮买卖。

阿蛮吃饭的动作慢了下来。

这些都是贝托的生意。贝托失踪，切市正在大洗牌，借着血湖的事，原本被称为切市最成功的企业家的贝托瞬间被打回了十恶不赦的黑帮大佬。太顺利了，她心里的不安反而越来越强烈。

达沃这个人绝对不是单纯的记者，偷猎新闻是在贝托失踪后的第二天爆出来的，紧随其后的就是国际兽疫局获得血湖勘察通行证的新闻。

贝托经营了几十年的生意王国，从血湖这个地方开始，在几周之内就被抽丝剥茧地逐个击破，切市有很多人在狂欢，大家似乎都忘记了，这个脸上文了半只鳄鱼的贝托，是个报复心极强的疯子。

“你……认不认识一个叫达沃的记者?”阿蛮放下油爆虾，微蹙着眉。她和简南在各种巧合下变成了颠覆贝托王朝的开端，这个认知让她心里的不安开始翻涌。

简南正在挑剔胡萝卜丝的粗细，听到这个问题，愣了一下，茫然地摇头。

阿蛮仍然蹙着眉，却没再问下去。但愿是多心了，做保镖太久，草木皆兵。

“国际兽疫局过来的人里面有专门负责对外的公关专家，不用我去接触记者。”因为阿蛮严肃的表情，简南又多解释了一句。

“你最近还去血湖吗?”阿蛮换了个问题。

“伪鸡瘟完整的病毒传播链已经找到了，几个被传染的村庄也做完了病禽捕杀和场所消毒，国际兽疫局的人应该不会再去血湖了。”他沉默了一会儿，“但我应该还会再去。”

他没说他会再去的原因，对别人私事极度缺乏好奇心的阿蛮也没有再问，只是皱着眉调大了收音机的音量。

新闻还在继续，这一次的新闻是关于伪鸡瘟的。短短两周时间，调查团队就找到了完整的传播链，杀灭了所有病鸡，新闻采访了国际兽疫局的人，应该就是简南说的专门负责对外的公关。

公关听起来就很专业，先后介绍了国际兽疫局做过的工作，遇到的困难以及后续的重点防疫方法。全程都没有提到简南。

简南没什么反应。

阿蛮觉得挺好，这样万一贝托想找人寻仇，目标也是国际兽疫局。所以她压下了心里的不安，又抢走了最后一筷子胡萝卜丝。

手速永远没有阿蛮快的简南叹了口气，换上写着自己名字的筷子，把碗里的白饭扒拉干净，脸上若有所思。

阿蛮对血湖的新闻特别在意。他知道原因。

他刚来切市就知道贝托这个人。戈麦斯每个月都会给一个叫“贝托”的人汇一笔钱，莎玛和切拉在中午吃饭的时候偶尔也会提到这个人，听起来，这人明面上是切市最成功的商人，黑夜里是这座城市能止婴儿啼哭的恶魔。

靠着中午的八卦时间，他知道贝托是靠着血湖偷猎起家的，他也知道，阿蛮之所以特别关心血湖的原因。

那天晚上，阿蛮是去拍照的，他跟了全程，所以他知道新闻上面那些现场偷拍的照片都是阿蛮拍的。再加上那天晚上他带出来的病原体。

贝托的生意之所以被一一清算，就是因为这两件事，而做这两件事的人，一开始都不知道事情会发酵成现在这个样子。

所以阿蛮皱着眉。

所以，他虽然知道阿蛮皱着眉的原因，却一直没有开口说。

“我最近这段时间应该不会去血湖。”他在最后收拾碗筷的时候，突然没头没尾地说了一句。

“要去也会等切市安全一点再去。”他打开水龙头开始洗碗。都是他的碗筷，阿蛮的一次性餐具早就收拾好丢到了垃圾桶里。

阿蛮没说话，简南通过瓷砖的倒影看到阿蛮正捧着杯子眯着眼睛。

简南把水龙头开得更大了一点。他没有开口说，是因为他没有想到解决方法，万一他和阿蛮真被卷进这件事情里，他对未来会发生什么，其实一无所知。

他不了解暗夜里的事情，阿蛮了解，但他从阿蛮的表情里并不能解读到太多的东西。

小心谨慎，静观其变。食草动物在感知到危险的时候，通常只能做出这样的选择。他和阿蛮都做出了这样的选择。

阿蛮，和他那天在血湖灌木丛里的感觉一样，其实也只是食草动物，只是更凶狠一点罢了。

贝托王朝在持续崩盘，从偷猎开始，一路延展到了走私。切市每天都能听到警车来来回回的声音，整个城市被翻来覆去，有人锒铛入狱，有人换了立场，但是贝托，仍然没有出现。

这个曾经让所有人闻风丧胆的人物仿佛彻底从这个世界上消失了，无论他的产业被瓦解成什么样子，无论他的家人和曾经忠心于他的那些手下被侮辱成什么样子，人们始终没有看到贝托的影子。

于是，大家开始相信，贝托死了。

阿蛮连续几个深夜出门打探消息，得到的都是这样的结论。不知道为什么，她不但没有松一口气，心里的不安反而愈加翻涌。

凌晨四点，她戴着帽兜从空无一人的老街上避开摄像头回家，那个经常半夜三更在实验室里做实验的简南，正好打着哈欠站在二楼拐角的地方，仰着头看她。

阿蛮停下了开门的动作，和往常一样，说了一声“早”。

“你等我一下。”简南手上有东西，急急忙忙地往上爬。

阿蛮站在原地等他，心里想，这个人腿部的肌肉力量应该非常差，所以走路才会这样踢踢踏踏。

“你家厨房的灯坏了，我白天买了替换的灯泡。”简南只爬了一层楼就开始气喘吁吁，但仍然坚持举起了手里的东西。

阿蛮知道她家厨房的灯坏了，实际上，这盏灯一直是坏的，她也没打算换。

不过……一旦拒绝他的好意，他通常就会开始啰唆带恐吓。

一个灯泡而已。她转身继续开门。

“我来换。”身后的简南还在喘。

“你会换灯泡？”阿蛮有点意外。

“我……”简南卡住了，“我经常换灯泡。”

实验室里的，手术台上的，还有家里的，他好歹也一个人生活了很久。

“厉害。”阿蛮敷衍他，打开了门。

简南嘟囔着跟进门，却发现刚才耷拉着肩膀很放松的阿蛮突然全身紧绷站在玄关处，一动不动。

“阿蛮？”简南奇怪，跟着进了屋。

屋里还是老样子，五颜六色的，看起来有些乱，有些满。

阿蛮微微动了一下，站在了简南面前，举起了双手。

阴影中，一个半张脸都文着鳄鱼的男人举着枪站着。

贝托。

“阿蛮小姐。”贝托走出阴影，嘴角带着笑，那只废掉的眼睛藏在鳄鱼文身里，周围疤痕密布，像一只穷途末路的巨鳄。

霰弹枪口黑魆魆的，有长期使用后残留下来的焦色火药。

雷明登870泵动式霰弹枪，削短型的，这么近的距离，一枪就可以崩掉他们两个人的脑袋。

阿蛮举起双手往前走了一步，想把身后的简南隔在安全距离之外。几乎同一时间，她听到了简南关门的声音，接着是他跟着往前走了一步的脚步声。

阿蛮：“……”她每次都会被这个胆小鬼在危机时刻的表现吓一跳。

“不关门的话影响不好。”简南还解释了一句，居然还知道不能惹怒贝托，特意用的西班牙语。

阿蛮差点没忍住白眼，举着枪的贝托也明显顿了一下。

“没想到能在这个时间点遇到传说中的简南先生，这倒让我省了不少事。”贝托到底是贝托，一句话就让阿蛮压下了所有伺机而动的小动作。

贝托知道简南。

这是最坏的情况。

阿蛮的心沉了下去，她仍高举着双手，身体却比刚刚进门的时候更加紧绷。

她的反追踪能力在切市是顶尖的，她可以肯定这一段时间她身边没有出现过跟踪者。这间阁楼和她之前被达沃找到的那间自住的房子不同，这房子是用来给雇主做安全屋的，周围环境、整幢楼的情况都更好，连房间布置、逃生位置都是她精心设置过的。

这幢楼的一楼是一家周末才会开的便利店，对面是戈麦斯买下来的费利兽医院产业，兽医院生意特别好的时候会在白天打开当成备用手术室。二楼之前住的是个日本人，两个多月前换租给了简南，房东只租给短期居住的外国人，这也是她找这间阁楼作为安全屋的原因之一。

她平日里从来不碰阁楼里的东西，用的水是桶装水，晚上开的唯一一盏灯是背对着窗户的，不会透光，拉的电线都是楼下便利店的。就算是二十四小时监控这里的人，也会以为这个阁楼目前没有人住。

不应该有人知道她住在这里，更不应该有人知道她和简南是互相认识的关系。因为除了那天中午在咖啡馆，她给了他一个烤鸭卷，他们两个在外面从来没有单独聊过天，她和简南的关系，理论上只有他们两个人知道。

贝托为什么会知道？或者说，他到底知道了多久？对整件事情了解多少？

“贝托先生。”阿蛮终于开口，“这里是我的安全屋。你了解我的做事风格，这间屋子的监控没有死角，你只要开枪，一个小时之内，你在这个区出现过的消息会传遍暗网。”

安全屋是为了保护受雇人的，一旦采集到枪声或者其他异常，监控系统第一时间同步到暗网。暗网现在全都是通缉贝托的委托，一旦他出现在阿蛮安全屋里的影像传出去，他根本无处可逃。

贝托也知道，所以他在确定阿蛮不会反抗之后，收起了枪。

阿蛮松了口气，这才有时间扭头看那个一直站在她身边的简南。简南还抱着怀里的灯泡，没什么表情，看到阿蛮看他，他动作幅度非常小地摇了摇头。

默契不够，阿蛮并不知道他摇头的意思。但是，这个号称压力过大就会呕吐的PTSD患者现在看起来情绪很稳定。

“喝茶吗？”阿蛮决定忽略简南，“我这里有很好的中国茶叶，切市不容易喝到。”

贝托已经转身坐到了客厅的单人沙发上，手里还拿着枪，大喇喇的。

作为一个正在被全城通缉的人，他看起来心情也不合时宜的好，甚至还冲站在那里的简南点了点头，示意简南坐到他对面。

镇定的简南很合作，踢踢踏踏地走到客厅，抱着灯泡坐到了贝托对面。真的看不出怕。正在柜子里拿茶具的阿蛮简直要怀疑简南这个人是不是和她一样经常被人用枪指着头。

“你不怕我?”果然，贝托也有同样的疑问。

“我怕枪。”简南回答了。

他的答案让贝托一怔，也让阿蛮忍不住回头看了他一眼。

贝托笑了。

阿蛮端出了一整套普洱茶具，最繁复的那一种，摆到茶几上，一声不吭地开始烧水，洗茶具。

贝托喜欢喝中国茶，很多人都知道。但是她拿出茶具，倒不是为了贝托。

一来，普洱茶的冲泡步骤很多，泡茶时间很长，足够让她能在相对平和的时间里通过贝托的话找到自己缺失的拼图。

二来，泡茶要用到的开水其实是很好用的室内武器，也是她擅长的攻击手段之一。

“阿蛮在切市的第一个保镖单子，是我给她的。”贝托在开水沸腾的咕噜声中开了口，说话的对象是简南，“那个时候她才十六岁。”

阿蛮看了他一眼，内心腹诽“给个屁”，明明是她碰巧路过，碰巧救了一个人，碰巧那人是他手下，从此就被他盯上了。

如果时光能倒流，她那天一定目不斜视地走过那条巷子。

简南也没吭声。平时话痨的他在这种时候话少得判若两人。

“她向来就不是好孩子。”贝托笑了，用长辈介绍晚辈的口吻，“从来没有听过我的话。”

阿蛮低头，专心地烫茶具。

简南看起来仍然面无表情，只是喉结上下滚动了一下。

“她经常试探我的底线，从我的集装箱里救过警察的内线。”贝托说话时持续着那种恶心的温情的语气，“帮助我的情妇逃离切市，还帮戈麦斯救过几条狗。她救之前肯定已经知道，那几条狗都是我从缉毒警那边偷到手的缉毒犬。”

“很调皮，不过闯的祸都不是什么大事，所以我让她活到了现在。”贝托这句话是盯着阿蛮说的。

阿蛮不吭声。她身上有几个很严重的伤疤，就是因为这几件事留下的。

贝托睚眦必报，暗巷里十几个大汉过来拳打脚踢，她能活着是因为她拳头够硬，并不是因为贝托心软。

“我们这里的人做生意讲究不慌不忙，平时给你的礼节和尊重，总有一天需要收回来，我并不急着收，因为我觉得还没到时候。”茶已经泡好了，贝托看着杯子里色泽红润的普洱，没有马上喝。

“我倒是怎么都没有想到，我一直自由散养着的小姑娘，会在最重要的时候回头咬我一口，还带上了国际兽疫局。”一长串扭曲的叙旧之后，贝托终于进入了正题，也终于喝掉了那一杯新泡的普洱茶。并不是阿蛮说的很难喝到的好茶，甚至有点受潮发霉的味道。

这丫头从来都没有怕过他，武力不行，打压不行，甚至用钱砸都不行。她从不碰他的委托，暗网接单本来就是黑市交易，但她在那样的地方坚持不接毒品枪械和其他犯法的单子，令人匪夷所思地坚持了六年多。

他没有对她下杀手，是因为她不仅不接他的单子，别人的，只要涉及非法的，她也一样不接。

一个有本事的、立场中立的人，在危机时刻会变成可以制敌的奇兵。

他对她一直都是有想法的，只是没想到她居然先他一步做出了选择，哪怕他很清楚，这个选择并不是她主动做的。

偷拍偷猎照片，就是一种背叛，哪怕她虚化了照片里所有人的人脸，哪怕她接单的时候特意录了视频。

但是背叛就是背叛。贝托的世界里，不允许背叛。

“达沃已经死了。”贝托往茶几上丢了一张照片，“他本来是我的人，结果，站错了队。”

这个胖子记者也是他养的一条狗，平时用各种独家新闻豢养着，用来帮他操控舆论。结果切市刚乱起来，他就一边表着忠心，一边不停地给官方爆料，还收了敌对方的钱。

所以他死了，死相很惨。

阿蛮看都没有看照片一眼。

简南看了，拿起来很认真地看了很久，然后放了回去，双手平放，规规矩矩的。

本来应该很烦躁的阿蛮因为简南的动作，差点又没忍住翻了个白眼。这家伙真的不怕，平时一声车喇叭都能吓到他的人，这种时候却规规矩矩平平静静的，简直讽刺。

他怕的是对方的枪，和她一样，没有怕过这个人。

“达沃死了，所以我也得死吗？”阿蛮微翘起嘴角，问得讥诮。

“我从不冤枉人，我知道你拍照片的前因后果，我也知道这位简南先生在这整件事情中是怎么和你认识的。你们两个只是顺势而为的两只手，和达沃的背叛在本质上不同。”说了一个晚上屁话的贝托突然说了一句人话。

阿蛮却眯起了眼，开始警戒。拉拉扯扯那么多，终于进入正题了。

“只是不管怎么顺势而为，你们终归还是做了。

“血湖对我来说是怎么样的存在，阿蛮是知道的，我甚至怀疑她心里很清楚那里的产业在我整个生意王国里的占比。

“这和往常闯的那些揍一顿就算了的祸不一样，这一次你用命来赔都不够。”

贝托把玩着手里的霰弹枪。

“更何况，你还认识简南，并且把他活着带出了血湖。”

结束了前面冗长的、像发泄也像摆谱的铺垫，贝托终于露出了狰狞的模样。

“我来找你，只有一件事。”

“你得想办法把血湖还给我。”贝托坐在沙发上，上身前倾，靠近阿蛮，指向简南，“把这群人，赶出血湖。”

“那些国际兽疫局的人，那些所谓的监控瘟疫的人，这些人既然是你们两个弄进来的，那么就由你们两个负责把他们赶出去。

“否则，血湖里面那些鳄鱼的食物，应该就不仅仅是鸡肉了。”

暗夜里的贝托，终于亮出了自己的底牌。

阁楼里陷入了短暂的沉默。

凌晨四点钟，贝托看了一眼墙上的时钟，拿遥控器打开了阿蛮家里从来没有被打开过的老旧电视。

电视还能用。贝托调到了公共台，满是雪花点的黑白电视机正临时插播了一条当地新闻，现场直播，地点是城外的高速公路，电视台派出了直升机，当红的新闻主持人连线，语气亢奋。

此时此刻正坐在阁楼沙发上的贝托出现在了新闻标题里，主持人非常激动地讲述着高速公路追击战的现场情况，听他的意思，贝托现在正在那辆白色的轿车里。画面里，警车紧追不舍，所有人都认为今天晚上终于可以抓住贝托，终于可以结束这场让所有人惴惴不安了好几个月的灾难。

电视机前的贝托拿着枪，嘴角噙着笑，看着电视里的追击战逐渐白热化，他嘴里发出了一声轻轻的“砰”。

几乎同时，那辆在高速上飞驰的轿车突然变了道，不知道是因为方向盘打滑还是刹车失灵，那辆车在高速公路变换了两三次车道之后，全速冲向了拐角的悬崖。

速度非常快，主持人根本没有反应过来，所有人都睁大了眼睛。

然后，就是一声极其空旷的金属撞击的声音。

直播用的直升机第一时间调整了摄像视角，黑白电视的画面里，那辆白色轿车已经严重变形，车里的人没有出来，主持人一迭声地询问车里的情况，于是直升机的镜头又拉近了一点。

正在看电视的贝托嘴里又“砰”了一声。白色轿车爆炸了。

爆炸的气流让直升机的镜头陷入混乱，开始来回摆动，再加上老旧电视的雪花点，已经无法分辨出那辆变了形的轿车到底还残留了多少。

但是，里面的人必死无疑。

电视上的画面逐渐停止晃动，几辆警车亮着警灯停在了悬崖边，这一场追击战的结局显然是所有人都没有想到的。

在专家的建议下，直播间里的主持人开始一帧帧回顾整个追击战的过程，从看到贝托上车到车子跌落悬崖，没有任何人下过车。

虽然还需要进行DNA检测才能下定论，但是目睹了追击战的所有人都可以断定，那个纵横切市十几年的贝托，那个让人闻风丧胆的鳄鱼贝托，失踪半个月后，终于在全市人民的注视下跌落悬崖，随着轿车的爆炸粉身碎骨。

贝托笑眯眯地关上电视，给自己又满上了一杯普洱茶。

“接下来，他们会用最快的时间检测出车里的尸体和我的DNA完全吻合，贝托这个人，以后就是一个死人。”贝托的心情似乎因为这个新闻变得很好，好到居然又开始和他们聊天。

“你不好奇为什么他们能从车上检测出我的DNA吗？”他看着阿蛮问，瞎掉的那只眼睛的眼白像藏了毒。

阿蛮没说话。

“他一定知道。”贝托的枪口还对着简南，冲简南那边指了指。

“车里的那个人应该接受过他的骨髓移植。”简南回答得言简意赅。

“被移植过骨髓的人，血液里的造血干细胞会被捐赠者的替代。两年前，我选了几个和我身形相似的人做了骨髓移植，一段时间之后，这些人的DNA就会变成我的。”贝托说得像是在炫耀，“这个方法知道的人不多，但是我知道你一定会知道。”

“其实挺多的。”简南看着贝托，拆台，“去年九月就已经有法医把这个现象拿到国际法医学会上做陈述了，很多医学周刊上都有，法医或者这方面的医生应该都知道这件事。”

阿蛮身体非常小幅度地动了一下，担心简南这种拆台会惹恼明显情绪不太稳定的贝托。但是贝托没有，他笑了，咧嘴大笑。

“从你们进来到现在，阿蛮找到了十几次攻击我的机会，但是她每一次都选择了挡住枪口，放弃攻击，你知不知道是为什么？”彻底摊牌的贝托显得十分放松，连受了潮的劣质普洱都连着喝了两三杯。

“她在保护你。”贝托自问自答，语气愉快。

“可是她大概不知道她保护的是一个什么样的人。”贝托放下杯子。

“这个人。”他指着简南，“在没来切市的时候，我就已经知道他了。”

“三个月前，有人出十万美金，让我截取三个包裹，在里面藏三块稀有鳄鱼皮，再原样寄出去。

“那三个包裹的收件人，就是简南。”

阿蛮一怔，转头看向坐在她旁边的简南。他脸上表情没怎么变，只是微微垂下了眼眸，看起来并不意外，只是沉默。

“让我办这件事的人是一个我多年没有联系的朋友，基于好奇，我查了查这位简南先生的生平。”贝托“啧”了一声，“那真是，十分传奇。”

“纵火，偷窃，暴力伤害。”贝托摇着头，脸上带着笑，“你真的是打破了我一直以来对专家的固有印象。”

简南终于动了一下，给自己也倒了一杯普洱茶，抿了一口，看了阿蛮一眼。

这一眼阿蛮看懂了。他嫌弃她的茶不好。

靠。阿蛮内心的白眼都快翻上天，这么危险的时候，为什么他的画风和其他人都不一样。

“血湖不是你的。”简南开了口。

贝托眯起了眼。

“血湖是潟湖，因为海湾被泥沙封闭，逐渐演变成了湖泊，是死水。

“死水没有出口，你们长期往里面倒入大量的动物内脏和残肢，这些东西只能在湖底腐烂，发酵。这么多年里，大量腐烂物发酵后产生的微生物一直在缓慢地改变着血湖周围的环境。

“它们入侵到土壤、水源、空气和动物身上，最开始只是改变了血湖附近的动植物生态，发展到现在，它们已经开始改变空气，改变地质。血湖这个地方，很快就会变成无人区。

“所以，那不是你的地盘。

“你们造出血湖，吸引了大量鳄鱼和其他生物，你们以为这只是一种野生饲养，只要血湖够脏，这里面的鳄鱼就可以源源不绝。

“你们确实没有想错，这样下去，不仅是鳄鱼，血湖还有可能吸引其他的大型食腐动物，你们偷猎走私的名单可能还会更长一点。

“但是，到那个时候，这个地方就已经不允许人类进入了。

“你们造出的血湖，最终会吞噬你们所有人，不管是住在周围的人，还是进入血湖的人，都会变成湖底腐烂的尸体。”

凌晨，阁楼里极其安静。

简南说这些话的语气和他上次介绍伪鸡瘟一样，没有太多停顿，他的西班牙语有口音，但是口齿很清楚，逻辑很清晰。

贝托着实安静了几秒钟。然后，仰天爆笑，笑得整个沙发都在震动。他脸上那半只鳄鱼都弯曲成了咧嘴的模样，藏在鳄鱼文身里的瞎掉的眼睛，笑得没有半丝人味儿。

“血湖附近那些村庄里的人都叫你‘巫医’。”贝托终于止住了笑，“我本来不懂，现在终于懂了。”

“你能唬人，你这双黑漆漆的眼睛盯着人的时候，会有人信你。”贝托笑着举起了枪。霰弹枪发出上膛的声音。他这一次举起来，动作很慢，脸上还挂着刚才爆笑后残余的笑意。

“无人区，就是我想要的。”他笑眯眯的，“湖里的尸体能引来更多的动物，也是我想要的。”

“至于它最后会不会吞噬我，那是我的事。

“你们，必须退出。”

简南很轻很轻地“呵”了一声，一如当初在血湖旁边的树上看到偷猎人祭祀那样，他微微翘起了嘴角，讥诮地弯了弯眼睛。

这个胆小鬼在被人用上膛的枪指着脑袋的时候，居然还敢嘲笑人。

阿蛮终于伸出手，握住了贝托手里的枪，直接握住了枪口。

“雷明登870泵动式霰弹枪，改制过的，弹匣的地方装了一层木雕装饰。

“这把枪，黑市的人都知道。这是跟了你一辈子的枪，里面的每一颗子弹都是特制的。

“今天晚上你来的时候既然带上了这把枪，就应该不是来杀人的。”

阿蛮说得很慢，她的手看起来只是随意搭在了霰弹枪上，但是简南看到，贝托手臂上的青筋慢慢地暴起，他在用力。

“贝托先生，这里是我的安全屋。”阿蛮又缓慢地重复了一遍，“你在这里开枪，就浪费了一次骨髓移植。”

简南是真的聪明，可能，也很了解人性，所以他也看出来了，贝托今天晚上来这里只是来警告他们。

他来告诉他们，他没有死。

他来宣布，血湖是他的地盘。

他来，是来驱逐简南的。

所以简南说了那些话，他不怕激怒贝托，因为他知道，贝托今天晚上不会杀人。

但是，他知道人性，却不知道贝托。

这个人，能让那么多人闻风丧胆，是因为他真的就是个疯子。

如果真的惹火了他，不管这里是不是安全屋，不管他今晚有没有假死成功，他也会拼着最后一口气杀掉嘲笑他的人，哪怕这代价在正常人看来并不值得。

贝托举枪的动作没变，他看着阿蛮，问得非常清晰：“你这只手，是一种站队。”

从来保持中立独善其身只管赚钱的阿蛮，这是她第一次立场分明的站队。

“我不会让你在我的安全屋里杀人。”阿蛮没否认，也没承认。

“今天之后，你也会变成我的敌人。”贝托盯着阿蛮的眼睛。

阿蛮放下手，低头，微笑。

“荣幸之至。”她开口，西班牙语说得精准无比。

贝托最终还是走了。今天晚上他确实不打算杀人，通过骨髓移植的计谋假死成功，他还有更多更重要的事要做。

今天晚上的事，本来是他所有待办事项里面最简单的。

他没想到这两个人都这么不怕死，阿蛮也就罢了，那个一辈子都在学校和实验室里的简南，对着枪口居然能嘲笑出声，这是他完全没想到的。

所以他走了，宣布两人从此以后是他的敌人之后，他悻悻然地离开了。

留下了阿蛮和简南，简南甚至还抱着刚才上楼的时候就抱着的电灯泡。

“你，怎么回事？”阿蛮语气不善。

差一点点，差一点点他就真的把贝托这个疯子的疯性逼出来了。一个正常人，为什么会这么不怕死！

“我们去楼下说。”简南起身，怀里还抱着灯泡。他本来只是想帮她修电灯的，他觉得最近不安全，亮一点总能有点安全感。

那个时候，他并不知道这间阁楼只是一间安全屋。

他终于明白这些天里他一直觉得阿蛮住的地方古古怪怪色彩斑斓是因为什么，这是一间安全屋，所有的摆设都是精心布置过的，所有的地方都有摄像头，没有死角。

这女孩在这样的安全屋里住了快一个月，用一次性碗筷，用桶装水，每天还悠悠然地哼歌，用便捷酒精炉灶做饭。

“去楼下说。”他又重复了一遍，率先走出了门。背影看起来有一点点别扭。

“你认识贝托?”阿蛮一肚子疑问，先挑了个最容易问的，“你知道贝托为什么会出现?”

贝托找她不是从她这里下手，而是从简南下手，这就能够说得通了。

但是简南看到贝托的时候也一点都不意外，这她就想不通了。

他似乎从很早开始就知道她这段时间不安的原因。她疑惑，并且有点不爽。他为什么什么都知道?!

简南先给阿蛮倒了一杯水。

和之前她在他家里吹空调吃饭用的一次性杯子不同，他把家里堆积如山的包裹拆了一个，拿出一只纯白色的马克杯，洗过，用开水烫了一下，然后给她倒了一杯水。

“你那一堆的包裹全是马克杯?”阿蛮惊了，注意点也歪了。贝托把三块鳄鱼皮都藏在马克杯里了?

“不是。”简南还是有点别扭，回答问题的时候字都少了。

不过字虽然少，意思倒仍然表达得很清楚。

“我知道贝托每个月会向费利兽医院收保护费，我也知道他是做血湖偷猎起家的，你这两天又特别关注血湖有关的新闻。”

三条线索，串起来并不难，尤其是对简南这种智商的人来说。

阿蛮抱着水杯抿了一口水。

这个人纯良个屁！这几天她试探他的问题，她每次听到血湖新闻就失去食欲的样子他都看在眼里，他也知道原因。

可他就是憋着不说。

“我不说是因为我也没有找到解决的办法。”简南又补充了一句。

像有读心术一样。

阿蛮又抿了一口水。她在回想简南一开始的样子，其实也不过一个月没到的时间。

他那时候还挺拘谨，送药的时候小心翼翼说很多莫名其妙的话来缓解不安，就算在血湖，他在说那句“把偷猎当成动物世界”的观点之前，也犹豫了很久。

那时候的他，还会担心她把他当怪人。

一个月时间。他们两个都不是好奇心特别旺盛的人，没有过问对方私生活的习惯，但是，到底还是熟悉了。

“贝托说的鳄鱼皮是怎么回事？”第二个问题，她仍然挑了个容易问的。

“我不清楚。”简南蹲在他家里堆积如山的包裹前，微皱着眉。

“你这些包裹又是怎么回事？”所有之前完全不好奇的事情，经过这个晚上的经历，都变成了想知道的。

“来之前整理好从国内寄过来的。”简南开始翻动包裹，“我有些怪癖……”他非常难得地卡了壳，没有说下去。

阿蛮抱着水杯把头放在沙发扶手上，歪着头。

“如果是把鳄鱼皮藏在包裹里……”简南改成了喃喃自语，“应该选我到了这里以后不会马上拆的包裹。”

他开始有选择性地寻找包裹。

“为什么不拆？”阿蛮简直变成了好奇宝宝。

从“你怎么回事”这个问题之后，她觉得简南这个人身上全是问号。他们都变成了贝托的敌人，她不喜欢问号。

“有些包裹上有时间戳。”简南找到了一堆方形的一模一样的包裹，开始一个个细细检查，“我到了时间才会拆。”

阿蛮的头歪到了另外一个方向。因为她看到简南拆了其中一个方形包裹，抽出了一个真空包装，里面是……一包……黑色的四角内裤。

阿蛮：“……”

她能看得那么清楚是因为打包的人非常变态地把内裤平摊了之后原样抽成真空，拿出来就是一叠很厚的，尺寸细节都非常清楚的黑色内裤。

“你这……”还真的是怪癖。

“我不喜欢穿用过的内裤，所以会把新买的内裤消毒烫好抽真空，一个星期一包。”简南的注意力都在包裹上，习惯性地有问必答。

阿蛮：“……哦。”

“这些包裹都是按照时间排好的，当初计划来墨西哥半年，所以准备了半年的量，一共二十七个包裹。”他蹲在包裹前喃喃自语，“如果不想我马上拆……”

他抽出了最下面的包裹，打开了真空包装的四角内裤。

灰色的。阿蛮觉得颜色还不错。

“那个包裹。”阿蛮从沙发边缘一翻身，跃到简南旁边，抽出被压在角落的一个方形盒子。

“我可以拆吗？”她偏头问他。

简南被突然出现的阿蛮吓了一跳，抱着内裤点点头。

阿蛮没有简南那么精细，单手拿着包裹冲着盒子打了一拳，盒子瘪了，她徒手撕开纸箱，连里面的真空包装也一起撕破了。

简南全程半伸着手想帮忙，却始终无从下手。

和他半天只拆了两个包裹不同，阿蛮用这样野蛮的方法迅速拆了六七个包裹，散了一地的内裤，也找到了贝托说的三块鳄鱼皮。

莫瑞雷鳄的皮，濒危物种，主要出现在墨西哥和危地马拉。

包裹上的时间戳都是三个月后的，按照简南原本的计划，那个时候他应该已经离开了墨西哥。

“这些内裤处理起来很麻烦，如果离开，这些没用完的我应该会原样打包再寄回国。”

寄回国就肯定得遭遇海关。一个从中国来的兽医走私三块稀有鳄鱼皮回国……看来出巨资给他送三块鳄鱼皮的人很不希望他离开墨西哥。

“你怎么找出来的？”简南把鳄鱼皮放到一边，开始收拾地上的内裤。她找东西的效率比他高多了，拆包裹明显也是有的放矢。

“拆开再重新包装的包裹，胶带附近会有痕迹。”保镖基本功很扎实的阿蛮拿起一块鳄鱼皮左右看，都是鳄鱼肚子上的皮，整片没有拼接没有划痕，A级货，价值不菲。

“要不要我帮你拿到暗网卖了？”反正是送上门的。

“我拿到实验室去。”简南把拆开的内裤单独放进一个布袋子里，扎紧，“完整的莫瑞雷鳄皮还挺有研究价值的。”

阿蛮耸肩，看着简南把塞了内裤的布袋子放到门口回收处：“这裤子你就不要了啊？”用都没用过，只是拆了真空包装啊！

“嗯，我在这里联系了专门的衣物回收渠道，他们会把这些二手衣物拿回去做工业再加工。”简南仍然有问必答，而且答得很详细。

第5章
保镖阿蛮

快凌晨五点，这个刚刚枪口逃生的年轻兽医拿出扫帚开始打扫房间，平静得仿佛今晚的经历只是一场梦。

“你不怕吗？”阿蛮皱着眉。

被贝托盯上，被人拿着鳄鱼皮栽赃，被阻止回国，他却云淡风轻，提都没提。他看起来更在意内裤脏不脏，更担心客厅里会不会有被她暴力拆包裹后留下的碎纸屑。

简南停下扫地的动作，看向她。

“我是保镖。”她换了个问法，“我见过很多人，各种各样的人，你刚才在贝托面前的表现……不太像个正常人。”

“正常人打开门看到里面有人拿枪指着你，一般都会吓到腿软，或者掉头就跑。”而他选择了留下来，并且关上门。

简南拿着扫帚想了想：“在凌晨四点钟打开门，看到门里有一个人拿枪指着你，且楼上楼下都没有其他人的情况下，腿软或者掉头就跑，死亡的概率会比你合作大很多。”

很……合理的解释。阿蛮没说话。

简南却有其他关心的事情：“你……能不能换个地方坐。”

阿蛮太随性，拆了包裹就选择了席地而坐，这个地方之前堆着包裹，很脏……有灰尘。

“那血湖那次呢？”阿蛮脑子里在想其他事，无知无觉之间被简南用扫帚赶到了沙发上，“正常人要在那种情况下预警危险，就算是有勇气用弹弓，也绝对不会有勇气试那么多次。”

更何况他还同时兼顾到了剥树皮怎么样才不会弄死树这种事。

“在血湖那天，你拍照的地方就在偷猎场，哪怕我的弹弓偏了，打到了别人，在那种混乱的情况下，他们会以为自己是被虫子咬了一下或者旁边的树上有东西掉下来了，一般而言不太会想到有人在树上拿东西砸他们。

“除非连续砸两次。

“但是那样概率太低了。”

很……合作的回答，也非常的合理。阿蛮却眯起了眼睛。

她真的有一双十分漂亮的眼睛，眯起来的时候十分妩媚，像是复古墙上贴着的老上海的画像。

简南低着头处理好那一地的垃圾，按照垃圾分类放好，把扫帚放回原处，然后去厨房洗手消毒，最后退了回来，坐到了阿蛮对面。

“你有没有听过反社会人格障碍这个词?”简南看着阿蛮。

阿蛮一怔，点点头。这个词对在这种环境长大的她来说，并不陌生。

“天生的反社会人格障碍是因为先天脑部生物因素造成的，他们除了最原始的情绪之外，大脑前额叶区块对深层高度的情感没有反应，所以他们无法融入社会，无情感反应，无良心制约，无道德意识，无罪恶感。

“我不属于反社会人格障碍。我小的时候很正常，但是长大以后，我的大脑前额叶区块的反应比一般人迟钝，也就是说，我对深层高度的情感的感知会很迟钝。

“如果有人用拳头打我，我会直观地感到害怕，但只要不是实时发生的，像今天晚上或者血湖那种真正会威胁生命的恐惧，我反而感觉不到。”

可以害怕，但是更深的恐惧，他反应不过来。

“所以我只能按照合理的方法去判断我接下来需要做的行动。”

而留下来和预警，就是他在那种情况下认为应该要做的合理的方法。

阿蛮懂了。这才是他偶尔正常偶尔又不正常的真正原因……

这个世界上的正常人不会永远都合理，大部分人在遇到危险的时候，情感会支配理智，所以永远都合理的简南反而就显得奇怪了。

他无法感知，游离在外，却努力“合理”。

阿蛮笑了，捧起水杯喝了一口水。

“你呢?”简南问，“为什么要公开和贝托作对?”

为什么在贝托宣布从此与她为敌的时候，她的笑容看起来那么轻松惬意。

“我不允许有人死在我的安全屋里面。”阿蛮的回答和之前一样。

只是多了一句。

“被逼到底线了还不反抗，活着就太没意思了。”

她退让了很多次，从小到大，一次次地换住所，一次次地避开所有和贝托有关的委托，一不小心踩线，就老老实实地接受贝托的惩罚。

因为她知道自己在别人的屋檐下，低头是不得不做的本分。但是，总有低无可低的时候。

茶几上，两个一模一样的白色杯子并排放着，相隔五厘米。

沙发上的两个年轻人在凌晨的异国面对面地坐着。一个无法感知，一个感知太多；一个所求合理，一个坚守底线。

眼底，都有光。

凌晨五点，夜幕变成了纯黑，喧闹的城市彻底安静了，简南连家里客厅的时钟滴答声都能听得清清楚楚。

又到了人类意志力最薄弱的时间。

这是他们两个认识快一个月以来聊得最多的一次，聊到最后，他甚至觉得他们有一些很微妙的相似，就像茶几上那两个一模一样却有万千可能的白色马克杯一样。

所以简南有些刹不住车。

“我来切市是为了戈麦斯主导的一个动物传染病研究项目，项目不大，但是里面涉及我这两年主攻的蓝舌病，所以教授推荐了我。

“你经常出入费利兽医院，应该也看出来了，戈麦斯申请的这个项目其实做得很零散，项目经费下来得很慢，戈麦斯自己也并不怎么上心。我来这里做的大部分事情，都是兽医院的事情，和项目没有什么关系。”

这些话他没有对任何人说过，哪怕是面对一直以来他最为信赖的谢教授，他也没有提过。

“我是被教授随便找了个理由丢过来改造的，工作签证是半年，半年以后，即便传染病项目没有什么进展，我的签证也到期了。”

他来的时候以为自己待不满六个月，等谢教授把事情查清楚，最多两个月，他就能够回国了。但是现在看起来，六个月之后，谢教授估计会再找个项目，随便把他塞到什么地方。

像踢皮球一样。

他已经来了快三个月，一半的时间过去了。

“其实这次的伪鸡瘟并不是我偶然发现的。来切市之后，我做得最多的动物手术就是给各种雄性动物去势，工作多且杂，每天能留给我做实验的时间很少，戈麦斯更是基本不提传染病项目的事。

“所以我急了。

“最先发现感染伪鸡瘟的禽类是一只鸽子。我每天下午四点钟会去兽医院屋顶的平台上写工作日记，每周二周三都会有一只纹路很特别的灰色鸽子经过天台，天台上有喂鸟用的器皿，它每次飞过天台的时候，都会在器皿前停顿一会儿，然后继续飞。”

想吃，但是不吃。他觉得很有意思，所以把自己写工作日记的地点固定到了天台上。

“后来有一天，我发现它飞的姿势不对劲，羽毛松散，脑袋向一边歪斜。第二天，它再次飞过来的时候，我就直接用网兜把它给抓住了。

“这样做其实是会被投诉的。这鸽子明显是有人豢养并定期训练的，但是我觉得它的症状太像伪鸡瘟，所以没有控制住。

“那天晚上到血湖也是一样。

“国际兽疫局派来的专家负责人不止一次告诉我，这次的伪鸡瘟已经初步控制住了，周围那些病鸡的感染路径都查出来了，灭杀、消毒、防疫也已经做到位了，并且一周之内都没有出现新增病例。

“血湖这个地方是国际组织必须拿着通行证才能进去的边境禁区，地形复杂，安全很难保证，在一直没有出现新的未知路径的感染病例的前提下，确实没有非进去不可的必要。

“所以去血湖，我也是背着他们去的。

“在血湖发现了伪鸡瘟病原体样本，还发现了好几个曾经在切市出现过的动物传染病样本，国际兽疫局的人有了必须进去的理由……但这个结果，并不是所有人都想要的。”

之前，兽疫局专家团队来的时候，还有几个不清楚他底细的人会和他打招呼，血湖之后，基本就没有了。

“但是这个结果，确实是我想要的。

“伪鸡瘟的疫情因为发现得早，现在已经控制住了，只要做好消杀工作，确保今后的家禽都接种疫苗，再监控三个月，基本就可以结束了。

“但是血湖还有很多其他的病毒，这里的生态环境被破坏得太厉害了，如果继续恶化下去，不单单只是血湖这个地方不适合人居住。污染会蔓延，血湖附近会从湿地变成沼泽最后变成毒沼，里面的动物如果能够存活下来，身上携带的病毒数量也会非常可观。

“到那个时候，血湖会变成一个随时会扩散的病毒源。

“所以戈麦斯那个项目的优先级被调高，几个本来打算做完伪鸡瘟的收尾工作就回本部的兽疫局专家也被留了下来，我们这两天正在做计划，这个项目会持续很久，除了国际兽疫局，还会有其他领域的专家介入，我们会采集病毒样本，采集环境数据，确定这个区域是否需要封锁成无人区，最后配合当地，制定完整的修复计划。

“国际组织主导，项目已经立项了，不管贝托同不同意，这个项目都会进行下去。”

国际组织介入的项目，国家和地区都必须根据公约配合，因为上升到联合国，通常都是全人类的事。

“我在知道贝托是什么人之后就担心过以后进血湖的阻力，现在这个担心变成了现实，他或许阻止不了项目，但是破坏进度甚至造成人员伤亡，可能性还是很大的。”

毕竟牵涉利益，到了实际执行的时候，当地居民的抗议、破坏甚至暴力冲突，也是这类国际项目经常会遇到的阻碍。

“所以今天晚上贝托来了之后，我终于确定了之前一直在考虑的办法。”简南看着阿蛮，“我会去申请做这个项目在切市的协调负责人。”

“戈麦斯快退休了，这件事太危险，由他来做不合适。所以我会去申请做这件事。

“这样，今后再遇到贝托或者像贝托一样的其他人，枪口就只用对着我，不需要再扩大了。”

阿蛮：“……”

这个解决方法，不愧是简南，果然是擅长做传染病的。

“所以……”简南在沙发上挪了挪屁股。

阿蛮面无表情地看着他。

“我需要一个保镖。”简南果然说了。

他铺垫了好久好久。从他被流放到切市改造开始，说他的难处，说他着急的地方，还说他其实都快疯了，所以看到一只仅仅是看起来有病的鸽子就直接弄个网兜抓了下来。

他为这个项目做了很多，他不会放弃，贝托让他做的事，他根本理都不想理，并且打算接下来就由他一个人来顶着所谓的“当地居民的压力”。

拿着霰弹枪的“当地居民的压力”。

匪夷所思的是，阿蛮对这个方案一点都不觉得惊讶。

“我很贵。”阿蛮吐出了三个字。

“那天你跟我说了你的价格之后，我研究过切市保镖的市场价格。”见阿蛮用眼睛瞟他，简南更正道，“黑市的价格，不是正常保镖市场的价格。”

去血湖的那天晚上，阿蛮的身手和做事风格给他留下了太过强烈的印象，被真金白银打击之后，他还特别恋恋不舍地研究过黑市保镖。

“这里的保镖行业很发达，和佣兵类似，基本都是欧美人，亚洲人很少，亚洲女人，尤其是你这个价位的，其实只有你一个人。

“资料虽然少，但还是能查到一些你接过的委托。”

“你确实值这个价格。”他特别真心，十分认真地下了结论，“所以我不会跟你讲价。”

一个除了常规财产保护之外，接受的大部分委托都是保护妇女、儿童、动物的保镖，做了六年，成功率超过百分之九十五的保镖，确实值这样的价格。

阿蛮挑眉。

一天五千美金的价格，他打算长期请？在她的印象里，兽医都挺穷的，哪怕是开着兽医院的戈麦斯，也只不过是普通中产级别的资产。

简南这么有钱？

“我查到这边的黑市保镖都在这个网站接单。”简南侧身，拿出了放在一旁矮桌上的笔记本电脑，输了个网址递给阿蛮。

阿蛮看了一眼，没接。她只想感叹，这个人应该上报纸，这个人真的什么都知道。

“挺专业的暗网。”简南自顾自地在网站上输入了一些东西，按下回车键，又递给阿蛮。

阿蛮这次接了，只看了一眼就瞪大了眼睛。

简南一怔。他从来没有在阿蛮脸上看到过这种表情，睁大眼睛，微微张着嘴，很惊讶的表情。看起来像小孩子一样，让人想摸摸她的头。

所以他站起身，又拆了一个包裹，包裹里面是一袋袋单独包装的红枣茶。

“这个用来泡水挺好喝的。”他拿出一半，把剩下的都放在包裹盒里递给阿蛮，“这里买不到。”

阿蛮维持着惊讶的表情，一脸莫名其妙地看着眼前这些写着“气色红润，补气益肾”的红枣茶。

脑子里有乌鸦呼啦啦地飞过来飞过去，她最终选择把茶收下，把笔记本电脑还给简南，问了一句：“你怎么做到的？”

简南给他看的是一位注册保镖的后台收益界面，好死不死的还是她竞争对手的账户后台，一个特别恶心的男人，经常压价狙击她的单。

暗网的后台密码设置很复杂，还有移动密钥，可她明明看到简南只是随便输了点什么就直接登录进去了。

她的嘴都快要合不上了。刚才用了一百分的定力，才让她没有违反职业道德点进去看看那家伙今年到底赚了多少钱。

“这网站有漏洞，不过不是我找到的。”简南合上笔记本，疑惑地问了一句，“你不看吗？我以为你会有兴趣。”

阿蛮：“……”

他还查到了她的竞争对手。她应该把他灭口的。所以她捏碎了一包红枣茶。

“我认识一些和我差不多的人……”简南似乎不知道应该怎么定义这群人，“都是年少成名，都缺乏同理心，都喜欢公平交易。”

“这些人里面有一个在电脑方面有特殊天赋，我把暗网的网址给他，他发现了漏洞，并且联系了暗网的负责人。

“他会在一周之内帮暗网做好安全升级，条件是你接了我这个委托之后，暗网不抽取代理费。”

百分之二十，也就是一千美金。这样的话，他请她就可以便宜一千美金。

阿蛮手里的红枣茶被捏得稀碎。她看着越说越欢快的简南，开始有了一种非常不祥的预感。

简南还在继续。

“我接下来的工作会分成三部分。去现场采集样本，在实验室做实验，还有，在费利兽医院有大手术的时候，我需要回去主刀。

“项目前期，我需要经常去血湖，但也不会每天都去，根据天气情况和项目安排，应该一个月不会超过十五天。

“除了血湖，我工作的其他地方基本都在市区，有监控，安保都不错。

“所以我觉得，我不去血湖的日子你也可以去做其他的事。

“一天四千，一个月十五天，就是六万美金。”

简南拿出支票簿，填了一张现金支票递给阿蛮。

二十万美金。

“这是四个月的保镖费用。”简南合上笔盖，“还有四万美金，我会走项目安保费，每个月单独汇给你。”

真的像他说的那样，扣除代理费，一分不少，完全没跟她讲价。

阿蛮看着那张现金支票，没有接。

“你如果调查过我，就应该知道我从来不接公家的委托。”阿蛮的思绪有些复杂，说话的时候一直盯着那张支票。

“一方面是因为我怕麻烦，另外一方面是因为暗网的现金流水是没有办法报公账的。”

他二十万都拿出来了，却偏偏要留着四万块钱的零头走公账，她想，她能猜到原因。

“与贝托为敌是我自己的选择，我如果要接你这个委托，这代价就应该由我自己来承担，而不是靠你通过走公账的方式把我拉到这个项目组里，指望项目组的国际影响力能庇护到我。

“我接单是为了保护你，而不是让你花钱来保护我的。”

她最后这句话说得很慢，说的时候抬起头，看着简南的眼睛。

简南不怕贝托。

从他独闯血湖还记得带上别人的工作证就能看出来，他相信这帮人不敢和国际组织发生正面冲突，所以贝托出现的时候，他只怕他的枪。

他有PTSD，他不会撒谎。

她是他遇到过的最好的保镖，但国际组织既然要在这样的地方立项，他们的安保肯定有他们自己的考量。

简南拉她进来，一方面是真的需要保镖，另一方面应该是想借此机会把她也拉进项目组，算是给她找了个保护伞。

这个项目时间会很长，就算之后简南进出血湖的事情结束，不需要单独保镖了，她的保护伞也还在。

这是她生平第一次在接单之前，有委托人先帮她想好了后路，而不是想着既然花了那么多钱，就算是买了她的命，生死不管。

这样的一个人，在十分钟前还在她面前坦白，说自己大脑前额叶区块反应迟钝，说自己没有同理心。

阿蛮拿走了那张支票。

“我给熟人的价格是八折，如果对方保的东西是动物或小孩，我会给五折。

“贝托这个人比你想象的危险，他今天无功而返是因为他还不够了解你，等他了解你这个人以后，不管你在哪里，都有可能被他丢到血湖喂鳄鱼。所以这二十万，还是四个月，但是这四个月的每一天，我都会和你寸步不离。

“我只做你的保镖，如果你们项目组进血湖需要地陪或安保，就让他们自己请。我只管你，其他人的生死和我无关。

“你如果同意，拿了支票之后，我还有些问题需要问你。”阿蛮折起支票。

简南张着嘴。五折？

“你没有占我便宜，你的项目关系到血湖周边的村庄，也关系到血湖里的动物，五折是我的行规。戈麦斯之前救缉毒犬那个委托，我就只收了一半的委托费。”简南的表情太过明显，阿蛮马上联想到他公平交易的原则，补了一句。

简南闭上了嘴。

“你这钱哪来的？”金钱最容易惹祸上身，阿蛮问出了第一个问题。她习惯在接单之前先理清楚委托人的爱恨情仇。

“我在国内有几幢房子，为了这个项目，卖掉了一幢……”简南有些口渴，起身倒水，顺便帮阿蛮把茶杯满上。

“项目经费是有的，但是有些器材可能不会特别好，我经常在大项目前卖房子，这次卖得还不错，正好是房价高点。”简南喝了一口水，解释得非常详细。

阿蛮：“……”

她一时之间不知道是该骂他败家子还是该夸他会理财。她瞥了一眼丢在门口角落的全新内裤……败家子多一些，她下了结论。

“你有没有想过是谁让贝托给你寄鳄鱼皮的？”她忽略掉脑子里的省略号，问了第二个问题，“或者说除了贝托，你还有没有得罪过其他人？”

才第二个问题就卡了壳。简南一脸为难地端着水杯，看了一眼墙上的时钟。

“我必须在七点钟睡觉。”他下午还得上班，“七点钟之前，可能说不完。”

阿蛮：“……”现在才六点！

“你不是自愿来墨西哥的吧？”她决定换个问法，“除了为了项目这个官方原因，有没有私人原因？”

这人很讨厌国外，吃穿用度全是国内带过来的，连刚刚拆给她的那个杯子，底部刻的都是中文。他不喜欢异国他乡，非常明显的那种不喜欢。

这个问题简南可以回答，他组织了一下语言：“国内高级兽医师评定资质需要在国际权威刊物上发表论文，我同事樊全高其他资质都达标了，就缺了一篇论文。”

“我前年年底做实验，得出了一个挺有价值的结论，只是一直没时间深入，樊全高就拿这个结论发表了一篇论文。”他说得浅显易懂，不在学术圈的阿蛮迅速领悟了这其中的问题。

“我很生气，因为樊全高论文里的数据都是基于结果倒推出来的，我觉得这样的数据推导有问题，这样的论文也有问题，吵了一架之后，我写了举报他的邮件。”

阿蛮：“……哦。”

这人生气的不是自己的实验结论被盗用，他生气的点是论文数据不正确。

还真挺……“简南”的。

“樊全高连续好多年申请高级兽医师职称都没有成功，被举报后突发脑出血进了医院，我的领导谢教授责备我，说这件事应该先内部通报，之后才能捅到外面去，我和他吵了两句。当天晚上，我们实验室就起火了。

“大火。所有的设备和数据全毁了，很多还没有出结果的实验都打了水漂，损失巨大。”

阿蛮：“……哦。”她懂了。

“你那个同事，多大？”简南也不过才二十六，他同事年纪轻轻身体挺差。

“……五十四。”简南大概是觉得阿蛮这个重点抓得他措手不及，眼睛眨巴了半天才回答。

“……哦。”她忘了他是天才。

“你的领导认为是你放的火，所以就找了个理由把你弄到了墨西哥？”阿蛮总结。

“我们那个小组，加上领导一共有八个人。”简南安静了一分钟才回答，“我在出事之后分析过当天每个人的行程，不管是从动机还是从不在场证明来看，能放火的人都只有我。”

“你那个小组加上领导一共八个人，是不是都跟你不和？”别人拿了他的结果写论文，到头来被责备的那个人却是他。

简南犹豫了一下。

“谢教授没有。”他低头，“谢教授，对我很好。”

这是阿蛮第一次在简南脸上看到类似于悲伤的表情，那双各个角度都长得非常精致的眼睛低垂下去，眼睫毛盖住了大部分。

寂寞，并且悲伤。

阿蛮清清嗓子。

“女朋友呢？或者前女友呢？”她迅速地换了个话题。

简南刚刚有些难过的表情凝固了半秒钟，空白了，下意识道：“啊？”

“就是感情上面，有没有什么比较激烈的纠葛？”这明明是她每次接委托的时候都会调查的问题，不知道为什么被简南的这声“啊”弄得有点心虚气短。

“我……没有。”简南摇头。

他也知道，既然阿蛮要负责他今后四个月的安全，这些问题是例行问题。但不知道为什么，他刚才胃里面翻涌了一下，有点想吐。又没有撒谎，为什么会想吐……

“……抱歉。”阿蛮也不知道为什么要道歉，搓搓鼻子，喝了口水。

气氛尴尬了一秒钟。

已经六点半了，离简南说的睡觉时间只剩半个小时。

阿蛮放下水杯，站起身。

“你去睡吧。”她觉得其他的都可以留到以后慢慢说，毕竟有四个月时间，挺长的，“我会把合同弄好，明天给你签。”

她从来没有接过这么长时间的委托，其实有点兴奋。

“你睡眠质量怎么样？”她在原地来回走了两步，又问。

“……还可以。”简南也有点呆呆的。

他估计也没请过贴身保镖，可能也有点兴奋，阿蛮心想。

“一会儿我可能会在这里装一些安保用的东西，你这间屋子有几个窗口很容易被当成狙击点。”阿蛮前后左右看了一圈，指着简南之前一直空着的房间，“你搬到这个房间睡吧，这个房间窗户对面没有高楼没有树，比较安全。”

简南张着嘴。

“我先上去搬东西下来。”之前只是饭友，她心思又都在贝托身上，压根没注意到简南这屋子里各种安全隐患挺多的。

事情好多。

“你……”简南总算在阿蛮走出门之前开了口，“你要住这里吗？”

阿蛮一怔，缓慢地转身，歪着头：“我……不住这里吗？”

私人保镖呀。

早上六点多，朝霞漫天，阿蛮回头的时候，身上有金色的光晕。

“住。”简南点点头。

就在刚才，他觉得他迟钝的大脑前额叶区块很轻很轻地亮了一下。比高兴更深层次的，有点喜悦。

住！他用力地点了点头。

阿蛮习惯在做私人保镖的第一周记录委托人的日常行程、性格、作息和人际关系。

下午一点，手机闹钟响了半分钟，睡了六个小时的简南起床。

他睡觉前穿的是一件快要破掉的白色T恤和一条七分大裤衩，现在睡眼惺忪地走出房门，白色T恤因为领口太大，露出一大半肩膀，白得晃眼。

阿蛮放下手机。

“你平时擦防晒?”太白了，都快透明了。

睡眼惺忪，头发乱成鸟窝，还在挠胳膊的简南哈欠打了一半，动作定格。

阿蛮冲他点点头算是打了招呼，拿出手机继续记录：睡醒后没有起床气，反应很慢，独处危险，需要跟随。

被标记为“独处危险”的简南此刻正十分窘迫地把快要滑到胸口的领口拉到正常位子——他刚睡醒的那一瞬间，真的忘了家里还有一个人。

应该说，从他懂事开始，他就没有过过这种醒来身边还有一个人的生活。

“早……”他挠挠头，领口又要滑下去，他又挠挠胳膊，“我……去刷牙。”

阿蛮拿着手机很敷衍地挥了挥。

简南拿着电动牙刷盯着洗手间的镜子看了三秒钟，又走出门。

“我出门的时候会擦防晒。”他回答她刚才的问题。虽然不知道她问这个是为了什么。

阿蛮抬起头看他。

“你没发现你这里的家具位置都变了吗?”她又有了新的问题，“洗手间也装了监控，你洗澡的时候记得拉浴帘。”

阿蛮低头又在手机里输入了一条：睡醒后观察力为零，毫无防备的状态很危险。

“门口的门禁换掉了，密码是这个。”阿蛮举起手机输入个数字给简南看了一眼，放下手机，“门禁联网报警系统，一旦有异常就会触发报警器，我这里和最近的几个警察局都能收到。”

“我把大部分小件家具都移了位置。”为了方便交流，阿蛮索性靠在卫生间的门框上，边说边用手指给简南看，“家里连着门的地方不能有东西挡着，尽量留出最短的安全距离。”

“你的那些快递我都搬到我睡的那个房间了，你放心，位置没变过，还是按照你的方式堆放的，不会难找。”那堆东西耗了她好多时间，她在搬的时候一直在想，他到底是因为懒才不想拆这些东西，还是想着随时要回去所以不拆。

“所有房间都装了监控，还漏了一个你睡觉的房间，我一会儿去装上。”她看着简南，却发现简南拿着电动牙刷一动不动地看着她，“你为什么不刷牙?”

她很奇怪，简南都站了好几分钟了。

简南："……"他不知道有个人站在面前的时候他应该怎么刷牙……

阿蛮低头输入手机：睡醒十分钟后，仍然迟钝。

"还有窗户。"阿蛮换了个话题。

简南继续拿着牙刷。他发现阿蛮有时候提问题并不是真的需要答案，因为很多时候她问了以后马上就会换话题，而他往往还在纠结上一个问题应该怎么回答。

"你家里六扇窗户，有两个很容易被狙击到。"阿蛮拉开窗帘，"对面楼房平台的高度和距离都近乎完美，所以这两扇窗户我用家具遮住了直线视角。"

"有很多委托人喜欢让我把这种地方的玻璃直接换成防弹的，但是现在黑市上能弄到的最好的防弹玻璃也只有7.62毫米，钢芯弹一发就没了，防范狙击手，还是用遮挡视线的方法最有效。"阿蛮习惯性地解释了一句自己这样设置安保的原因。

简南拿着电动牙刷走出洗手间，跟着阿蛮一起看了看对面。好远的对面有一幢好远的楼。

"狙击枪吗？"他问得迟疑。他只是个兽医……

"贝托养了好几个狙击手。"阿蛮侧头看他。

没洗脸没刷牙，脸上还有一个床单压出来的印子，软乎乎的，像是被太阳晒得十分蓬松的白色枕头。

"他设计假死之后第一件事就是来找我们，一方面是他可能真的认为找我们这件事会比较容易，另外一方面……是因为血湖这件事对他来说非常重要。

"血湖是他翻身必备的地方，你把那个地方封了，昨天半夜还嘲笑了他，别说狙击手，就是炮筒，他只要有，他也会拿出来对付你。"

简南想象了一下贝托扛着炮筒的样子。

"我以为你出了这个价格请我，是因为知道贝托的危险性。"阿蛮觉得他的表情应该不是反应迟钝，而是压根没想到。

"我只是因为你……有安全感。"简南找了个形容词。

他必须要刷牙了，电动牙刷上面的牙膏都快滑下来了。

"我去刷牙。"他又一次进了洗手间，这一次，关上了门。

阿蛮在原地站了一会儿才低头拿出手机。这一次输入得有点慢：他刷牙不喜欢边上有人。

她微微扬起了一边的嘴角，犹豫了一下，还是把这行字打了进去：他对我很信任，觉得我有安全感。

她得过很多这样的评价，但通常都是卖命之后。

天才总是比普通人聪明。

阿蛮看了一眼洗手间关得严严实实的门，“啧”了一声。

就是事儿多，一个大男人刷牙还关门。

她大大咧咧地转身，扛着昨天从楼上拿下来的摄像头，开始给简南的卧室装监控。

进去的时候吸了吸鼻子，有香草根和泥土的味道。

他睡觉熏香吗……

真……娇气！

简南看着桌子上厚厚的一沓合同文件。

“这是保镖合同，还有保密合同。”阿蛮把合同分成两份，“你是外国人，不了解当地法律，需要注意的地方我都加粗标出来了。”

“我之前也接过专家学者的委托，保密合同基本都是套用的，我留白了补充条款，等你修订完了之后我再重新打印一份。”

她从十六岁开始，做了六年保镖，十六岁之前也跟着养母苏珊娜耳濡目染了好多年，这些流程都已经熟练到了骨子里。所有的委托都是这样开始的，只是这一次被委托的那个人找人黑了暗网，给他自己打了个八折。

委托的周期很久，做完这一笔买卖，她今年都可以休假了。或许趁着这次机会离开切市也不错，不管贝托最后能不能赢，这个地方她都不能待了。

有点想回中国。只是她不像简南，可以不拆包裹给自己留个念想，她什么都没有，除了中国人的血统，她在那片土地上，什么都没有留下。

“你早上没睡吗？”简南花了两分钟翻完了所有的文件。

“你看完了？”阿蛮瞪眼。

“我看东西快，没有什么需要补充的，合同很专业。”简南直接签了字，合上笔盖，又问了一遍，“你早上没睡？”

他确实看完了。阿蛮用的不是通用合同，她的合同是针对血湖和贝托的，有很长一段关于特殊专家进出边境的相关准则，她很了解当地法律，甚至很了解野生动物保护法。

就像她之前说的，她接过专家学者的委托，她那份保密合同，写得比国际兽疫局给地陪的还要专业得多。

他早上只睡了六个小时。这六个小时，阿蛮准备了合同，挪动了他家里面的大部分家具，安装了监控，重置了门禁。而且动作非常小，门一关他几乎什么都没有听到。

阿蛮仍然瞪着眼。

“我做的不是传统的私人保镖，你要进出禁区，有些地方还需要跨越国境，所以我有一部分的工作是地陪。

“在工作的时候，如果我发现危险，建议撤离，你必须服从。

“如果是和团队的其他人在一起，在其他人不同意撤离的情况下，你也必须服从。

“我不管其他人的生死，我的能力只够在那样的地方保护你一个人。”

她把合同里最容易出现争议的地方重新说了一遍。

“嗯。”简南点头。

他发现阿蛮不但有些问题问出来不需要回答，而且会选择性回答别人的问题。他都问了两遍了……

“我知道。”他只能顺着她的话题走。

简南不会撒谎。

阿蛮收起了合同，拿出了手机：“你每分钟的阅读速度是多少？”

“英文的话，一万五，中文的话，两万，西班牙文会慢一点，一万左右。”简南探头看了一眼阿蛮的手机。

他的照片，身高，体重，血型，昨天问过的所有问题以及今天中午睡醒时的“反应迟钝需要陪同”和现在的阅读速度。

……

简南闭上了嘴。

“委托人的信息资料。”阿蛮估计以他的阅读速度，这一眼应该已经看清楚全部了，“保密协议里有。”

简南：“……哦。”

他想问阿蛮是怎么知道他的身高体重血型鞋子尺码和衣服裤子尺码的，但是他觉得他问了阿蛮也会选择性地不回答。

“我的委托费非常高，但一般请我做委托的人，最后都会觉得物有所值。”阿蛮收起自己的那份合同，“不管贝托有多凶残，我都会保护好你，我会让你平安回国。”

他说他请她是因为她有安全感。这是对保镖最大的赞赏，她不会辜负他的赞赏。

"阿蛮。"简南刚才在洗手间里刷完牙还洗了个澡，急急忙忙的，头发没有完全吹干，"我请保镖，不是想让保镖帮我挡子弹。"

"你熟悉贝托的做事方法，熟悉切市，也拥有比我更加敏锐的发现危险的能力，我请你，只是希望你能提前预警。

"就像合同里说的那样，只要你建议撤离，不管我身边其他人怎么说，我都会服从。

"我不需要为我豁命的保镖。生命不可以买卖，这也是我一直在坚守的合理的方向。

"你不需要承诺让我安全回国，这个承诺太重了，一个月六万美金根本买不了这样的承诺。"

"我不买你的命。"他特别认真的时候，说话字数就会变少，就像现在这样。

阿蛮低头，掩下了嘴角的笑容。

她在她的手机里，在关于简南的档案上面，加了一片葎草。葎草，又叫割人藤，死不掉，危害大，她只在自己人的档案上加上这一片叶子。

加了，就代表，她绝对不会允许他死在她的前面。

简南没有车。阿蛮在手机里删删减减，改了一下：简南没有车，也没有墨西哥驾照。

他那天在血湖是无证驾驶……

"我来的时候办了，后来放在桌子上被山羊吃了。"简南有点窘迫，"但是是有的……还剩下三分之一。"

……

阿蛮面无表情地从地下车库里开出来一辆重型摩托。

很奇妙的感觉，她明明个子很小，但是偏偏可以和这辆巨大的、黑色的、金属的充满攻击力的重型摩托融为一体。

"本田黑鸟，2007年停产的中古车，最高时数305公里每小时。"阿蛮丢给简南一个头盔，"神车，一般车子追不上，狙击枪也不容易瞄准。"

简南："……"

"你的包。"阿蛮嫌弃地把简南的随身包拎高，"会蹭到它。"

简南："……"

"一会儿记得抱紧。"阿蛮还想说什么，声音却卡住了。

简南很有求生欲。他十分好用的大脑告诉他，305公里每小时是一个什么样的概念，所以他一上车就立刻抱紧了阿蛮的腰，恨不得用绳子绑在一起的那种“抱紧”。

阿蛮笑着“啪”的一声合上头盔。

他们今天下午的目的地是国际兽疫局在切市的办公点，阿蛮作为简南私人保镖的身份需要登记，简南自己也有两个试验样本要拿。

简南的行程安排里，在国际兽疫局的时间只有两个小时。他谈行程的时候看起来和平时没什么两样，到了办公点，下车的时候，表情也没有任何异常。

所以阿蛮根本没料到，车子刚刚停好，简南刚刚摘下头盔，就被人兜头兜脑地浇了一盆带着腥臭味的血红色液体。

阿蛮反应很快，一个侧翻把简南拉到了一边，液体大多数都浇到了阿蛮那辆黑鸟上，可仍然有不少溅起来，泼了两人一头一脸。

泼液体的是个中年男人，此时已经被阿蛮绞着手压在地上，叫得很大声，都是一些毫无意义的脏话。

停车的地方就在办公点外面的院子里，大厅里稀稀拉拉地围了几个人，没人上前，都站在门内，隔着几米远的距离看着他们。

门口的保安来得倒是挺及时，跑过来之后，第一件事就是摁着腰间的枪要求阿蛮松手放人。

“她是我的保镖。”简南身上头上都是红色液体，他举着手擦了一下，发现越擦越多，索性放弃。

“他泼的是油漆和污水，问题不大。”简南已经走到阿蛮身边，蹲下来低声说了一句，“但是回家以后还是得消毒。”用的中文。

阿蛮没接话。她又往大厅看了一眼，和保安对视了一秒钟，看着那位保安讪讪地把放在枪套的手收了回去。

她膝盖用力抵住趴在地上的那位中年男人的脊椎，手往下一拽。地上的人号得更加大声，这次是真的痛，骂得更狠了。

“这人你认识?”阿蛮问简南。

简南点点头。

“知道他为什么找你麻烦?”阿蛮又问。

她身下的那个人快要号出猪叫，阿蛮嫌吵，干脆直接用了力：“你再叫就断了。”用的西班牙语。

身下的人安静了。

简南觉得此刻阿蛮浑身上下都是火气，赶紧又点了点头。

“那就报警吧。”阿蛮被那人的污言秽语弄得心烦，“人没事，洗车的钱得赔。”

她掏出口袋里常备的绳索，把人结结实实地捆好，交给保安。

“报警。”她看着保安，“我就不追究这人为什么会出现在国际兽疫局办公地的院子里。”

她脸上溅了红色油漆，帽兜遮住半张脸，哪怕在切市阳光灿烂的下午，看起来都阴森森的。

保安本来还想辩解几句，这人天天都来，但只是抗议，而且从来没有攻击过人，再说他一直只找简南的麻烦，简南不是这个院子里的人，他又没有义务保护他。

可所有的话都因为阿蛮的样子和她最后那句威胁的话咽了回去。他讷讷地接过绳索，报警之前，还偷偷瞄了简南一眼。

他一直觉得这个人很古怪，走路的样子古怪，有时候盯着人看的时候眼珠子转都不转很古怪，而且来到这里之后，他所在的地方就开始爆发瘟疫。

魔鬼一样的人，带来了更魔鬼的女人。

他们这里，要有大灾难了。

保安嘀咕着，却到底不敢再多说什么，看着这两个人一前一后地走进大厅，只能泄愤似的用力推了那个中年男人一下：“就算泼了这鬼东西他也赔不了你的鸡！没脑子！”

第6章
组队

简南有一些不明缘由的紧张。

“那个人是附近的村民，他们村的鸡都得了伪鸡瘟，得全部灭杀。”他在她身边压低声音，语速很快。

“他上个月新进了一批鸡苗，养在鸡舍里面，还没有开始散养，但因为和病鸡交叉使用了食盆，所以也算在了这次灭杀的范围内。”简南说完停了一下。

然后那个村民就来闹了。原因是没有买保险，这些损失他不愿意承担。

来闹的理由是那个村民觉得这些伪鸡瘟都是简南带过来的，是简南把病毒放到了来医闹的那伙人的卡车上，带给了村民们。

这种无稽之谈，简南觉得解释起来有点费力，再加上他说了那么多，阿蛮看都没看他一眼。

她很平静。

她二十分钟前还显摆的那辆神车，现在变得色彩斑斓，像是神话里过年的时候会冲进村子里的年兽……

但是她很平静。

简南往旁边挪了一小步，离阿蛮远了十厘米。

“他如果扯皮，不肯赔洗车费，就由我来出吧……”简南放弃解释他被人袭击的理由。

“回家再说。”阿蛮瞟了他一眼，把他拉到身边，距离缩短了二十厘米。

她没有听简南在说什么，她一直在观察大厅里的人。

那些人显然认识简南，但是看到他被人泼油漆，看到他进门，没人主动和他打招呼，都站得远远的。偶尔有几个和他眼神对视，会扯起嘴角皮笑肉不笑地点点头。

阿蛮做惯了保镖，这样的氛围让她全身每一根汗毛都开始警惕。这不只是简单的排挤氛围，这些人对简南带着敌意。

“你跟他们怎么回事?”阿蛮的鼻尖上也溅上了油漆，血红色的，很显眼。

简南又卡了壳。

这是一个更加复杂的故事。他从来没有在短时间内解释过这么多自己的事情，前因后果都说出来太长了，只说表象又怕阿蛮无法理解。而且阿蛮鼻尖上的红色油漆一直在他面前晃，他的注意力无法集中。

国际兽疫局的办公地点只有四层楼，电梯是很老式的人工手拉式铁门，声音很吵。

简南就在这样注意力很不集中又很嘈杂的情况下，抽出一张湿巾纸，摁到了阿蛮鼻尖上。

因为大厅气氛而处于高度紧张状态的阿蛮下意识一拳挥了过来，中途意识到不对，但已经收不回拳头，只能强行改了目标，从下巴挪到了胸口，发出砰的一声闷响。

阿蛮:“……”

简南:“……”

已经收了力道，应该没那么痛。但是挺响的。

老式电梯十分及时地到达了一层，里面的电梯管理员拉开铁门，阿蛮安静地放下了拳头。

“抱歉。”进电梯之后，阿蛮看着铁门道歉。这是她做保镖以来，第一次挥拳打了委托人……

“那些人当中，有一部分是因为听说过我放火烧实验室的传闻，有一部分是因为我偷了国际兽疫局的工作证私自跑去血湖。”密闭空间里，简南看不到阿蛮鼻尖上的红色油漆，思路终于恢复正常了。

“他们只是单纯讨厌我这个人，工作上面并不影响。”简南补充了一句，听起来像是在安慰。

“抱歉。”他也道歉，看着铁门。

阿蛮扬起了嘴角。

简南也忍不住弯起了眉眼。

两个人在莫名其妙的电梯管理员面前，从无声笑到有声。

“你的人际关系真的是我见过的最惨的一个。”阿蛮感叹，眼底还残留着笑意，“你身边就没有一个完全站在你这一边帮你的人?”

以前的同事，除了一位教授，其他的都不喜欢他，现在连国际兽疫局这样的国际官方组织派来的专家看他的眼神都带着敌意。被人单独打包送到了异国他乡，结果异国他乡也没有接纳他。

真挺惨的。

“以前没有。”简南还是看着电梯门。

“现在有了。”他低头，声音有些轻，“你。”

阿蛮一怔，转头看他。他没和她对视，也没有再说话。

她是他花了巨资请的私人保镖，按照职业道德，她就是应该站在他这一边的，保护他，帮他，直到合约到期。但是阿蛮觉得，简南这句话和合同没有什么关系。

“你”这个字的中文发音极短，阿蛮却因为这个字，莫名其妙地，抬手挠了挠已经很短的板寸头。

“刚才的事情，是需要扣委托费的。”她听到自己的声音。

“是我的责任，我没有事先踩点，下意识地认为这里是挂了联合国会旗的地方，刚刚假死的贝托不会贸贸然出现，应该是安全的。

“所以才会出了这样的事，这件事情，是我的全责。”

委托人云淡风轻的事情，不是保镖也跟着云淡风轻的借口。

“这种事情以后不会发生了。”她保证。

电梯也终于到了三层。

那声“你”就这样藏在了电梯里，消失在空气里。

简南没有再提。

合约期内，她就是站在他这一边的，无条件的。

阿蛮觉得国际兽疫局的负责人有些眼熟。五十多岁，戴眼镜，花白头发络腮胡，简南介绍说可以叫他埃文。

简南敲门进去后，埃文抬起头第一眼看的不是简南，而是她。除了这一点，其他的都很正常。

简南提交了一份为了安全需要私聘私人保镖的书面申请，省略了霰弹枪的过程。阿蛮提交了自己一早准备好的东西：简历，身份证明和保密合同。

埃文没有马上看，而是推了推眼镜，站起来和阿蛮握了个手。

“我见过你。”埃文笑着说，“你陪加西亚走魔鬼道的时候我在终点见过你。”

“印象深刻。”埃文感叹。

两三年前的事了，当时阿蛮穿的也是这身行头，脸上分不清是汗还是泥浆，扛着一个比她人还大的水箱，手里还拽着几近虚脱的加西亚。

阿蛮一怔，释然。

加西亚是个地质学家，她曾经陪他走过那段墨西哥著名的魔鬼路，顶着接近五十摄氏度的高温，每天扛着十四公升的水，跋涉数百公里的凶险小路，到终点的时候累得两眼发黑。

她依稀记得在终点的那个人和她说了很多话，只是她当时只顾着喝水，什么都没说。

“没想到简南居然能够请到你。”埃文还在感叹，也有些疑惑，“我之前走魔鬼道的时候也想过找你，但加西亚说你已经排不出档期了。”

成功率九成的黑市保镖，守信用，不会中途加价，保密合同做得也好，在墨西哥，阿蛮很抢手。

“他就住在我楼下。”阿蛮一句话解决了埃文的疑惑。

简南微微侧头，看了她一眼。

埃文显然没有料到答案这么简单粗暴，微微一哂：“你在这方面经验丰富，法律文书做得向来专业，让简南把所有的文件扫描入库发邮件给我就行了，我直接提交给法务。”

简南只是切市的项目协调人，私聘保镖这种事，如果不走公账，也只不过存个档而已，埃文乐得卖阿蛮一个人情。

“另外还有一些事。”埃文看向简南，“你之前提交的鳄鱼样本里面确实查出了舌形虫，但是样本太少，无法确定舌形虫是否已经从宿主机体排出，我们还需要更多的虫体标本。”

“从你提供的样本看，不排除已经传播的可能性，得做好寻找传播路径查看附近村庄的准备。”

简南点点头。

“NDV的项目已经接近尾声，之前为了NDV过来的专家都会在这一周陆续撤走，剩下的三个月监控期，我只会留两个人，所以这个办公点很快就会清空，用来接着做血湖的项目。”

埃文顿了一下。

他对简南的观感太复杂了。

简南绝对是个好苗子，他的知识量和临床经验都非常丰富，远远超出了他现在的年龄所应有的水平。

但是，无法合作。

本来专家之间就经常谁都不服谁，好在有时候吵架吵上了头，发现自己越界了，总是能收一点。

怕就怕在，简南不吵架。他可以没完没了没完没了地和你据理力争，争到你心理防线全线崩溃了，他这边还有一堆的理论在等着你。当然，大部分情况下简南都是对的，而和他争辩的对手往往已经心力交瘁怀疑人生。

所以，没有人愿意和他组队。

“参加血湖项目的团队里，只有一部分是我们局里的专家，还有很大一部分是环境地质传染病数据模型和计算机的相关专家，兽医只负责动物这一块。

“立项之前我们就已经聊过，在这个项目上，国际兽疫局只负责前期。检测完血湖内的物种，公开所有检测到的病毒样本后，我们会根据数据情况来决定之后还要不要介入。

“血湖的环境改善工作，最终肯定要交回到墨西哥本土专家身上，专家们会在撤走之前提供方案。

“所以，这个项目的持续时间会非常长，各领域的专家不可能长时间留在这里，我们会采用小组轮换制。”

终于说到了正题，埃文吸了一口气。

“你在NDV项目中做出了很大贡献，血湖这个项目最终能够立项，也是因为你从血湖带出来的样本，而你又申请做了整个项目在切市的协调人，所以我一直希望你也能够和跟进NDV项目一样，进入到血湖项目中来。”

埃文这一次停顿的时间有点久，最后一句话说得异常艰难：“但是，没有人愿意和你组队。”

阿蛮一怔，下意识看向简南。简南没什么表情，坐在凳子上的姿势非常标准，看起来像一尊木雕。

埃文也没再说话。看得出来，他似乎想再说点什么，但几次欲言又止之后，索性就闭上了嘴。

简南在NDV项目里承担了什么样的角色，阿蛮大概是知道的。最初抓到的那只鸽子，连续的早出晚归，冒着生命危险独闯血湖……简南几乎推动了一整个项目。

连现在埃文说的血湖项目，也是简南扛着贝托的霰弹枪，把所有的枪口都对准了自己，才让现在这个办公场所得以依靠一个很不专业的安保就保住这些人的安全。

他为了这件事，卖掉了一套房子。

结果现在，没有人愿意和他组队。

“小组轮换的最小单位是什么？”简南问得很平静。

埃文叹气:“仅仅只是动物小组这边的，最小单位是一位兽医、一位环境学家和一位计算机专家，不能再删减了。”

“计算机专家里面倒是有一个之前说过可以和你组队，但是因为他的情况特殊，有可能没有办法到切市，我只能把他算成备用队员。”埃文抽出一张简历递给简南。

“那其实只缺一个环境学家就可以组成小队进入项目了?”简南收起埃文递给他的简历，重新确认了一次。

“那位计算机专家如果能够配合时差，到不到现场无所谓，但是环境学家必须在现场。”埃文强调,“履历不能太差，而且必须得是国际志愿者，并且充分了解这次项目的危险性。”

“嗯。”简南点点头。

“一周之内。”埃文又强调。

“知道。”简南准备走人。

“简!”埃文又叫住了他,“我很欣赏你，我非常衷心地希望你能够参与到项目实验中来，我非常需要你的能力。”

外国人都喜欢这样的场面话，不分场合的，总是会在最后来这么一句，以期日后好相见。

但是阿蛮觉得埃文说的不是场面话。他在提这件事之前，先和简南说了舌形虫病的进度，他的眼神过于迫切，他曾经也是一个愿意冒着生命危险独闯魔鬼道的人。

“我觉得埃文应该是希望你进入项目组的。”在电梯里，有电梯管理员在跟前，阿蛮用的是中文。连她自己都没发现，她已经越来越习惯在别人面前和简南用中文交流。

别人听不懂的，隐秘的交流。

“只要不和他们组队，他们都希望我能进项目组。”简南仍然很平静,“他们只是讨厌我，并不讨厌这份工作。想要工作做得好，引入更多更专业的人，是常识。”

他的大脑前额叶区块没有反应，他无法感知深层次的感情，包括愤怒，包括委屈。

阿蛮莫名想到了简南和她描述他的症状时，他说，他的大脑前额叶区块并不是一开始就没有反应的，他是后天逐渐形成的。

因为这样的事情遇到了太多次，大脑启动了自我保护机制，还是因为人性总是如此，懂得太多之后，本来敏感的地方就迟钝了，麻木了？

她看他看得太过专注。

到了一楼之后，简南低头，在她身边很轻地问了一句："我脸上的油漆是不是很像一只乌鸦？"

他比着脸上油漆的位置，问得有些不好意思，耳朵都有点红。

"嗯。"阿蛮面无表情。

"你认识环境学家吗？"她果断换了话题。

他不懂。深层次的交流，他根本狗屁不通。

"不认识。"简南眼睛都没眨。

阿蛮："……"

"但是申请加入这个项目并通过审核的环境学家，能查得到。"简南站在大厅门口，没有往外走。外面站着警察和刚才那个泼油漆的人。

"查到之后呢？"阿蛮也没往外走。

"求他。"简南对答如流。

阿蛮："……"

"不跟我组队的人，和现在这些不愿意理我的人，原因都差不多。他们觉得在这么危险的地方和我这样的人合作，可能会更危险。"

"所以危险的事情都由我来做，其他的，求就可以了。"简南摊摊手，说得特别简单。

阿蛮："……"行吧，毕竟其他人请不到她这样有能力的保镖。

"那计算机专家呢？"阿蛮又问。

"那个人我认识。"简南脸上的表情这次有了变化，"你也知道。"

"就是那个黑了暗网的人，和我一样，年纪很轻，风评很差。"简南把简历递给阿蛮。

"他肯定会参加。

"他替我黑了暗网的条件，就是我想办法让他参加这个项目。"

"为什么？"阿蛮问完之后，忽然觉得这个答案她大概不太想知道。

"他喜欢鳄鱼。"简南用手比了一下，"尤其是鳄鱼的嘴巴。"

"他不会来切市，但是只要我每天给他发鳄鱼实时照片，他就会很认真地干活。"

简南下结论："他有恋物癖。"

阿蛮："……"她就不该问。

有恋物癖的计算机专家绰号叫“普鲁斯鳄”，这是一种远古鳄鱼的名字，咬合力超过霸王龙。远程视频的时候，那个专家脑袋上套了一个鳄鱼头，听声音感觉只有二十出头。

男，国籍不详，不能提的“丰功伟业”有很多。简南说普鲁斯鳄开发的传染病传播计算模型应该是目前全球最好的。

阿蛮不知道什么叫作传染病模型，只觉得这个人很欠揍。

普鲁斯鳄在弹视频进来之前，先黑了阿蛮今天凌晨刚刚装好的监控，那时候阿蛮正好在浴室清洗身上的油漆，听到墙角的监控发出非常轻微的咔嚓声，她快狠准地把手上的梳子丢了过去，进价九十美金一个的尖端监控冒了一丝青烟，然后报废了。

再加上今天她因为自己的失误导致简南被人泼了油漆，按照合同扣了五百美金，她觉得再这样下去，四个月以后弄不好她还得倒贴。

“你新请的保镖网络安保做得太差。”

听到普鲁斯鳄接通视频之后的第一句话，阿蛮又差点砸掉了简南给她准备的白色马克杯。

简南把笔记本挪远了一点。

“摄像头的网络不能用简南家里的网络，他的电脑常年被黑，全世界最不安全的网络就是他家的。”普鲁斯鳄的英文说得特别快，巴拉巴拉的。

“被谁黑？”保镖阿蛮问出这句话完全是基于职业本能。

“我。”普鲁斯鳄戴着鳄鱼头，摇头晃脑的，特别得意，“他的电脑只要升级防火墙，我一定立刻黑掉。”

阿蛮：“……”

“所以不用理他，这世界上能黑得进我家网络的人不多。”简南总算说话了。

“不是不多，是只有我一个。”普鲁斯鳄像个深度中二病患者，镜头里的鳄鱼头使劲晃了两下。

简南没搭话。他刚才有点走神。

因为在室内，阿蛮没有穿外套，还是一件紧身工字背心，但这次是黑色的，越发衬得她左臂的葎草文身张牙舞爪，肆无忌惮。

“你打算选哪个？”普鲁斯鳄进入正题。他问的是关于环境学家的事。

简南在阿蛮清理油漆的时候看完了一大沓环境保护专家的资料，留下五份传真给了普鲁斯鳄，还额外打印了一份给阿蛮。

今天的视频会议就是为了确定人选的。

简南在五份资料里抽出了第三份。

“三号我不要!”那只中二的鳄鱼又开始嚷嚷。

“你知不知道他有强迫症。”普鲁斯鳄扭着鳄鱼头，又开始对着阿蛮嚷，“所有带上数字的选择，他只选三号。所有的!”

阿蛮不说话。

简南的强迫症她见识过，相比半夜三更敲开陌生人的家门一定要对方擦药的那种，这个算轻症。

普鲁斯鳄还在嚷，也不知道他启动了简南家里的哪一个开关，导致家里所有的灯都跟着他号叫的节奏一闪一闪，刺得人眼睛疼。

简南站起来，从厨房里拿了两个碗，大小不一样，形状也不同。他对着笔记本的摄像头，把两个碗摆在桌子边缘，要掉不掉的，还叠在了一起。

普鲁斯鳄的号叫声戛然而止，简南房间里的灯瞬间都不闪了。阿蛮看到前一秒恨不得坐在地上打滚的中二少年，这一秒坐得笔直，简直可以立刻入伍。

“选三号吧。”普鲁斯鳄一本正经，毫无原则，“你把那两个碗拿走!”

他恨不得顺着网线爬过来拿走这两个就快要掉下去的碗。他错了，都是神经病，谁还没点强迫症?

“理由呢?”简南没有拿走碗，只是掏出纸笔，开始做会议纪要。

普鲁斯鳄骂了一句非常脏的脏话。

简南的手肘微微靠近那两个摇摇欲坠的碗，普鲁斯鳄立刻坐得更端正了，开始噼里啪啦地敲键盘。

“你选出来的五个人我都查过了。”普鲁斯鳄终于配合了，说话的语速都恢复到了正常语速。

“选三号吧。”普鲁斯鳄这次不开玩笑了，“我估计敢和我们俩组队的只有三号了。”

“他因为焦虑症，不可以听到自己说话的声音，所以平时从来不开口，交流全靠发声器或者打字。”

阿蛮一怔，不明白这一点怎么就变成优点了。

“他很悲观，平时发表的环境论文就一直在探讨‘人类末日’的时间，在社交小号上就更加肆无忌惮。”

简南的电脑页面上出现一个社交账号的截图，里面基本上都是关于“人类末日”的内容：环境污染，人类贪欲，各种动物灭绝，血淋淋的那一种。

扑面而来的负能量。

“另外还有些小事。他不能走夜路，他的听力和视力都会因为黑暗而变得迟钝，所以现场勘查必须得在白天做。”

阿蛮：“……”

“所以他很合适。”普鲁斯鳄下了结论。

阿蛮：“……”

“这个人，能力很强。”简南还在低头做会议纪要，这句话不知道是说给谁听的。

“这几个人里面，第一个第二个都是非常有名的环境学专家，虽然我个人很想和他们合作，但是估计轮不到我们。”简南抽出了第一份和第二份资料，放到一旁。

阿蛮看着他。他是在和她解释。

“第四个的能力和第三个相差不大，但他对动物毛皮有严重的过敏反应。”简南抽出第四份，又放到一旁。

“第五个是备用。”他说，“各方面都不行，应该不会有人跟他组队，所以如果实在找不到，就找他凑数。”

所以，他选第三个是因为他的强迫症让他永远把自己要选的那个放在第三个位置上。普鲁斯鳄会抓狂，是因为简南其实早就已经定好了人选。

阿蛮低头，在手机里加了一行：简南喜欢数字三。

“其实，简单来说。”因为那两个不规则的摇摇欲坠的碗，普鲁斯鳄配合得简直判如两人，“因为这个人的各种毛病，估计也没人愿意和他合作，所以他是一群第二选择里面最好的那个。”

因为能力够强。阿蛮懂了。

“其实就是‘大家都多少有点病，谁也别嫌弃谁’的意思。”普鲁斯鳄低声嘀咕了一句。

简南合上笔记本电脑，普鲁斯鳄的嘀咕声也消失了。然后，他站起来，关掉了家里的路由器。

“不关掉，他还能连上来。”简南解释。

“他没恶意。”他想了想，又补充了一句。

阿蛮点点头。

简南安静了一会儿，又加了一句：“如果都没有异议，我们就选三号了。”

阿蛮莞尔。她觉得她要是一直不说话，他能站在这里断断续续地一直找话题。她很恶趣味地又一次选择了闭嘴，坐在桌子前，看着已经开始手足无措的简南。

“我……”简南果然又开口了。

阿蛮歪着头看他，眼底的笑意快要满出来。

简南突然住了口，挠挠头。

阿蛮的眼睛太亮了，和她的文身一起，开始变得具有攻击性。

就在这个时候，阿蛮的手机突然响了起来。但阿蛮还没接起，普鲁斯鳄的声音就从手机里传了出来：“关什么路由器啊，有病啊！”

阿蛮：“……”她已经不想知道这个人到底怎么黑进她的手机的了。

“我还有话跟你说。”普鲁斯鳄的鳄鱼头在手机的小屏幕里看起来有些滑稽，“你的私事。你要不要关免提？”

“……”

又一个社交障碍，完全没意识到这样说话会造成别人的不方便。

阿蛮叹口气，把手机递给简南，自己起身准备回避。

“不用关，她能听。”简南这次回答得很快。

“她是我的私人保镖。”他强调。

不知道为什么，阿蛮觉得他语气十分骄傲。

“往你快递包裹里面塞鳄鱼皮的事情，我这边是能查到源头的。”普鲁斯鳄停顿了一下，“你发出的包裹都有物流路径，可以查到在什么地方停留过，只要调出那个地方附近所有通讯基站在十天内发出的信号，搜索信号来源，我就能查到是谁塞鳄鱼皮给你，想让你回不了中国。”

这个话题阿蛮爱听，她停下了回避的脚步。她第一次觉得普鲁斯鳄是一只有用的中二鳄鱼。

“你寄包裹到墨西哥这件事就发生在半年内，会花一点时间，但是肯定能查到，就算不能确定身份，肯定可以拿到信号来源的准确IP地址。”说话一直非常肆无忌惮的普鲁斯鳄在这个时候又停顿了一下。

“你要不要查？”他问，鳄鱼头不再晃动。

简南笑了笑：“不查。”没有原因，就回了一句“不查”。

普鲁斯鳄这一次主动挂了视频，简南还拿着阿蛮的手机，手机挂断后，屏幕的备忘录上写着“简南喜欢数字三”。

一天时间，她记录了很多他的事，满满的一屏。

他把手机还给她，这一次不再试图找话题。

阿蛮也没有问他为什么不想调查是谁想栽赃他，她看了他一会儿，把他拉到了一边。

“我再移个家具。”她解释，“我之前漏算了你的身高。”

五斗柜太矮，这个窗户会露出简南的半颗脑袋。

她忙忙碌碌，从她收起现金支票的那一刻开始，她一直在很尽责地做他的保镖。专业，冷静，会过问但是并不好奇他的私生活。就像他说不查了，他知道她绝对不会问他为什么那样。

简南低下头。

莫名的，有点难过。和他一直严格遵守的公平交易完全相悖的那种难过。

为了那个负能量的环境专家三号，阿蛮和简南出了一趟差。简南之前说的“求”是认真的求，见面的那一种。

“不是没人愿意和他合作吗？”阿蛮盯着机票皱眉，她讨厌坐飞机。

“这类无国界项目并不是盈利项目，属于自愿申请，如果没有人组队，他是可以选择退出的。”简南蹲在机场大厅里，拿着放大镜检查行李箱的轮子。

阿蛮跟着蹲下，和简南肩膀挨着肩膀。

她现在已经懒得问为什么了。手机记录里，关于简南的个人信息都够写一本人物传记了，所以她也没有拿出手机。

反正就是个奇奇怪怪的孤单的人。

卖了房，花了巨资请了个私人保镖，没人问他一句“为什么”。

大部分人看到他都不会主动靠近，费利兽医院的莎玛和切拉算是和他最熟的人，可也并不关心为什么他身边突然多了个黑市保镖，八卦一下，好奇一阵儿，也没有太多关心的话。

他每天吃饭仍然用着十双筷子十个调羹，但是她跟了他四天，没有一个家里人给他打过电话。

他的人生似乎只有一个身份：兽医简南。

“这箱子有一个轮子歪了三到五毫米……”简南埋着头，撅着腚，四肢严重不协调。机场大厅来来往往的人里已经有好几个忍不住回头看他，也有教养不好的人开始指指点点。

阿蛮全部当作没看见，她抱着膝盖盯着行李箱轮子，敷衍地“哦”了一声。

“你不用跟着我蹲下来，公共场所的地面不干净，尤其这种常年开着空调的密闭空间。”他习惯性地絮絮叨叨。

“而且，很多人在看。”他扭头看了阿蛮一眼，“他们会笑你。”

阿蛮歪着头，脑袋放在膝盖上：“……哦。”原来他也知道自己很怪异。

“你不怕别人笑吗？”飞机还有一个小时起飞，阿蛮觉得简南这架势像是如果没找到就打算一直蹲在这里。

“没感觉。”他在专心地弄轮子，好半晌才松了一大口气，“找到了。”

他用镊子从轮子间隙里夹出一块坚果壳的碎片。在人来人往的候机大厅，只有他举着镊子蹲着，身边蹲着一只小小的阿蛮。

阿蛮嘴角扬了起来：“恭喜。”

简南笑，咧着嘴，傻傻的。

这四天里，普鲁斯鳄把三号环境学家所有的公开资料都翻了个底朝天。

三号环境学家，没有绰号，他的西班牙名字很长，熟人都叫他塞恩。

为了能让这次出差更有效率，普鲁斯鳄花了很多时间去研究塞恩资料里的那些问题：无法出声，夜晚恐惧，还有负能量。他几乎翻完了关于塞恩的所有资料，最后的结论是，他觉得塞恩没有病。

“起码没有我们这种医学上面确定的有名字的病症。他这种情况，大概率是能够克服的不太严重的心理创伤。”

阿蛮记得，这是普鲁斯鳄的原话。

塞恩所在的城市在坎昆附近，离切市很近，靠海。

下了飞机还有五十分钟的车程，是寸土寸金的富人区，独居的地方有真正意义上的“面朝大海，四季花开”，独幢的、有游泳池和全屋监控的那种，特别有钱的人住的房子。

“塞恩家里太有钱了，他想做的科研项目都可以直接投资。这次申请不是他本人提交的，是他的律师为了能在年底帮他申报科学环保奖项而申请的，大概率是作废的申请。

“让他走出舒适区很难。实在不行，我们可以考虑五号，差一点就差一点，凑个数而已。如果还是不行，就让阿蛮顶着吧，我可以做个假证。”

这也是普鲁斯鳄的原话。

但结局是简南关了路由器，并且把两人的手机都调到了飞行模式。

让阿蛮顶替显然是不可能的，阿蛮看得出来，简南也根本不想要那个五号备用。

他其实是想要一号和二号的，他给他们发过邮件，但是一个理都没理他，另外一个给埃文打了个电话，对于在这次项目中出现了亚洲人而且居然还是大名鼎鼎的疯子简南表示了极大的愤懑。

阿蛮并不知道简南到底做了多么十恶不赦的坏事，但是她心里把这两个专家的名字放入了黑名单，给十倍价格她也不会做他们保镖的那种黑名单。

简南的底线应该就是塞恩，一个专业度足够且真的能够在项目里发挥作用的人。

所以他们飞了过来，在塞恩住的海边别墅外面摁了门铃，但五分钟之后，已久毫无动静。

海边别墅大多造得通透，没有围墙，半开放。泳池旁边是个车库，往左边走就是主楼，墙面基本都是落地窗。

可是百叶窗拉得严严实实，哪怕是面朝大海的这一边，也密实得透不进一点光。

阿蛮绕着别墅走了一圈，踩着墙壁借力单手一捞，跳到门边上的栏杆上，拨弄了一下摄像头。

“家里有人。”她下结论，“后门有生活垃圾，摄像头都做过日常维护。”

简南盯着阿蛮刚才踩过的墙壁。将近两米的光滑墙体……刚才牛顿的棺材板估计都动了一下。

“但是不太对劲……”阿蛮还挂在装摄像头的杆子上，最后这句话像在自言自语。

“这摄像头有收音功能。”阿蛮跳下杆子，落地轻盈，几乎听不到声音。

简南觉得牛顿的棺材板又动了一下。

“这屋子周围所有的警报器都关掉了，烟雾探测器也拆了。”阿蛮刚才还顺手翻了下垃圾，“垃圾袋里有大剂量的笑气包装。”

“把他的申请表给我。”阿蛮伸手。

简南并不知道她要干什么，这跟他脑子里想的求人流程不一样。他也不习惯这么被动，这种不知道下一秒会发生什么的节奏不是他喜爱的节奏，但是他还是抽出申请表递给了她。

阿蛮是同伴。这样的念头最近频繁出现，甚至开始触碰他做事的底线。

阿蛮仰起头，把那张申请表正对着摄像头，提高音量：“我们来自切市，我在你房子后门看到了大量笑气包装，剂量已经超过了致死量。我现在数到十，你如果不开门，我会砸窗户闯进去。”

“砸窗户的钱……”阿蛮顿了一下。

“我赔。”简南已经理清楚前后因果，答得很快。

“他赔。”阿蛮迅速接了下去，一秒钟都没有犹豫就开始倒数。

简南有时候会想，为什么阿蛮做任何事都能那么当机立断。

他看着她眼睛眨都没眨就抡起了游泳池边的躺椅丢向玻璃窗。

他看着她冲进屋子，第一时间并不是找人，而是打开线路板找到保安室调出监控。

他看着她从地下室里拽出捂着脑袋几近全裸的塞恩。

他还看着她用最简单的急救方法检查了塞恩的身体情况，并且告诉他，塞恩现在身体情况正常。

很难想象这一连串的事情都是这么一个外表娇小二十出头的女孩子做的。

“有过多次被虐打经历”，这句话就在这种时候又一次闯进了简南的脑子，他分明感觉到他心里钝痛了一下。高级的，他无法理解的钝痛，和这样的钝痛同时浮现的还有一种沉闷的、无法发泄的愤懑。

“我来。”他在阿蛮打算找衣服给一直低着头闷不吭声的塞恩穿上的时候，挡在了她和塞恩中间，“他身上脏。”

不知道在地下室里待了多久，塞恩此时全身都是灰尘，像死鱼一样一动不动。简南拽了一下，拽不动，只能到浴室里找了件浴袍丢到塞恩身上，拉平了遮起来，确保遮住了大部分会唐突女性的地方。

“垃圾袋里的笑气应该不是他用的，但是他一直没有反应，我不确定他现在的精神状况。”阿蛮在一旁翻检着她从地下室里拎出来的塞恩的随身包，“他家的地下室是个实验室，我看到很多笑气装置，不知道是用来做什么的。”

她感觉到了简南突然之间的别扭，不过和往常一样，她把这种不太好懂的情绪直接抛到脑后，并不打算深想。

“他包里面都是求生物品，干粮、水、抗生素、止痛药，还有求生工具。”阿蛮把包递给简南，“没有危险物品。”

被拽出来的塞恩仍然像个死人一样一动不动地趴在沙发上，对自己家里突然出现的陌生人不感兴趣，对都是玻璃碎片的一片狼藉的客厅也不感兴趣。

为了测试塞恩的精神状况，阿蛮蹲下来，把自己的脸抵到塞恩的视线里。塞恩的瞳孔晃了晃，移开了视线。

阿蛮挪了两步，又一次把脸抵到塞恩的视线里。塞恩的瞳孔终于动了，眼睛转了一下，面无表情地瞪向阿蛮。

可这一次，阿蛮却躲开了。只要塞恩看她，她就立刻挪到他看不到的地方；一旦塞恩看向别处，她又会快速挪回他的视线范围之内。

非常磨人非常讨厌的几个回合下来，塞恩决定闭上眼。

“你在做实验?”

偏偏另外那个不说话的男人，在他闭上眼睛后突然开始说话。

“那么多笑气，是用来做麻醉剂还是燃料?”

他听不出来这个男人是在问问题还是在自言自语。

“我没有看到你最近的论文里提及这个实验啊……”

这个男人应该是在自言自语。

陌生人，擅闯民宅，破坏财产，还用暴力对待他——这个女的把他从方舟里面拽出来的时候，他觉得自己手臂的韧带肯定被拉伤了。

塞恩很气，非常气。但是这女的把他拽出来的时候没有带他的发声器，他没办法骂人。

他也不知道这两个亚洲人来他家里是做什么的。他本来打算装死，让他们把家里的东西全搬走算了，反正身外之物和他已经没什么关系了。

可是他们并不打算走。

塞恩的拳头悄悄握紧。在那个女的再次靠近他，企图让他睁开眼睛的时候，突然瞪大眼睛。

“啊——!!!”他开始尖叫，放开嗓子，冲着那个女的的脸。

唾沫星子淹死你!! 啊——!!!

阿蛮在认识简南之前，对这些专家学者有一个刻板印象。她觉得这些脑力劳动者基本不会动武，就像她绝对不会和人拼脑子一样。专家学者那么聪明，应该都懂得扬长避短。

但是在认识简南并一拳头砸在他胸口之后，她开始训练自己在面对这些人的时候压下她下意识回击的本能。

她训练了四天，这四天的成果都在塞恩这一声尖叫里发扬光大。她迅速动手，把塞恩身上的浴袍团成一团塞进了塞恩的嘴里。

尖叫声没有了。

塞恩瞪大了眼睛，眼睛有了焦距，终于，有了点情绪反应。

“抱歉。”阿蛮的手指在他眼前动了动，“我必须确认你现在是否清醒。”

塞恩的眼睛瞪得更大了。

“你能听到我说话吗?”阿蛮凑近他。

塞恩没反应。

他几近全裸，之前简南给他的遮挡物现在被塞在了他嘴里，阿蛮没有什么男女之别的顾忌，问话的时候贴得非常近。

简南又一次挡在了她和塞恩之间。

“我是简南。”他拿出了塞恩的申请书，举在塞恩的面前，“我们来找你，是想聊聊血湖的项目。”

被捂着嘴的塞恩“唔唔”了两声。

疯子简南。那个一言不合就烧光他们团队十年成果的疯子简南！难怪会用这样暴力的方式出场！

“你可以报警。”简南读懂了塞恩的表情，“她是我请的保镖，她这样做是想确认你现在神志是否清醒，是否具有攻击性。她做的事情都是经过我同意的，我是主要负责人。”

阿蛮站在简南身后。

两次了，他用笨拙的走位挡在了她和塞恩之间。

他很高，所以彻底遮住了塞恩的视线。

他没有像其他高薪聘请她的委托人那样，在这种时候远远地站在一旁，等她把对方的衣服穿好，安顿好，确认对方精神状态正常之后才慢悠悠站出来——这也确实是她做保镖的一部分工作。

他主动做了最腌臜的事。他刚才对塞恩说的那些话，也让她知道他已经非常清楚她刚才那一系列动作的原因。

第一时间发现不对劲，第一时间救人。可能闹的动静有些大，可能和他们一开始计划的求人策略有些出入，但是阿蛮知道，那是她当下能做到的最好的选择。

对于简南能不能理解这件事，她其实是忐忑的。

简南可能会觉得她反应过激，也可能觉得她拖了他的后腿。毕竟她很清楚，塞恩这个人是简南目前能够找到的最好选择。

但是简南没有。他清楚，并且理解。他不拿生命做买卖，所以，也一定明白在救助人命这种事情上，没有“反应过激”的说法。

阿蛮看着他的背影。明明很瘦，明明连爬树都能磕磕碰碰，可是他站着的样子却堂堂正正。

他说他是主要负责人，他说所有的事情都是经过他同意的，他毫不犹豫地站在了她这一边，哪怕她很清楚，她刚才问他要申请表的时候，他根本就还没有反应过来。

阿蛮微微动了一下，做了一件她这辈子都没有做过的事——她把自己整个人都藏在了简南的身后。非常短暂地藏了一下，然后重新站到了保镖该站的最短安全距离。

她也不知道自己为什么要做一个这么无意义的动作，可能仅仅是觉得简南对待生命的态度和她一样，仅仅是向这种默契致敬，短暂的，深刻的致敬。

她想，她可能会记一辈子。哪怕很久很久以后，她也会记得这个背影，明明瘦弱却堂堂正正的背影。

简南拿走了塞在塞恩嘴里的浴袍。塞恩仍然不说话，瞪着眼睛，眼睛里血丝密布。

简南把自己的手机切到输入页面，递给塞恩。

塞恩拿着手机愤慨地输入了半天，全部删掉，又重新输入了一行：我的发声器还在实验室里。

“我去拿。”阿蛮眼尖，看到那行字就立刻行动了。

客厅里只剩下简南和塞恩。

“抱歉。”简南道歉，“我们在你家的垃圾桶里发现了超量笑气的外包装，担心你发生意外，所以才闯进来的。”

“监控里有我们进来前的录像。

“砸坏的落地窗我会赔，走之前我会找人清扫你家的客厅，并修好落地窗。”

简南顿了下，看了一眼塞恩捂着的嘴。阿蛮手脚重，塞恩的嘴角已经开始发红。所以，他补充了一句：“你可以去医院验伤，任何费用和赔偿都可以直接找我谈。”

塞恩捂着嘴巴看他一眼。

第7章
封闭的村落

其实，塞恩在简南自我介绍的时候就已经知道发生了什么事。他们圈子小，发生一点点事情就能传得尽人皆知，更何况还是简南这样的疯子。

对动物传染病有点兴趣的人多多少少都听过简南的名字，这个二十六岁的年轻人曾多次出现在主流科学期刊上，业内人士对他的评价都非常高：稳扎稳打的天才，做过最多手术实践的年轻科学家等等。

在主流刊物大本营都在西方的当代社会，这样的情况并不常见，所以很多人都记住了这个东方人的名字。

然而，在大家还没有注意到他到底做了什么惊天动地的研究之时，他就陨落了。原因是和团队不和，不服主管指挥，斗气烧掉了他们研究所存放样本数量最多的一个实验室。

科学无国界，那个实验室损失的数据，是整个科学界的损失。

什么狗屁惊世天才，到最后只不过是个无法控制自己情绪的神经病。据说他大脑前额叶区块反应迟钝，缺乏同理心；据说放火的那天，他情绪失控到需要打镇静剂。

现在这个神经病正站在自己面前，找了个暴力萝莉，把他从实验室的方舱里揪了出来。除了开头过于惊悚之外，对方的表现都十分有条理——解释情况，道歉，承担责任……逻辑清晰，看起来像个正常人。

拿到了发声器的塞恩裹着浴袍缩在沙发上。

“你们走。”他拽着发声器，终于恢复了社交能力，“不需要赔钱，你们赶紧走。”

所谓的发声器其实就是个改造过的变声器、耳麦和扩音器，扩出来的声音是个女人的声音，因为是机器合成的，所以情绪怪异，明明是愤怒至极的威吓，扩出来却变得平平静静，毫无情绪。

“血湖的申请不是我提交的，我现在的情况出不了门。”他的律师为了让他出门，每年都会给他申请不少乱七八糟的国际项目。血湖这个项目，因为就在隔壁市，他偶尔会在论坛里看到一些，也知道简南在这个项目里都做了些什么。

可是也仅止于此。他不可能出门，不可能和人合作。

简南没接话。他抽出现金支票，在里面填了个数字，放在玄关处的桌子上，再次道歉："抱歉。"

塞恩裹着浴袍缩在沙发上。之前的暴力萝莉已经收起了爪子，状似无害地紧紧跟在简南的身后。简南没有留恋，也没有回头，放下支票就打开了门。

塞恩想起了论坛里的帖子——

"你们知不知道，血湖这个项目能批下来，全是因为那个疯子简南。"

"我本来能回去的，硬是被留了下来，现在回国遥遥无期。"

"他是不是有病啊，这地方都形成多少年了，怎么可能说爆发就爆发！"

"据说他是半夜里从血湖弄出那些样本的，也不知道他是怎么弄出来的。"

"为什么放火烧掉实验室的人还能好端端地活着？"

"我跟他做过实验，他的能力没有吹得那么好，也就普通吧。"

"楼上天真了，期刊吹牛的能信吗，你多大了。"

……

"喂！"塞恩在简南和阿蛮快要走出别墅的时候，突然出声喊住了他们。

两人停住，回头。

"你……为什么要做血湖项目？"塞恩变声之后的女声像是机器人，声音还有点抖。

简南微微拧眉。这个问题太大了，他不确定塞恩问这个问题的原因。

"我的意思是，地球那么大，每一个角落都有这样的地方。

"就算不是人为的，大气变暖造成的生态破坏也在不停地制造这样的地方。大一点的有长时间无法扑灭的山火，小一点的有血湖。

"这些地方就是地球自我修复的伤口。伤口会不断扩大，不断溃烂，从土壤到空气，住在这些伤口上的生物，终将无一幸免。

"地球会用这样的方式毁灭一个纪元，创造新的生物，重新开始一个新的纪元。这是地球几亿年的演变告诉我们的规律。

"我们现在正处在生物集群灭绝的时段，地球上不是只有我们人类在寻求生路，但是没有生命能逃得过灭绝。恐龙不行，乳齿象不行，人类，更加不行。

"所以，花五年、十年时间，修复一个连100平方公里都不到的血湖，意义在哪里？

“你过得并不好，切市不是个好地方，同行们背地里都叫你‘疯子’，没有人愿意和你合作。你已经走投无路到连我这样的人都要招募了，花了那么多力气，终点在哪里?”

诡异的机器女声英文发音很标准，只是没有语调，听起来没有温度。

塞恩问完之后就不说话了。

阿蛮看着简南。类似的话，简南在血湖说过。在目睹了一场血腥的偷猎后，他说，这是地球的自卫。

“要不然呢?”阿蛮听到简南反问。

“走看不到终点的路，总比已经在终点要强。起码不会一望见底。”

原本一口咬定绝对不会参与项目的塞恩，在一阵沉默之后，让简南再给他几天时间考虑。

简南留下了一沓关于血湖的资料，离开的时候为了避开那一地的钢化玻璃碎片，动作笨拙到差点撞到门。

阿蛮拉了他一把，这一次，她没有笑话他。

这个她第一眼看到的时候觉得十分古怪的简南，了解得越深，越危险。

他无法一望见底。

他胆小却坚定，他看起来不靠谱，却永远站在最需要他的地方，从不逃避。

他危险得让阿蛮觉得他的背影越来越高大，那些不协调的四肢动作，反而让简南成了简南。

回切市的飞机上，阿蛮一直在回味简南刚才回答塞恩的那两句特别有哲理的话。她觉得她之前还是小看他了，觉得他呆乎乎的好欺负，就老会忘记他的双博士学位，忘记他敢一个人独闯血湖的勇气。

所以，当简南凑近她的时候，她回了一个笑脸。可能是一不小心笑得有点大，她看到简南呆了一下。

“……我其实不太了解自己的财务状况。”他咳嗽了一声，掩饰掉刚才的失态。

这回轮到阿蛮呆住了。她觉得如果现在有镜子，她脸上的一排问号应该已经肉眼可见地加大加粗了。

“我的工资不高。”简南还在继续。

“不过我认识了普鲁斯鳄这样的人。他擅长理财，炒过一段时间的比特币，日常一直在做股票。”

阿蛮维持着半僵的姿势，脑门上面的问号变得越来越大。

“我所有的投资都是他帮我做的，赚了就买房，万一做实验需要用钱，我就会委托他帮我找当地的房产中介卖掉套现。

“所以，除了我自己日常开销用的工资，我其他的资金都在普鲁斯鳄那里，只有有项目或者实验需要，我才会过问。他算是我的财务顾问。

“我当初聘请你的时候，普鲁斯鳄警告过我，这是我能拿出来的最高的聘用费了。再高，我可能就得退而求其次，选择其他的保镖。”

说到这里，简南有些不好意思。

“当时你给我报价的时候，我特意研究过暗网的保镖市场，也找了几个价位比你稍微便宜点的保镖，像这次选择队员一样，作为备用。”

阿蛮僵着的脖子歪了一下:“所以?”她觉得这个话题一直在往她完全料不到的诡异的方向走。

“我想给你加钱，但是暂时拿不出那么多现金。”简南脸都红了，“普鲁斯鳄说今年下半年有一批股票可以套现，我给你打个欠条，到时再给你可以吗?”

“为什么???”加薪是一件好事。但是为什么?她的收费已经很贵，这四个月的二十四万美金，她一分钱都没有少收。

“你能做的事情比我想象中多很多。”

他最初对保镖的概念不过就是高级一点的地陪，如果不是被贝托用枪指着头，他害怕自己没办法活着回国，他也不会强迫自己改变习惯和另外一个陌生人一起生活。

他觉得自己一定会不习惯。哪怕对方是阿蛮，哪怕他一直很相信她的专业水平。但是，并没有不习惯。

阿蛮只做了五天的保镖，这五天里，他们吃住都在一起，偶尔聊些闲话，大部分时候，都沉默地各做各的事情。

完全没有不习惯。反而，今天早上起来的时候，因为阿蛮在他睡着之后出了门一直没回来，他拿着牙刷蹲在阿蛮的房间门口发了半天呆。

他没料到，自己不但没有感到不习惯，反而逐渐开始依赖。

她陪着他。

她任何事情都站在他这一边。

她不开口评判他的任何事，不问他为什么被叫作“疯子简南”，也不问他为什么那些有名的人都不愿意和他合作。

他觉得，他需要她。这种需要在经历了塞恩的事情后，变得更加迫切——今天如果没有她，他连塞恩的家门都进不去。

“我觉得你弥补了我的短板。”

那么长一段心理活动，他用最干巴巴的话翻译了出来。

阿蛮可能没听懂，因为她一直维持着“你在说什么”的表情。

“我想再给你提薪百分之二十，但是这笔钱可能要等到两个月后才能给你。”他决定不解释了，直接说结论，“我先给你写欠条。”

阿蛮抽走了他的笔，瞪着眼睛。败家子！

“合同上写明多少钱就是多少钱，哪有随便加薪减薪的道理。你法盲吗！”她气得都忘记了自己的财迷立场。

简南握着空笔套。

“可是……”他非常委屈，“合同上也说，如果有更高价的委托人，你会用竞价的方式重新选择委托人的。”

他记性很好，合同只看了一眼就记得很清楚。

关于阿蛮怎么解除合同，一共有三个方法：他单方面毁约；阿蛮单方面毁约；以及合同期间出现更高价的委托人，用竞价的方式解决。

暗网的霸王条款。他看其他保镖的合同上也都有这一条。阿蛮给他的合同虽然是客制化合同，但是这一条通用条款，她并没有删掉。

“啊？”阿蛮承认她现在非常傻，傻到家了，这人要给她加钱，她为什么要拒绝，而且拒绝得那么真心？

“有人在暗网竞价……”简南终于意识到哪里出了问题，“你最近没上过暗网？”他觉得有点不可思议。之前没做他保镖的时候，阿蛮刷暗网的频率就和网瘾少年刷社交软件的频率差不多。

“没。”阿蛮摇头。

暗网是接单用的，接了单之后，她才不喜欢用那么麻烦的方式上网。

简南：“……哦。”

他表情懊恼，明显不知道接下来应该说什么，也不知道应不应该继续坚持给她加薪，于是只能拿着空笔套，就这样拧着眉毛看着她。

“暗网上有人竞价吗？”明明话题是他挑起来的，却只能让阿蛮来收尾。

“埃文把我找你做保镖这件事告诉了加西亚，就是之前你陪着走魔鬼道的那个加西亚。”他似乎对这个加西亚颇有微词，皱着眉头又强调了一次。

“加西亚很喜欢你。”他说这句话的时候，眉头皱得更紧，于是阿蛮猜测，简南这句话应该不是在夸她。

“他把你介绍给了很多人，其中有个人最近在伯利兹做地质旅游开发项目。

“商业项目，投资方很有钱，给的安保费也很高。所以他去暗网参与竞价，还说不管我给你的价格是多少，他会在原有的基础上加价百分之五。”

阿蛮傻眼。

她一直以为合同上的竞价条款是暗网留给注册保镖的一条后路——万一保镖有不可抗拒的理由，暗网会放出竞价让注册保镖可以全身而退。

这种潜规则在没有规则的暗网很流行。所以这条看起来很霸王实际上只是在为了注册者安全的条款，她放到了每一份客制化合同里，从来没有删过。

结果，这条居然真的有人用，而且竞价方居然是专家学者，简南甚至还打算跟对方提价。

现代社会果然知识就是力量，知识就是摇钱树……

简南盯着阿蛮的面部表情。阿蛮很能控制表情，所以他根本看不出她现在的情绪。

“我觉得虽然合同上有这一条，但还是需要考虑到实际情况。”他恨不得把时间倒带到他坦白财务情况的前一秒。

阿蛮没看过竞价。

阿蛮根本就没考虑过更换委托人。

“我可以直接把价格提高百分之二十。

“我希望你可以留下来。”

他说得很急，所以下一句话脱口而出。

“我非常需要你。”

……

阿蛮闭上了本来想说话的嘴。

简南安静了一秒，给自己这句奇奇怪怪的话加了个补充：“血湖这个项目也需要你。”

阿蛮：“……”说得好像她懂得怎么治理血湖一样。

“其实在接你这个委托之前，我就已经停止接单了。”阿蛮心里又开始有奇奇怪怪的东西翻涌，“切市不太平，我偷拍照片得罪了贝托，所以我本来打算躲一阵子，等相对安全一点就离开切市的。”

“去哪儿？”已经曝光了自己财务状况的简南，面对阿蛮时又多了一层放松——问问题都懒得加主语了。

“去没有贝托的城市，或者直接回国。”她低头笑了笑，“不过回国挺麻烦，我被领养之后就转成了墨西哥国籍。”

“在中国，恢复国籍并不难，找到原户籍所在处……”简南突然住了嘴。

阿蛮没有姓。

阿蛮笑了。

“不过我现在接了你的委托，计划就变了。

“反正都已经得罪贝托了，干脆就得罪得狠一点。

“只要你不单方面和我解除合同，这四个月里，我哪儿都不会去。”

“你或许会觉得这个承诺很重。”阿蛮看着简南，一字一字说得很慢，“但是我说过，我会把你安全送回国，这句话，我一定会做到。”尤其，他还需要她。

阿蛮说完又笑了。从来没有一个人，在她面前说过那么直接的话，直接到旖旎。

“还有。”她突然想逗他，“暗网的竞价不是一次性的。”

“竞价的那个人说在原有的价格基础上加百分之五，是指不管你把我的保单价格提到什么数目，他那边都无条件地追加百分之五。

“在暗网这么多年，我还是第一次看到有人这样竞价。

“你们读书人是不是都不太懂潜规则？”

如果她单日的价格加到五百万美金，对方也必须用五百零五万美金成交，如果流标，对方就会拖欠暗网平台原价百分之二十的流标手续费。这样是很容易破产的，也很容易被暗网追杀。

“让他在我点‘确认’前赶紧撤了吧。”阿蛮戴上眼罩，嘴角的笑意一直没有消下去过。她在读书人这里似乎特别容易被肯定。被肯定，真的挺愉悦的。

“谢谢。”很久很久之后，飞机都快要落地的时候，简南才重新开口。

“谢谢。”他重复。

谢很多很多的事，很多很多，比两千美金一天重很多的事。

阿蛮，确实就是他的同伴。

埃文心情复杂地拿着简南交给他的组队表格。这个阵容很惊人，平均年龄不超过三十岁，三个专家学者加一个保镖，全是赫赫有名的人物，全是从来没有出现在这类国际支援项目中的人，全是不太好惹的人。

尤其是这个他想都没想到的环境专家塞恩。

“他居然愿意出门？”埃文仍然不相信组队表上的签名真的是塞恩本人。

“唔。”简南今天心不在焉。

那晚与警方展开追击战最终坠入山崖的假贝托的DNA检测报告终于出来

了，和他们之前预想的差不多，DNA检测结果和贝托高度吻合，官方宣布了贝托的死亡。

与此同时，切市彻底陷入混乱。

群龙无首，再加上新大佬开始清理贝托的残余势力，小规模的武力冲突出现在这座城市的每个角落，官方疲于奔命，平民惴惴不安。

混乱的时候，人们总会怀念和平，哪怕那种和平需要付出巨额的保护费。只是两天时间，切市就已经开始出现“要是贝托在该多好”的声音，甚至有人在假贝托坠入山崖的地方放鲜花表示纪念。

阿蛮担心照这样发展下去，贝托重新出山的日子会提前，而且可能会用“切市救世主”这样最不要脸的方式出现，重新控制切市的黑暗角落。

所以她今天只是把简南送到了办公处，叮嘱他千万不要离开这里之后就消失了。已经三个小时，没有电话，没有讯息，这样很不好。这样莫名其妙的病态的依赖，很不好。

他只是因为后天缘故导致缺乏同理心，他没有边缘型人格，在遇到阿蛮之前，他并没有这种强烈的分离焦虑的症状。还是说，他的大脑前额叶区块又出现了新的问题，异国他乡，他终于又向彻底病态迈进了一大步？

“简？”埃文说了长长一串话，发现简南压根没在听，“我说那么多，只是担心塞恩的身体状况能不能承担这份工作。”

“抱歉。”简南回过神。

“这是塞恩的健康报告和心理咨询师给的指导意见。”他虽然走神，但是埃文的那一大段话，他每一个字都记得。

一如既往的，他准备得十分充分。

“血湖的现场检测工作大多都安排在白天，塞恩的夜间恐惧症对这个项目的影响并不大。

“塞恩拒绝说话是因为他拒绝听到自己的声音，他耳内三块听小骨发育畸形，他的耳朵听到自己的声音比普通人听到自己的声音更加尖利，基于个人原因，他放弃了自己的声音，选择用发声器发音。

“只要有发声器，和他沟通就没有任何障碍。”

塞恩昨天把个人原因告诉简南了。他觉得他自己的声音听起来特别像他已经过世的亲妹妹，他走不出失去妹妹的心理阴影，所以他再也无法让自己听到自己的声音。

“其他的都不是大问题，塞恩应该可以胜任这个项目。”简南按照人性合理的方向，向埃文省略掉了塞恩的私人原因。

“另外。”他又开始从包里往外抽文件。他这个巨大的工具包永远都能抽出让人意想不到的东西。

“这是普鲁斯鳄的心理评估报告，这是我的。”他递过去两份文件，“普鲁斯鳄这份是最新的，我的是一个月前的。”

“普鲁斯鳄的主要问题在于自恋型人格疾患，不过他已经参与过很多项目，数据证明他这个问题除了在团队合作上会有困难之外，并不影响工作。

“我们这个小组团队合作比较特殊，所以普鲁斯鳄的问题也不会影响项目。

“至于我，都不是工作上的精神问题，我的评估报告下面有三个精神病专家的签名。”

自从那场大火之后，他永远随身带着心理评估报告。

大脑前额叶区块反应迟钝，就是反社会人格障碍的典型症状，但是他不想被套上这个名词，他不想因为缺乏同理心、悔恨情绪和羞耻感，就被默认划到“啊，难怪”这个区域。

“他是反社会人格啊，啊，难怪会放火烧实验室。”

“他是反社会人格啊，啊，那难怪能把这项研究做得这么好，没感情的人就是聪明。”

……

所以，他永远随身携带着他能够胜任工作的心理评估报告，并且每个季度都会更换一次。近乎执拗。

三个游走在精神病边缘的人物加一个武力值爆表的暗网保镖，这个队伍出乎意料，却也在意料之中。

埃文把简南提交上来所有的文件都铺开，排在办公桌上，在申请表上摁下了印章。

“我听说过你，见过你，最后才认识你。”埃文伸出右手，微笑，“很高兴认识你，简南。”

简南，是一个完全能够胜任这次工作的年轻兽医、科学家，他聪明，专业，坚定，而且并不迂腐。埃文觉得迟早有一天，他会以曾经和这样的年轻人共同工作过为荣。

“然后他就同意啦？”

阿蛮一口吃掉被她叠成四折的比萨，猛灌了一口可乐。

她运动量巨大，所以不会胖。

自从请阿蛮做了保镖之后，简南就再也吃不到阿蛮做的饭了。他小口小口地吃比萨，把一次性饮料杯换成了马克杯，里面是他自己泡的大麦茶。

“你这么控制身材是因为怕胖了要重新买内裤消毒抽真空吗？”阿蛮实在看不下去他喝大麦茶的样子。至于吗？可乐有毒？

这个问题可以不用回答。简南的脑子在新订的关于怎么和阿蛮相处的规则上面打了一个勾。

“埃文同意了。”简南从工具包里抽文件递给阿蛮，“我们接下来要做这个。”

照片上，一只鳄鱼的下巴被射出来的钢丝捅了个对穿，张着血盆大口对着镜头。只看照片，都能想象得到当时鳄鱼撕心裂肺的怒吼，还有扑面而来的关于血湖的腥臭的记忆。

这是她拍的照片，拍照的时候，简南正在树上练习他的弹弓精准度。

阿蛮放下了手里的第四块比萨。

“我们接下来要解决的是鳄鱼的蛀牙？”失去食欲的阿蛮同时也失去了友善。

简南因为这个充满了想象力的回答短暂地沉默了。

“……是舌形虫。”简南手指遮住了照片上鳄鱼的嘴巴，露出了鳄鱼的鼻孔。

阿蛮眯着眼睛看了半天。

简南的手指好看，修长白皙，指甲是健康的粉色，修剪得非常干净。

阿蛮把自己的手伸过去对比了一下，发现自己的手黑黑瘦瘦，看着就硬，“啧”了一声收了回去，在餐巾纸上擦了擦。

简南：“……”这又是一个不用做反应的阿蛮式的心理活动，他的脑子里又勾上一个勾。

“舌形虫病是一种人畜共患的寄生虫病，虫体通常会寄生在鳄鱼的鼻、气管、肺等部位的呼吸道内，并在肺内移行和发育。”简南放下照片，“除了我之前提交的动物粪便样本里面验出了舌形虫，现在唯一的现场资料就是你这张照片。但信息太少，还得去血湖取样本来分析这种病的传染阶段，另外还需要去周边的村庄检查是否有被传染的人和动物。”

寄生虫病非常容易跨越物种屏障，只要进入传染阶段，感染的物种就会非常多，检查会十分繁复。

阿蛮拿过照片，肉眼分辨了半天，总算在阴影里找到了一小块白色的东西。

“舌形虫病的诊断必须取得虫体标本。这种病直到近几年才逐渐引起重视，临床症状还不是特别完善，免疫学方向的诊断方法还有待开发。”简南又补充了一句。

“所以你打算再进血湖捉一只鳄鱼？”阿蛮只听懂了一部分，却迅速抓住了重点。

“和国际兽疫局的人一起。”简南算了算，“人挺多的，而且有好几个有活捉鳄鱼的经验。”

他还打算活捉。也对，他们是科研队，不是偷猎的。

阿蛮擦干净手，又把之前放下来的第四块比萨重新捡起来，折了四折，塞进嘴里。再灌一大口可乐，嘴巴鼓鼓囊囊的，看起来很满足。

阿蛮吃东西的样子会让人有食欲，哪怕只是在兽医院对面买的平时都没人买的巨难吃的便宜比萨……

“你那边呢？”简南等阿蛮吃完了才问。

她失踪了整整一天，最后来接他回家的时候，他觉得自己已经能体会到幼儿园孩子等父母来接他们放学的心情了。

托她的福。他这辈子本来没有机会体会这种感情的。

阿蛮本来还想吃第五块。简南的食粮基本是小鸡的水平，一块比萨啃到现在只吃下去一个角。和他在一起吃饭从来都不用担心不够吃，这也算是优点。

“最近切市的混乱，贝托的功劳很大，他确实就像我们猜测的那样，打算在最混乱的时候以救世主的形象出现。”

很聪明。之前因为血湖曝光的那些犯罪记录，在这种时候逐渐被人遗忘，他趁着混乱还可以一步步蚕食新来的大佬刚刚组建起来的势力。

贝托毕竟是贝托，能在切市做了十几年的黑暗之王，不是没有原因的。

“他的计划如果成功，我们会很惨。”阿蛮实话实说。

卷土重来的贝托，肯定不会放过他们。况且血湖项目已经轰轰烈烈地开始了，最近新闻一直都在播报，“各类专家入驻切市”“切市是否成了瘟疫之源”之类耸人听闻的标题轮换了好几次头条。

“哦。”简南点点头。

阿蛮看着他。简南正慢悠悠地把那块还有三分之二的比萨里面的青椒挑出来，然后咬了一小口，再咂吧咂吧嘴，喝了一口大麦茶，最后“呼”的一声，也不知道是满足还是烫的。

“我真想把你的嘴巴用筷子撬开，把这些东西折一折全丢进去，灌上可乐，然后缝起来。”阿蛮阴森森的，继续看着他。

简南默默放下了手里的比萨。他不吃了……

“他不会成功的。”简南总算解释了他之前那声“哦”，说道，“你跟我去附近的村子看一看就知道了，已经太晚了。”

瘟疫，病毒，永远比人可怕。人为制造的战争，在瘟疫面前不值一提。

“现在时间是上午九点三十二分，我和阿蛮正在切市血湖附近最大的印第安村落，地图坐标（18.492550，-88.330797）。今天的工作是收集这个村庄的人畜健康情况，采集周围的水生物样本，收回今天的反馈表，如果可能，劝说村民撤离。

“八点四十分的时候，我们入村一次，被赶了出来。”

说到这里，简南停顿了一下。他们又被泼油漆了，还是红色的。阿蛮心爱的神车刚洗干净，现在又变回了张灯结彩的年兽的样子。

不过这一次阿蛮的反应非常快，他们两个人身上干干净净，所有的油漆都泼到了神车身上。而且可以确定的是，这次一定拿不到赔偿——当地警方不管印第安村落的事，阿蛮上次的报案都还在走流程。

大太阳底下，阿蛮蹲在神车旁边嚼冰棍，乜斜了简南一眼。

简南清清嗓子，拿着录音笔继续记录工作日志。

“今天进村的可能性仍然很小。我们会先恢复村口被人破坏的信息牌，重新贴好反馈表，在无法进入村庄的情况下，在村口驻留四个小时。”

阿蛮那边窸窸窣窣的，又拆开一包当地的芝麻糖——她神车的后座里藏了一个盒子，里面甚至有冰盒，放着冰棍和他们的午饭。

阿蛮的食量是他的两倍以上……

简南又清清嗓子：“因为昨天录音笔记录的内容被普鲁斯鳄无故黑掉，并删除，所以再重复一遍项目进度。

“塞恩要先整理他正在进行的生存项目，会在这周三进组。

“采集活鳄鱼样本的工作会放在下周四，普鲁斯鳄要求参加，他说他会自己想办法解决血湖网络信号不好的问题，到时候现场只要提供网络摄像头就可以了。”

蹲在那里吃糖的阿蛮又乜斜了简南一眼。

简南一顿，关掉了录音笔。

“普鲁斯鳄删掉你的工作记录是因为我不同意在那种情况下携带网络摄像头增加行动危险，并不算是‘无故’。”阿蛮又往嘴里塞了一颗糖。

“站不住脚的理由和情绪失控，就属于‘无故’。”简南关掉录音笔，眼睛黑澄澄的。

阿蛮嚼着糖没说话。

简南不能说谎，但是当他不愿意提某件事或者某件事让他情绪产生负面波动的时候，他会选择简化它。

越相处越觉得，这个人很“鸡贼”。

上午九点四十分，按照录音笔的工作安排，简南开始从自己的工具包里拿整理信息牌的工具。

所谓的信息牌，就是立在村口的一块简易的木头牌子。上面用纳瓦特方言写明了血湖项目的目的，列出目前从血湖查到的已知的病毒，病毒可能传染的物种，以及传染后的症状。最后留下各种联系方式，恳请村民如果遇到上述症状的牲畜或者人类，及时隔离，并且联系他们。

列表上列出的病毒已经有四五种，其中，舌形虫病是明确可以跨越物种屏障传染的人兽共患传染病，所以被加粗标红，提醒大家特别注意。

在文明社会里，这本来应该是非常正常的流程，但是在村民自治、信息封闭的印第安村落，在每个村都十分推崇巫医的情况下，这样的流程推行起来格外困难。

信息牌几乎每天都会被破坏，要么涂满红色油漆，要么直接连根拔起。

简南和项目组的其他人员，每天都会轮流来修复信息牌，希望路过的村民在每天破坏信息牌的时候，能够有人愿意站出来共享他们村落里的健康状况。

除了这样封闭的印第安村落，血湖附近还有几个零散的贫民村，里面住着当地人、原住民混血以及不愿意住在封闭村庄里的原住民。相比封闭的印第安村落，这样的村庄更加鱼龙混杂，之前的偷猎人和医闹的闲汉，都是从这样的村庄出来的。

血湖项目调查期间，为了项目组员的安全考虑，贫民村的人畜健康资料和样本都由本地负责人去完成。而这个负责人，就是简南本人，他需要每周收集，每周向项目经理埃文汇报一次。

没有人对这样的项目安排有异议,大家都认为这本来就是简南毛遂自荐的,这个项目本身也是因为简南的奔波才得以立项,最危险的事自然应该简南来做。

阿蛮也没有异议。

简南高薪聘请她，就是为了这样的事，她如果保不下他，就根本没资格要那么高的日薪。所以，最近简南在实验室或者手术的时候，她频繁外出，每次回来都能看到简南站在她要求的位置等她。

他等人的姿势很专注，站姿笔挺，一动不动。就像现在等在村口这样，她懒懒散散地蹲着，而他站得像村口的守卫兵。

哪怕爱车被泼了油漆，现在的阿蛮其实也是放松的。

相比复杂的贫民村，她更喜欢印第安人的村落。除了排外和缺乏现代知识之外，这些长长久久住在这片土地上的原住民存在感更微弱，不管是恶还是善，他们都与世无争。

连破坏信息牌这样的事情也从一开始的连根拔起、直接粉碎，到泼整面的油漆，再到现在这样只是拿粉笔在上面乱涂乱画——画了无数个骷髅头，以及她看不懂的话。

“村里的感染应该很严重了。”简南看问题的角度总是和她南辕北辙。

“这些都是祈福的咒文。”最近恶补纳瓦特尔语方言的简南已经能简单地看懂上面一部分乱涂乱画的内容，“都是驱散恶灵的咒语。”

村民们的不安情绪加剧了。

“他们只是想阻止我们进村，并没有对我们做什么驱魔的举动。泼油漆不算，泼油漆太现代了，不算是驱魔行为。”简南的话一如既往的多，“在这种时候，能让他们在村口画这些东西的只有疾病了。”

这是最靠近血湖的村落，闲汉们捡到的第一批死鸡就是从这个村庄出来的。一场鸡瘟下来，他们村的禽类全军覆没。

这个封闭的村庄，也是他们划分为一级预警，必须劝说村民撤离的地方。

这是一个原始部落，靠着血湖附近自然资源自给自足。

阿蛮歪头看着简南擦掉那些粉笔画，在信息牌的空白处贴了很多他昨天晚上打印的关于病毒感染后的图片。大部分很血腥，也很有警示作用。

他的工作和她想象中不太一样。

并不是整天都在实验室，也并不是每天都在手术台。采集样本的工作其实很繁琐，同样的区块，不停地取走一些相似的样本，排列成组，记录在案……还有像今天这样，什么都不做，只是在人家村口蹲着。

异国他乡。

原始部落。

每件事他都做得很认真，一个因为被陷害而流落异乡的大脑前额叶区块反应迟钝的年轻天才，擦粉笔字和贴血腥照片的时候，也很认真。

只是偶尔独处的时候，他会面无表情地发呆。眼瞳黑漆漆的，像是藏着很多很多的事。像是，压着很多很多的黑暗。

临近正午，切市的阳光逐渐变得异常毒辣。

为了了解这个封闭的村落里面到底在发生什么事，简南正蹲在草丛里，收集附近动物残留的粪便样本。残留样本不多，找起来很费事。

阿蛮作为一个尽责的保镖，一直站在烈日下，帮简南挡住阳光的直射，偶尔忽悠他吃一颗糖，骗他喝两口水。

两人都很忙，沉浸在自己的工作中自得其乐。

那两个女人出村的时候，阿蛮就已经看到了。这个村的村民会在每日正午的时候出去采购晚饭的食材，所以阿蛮只是看了一眼，就移开了视线。

但是，其中一个女人在信息牌面前停了下来，并摘下其中一张照片，朝他们跑了过来。

阿蛮挡在了她和简南中间。戴着帽兜一身黑衣的阿蛮，此刻“生人勿进”的气场全开，那女人犹豫了一下，没有往前，只是指着手里的照片，表情焦急。

这是一个穿着印第安传统服饰的年轻女人，穿着宽大的长裙，披着雷博索。她手里的照片是舌形虫病患死后的样子，颈部肿大，脸上有风疹。

她指着照片拼命说话，但是刚刚恶补了官方纳瓦特尔语的简南完全听不懂这音调奇异的原始方言，两人只能鸡同鸭讲地比画了一阵子。

那女人急得跺了跺脚，又飞快地跑回村里。

村庄不大，阿蛮能听到她高声呼叫的声音。转眼间，村庄里几个壮年男人都带着家伙从屋里冲了出来，由这个女人带着，又浩浩荡荡地往他们这里走。

“……”阿蛮握住腰间的匕首，“一会儿我拦住他们，你往摩托车方向跑，跑到以后先上车。”她早就觉得放那么血腥的照片会出事。

“他们会不会觉得那些照片是你弄出来的，所以出来驱魔？”阿蛮十分郁闷地看着对方手里的锄头。好长。打到身上一定很痛。

“……驱魔不会拿锄头。”简南觉得阿蛮的逻辑有时候真的很奇怪，“应该是村里面有人出现了照片里的症状。”

他很冷静，越危险的时候他就越冷静，因为他什么都知道。

阿蛮翻了个白眼。

可事情还真的就像简南说的，那群人只是远远站着，十几个壮汉始终没有上前围殴他们两个看起来就很单薄的亚洲人。

穿着最华丽也最年长的那个人是这个村的村长，他和那个女人低声说了很多话，拿着照片看了很多眼，最后又去了信息牌，摘下了几张照片。

“我们村里昨天有人死了。”村长走上前来，“就是这样死的。”

很生硬的西班牙语，但是还算可以沟通。

“还有这些。”他拿的都是舌形虫病的照片，分别是牛、猪和羊的，“都有。”

“我们的巫医说，这是血湖带给我们的灾难。”村长颤颤巍巍地咳嗽了两声，“我们的祖辈应该从一开始就守住这个入海口，阻止那些人。”

“但是我们能力不够，血湖变成了地狱。

“这是血湖降下来的灾难，也是我们村逃不过去的劫数。”

“所以，异乡人。”村长看着简南，“请你不要再来了。”

“不要再试图用你们的方式解救我们。

“只有我们承担了这些灾难，我们的孩子，我们的后代，才能活下去。”

简南没有马上回答村长的话。

阿蛮握匕首的姿势没变，只是微微垂下眉眼，将一声叹息咽下心底。

这个世界上的不幸，本来都各不相同。

她不想评判这些世世代代生活在这里，甚至还想同血湖共生死的原住民们愚昧，在封闭的世界里，面前的一草一木，就是他们的全部。

村长没有等到简南的回答。他往后退了一步，几个壮年村民先拆掉了简南刚刚弄好的信息牌，这次是连根拔起，用锄头砸得粉碎，包括那些血腥的真实发生过的瘟疫的照片。然后他们围成一圈，把村庄的入口堵得结结实实。

“我们这里，不再欢迎你们。”村长咳嗽了两声，“这样的信息牌也不允许再出现了。”

“你们走吧。”老人佝偻着腰，长叹了一口气，摆摆手。

“我是兽医。”就在阿蛮以为今天就要这样无功而返的时候，简南突然说话了。说得没头没尾。

村长愣了一下，转身。

“血湖的环境发生了变化，动物身上有很多病毒，我的工作就是找到这些病毒，明确它传播的路径，解决它。”

“我的工作并不是要解救你们。”简南还在继续。

他用的都是很简单的单词，没有复杂的句式，村长完全听懂了。因为完全听懂了，所以脸上全是疑惑。

阿蛮脸上也都是问号，连带的还有一头的省略号。他说的也没错……

“这些照片上面的牛、猪和蛇都有鼻腔泪腺的分泌物，颌下、颈部的淋巴结肿大，所以我有理由怀疑它们感染的是同一种寄生虫。这种寄生虫在血湖的鳄鱼身上也有，传播途径主要是吃了被寄生虫虫卵污染的食物。

“人也有可能是因为吃了没有煮熟的带着虫卵的食物，或者在处理食物的时候沾上了被污染的血液而传染的。

“我来这里只是为了寄生虫，我想要知道这个村里有多少动物感染了寄生虫，这些动物有没有流出村庄，村庄里的水源有没有被污染，只是这些而已。”

简南很诚恳，但是村长仍然满脸疑惑。

“我们村里……有寄生虫?”村长从一大堆信息里面挑出了一个相对好理解的。

简南点点头。这里肯定不只有舌形虫病，但是因为已经死了一个人，他们更在意的确实就是舌形虫病。

“从……”村长抬起拐杖指了指血湖的方向，“血湖来的?”

简南继续点头。

“那就是对我们的惩罚!”村长用拐杖狠狠地顿了一下地，“所有从血湖来的，不管是生是死，那都是神灵的安排。”

“可那只是虫子。”简南从他的工具包里抽出一张照片。照片里是一条白色的虫子，锯齿形状，看起来很长。

村长没说话。

“这些虫子不是血湖独有的。”简南又抽出了好几张照片，“地球上很多地方都有这种寄生虫。血湖里有毒蛇和鳄鱼，这些寄生虫就是在这些毒蛇和鳄鱼迁徙的时候，从迁徙地带进来的。”

照片里是各种地方各种动物被舌形虫感染的照片。

“这不是神灵的安排，这只是虫子。

“就像蚊虫一样，有些人被咬了，有些人用了驱蚊水而已。”

简南最后，用了奇怪的类比。

村长又沉默了很久，试图把这一大堆信息再次转换成他能理解的。

他们村里有了虫子，这些虫子是那些毒蛇和鳄鱼带来的，他们村现在很多人有长时间的不明原因的高烧，牲畜接二连三地病死，不是神灵降灾，而是虫子，和蚊虫一样的东西。这个异乡人，不是来解救他们的。

“你是来捉虫子的?”村长把手里的照片还给简南。

“嗯。”兽医简南点点头。

阿蛮:“……”他这话说的也没毛病……

他们两个聊的时间有点长，堵在村口的那群壮汉虽然没动，但被堵在村口里面的那个之前很激动的年轻女人，忽然发出了一声撕心裂肺的哀号。

村长没有理她。简南的表情也没什么异样。只有阿蛮看了那女人一眼，被那女人绝望空洞的哀号弄得心里翻搅了一下。

“村子不能进去。”村长在女人的哀号声中沉默很久，似乎终于下定了决心。

他拿着拐杖在村口画了一条线。

“我可以把你需要的东西放到这条线外，但是你不能进村。”村长强调，“你捉到的每一条虫子，都得给我看过才能带走。”

……他真的把简南当成捉虫子的人了。

“可以。”简南点点头。

“我会给你安排一个接待你的人，你告诉他你需要什么，他会在每天固定的时间和地点把东西都交给你。”村长又说。

简南再一次点点头。或许是简南合作的态度取悦了他，村长最后终于轻轻地哼了一声，挥挥手，转身打算进村。

阿蛮看到简南的手指来回摩挲着他的衣服下摆。他在犹豫。

“村长。”简南扬声叫住了老人。

村长站定。

年轻的女人还在哀号，声音已经哑了，所有的人看起来都无动于衷。

“我希望可以指定接待人。”简南手指还放在衣服下摆，微微用力，“我想要她负责接待。”他抬起手，指向那个一直哀号的女人。

村长又不动了。

围在那里的壮汉们因为简南这一指，纷纷拿起了锄头。

“你说，你只是来捉虫子的。”村长说得很慢，身形不再佝偻，缓缓地站直了。

“不要插手村里的事。”村长看着简南，“我不会安排一个女人来接待你。”

“她身上有虫母。”简南突然用十分生硬的语气快速地说完了接下来的话，“只有通过她送出来的动物，才能检查出虫子。”

阿蛮猛地看向简南。这是一句正常人听起来都不可能相信的话，这是一句绝对不会从兽医嘴里说出来的话。可是简南说了。他说了之后，双手握拳放在身后，阿蛮看到他脖子上快速跳动的颈动脉。忍得青筋直冒。他撒谎了。

村长一动不动地盯着简南，简南维持表情回看村长。

“你只有两周的时间。”村长终于松口，转身就走。

一群壮汉仍然堵着村口，那个女人完全不知道发生了什么事，看着村长走近，匍匐着想去抓村长的脚。

周围的人拦住了她，渐渐地，她的哀号声也消失了。

第8章
捉虫子

简南还是直挺挺地站着。

阿蛮直接把他拽到一旁，拉到村长视线的死角，半挡住了他的脸。

几乎是同时，简南弯下腰，用草丛里的宽叶遮住自己，喉咙发出奇怪的声响，然后哗啦一声，早上喝的吃的果汁糖果水全都涌了出来，吐得翻天覆地。

阿蛮全程遮着简南的脸，手还拽着他的右手。他手心冰冷，全是冷汗。

刚刚成为邻居的那天半夜，他懊恼羞涩地站在门外说，他不能说谎，他有PTSD，如果说谎，会因为压力过大而呕吐。

认识那么久，这是阿蛮第一次看到简南说谎。第一次看到他的PTSD。

“抱歉。”简南接过了阿蛮递给他的纸巾，双手撑着膝盖。因为吐得狠了，他的小腿还在发抖，脸是酱红色的，眼睛里猩红一片。

“为了那个女的?”阿蛮声音不大。

她不喜欢看到这个样子的简南，没有白皙细腻的皮肤，没有好看的黑白分明的眼眸。这样的简南，就像被一直以来压抑的黑暗捅了一个洞，里面都是森森血肉。

“她不是这个村里的人。”简南明显需要缓一缓，索性多走了两步，靠着树，灌了一大口水，“她刚才对我说的方言我听不懂。”

“阿兹特克人……仍然流行活祭。”简南后面的话没有再说。

阿兹特克人作为墨西哥当地最大的印第安部落,有很多长久留下来的习俗,在某些封闭原始的村落里，将活人开膛，取出仍在跳动的心脏献给神明这样的活人祭祀仍然存在。

他们祭祀的祭品往往不是本村的人，而刚才那个年轻的女人和这个村庄的语言是不一样的。

“她看到了舌形虫感染的照片之后很激动，跑回村里应该是想向村民说明我们这些异乡人可能有拯救村庄的方法。”简南又喝了一口水。

不需要牺牲她的方法。

“结果村长出来，要把我们赶走，还把信息牌拆了，所以她才那么绝望?”阿蛮递给简南一颗口香糖。

简南点点头。从别的村庄交换过来的用于活祭的女人，只能在这个村庄等死。因为出了村庄，她们无法生存，也回不到原来的家里。

“你这样帮她，会有用吗?”阿蛮想起了村长说的“两周后”。

“先过了这两周，把村里所有牲畜都检查一遍。”简南脸上的红潮终于退下去了，白皙的脸上剩下了一片红色斑点，“两周之后，我会申请人道主义援助。”

阿蛮歪头。

“救她，只是因为按照人性，我不能放任她就这样变成活祭。”

“但是我只是个兽医。”他能做的只有这些。

“我的目的是来捉虫。”

阿蛮：“……”

她忘了。这人反社会……

只不过，是个一心向善、想让自己符合人性的、和命运抗争的“反社会”。很聪明，很有自知之明的“反社会”。

挺好的……“反社会”。

简南搞到一辆房车和一个巨大的手术帐篷。他清空了房车里的家具，把房车改造成简易实验室，在手术帐篷外面几米远的地方，用木头搭了一个简易的牲口圈。

没有越过村长画的边界线，也可以实现抓到虫子就给村长看一眼的要求。

“你又卖房子了?”阿蛮做过战地保镖，很清楚手术帐篷的价格，再加上这辆看起来起码六成新的房车……她的委托人还真挺有钱的。

“之前卖房子的钱还没花完。”简南有问必答。

“而且我们在黄村的方式是可复制的，如果成功，会在这边所有的印第安村落推广，所以项目组出了大头，我只花钱换了部分设备。”简南正在梯子上给房车换灯泡。

他真的会换灯泡，修理电器也挺熟练的。阿蛮眯着眼睛，双手环胸，流氓一样叼着一根野草。这人挺好的，就是真的没肌肉。

“喂。”阿蛮用脚尖碰了碰梯子。

简南两手抱住梯子，一脸惊恐地往下看。

阿蛮：“……没事了。”

她本来想问他有没有兴趣跟她练练身手，把这副单薄的身子骨练得能扛揍一点。还是算了，他这弱不禁风的样子，还是由她来保护吧。

“你……”简南盯着阿蛮嘴里叼着的草，犹豫了半天，还是说了，“你现在嘴里这个美洲薄荷……”

阿蛮警惕地抬头。

“在这附近，好像只有我之前吐过的地方有……”简南艰难地把话说完之后就紧紧抱住梯子，以免阿蛮恼羞成怒把他踹下去。

阿蛮：“……我在我们住处附近的天台上摘的。”

这草嚼起来味道挺好，她偶尔会在天台摘点放在口袋里，才不是随便在路边角落里摘的！

“……哦。”简南吸吸鼻子，站直，拿着螺丝刀继续和灯泡作斗争。

“但是这个习惯不好。”他仰着头，“脏。”

阿蛮：“闭嘴。”

“……哦。”简南换好灯泡，站在梯子上看着阿蛮把电闸拉上去，摁下开关。

电灯亮了，很亮，在简南头上形成了一圈光晕。

“我这里有红枣茶包。”简南下了梯子，洗干净手，拉开一个柜门，“房车上有电热水壶。”

里面有简南放进去的白色马克杯和很多吃的，养生茶包、养生坚果包和一些枸杞干。

阿蛮：“……”

“比嚼草卫生。”他强调，因为怕被阿蛮揍，还是等走远了两步才强调。

阿蛮随手捡了个土坷垃掷到简南的屁股上，等简南因为土坷垃原地起跳之后，才拍拍手，眯着眼睛给自己煮茶。

其实，有点不对劲。她自己清楚。

虽然以前也有过和委托人关系挺好的时候，但是都没这么放松。也绝对不会气起来想用土坷垃砸他，更不会故意砸在屁股上。因为都是中国人吗……？

阿蛮泡了两杯茶，给还在清理屁股上的灰尘的简南一杯，自己捧着自己的杯子喝了一口。

“他们来了。”阿蛮在红枣茶的烟气袅袅中，冲村口点了点下巴，戴上了口罩。

简南第一批要的是村里所有的狗。

这种印第安村落为了捕猎，一般家家户户都养狗。十几户人家，二十几只狗，正由那个年轻女人牵着，浩浩荡荡地往这边走。

本来看到陌生人应该极具攻击力的猎狗，大部分都呈现出肉眼可见的精神萎靡，有几只看上去特别强壮的狗，眼睛周围已经灌脓，眯着眼睛，几近失明。

简南先把所有精神萎靡的狗都牵到牲口圈里，把剩下几只精神状态还不错、会冲他做出攻击姿态的狗单独牵了出来。

能攻击的，反而都是一些骨瘦如柴、看起来年纪很大的狗。

简南交给那个年轻的印第安女人一张画。阿蛮知道画上画的是什么，那是从市政厅打印出来的黄村村落布置图，很简陋，只是大概把十几户人家的方位画了出来。

语言不通，简南只能在画上的房屋面前画狗。他想知道这些精神相对不错的老狗分别是哪几家的。

印第安女人看得很认真。她应该很清楚自己没有马上变成活祭祭品的原因是什么，所以认真得近乎虔诚。

邪乎的是，这样复杂的比比画画，在两个都很认真的人面前居然行得通。印第安女人很快弄懂了简南的意思，或者说，弄得更懂了。

她接过画，标注了这二十几只狗分别从属于哪一家。猎狗在原始部落里承担的角色非常重要，他们村所有的狗都有项圈，各家各户都在项圈上挂上了不同的骨头。印第安女人很聪明，没有像简南一样画狗，而是把这二十几个形态各异的骨头画在了每一个人的家里。

那几只精神还不错的狗，不属于任何人。

印第安女人在村落的后山画了一座房子，把剩下的那几只狗都画了进去。她又比画着在后山房子附近画了几个骷髅，和一个胡子很长的狗头。

阿蛮对这个印第安女人的表达能力刮目相看。她的意思表达得非常清楚，这是几只已经退休的狗，不住在村里，而是在村后看守它们祖辈的墓地。

简南很认真地点点头，给那女人送了一大包芝麻糖，并且约定，下一次见面，他需要村里所有的蛇。

印第安女人用雷博索包着芝麻糖，千恩万谢地走了，并且手脚并用地比画着，告诉简南在太阳落山之前，村长会过来检查简南一整天捉到的虫。

沟通困难，实验环境困难，甚至连人手都不够。简南却在这样的情况下要到了自己想要的情报，拿到了自己想要的样本。

村里二十三只狗，全都被舌形虫感染。其中，后山的那些退休猎狗症状较轻，简南只是对它们进行了轻度麻醉，就轻易取出了钩在鼻咽组织的舌形虫。

就像简南之前给村长看的那样，只不过不是白色的。

阿蛮别开视线。

简南动作顿了一下，动了动身形，利用身高差挡住了阿蛮的视线。

"……我没事。"阿蛮被发现后有点不自在，"只是有点瘆人。"

"是挺恶心的。"简南的声音闷在口罩里，"我也想吐。"

阿蛮："……"

二十三只狗，想吐的简南用了一天时间，处理好了几只症状比较轻的，检查完了症状比较重的，并给几只身体状况可以当场手术的狗做了外科取虫手术。

阿蛮就在一旁充当助手，帮简南递点工具，帮他擦擦快要掉下来的汗。

"埃文说的'小组轮换的最小单位'的意思就是每个人都得承担很多角色吧？"阿蛮后知后觉地懂了。

"嗯。"简南似乎笑了。笑她的后知后觉。

"你怎么能连个兽医护士都找不到？"阿蛮翻白眼。

"这样的项目，护士本来就少。"简南搞定一只狗，松口气，"大部分都跟着人类传染病专家去了。"

"有很多经常接触这类国际项目的兽医，都自己备有固定的护士。"他这样的没有。

还挺委屈。

阿蛮把那只做好手术的狗拖到一旁，又拖来另外一只麻醉开始起效的狗。

为了方便区分，简南在狗肚子上贴了号码牌。

他真的一点都不书呆子，偶尔还很黑色幽默。因为他在等狗麻醉完成的时间里无聊，还在号码牌上给每只狗起了名字：旺财，大黄，汪汪，发财……

"我……"等所有的手术全部做完，简南脱下手术服，消完毒，喝了一口袋泡红枣茶之后，决定坦白，"之前在飞机上的欠条还没丢。"

"给我吧。"财迷阿蛮在做完一整天的兽医护士之后，觉得自己确实应该获得加薪。

"嗯。"又损失了好多钱的简南一脸淡然，又喝了一口红枣茶。

落日西下，两人又一次坐在了折叠椅上，看着落日，碰了碰杯。

一种……同伴的感觉。

可能因为都是中国人吧——阿蛮再次在心里下了结论。

印第安村落的村长目瞪口呆。

简南这个人，如果能够切开看，里面应该有很多地方是黑的。

他找了一个水桶，把今天一天捉到的虫都丢了进去。二十三只狗体内感染的成虫、虫卵、幼虫，密密麻麻的一堆，被简南恭恭敬敬地放在了村长面前。

“已经很严重了。”他用非常认真的语气说着大家都能看得出来的话。

“这里有六只狗重度感染，需要开腹。在这个简易帐篷里做手术风险太大，我希望可以带到兽医院去继续治疗。

“剩下这些狗，醒着的都已经处理完了，躺着的因为今天刚做完手术，还不能马上回家，需要挂水观察三天。

“但是一旦回村，还是会马上被传染。因为照现在这个传染程度，你们村所有的人、畜应该都已经被感染了。”

这话，加上这一桶的虫，比之前的照片杀伤力大很多。村长深吸了好几口气也没有办法压住指尖的颤抖。

“神灵降祸。”他心里默念了无数遍。

看不见的瘟疫，他并不害怕。村里的牲畜接二连三地死亡，到现在已经开始死人，并且倒下了好几个。他每天都在祈福，因为可以祈福，所以也并不害怕。面对未知的恐惧，因为有信仰，所以可以十分坚定。

但是，这是一整桶的虫，就放在他面前。这个异乡人为了证明，甚至当着他的面，掀开了一只重度感染的狗的鼻子。此时的他，哪怕是闭上眼睛，也仿佛能看到密密麻麻的虫子。

他再次睁开眼睛，看着这个眼瞳漆黑的异乡人。这人来自远方，他连听都没听过的遥远的地方。

“进村吧。”村长终于败下阵来。

“把这些虫子都带走吧。”他挥舞着拐杖，对着东边，在夕阳下又开始了新一轮的祈福。

终于，初战告捷。简南这个可以复制的进入印第安村落的方法，终于让简南成了整个项目组顺利进入印第安村落的第一人。

夜幕低垂，星光满天。简南坐在阿蛮的神车后面紧紧搂着阿蛮的腰，夜风吹拂之下，他被汗湿透了一整天的衣服又一次变得干燥。

他觉得他有很多话想说。可能是“谢谢”，可能是比公平交易多很多的东西，他还不了的东西，他写下再多欠条也不够的东西。

“阿蛮。”他在阿蛮停车之后，卸下头盔，想请她吃饭。

挖了一整天的虫子，他们两个现在的食欲都不怎么样。他有点想吃烤鸭卷，想吃中国菜。可是在下车的一瞬间，阿蛮却拽着他的肩膀往后退了十几步。

“有人。”阿蛮低声警告，把简南塞进墙角。

“嗨。”一个机器女声。

“抱歉。”机器声没有语气起伏，“我来晚了半天。”

塞恩，那个近乎全裸着被阿蛮从实验室拖出来的家伙，现在衣冠楚楚地站在他们住的那幢小洋房楼下，冲着他们挥手，笑容看起来像一个正常人。

塞恩来晚了半天是因为他一直在折腾酒店。

他要求酒店给他的房间配置单独的UPS电源，要求房间里所有电灯的灯泡都换上他指定的品牌，要求房间的空气质量指数必须低于15，要求无噪声污染，要求二十四小时亮灯但亮度必须在光害指数以下。

于是，他被酒店赶出来了。晚上八点多钟，拖着四个大行李箱，两个小行李箱，和一推车的零零碎碎。

“我订的短租房还在重新装修，要明天中午才能交付。”塞恩站在整个楼道最亮的地方，缩着脖子搡着手，“本来想在你这里住一晚上……”

塞恩的脖子缩得更短。

“不能住，会死人。”他用机器女声下了结论。

老房子，粉尘大，临街有噪声污染，再加上他刚才检测了这里的空气质量指数，他现在恨不得先戴个防毒面具再跟他们两个说话。

而且，为什么又有这个暴力萝莉？

“你们……情侣？”塞恩看着阿蛮的摩托车，想到他们刚才抱在一起的样子，远远看起来过于亲昵。这资料上没提啊。

“私人保镖。”阿蛮接得很快。

简南没表态。他还在墙角，肩膀上有被阿蛮塞到墙角的时候蹭上的灰。他向塞恩的方向走了两步，拍了拍身上的灰。

塞恩惊恐地往后退了十几步，用机器女声远远地吼：“上帝啊!!”

“去实验室吧。”简南宣布，“我这里正好有一份血湖土壤检测报告，还没来得及发给你。”

塞恩依旧站得远远的，仿佛已经被灰尘呛死。

“东西可以先放到我住的地方。实验室的地址你知道，我和阿蛮先去，你把东西放好了再过来。”简南安排好了之后，重新戴上了头盔。

吃不了烤鸭卷了。他把自己藏在头盔里，悄悄地把手放在身后，交握。

刚才塞恩的那一句“情侣”，声音很轻，砸下来的力道却巨大。他从来没有把他和阿蛮的关系往这个角度想。不对，曾经想过，某天半夜洗内裤的时候……但那不算，那只是因为热，加上自己是雄的。

那就吃比萨吧。他脑子乱七八糟的，又开始想吃的。就这样戴着摩托车头盔，傻傻地立在了阿蛮和塞恩之间。

“我不要把东西放在这里！”塞恩冲着简南喊了一声，“为什么我要单独去？”

他怕黑！

“我可以骑摩托先把他带过去，再回来带你。”阿蛮在这诡异的氛围中提出了诡异的解决方法。

“……我有车，有司机。”富豪塞恩指了指不远处一辆黑色的轿车。夜晚出门，身边没有人的话，他会死的。

“那我们先走了。”问题解决，阿蛮挥挥手，也跟着戴上了头盔。再次清洗过的油光锃亮的本田黑鸟，在黑夜中轰鸣作响，迅速地消失在夜色中。

塞恩为了躲尾气，再一次往后退了十几步。

“我的意思是……”机器女声在安静的夜里显得十分寂寥，“你们也可以坐我的车一起走啊……”

跑什么啊……溜得也太快了……

墨西哥时间深夜十一点，切市某基础生物实验室外面，简南东拼西凑的科研小组终于正式成团。庆祝的东西很简陋，二十四小时快餐店里买回来的汉堡和比萨。简南只吃了几口汉堡外面的面包片，塞恩对这种垃圾食品的态度是多看一眼都需要洗眼睛，普鲁斯鳄倒是想吃，无奈隔着电脑屏幕。

现场只有阿蛮一个人，四五口就吃掉一个三层汉堡，还消灭了两大杯可乐和大半个八寸的比萨。

塞恩想对阿蛮的食量表达一下自己的震惊，却忽然想到第一次见面的场景，及时选择了住嘴。他还是怕她，毕竟那是他第一次看到一个九十斤左右的女人单手拎起一百五十斤的男人。

简南见怪不怪，只是等阿蛮吃光了一大堆东西之后，收拾干净桌子，并给大家分别倒上了一杯袋泡大麦茶。

“助消化。”简南在阿蛮嫌弃之前抢先开口。

塞恩坚持人设，不喝这种来历不明的东西，倒是确实吃得有点撑的阿蛮捧着水杯喝了一大口。

这可能是她接过的最舒服的一个委托了。不全是因为简南没什么委托人的架子，不会对她呼来喝去、颐指气使。还因为这一群怪人，没有谁把她当外人。

没有人好奇她一个保镖为什么会出现在生物实验室，也没有人质疑她一个私人保镖为什么要旁听他们的视频会议，她之前做保镖训练出来的社交技能在这几个人面前毫无用武之地。

就像被酒店赶出来的塞恩一点都不觉得这个时间点在实验室工作有什么不对一样，这几个人和简南一样，非常单纯，只有职业。

其实都是一路人。

阿蛮知道塞恩最后同意加入小组的原因。那天简南离开之后，他们两个在网上聊了一夜，她瞥了几眼聊天内容，全是和血湖有关的内容：形成的原因，地理位置，天气变化，各种数据趋势。

简南那句“起码不要一望见底”的话触动了塞恩，血湖的数据吸引了塞恩，他在思考了一天之后，接下了简南的橄榄枝。

今天算是他们第二次见面，见了面不寒暄不问好不自我介绍，进了实验室之后所有的对话都围绕着血湖。

没有社交技能，活得非常简单肆意。

塞恩在仪器前检查血湖最新的土壤、空气和水的样本，普鲁斯鳄拿着简南发给他的舌形虫数据在视频那端敲敲打打，而简南，根据今天傍晚村长给他的内容，画了一幅比例精确的黄村地图，标注了每家每户的牲畜信息、放养位置、人口数量、人员日常路线，根据现有的病毒记录推演黄村目前可能的感染概率。

阿蛮坐在窗台上，看着窗外来来往往的人群，她一直在暗中关注几个明显在实验室外面来回晃悠了很多次的闲汉，偶尔，会回头看看正在埋头工作的科学家们。

都是年少成名的天才，有些傲气，远离人群。风评不好，但是没人想改。

“我不干了。”塞恩摘掉眼镜，推开显微镜。

因为深夜有些感性的阿蛮面无表情地别开眼。

“这件事没有意义。”塞恩的机器女声听久了其实能听出很细微的情绪差别，比如他现在的情绪就十分欠揍。

“仅仅两周时间，血湖的空气里氮氧化物的浓度就翻了两倍，这就是个典型的毒沼化了的死水池，病入膏肓了，没有治理的必要。”

“直接封了吧，插上警示牌告诉他们里面的空气会引起脑性麻痹，进去的人后果自负就行了。”塞恩站起身，宣布，“我要回家。”

“你只检查了空气，但还有土壤和水质。”简南头都没抬。

“检查了会不一样吗？”塞恩又重新坐了下去。

“会，你会发现你更不想干了。”视频那头的普鲁斯鳄晃了晃鳄鱼脑袋，换了个话题，“为什么是狗？”他问的是简南。

“黄村最开始不允许外人进入，所以第一批活体样本抽检，我选择了狗。

“在原始社会里，猎狗的作用很大，家家户户都有。我希望能从猎狗身上找到黄村目前感染情况的线索。

“他们村的狗全都重度感染，但是看守后山墓地的退休老狗，却都是轻度。

“可根据地理位置，黄村的后山更靠近血湖，后山墓地没有遮挡，蛇虫鼠蚁的数量应该比村内多很多。退休老狗抵抗力不强，退休后的饮食水平也肯定没有之前的好，所以这个数据很不合理。”

简南说到最后开始自言自语：“明天进了黄村，得先去后山。”

“这土壤数据就更离谱了。”塞恩开始诅咒，“人类完蛋了，我们会见证历史的。”

“你给的这个数据根本建不了模型，我需要血湖的零号感染者！下周四抓鳄鱼真的太晚了。”普鲁斯鳄“嘶”了一声，假装自己真的是一只史前巨鳄。

都在自说自话，手里的活儿却始终没有停下来。

“你们会在这里待到几点？”阿蛮从窗台上跳下来。

简南回头。

“我出去一趟，早上五点之前回来。”阿蛮戴上帽兜，背上随身包，上面绣着“平安”的护身符摇摇晃晃。

她在街上看到了贝托的老部下，乔装过，但走路的姿势很好认。

“等我回来。”她用了最近经常用的熟悉的台词，“困了就在这里睡一觉。”

像那些把孩子放在幼儿园的妈妈。走之前还检查门窗，拉上窗帘，并锁好了几扇窗。

简南一直没说话，他定定地看着阿蛮的背影，很久很久，才转身。

他暂时放下了演算的笔，给自己的精神医生发了一封邮件——他想提前一个月评估自己目前的心理状况。

分离焦虑症。他有可能和这个特定的女孩子产生了特定的问题，这在他这种类型的人格障碍中，很常见。

“简南，你为什么要搜‘情侣关系’？”普鲁斯鳄在等计算结果的时候也调出了其他页面，看了一眼，十分疑惑。

他最近正在做一个根据网络搜索词计算自杀概率的系统，没有测试数据，就把身边几个人的浏览器历史都加了进去。

简南这条属于异常情绪波动，系统报警了，还是红色警报。

还在埋头和土壤死磕的塞恩抬头，张着嘴。

简南没回答。

普鲁斯鳄史前巨鳄的头一动不动，像是网卡了。

“情侣关系……”普鲁斯鳄的头还是一动不动，“比血缘关系更不稳定，更容易破裂。”

“你不能因为血缘关系搞不定就想去搞情侣关系。”

“况且你能跟谁搞？费利兽医院的切拉还是莎玛？她们不是都已婚吗？”普鲁斯鳄的头开始晃，晃着晃着，缓慢地停了下来，十分恐慌，“……阿蛮??”

简南抬头，切掉了普鲁斯鳄的视频电话。在实验室不能随便关路由器，所以他只是切掉，给自己恢复片刻安宁。

可他忽视了有点安静的塞恩。

“那个……”塞恩十分尴尬。

“我没关系的。”他牛头不对马嘴，“我只是个环境学家。”

“你知道我实验室里还放了个快要做好的诺亚方舟。”

“我也想找个情侣关系，我也一直卡着。”他似乎还挺有同感。

简南放下笔。

“黄村今天检查了二十三只狗。

“捉了四分之一桶寄生虫，里面还有虫卵和组织液。”

“你要不要看？”他问得十分认真。

塞恩：“……干活吧。”

好可怕。死变态！

阿蛮觉得今天坐在车后座的简南抱她抱得不够紧。

“累了？”她停车的时候随口问了一句。

他们俩都属于睡眠很少的人，一天三小时深度睡眠，一整天下来，精神都不会太差。这是她认识简南之后的这么多天里，第一次看到他走神这么多次。

“我下周一要去做一次心理评估。”简南抿着嘴，肃着脸。

阿蛮停下剥糖的动作。

“之前在国内，我的生活圈子狭窄，除了同小组的同事之外，就只有在网上认识的普鲁斯鳄那群人，几乎没有其他的社交。

“能和我谈得来的人很少。我话太多，所以大部分人都不会听我把话说完，多打断几次之后，我也就不愿意和那些人交流了。”

他对自己总是有很清醒的认知。阿蛮递给他一颗糖，算是奖励。

“可是我和你很谈得来。”简南拿着糖果外包装，来来回回地摩挲，“你有时候也会很凶地打断我的话，但不知道为什么，我仍然觉得我和你很谈得来。”

阿蛮：“……”这其实不是单方面的，她也有这样的感觉，但是她并不打算告诉他。

“所以就遇到了一些问题。”简南语速开始变快，“我很不习惯切市这边的天气、饮食和地理位置，到这里之后，我的情绪一直很低落，直到遇到了伪鸡瘟和你。”

阿蛮：“……”

真……荣幸。

“请你做保镖之后，你为了贝托的事情单独外出过好几次，这本来是非常正常的工作内容，但是对我产生了很大的影响。

“坏的影响。我走神了很多次，因为找不到走神的理由，心情变得很烦躁。”

阿蛮的脑门上又开始冒出好多问号。

“所以我怀疑自己在切市这个特定的环境里，因为终于遇到了一个可以谈得来的朋友，产生了分离焦虑症的前兆。”

阿蛮：“……”

“这本来不是大事，但是我大脑前额叶区块有些问题，为了能够继续工作，我对所有精神问题都比较敏感，所以我选择下周一提前做一次心理评估。

“不过不用太过担心，因为就算真的得了焦虑症，也有药物可以干预。”

“这件事不会对我们的合同产生影响。”他觉得补充少了，又多加一句，“后续应该也不会。”

“……”

这些匪夷所思的对话，只是因为她刚才随口问了一句他是不是累了。简南这个人，真的是话痨里的王者……

“所以你现在会因为我单独离开而产生焦虑反应？”在房车实验室里换好了防护服，坐在帐篷手术室外面等塞恩的时候，阿蛮忍不住又开始问。

这感受有些神奇。这世界上居然有个人会因为她的离开而产生焦虑情绪。在这之前，所有人对她产生焦虑情绪都是因为打不过她。

“看到背影也会。”简南是个很严谨的人。

阿蛮眯着眼。她居然有点满足。

“哪一种焦虑法？”她又问。

“像幼儿园的孩子放学的时候坐在教室里等父母来接他们的那种感觉。”简南随口科普，“这种焦虑症在三岁左右的儿童身上最常见。”

阿蛮：“……哦。”哪里怪怪的。她每次离开的时候，简南都笔直地站在那里等她来接……这都是什么鬼？

阿蛮吸吸鼻子：“塞恩怎么还没来。”她莫名觉得有点尴尬，十分明显地转了个话题。

“他那辆车开不进来，现在应该还在走路。”简南站起身，指着远远走过来的男人身影，“来了。”

果然是走过来的。塞恩和他那个司机，司机身上扛着一堆东西，塞恩两手空空。

阿蛮没有马上站起来，她坐在那里看着简南的背影。会焦虑吗？她歪着头想。只会觉得他很瘦，因为个子高，所以看起来更瘦，单薄却坚硬。

“明天……”终于走到的塞恩气喘吁吁，“你把他带进去之后再来接我吧！”

他看上了阿蛮的本田黑鸟，在这种地形里，她的车真的可以畅行无阻。

阿蛮摇头。

“我会付油费的。”塞恩和简南的思路一致，都喜欢公平交易。

阿蛮还是摇头。

“为什么？”塞恩郁闷。

“会影响我的委托人。”

阿蛮站起身，戴好了口罩和头套。她跟在简南后面，没有给他看她的背影，留下仍然还在喘气的塞恩，抱着自己的防护服一脸空白。

为什么……每次都要跑那么快！！

这是见多识广的阿蛮第一次进入完全封闭的印第安村落。

和想象中的原始落后不太一样，这些印第安人已经用上了简单的电器，村中央的广场上停着几辆自行车，有些黄土墙上贴着正当红的当地明星的旧海报。

村民并不关注他们，他们大多都很麻木，或坐或躺，裸露在外面的皮肤红红白白，咳嗽声此起彼伏。牲畜栏里的牲畜有些已经口吐白沫，上面停满了绿头苍蝇。

这个村落已经黑压压的，透着死气。

直到进了村，阿蛮才理解了简南那天说贝托不会成功的原因。如果血湖附近的村落都是这个样子，如果血湖的疾病仍然在切市蔓延，那么贝托，就太渺小了。

“我和阿蛮会先去后山，然后根据地图顺序挨家挨户检查牲畜，最后采集样本。”简南拿出了昨天画了一晚上的地图。

“今天会很忙。”他这句话是对着阿蛮说的。

“你加钱了。”阿蛮笑，紧了紧身上的样品包。

他和塞恩分了组。他和阿蛮一组，塞恩带着之前那个负责和他们接头的印第安女人，作为保护，也作为地陪。

塞恩计划先在村里采集样本，于是冲他们两个挥挥手，自己带着司机先走了一步。终于逮到一次比他们两个先走的机会，他走得虎虎生风。

他们是动物传染病小组，负责采集数据，治疗牲畜，隔离或者灭杀会传染给人类的病毒感染源。而人类传染病小组会根据他们采集到的样本数据和传染病情况，重新确认每个村落的优先级，再进行第二轮的传染病排查和治疗。

工作井井有条。

只是，在后山的简南似乎遇到了大难题。

“这里都撒了驱虫粉。”他皱着眉。

“这附近巫医的驱虫粉很有名，撒了之后蛇虫不侵，连鳄鱼都会绕道走。”

他刚来这里的时候把这东西拿回去化验过，纯草药制的，里面有类似硫磺的成分。

他问了村长，村长说为了防止村里的新生婴儿被猛兽叼走，他们村历来就有在村界线撒驱虫粉的习惯。后山有，村里也有。

后山的老狗平时不会到村里去，接触的村民少，所以症状反而比较轻——他昨天的疑惑终于有了答案。可是，却推翻了他一开始认为舌形虫是通过蛇传播进村的推断。

村里没有蛇，因为驱虫粉太过霸道，这村里连两栖动物都没有。

村长说他们不杀蛇，平时的饮食都是煮熟了吃，食材是他们村里的女人每日中午出去采购的，采购的地点是附近的一家平价超市。所以也排除了他们因为杀蛇或者生饮蛇血被感染的概率。

为此，他和阿蛮特地翻了两个山头去检查村里划出来的放养牲畜和种植庄稼的地方，那地方离血湖有点距离，简南埋头找了一个上午，都没有找到被舌形虫感染的痕迹。

看起来似乎所有的传染源都被切断了。可偏偏他们村的舌形虫感染率接近百分之百，人畜都有，尤其是羊群，死了一大半，剩下的也已经没有治疗价值，只能统一灭杀。

简南坐在房车里，不吃午饭，关着门，拉上了窗帘。

坐在房车外吃午饭的阿蛮十分嫌弃地看着塞恩从他那个高科技的冰箱里拿出了一桶绿色的汁水。

“你就吃这个？”她觉得自己手里的墨西哥卷饼都开始有一股青草味。

“一顿四百五十毫升。”塞恩微笑，抚摸着瓶身，“健康无污染，配比科学，而且洁齿。”

“丑，难吃，没乐趣，还不如死了。”阿蛮啃了一口墨西哥卷，白眼翻上天。

塞恩毫不介意地抿了一小口。

简南这群人，都不介意别人说什么，完全不介意，我行我素，都狂得很。

“他要关多久？”带着发声器的塞恩其实算得上健谈。

阿蛮发现自己对这一类人有特殊天赋，他们都不排斥和她交流，在她面前似乎都挺健谈。但是简南不一样，简南是话痨里的王者。

“不知道。”阿蛮摇头。她没见过简南被问题难住的样子，没想到被难住之后，他会把自己封闭起来。像小孩子一样。

“我以为你们很熟……”塞恩十分八卦。

他昨天晚上分享了自己打算在诺亚方舟里给自己找个伴的小秘密，结果简南用一桶虫吓他，所以他今天决定换个人八卦。

阿蛮笑，低头，没有马上回答。

这个时候，房车的门突然开了。阿蛮和塞恩抬头。

简南站在阴影里，一声不吭。

“出关了？”阿蛮笑，扬扬手里的卷饼，“要不要吃？”

她总是想往他嘴里塞东西，他的背影太瘦了。

“我们很熟。”简南牛头不对马嘴。

阿蛮：“……”

塞恩：“……”

“你进来。”他对着阿蛮要求，“我有实验结果需要你帮忙。”

环境学家塞恩：“……”

“我们很熟！”简南等阿蛮洗干净手走进房车，回头又对塞恩强调了一句。

很熟！

简南不会撒谎。

他不喜欢阿蛮和塞恩在外面闲聊的声音，他看不见阿蛮，猜不到阿蛮听到塞恩问那个问题时候的表情，所以他真的找到了想让阿蛮帮忙一起做的事。

“我演算了舌形虫在黄村所有可能的感染来源。

“舌形虫的传播方式主要通过粪口途径或输血、器官移植的方式传播，后面两种在这个村里不存在，所以我把主要的精力都放在了粪口途径。”

一张白板画得密密麻麻。简南的字很好看。被强行拉来开跨行会议的保镖阿蛮十分配合地点了点头。

简南拿着白板笔清清嗓子，耳朵微微红了一点。

“根据村长的口述，他们发现动物和人出现舌形虫感染症状的时间点差不多是在两周前，舌形虫病在轻症的时候几乎没有症状，所以整个村庄出现感染的时间点肯定是在两周之前。

“这里是黄村目前存活的所有牲畜列表，传染程度最严重的羊每日放养的地方是固定的，我检查过那里的草料，没有被舌形虫感染的迹象。

“剩下的牛和猪用的都是商品饲料，我检查过饲料盆，也没有寄生虫残余。

“目前黄村的情况是，村里除了被感染的牲畜和人，以及他们的粪便，其他地方都没有被舌形虫感染的迹象。

“牲畜放养路线单一，去年，从血湖放养回来的羊出现了不明原因的癫痫，巫医警告村长说这是灾难来临前的预兆，所以他们村的牲畜从去年开始就再也没有去过血湖。”

他列出了黄村所有被感染生物的行动路径，检查路径上所有可以入口的东西，都一无所获。种种迹象都表明，黄村舌形虫的感染源并不在血湖。可是血湖却是这一带唯一一个传播源。

“黄村的村民呢？”阿蛮发现那块白板上只写了牲畜。她问完之后顿了顿，又问：“抱歉，传染病会从人传给动物吗？”

“会。”简南把白饭翻了一面，又是密密麻麻，“事实上，很多动物之间的传染病都是人类作为宿主带给动物的。”

他也写出了这两个月来黄村村民的行动路线和饮食情况。在封闭的原始村落里，好处是这些人过的都是集体生活，生活路径查起来相对简单很多。

阿蛮托着腮盯着白板看，她在想，在这密密麻麻的记录里，有什么是她能帮忙做的。她又一次选择性地忘记了刚才简南藏在阴影里的样子。

简南在一个人名上面画了一个圈。

“这个米娜就是村长打算用来活祭的祭品，是一个月前和相隔十公里的另外一个印第安村落用十头羊交换的。那个时候，村里还没有出现明显的舌形虫症状。”

就是那个简南打算找国际人道组织救助的年轻女人。

就是那个因为他们有可能可以救她，所以哪怕语言不通，也竭尽全力帮他们的年轻女人。

今天他们终于知道了她的名字，米娜。

“黄村没有我想象中那么原始，他们的日常饮食已经无限接近当代人，没有奇怪的饮食癖好。而且因为驱虫粉，他们村的蛇虫情况比我想象中好很多。

“唯一不可回溯的变数，就是米娜。整个黄村这段时间唯一一个和现代文明完全相悖的事情，就是活祭。”

“所以我想请你帮忙。”简南看着阿蛮，“我想请你帮我检查米娜的身体。”

“一方面，她是印第安人，由我来检查会触犯他们的禁忌。”

“另外一方面，我是兽医，村长的西班牙语也不是特别好，我怕引起误会。”

阿蛮没有马上答应。

简南提到活祭，提到祭品，提到活人交换的时候，语气和在血湖里差不多，没有什么情绪，说得很冷静。

他没有同理心，可他每次决定要做的事情，却总是比很多普通人想得还要周到细心。

这其实是一件很了不起的好事，但是却让阿蛮的心情变得很不好。

“你的这个。”她也搞不清楚前额叶区块在哪里，随便指了指头，“能治好吗？”

简南一怔，反应倒是很快：“不能，如果出现焦虑或者其他负面症状，可以考虑吃药，但是恢复正常人那样的反应，比较难。”

他都不知道自己为什么会突然变成这样，所以就更不知道怎么样才能变回原样。

“为什么会突然提到这个？”他疑惑。

这也不是一个正常人的反应。被别人那么突兀地提起自己的病，正常人的第一个反应应该是不舒服，而不是疑惑。

阿蛮叹口气。

“因为可惜。”她凑近简南，“因为太可惜了。”

简南没动，黑漆漆的瞳孔看着阿蛮。

“本来这种时候，你可以骂脏话。”阿蛮扬起了嘴角，“本来这种时候，你可以说，因为这地方该死的闭塞，所以把本来很容易的事情弄得很难。”

“你也可以说，因为那场远在中国的没有证据的火灾，那些人头猪脑的专家们不经求证就排挤你，所以导致你连在这样的时候检查一个村民，都得束手束脚。”

换成别人，没那么难。

“所以，这真是他妈的，该死的，狗屎一样的人生。”

她最后这句说得很慢，凑得很近，用的是带了一点点软糯乡音的中文。

说完之后，她就笑了，弯起了眼睛，一边笑一边退了回去。

如果是这样，就好了。

如果他能骂出来，就好了。

就不会老是像现在这样，黑漆漆的眼瞳里一直压着黑暗，明明那么纯良的人，却莫名地适合待在阴影里。

“说说，要怎么检查米娜?”她说完了自己的感想，又懒洋洋地靠在椅背上，回到了正题。

而简南，却又一次偷偷地把手放在了背后，很用力地交握住。

他要死了，他觉得。

在接下来的人生里，他脑海里那首欢快的《白兰香》的背景乐可能会换成这一句“他妈的、该死的、狗屎一样的人生”。

循环往复。

留声机彻底跳针，夕阳西下的昏黄画面，在阿蛮贴着他说出了这一句脏话之后，彻底混乱了。

哗啦啦的，倒了一地的金黄。

第9章
溯源

阿蛮对人体有一些基础的概念，如何急救，哪些部位容易致命，打架的时候需要避开，哪些地方的骨头容易折断等等。

她没给人做过体检，所以简南给她找了几十张得了舌形虫病的人的照片，各种部位的特写，画了这些地方的检查手法。

米娜在无比震惊和羞愤中配合阿蛮做完了一整套检查，作为回报，阿蛮把自己检查的动作尽量放轻，需要她脱衣服的时候，先给她看了照片，甚至撩起自己的衣服做出检查的手势，给米娜解释这样做的意义。

她不知道米娜懂了没有。但是米娜一开始身体僵硬，红着眼眶，后来慢慢放松，红了脸。

“米娜。”阿蛮在最后的最后，给米娜用立可拍拍了一张照片，照片里的米娜红着脸，笑得惊喜。

她惊喜于阿蛮叫出了她的名字。

“阿蛮。”阿蛮指了指自己，放慢语速，“阿——蛮——”

“……阿……慢。”米娜迟疑地，害羞地小声重复了她的字。

阿蛮笑了，摸摸她的头，把立可拍的照片送给了米娜。

米娜走了，怀里揣着那张照片，往前走了两步，在原地徘徊了一下，又跑了回来。

“……阿……慢。”米娜喊她，把照片重新递给了阿蛮，“你……”

她用这两天比手画脚，让人猜得零零碎碎的西班牙语。

“救我。”她举着照片，和照片里的人一样，笑得腼腆。

这个二十岁不到的女孩子，从被换入这个村庄开始，就一直在试图自救。

她发现了贴在信息栏上的舌形虫病的照片，她努力告诉完全无法沟通的简南黄村的地形，她配合阿蛮做所有的检查。

到最后，她把她刚才揣在怀里已经发热的照片送给了阿蛮。

救她。这是她唯一的心愿。

可阿蛮不用简南下诊断就已经能够猜出来，米娜感染了舌形虫。除了舌形虫，她身上还有其他皮疹，背部压痛，肺部有杂音，左脚有不明原因的溃烂。

因为会在黄村指定的时间点被当做人祭，在等待死亡的时间里，她中午还要帮他们出去采购，要做农活。

陌生的村落，陌生的成年人，还有……晚上陌生的男人。

简南在那天下午，打了紧急救援电话。

米娜以舌形虫感染者的身份被强制带出村庄，接受了人道主义救援。

但是跟来的医生并不乐观，她的左脚溃烂得太厉害，只有截肢一条路。而离开了原始部落，来到现代社会的少女，如果少了一条腿，生活并不会比现在轻松多少。

米娜却很高兴。她知道自己终于得救了，她在村民的围观下被送上了救护车，远远地冲阿蛮眨眨眼。

“……阿……慢。”米娜的口型，“……谢……谢。”

“她会好起来的。”阿蛮在人群中冲她笑。

人生都苦，大部分人都过得很糟糕。但是足够坚强，懂得争取，知道道谢的人，最终，一定会好起来的。

“唔。”没有同理心的简南随口应了一声。

米娜身上的线索让他终于找到了黄村的传染源。

“墨西哥鼠尾草。”他长叹一声，“居然是它。”

阿蛮把米娜送给她的那张拍立得折成一团，塞进了自己的平安福袋里。

鼓鼓囊囊的，被大红色的绸布包着，上面喜气洋洋的绣着红色的“平安”，挂在背包上，一跳一跳的，是她身上唯一的亮色。

由米娜作为突破口，黄村舌形虫的感染源终于查得清清楚楚。导致黄村牲畜全军覆没并有一个成年男人死亡的舌形虫病，源自他们喂养祭品用的墨西哥鼠尾草。

墨西哥鼠尾草，又被当地人称之为“先知草”，对神经系统的影响非常大，有致幻效果，能让人平静。而喂给米娜吃的被村民们奉为神草的致幻剂，染上了舌形虫的虫卵。

一场村民们用来祈求灾难快点过去的祭祀，一个用十头羊换回来的祭品。为了让她成为适合做祭品的体质，他们每日固定给她喂下他们心目中的神草。

日复一日地摄入虫卵，让原本年轻健康的身体成了原宿主，传染给了每到夜晚就出现的陌生男人；而原宿主在村里排出了带着虫卵的粪便，村里的狗开始被感染；感染的狗滴下来的口水污染了饲料，感染了其他牲口，感染了村民，并蔓延到了整个村落。最终，祭品变成了传染源。

他们祈求快点过去的灾难，最终用这样的方式，笼罩了整个黄村。

甚至因为米娜每日出门采买日常用品接触了人群，扩大了传播范围，整个血湖周围都被舌形虫悄无声息地侵占。

除了简南的小组，传染病专家也入驻了黄村。

简南承担了黄村所有牲畜的救治与杀灭的工作。米娜的左脚截肢了，黄村除了青壮年，大部分的中老年人都出现了不同程度的败血症、腹膜炎、失明等症状，很多人没熬过去，熬过去的也大多和米娜一样，需要切除身体的一部分来换取性命。

整个黄村因为病毒蔓延被清空，所有的人都被隔离，无法医治和带有传染病的牲畜都被灭杀。两天之后，原来死气沉沉的地方，变成了一块凌乱的空地。

黄昏时分，年迈的村长在后山墓地最高处唱响了祈福的歌谣。

他们实际上并不知道具体发生了什么，对于他们来说，这只是一场无法预估的损失惨重的灾难。

黄村作为距离血湖最近的封闭性原始村落，因为舌形虫病，成为了第一个全村撤离的村庄。

埃文在周报上对简南小组大夸特夸，他觉得简南这种不和原始部落正面冲突的迂回进村方式可以复制，再封闭、再无知的人，也会有充沛的求生欲。当他们以为是神灵降灾导致的疾病出现在了照片上，由此带来的焦虑和恐惧最终可以促使他们打开封闭村落的大门。

埃文甚至还把这封周报抄送给了谢教授和戈麦斯，盛赞简南拥有与他专业知识完全匹配的办事能力。

普鲁斯鳄摇头晃脑地读完了一整封周报，把末尾夸奖简南团队的话重复读了五遍。

“我的妈妈呀。”普鲁斯鳄感叹，“这可能是我这辈子收到过的最正面的评价了，我要打印出来裱起来放在我的履历表里。”

“有什么用。”塞恩习惯性泼冷水，“血湖附近有十几个村落，我们只是撤走了其中一个。”

“撤走村落之后，我们还得把血湖的每一寸土地都挖出来检查一遍，制定整治方案。能不能治理，怎么治理，还得和当地政府不停谈判找到折中的方法。

“就算治理好了，这个地方的一点点进步，也阻止不了全球的恶化。

“没有意义……”

塞恩摇头晃脑，用机器女声三百六十度全方位泼了一大桶冷水。

普鲁斯鳄却在塞恩说完的三秒后，很迟疑地问了一句：“你不回家了？”

以前他泼完冷水之后的固定流程肯定是“我不干了，我要回家”。突然少了一个流程，普鲁斯鳄觉得怪难受的。

“而且你为什么要把邮件也打印出来？”普鲁斯鳄又一次非常没有道德地黑掉了塞恩的电脑。

“我喜欢听夸奖的话。”塞恩不但打印了，还转发给了他家里所有的亲戚。

在场的所有人，除了简南，都一脸震惊地看着他。普鲁斯鳄带着头套无法表达震惊，只能把鳄鱼头旋转一百八十度，用后脑勺来表达自己此刻的心情。

“除了简南这样的，没有人会拒绝夸奖的话。”塞恩耸肩，“夸奖会让人心情变好。”

“那你为什么一直泼冷水？”普鲁斯鳄又把脑袋转了回来。

“那样会让你们心情不好，我喜欢你们心情不好，因为我也不好。”

越熟悉塞恩，就越发现，他的话一点都不少。

“黄村的人有驱虫粉，有巫医歪打正着的提前预警，他们本来可以免于这场灾难的。”

“所有的事情都是这样，在发生之前，其实有无数条退路。”

“但是人……只会永恒地走同一条路。”

……

一直坐在窗台上听他们闲聊的阿蛮笑了笑，她一直在看简南。

除了简南这样的，没有人会拒绝夸奖的话。

简南对那封让队里其他人兴奋很久的周报没什么特别大的情绪触动，但他还是按照人类应有的礼节回了一封感谢的邮件，用词谦虚，态度端正。

他本人正忙着拆自己前段时间买回来的各种实验用品的包裹。都是特殊包裹，走各种流程就花了他将近一周的时间。埃文的肯定对他来说，吸引力远远不如这一地的箱子——他用房子换来的箱子。

阿蛮一半的注意力在简南的包裹上，另外一半注意力用来关注窗外大街上的人来人往。

贝托太安静了。

现在的切市郊区，已经乱成了一锅粥。

一方面，因为贝托死亡造成的混乱还在继续，另外一方面，就像简南之前预测的那样，血湖造成的影响正在逐步扩大。

黄村只是一个缩影。

频繁病死的牲畜影响了整个郊区的物价，肉价飙升，村民开始疯狂囤货，不稳定的物价也造成了更严重的火力冲突。

再之后，是居民莫名其妙的皮肤病、红眼病和咳嗽。诊所里面看病的病人多了。因为专家入驻血湖的新闻，民间有了更多版本的谣言，有能力的平民开始搬迁，没有能力的平民在这一团乱麻中逐渐变得暴躁，治安变得更加混乱。

而贝托，始终没有出现。

甚至为了黄村的搬迁，整个血湖都拉上了警戒线，新闻播报了一次又一次。她把安全警戒级别一次次地升高，甚至翻遍了贝托曾经的窝点，都没有找到贝托，也无法预测他下一次会做出什么样的举动。他像是随着假死真实地消失在了切市，猜不透，找不到，变成了阿蛮心里的一根刺。

“喂。”阿蛮冲着简南丢了一块糖。

埋头苦干的简南抬起头，盯着面前那颗亮晶晶的糖。

他有点无奈。阿蛮喜欢投食，投的都是那种热量巨高、吃起来很腻的东西，糖果、奶酪或者糯米饼。想到了就会投食，用扔的那种。

他和往常一样剥开糖纸塞进嘴里，很甜的太妃糖，里面有一大颗坚果。

阿蛮教他骂脏话之后，他一直没有特别主动地找阿蛮说话。

他还是乱的，那一地碎掉的金黄明晃晃的，太晃眼，他试图重新找回自己的《白兰香》，却发现脑子里全是那句“他妈的”。

他嚼着糖看着阿蛮跳下窗台，走到他面前，蹲下。

太妃糖变得有点苦，有点刺激，舌尖开始发麻。

“今天晚上开始，”阿蛮蹲下来之后变成更小的一只，仰着头看着他，表情很平和，之前剃掉的板寸现在有点长了，毛茸茸的，“我得睡到你的房间，二十四小时不能离身。”

简南：“……”他把糖吞下去了，没有嚼碎，很大一块。太妃糖很硬，他觉得自己的喉咙都快破掉了。

“啊？”他声音嘶哑。喉咙果然破掉了。

“我没办法预估贝托下一步的行动。”阿蛮仍然仰着头，“所以只能把安保等级升高。”

“从现在开始，你的饮食，你日常生活要用到的东西，还有交通工具，都得让我先检查过才能使用。

“每次的工作计划最好能提前四十八小时告诉我，我会找信得过的人帮忙踩点。”

私人保镖有时候得二十四小时不离身，所以她也养了一群线人，算是日常工作开销。

“在知晓贝托的下一步行动之前，我们都需要维持这样的安保等级。”

在所有危险里面，未知是最可怕的。

“……哦。”简南的声音仍然嘶哑。

真的破了，接下来不能吃烫的，不能吃刺激性的……简南的脑子很固执，开始萌生一些乱七八糟的想法。

阿蛮在说保镖的事情。她很专业，也很贵。

她说接下来要二十四小时不离身，包括睡觉。

她头发真的长长了，发质看起来很软。

为什么会很软？她这样脾气的人为什么会有这么软的发质？

他的脑子对自己这样不科学的推断开始使劲打叉。

他得拉回来了，他不能再想“他妈的”了。

“我的房间，只有一张床。”他说话了。

他为什么要说这句话？他是不是应该明天就去看心理医生？

“……我不睡床。”阿蛮莫名其妙，“随便找张凳子就行了。”

“你不睡觉吗？”简南听到自己又问。

“找零散时间眯一下就行，又不是长期这样。”阿蛮倒是很配合，一问一答。

“你……要看着我睡觉？”简南张着嘴。

这又是什么问题？为什么会出现在这里？

阿蛮：“……”

“我是说……”简南觉得背后开始出汗，“贝托不是完全没有动作的。”

他拿出被他放到角落的一个包裹。木头箱子，大小和他买的其他仪器差不多，上面也贴着特殊包裹的记号，看起来和其他包裹一模一样。

“这个包裹，应该是他寄的。”他交给阿蛮。

阿蛮没有马上接。她眯着眼：“你藏起来了？”如果她没看错，这个包裹是简南从屁股后面的角落里面拿出来的。

简南：“……”

“为什么？”阿蛮持续眯着眼。

这是一个必须回答的问题。简南的大脑告诉他。

“我…… 不想给你看。”他的大脑告诉他不能这么回答。

但是喉咙破了，他的脑子好像也破了。

他拿到这个包裹的时候就已经发现不对劲，捧起包裹研究了一下，没有听到读秒的嘀嗒声，没有液体，没有异味，拿X光照了，也没有奇怪的形状和危险物品警报，肯定不是什么定时投放的炸弹或者奇怪的尸体。

所以他就放到了一边，瞒着阿蛮，怕她担心，怕她太忙。

“我会尽快去看心理医生的。”简南看着阿蛮瞬间冷了脸，心也跟着迅速地沉了下去。

“对不起。”他迅速道歉，“是我的问题。”我有病。

阿蛮确实怒了。

委托人出于各种原因隐瞒关键事实是常态，这并不是一件值得愤怒的事。

阿蛮愤怒的是简南居然也会隐瞒。

她接过包裹。

贝托对包裹动手脚算是惯常动作，有迹可循。以简南的智商和观察力，发现包裹可疑倒不足为奇，以他的缜密，估计早就琢磨过包裹里是什么了。

不危险，没有可疑物品，所以他把包裹放在最角落。

“什么时候拿到的？”阿蛮的声音出奇地平静。

“昨天早上。”简南回答问题的速度比平时快了一点，话也少了一点。

昨天早上，那就是她把简南送到实验室之后去调查贝托手下在这附近徘徊是为了什么的时候。她不在，所以他没有第一时间告诉她。

“为什么不拆？”她问了第二个问题。

“当时我手上还有几个其他小组等着要结果的实验。”简南看着阿蛮，“等实验做完，你就已经回来了。”

她回来了，他就没拆。

“那你请我是做什么的？”阿蛮终于问出了第三个问题，“四个月，二十四万美金，折合人民币一百多万，是为了什么？”

简南没回答，抿着嘴，脖子上的青筋开始跳。

“你在忍着不撒谎，还是觉得你的回答必须撒谎？”见过一次他的PTSD反应，阿蛮早就把这件事记在了关于简南的记录里。

在记录里，他快吐的时候会抿着嘴，脖子变红，青筋直跳。

塞恩已经往他们这里看了四五次，连在视频那一端用巨贵的青釉键盘噼里啪啦敲代码的普鲁斯鳄声音都渐渐变轻了。

“你去工作吧。”阿蛮拿走包裹，站起身，“这个我来拆。”

她还可以用更客气疏离的说法，比如把“你”改成“您”，比如把这件事揽到自己身上，说是她不在导致的失职。但是她忍住了。简南越来越涨红的脸，让她没办法把这种说出来一定会两败俱伤拉开距离的话说出口。

“阿蛮。”简南的语气干涩紧张，“我查过了，里面没有危险物品，没有放射性物质，很有可能只是一个用于警告的包裹。”

很有可能和上次在阁楼一样，只是警告他们别太嚣张的包裹。

阿蛮顿了顿，走了，没回头。她耳力好，所以走到走廊还能听到塞恩用很轻的机器女声问简南发生了什么。

“你怎么吐了？”她听到塞恩问。

他还是没忍住。那么真实的人，只要所说的话和事实不符就恨不得把肚子里的东西都吐出来的人，做了一件她怎么都想不通的事。

为什么不告诉她？

她蹲在院子正中央，拆掉了那个包裹。就像简南说的那样，包裹本身没有危险。一个恐怖盒，拆开之后冒出了一个黑色长头发的娃娃头，娃娃脸上写满了咒语，头里面塞了一些刀片，还有一封威胁信。

他们封锁血湖并开始清空周围村民的行为确实激怒了贝托。这个包裹的意思，在切市暗夜里的每个人都知道，这是贝托的死亡通牒：收到包裹的人，一定会死无全尸。

她在切市那么多年，还从来没有遇到过意外。意料之中的事。

阿蛮反而松了一口气，总算不是悄无声息。她这段时间所有的准备，就是为了这么一天。对方出招了，她才能有用武之地。

她蹲在院子里。从来不喜欢费脑子想复杂事情的她，生平第一次没有因为太复杂了就不去想。

简南为什么要瞒着她？

那天的行程并没有因为这个死亡通牒变得有什么不一样。

简南开会时走了两次神，但是他和别人不一样，他走神也照样能听到别人在说什么，照样能对别人的问题对答如流，只是反应可能会比平时慢一两秒钟。

他一直试图找阿蛮说话，手指头快要把手里的笔套磨秃，却始终没有真的开口。

他们下午很忙。阶段性胜利，再加上并不常见的项目组合。

埃文的周报让他们的实验室暂时热闹了起来，有本地记者，有其他小组的成员，也有各方的电话。

只是不巧，简南状态不好，塞恩看到外人就直接关了发声器，普鲁斯鳄只要听到有人敲门就立刻掐断视频电话，只剩下一个看起来十分不好惹的保镖，来访的人问也不知道应该问什么，而且也不敢问。

记者什么都没采访到，其他小组的专家倒是要到了自己想要的实验结果，只是除了这个就没有再多一句的闲话。

塞恩等这些外人都离开之后，打开了专家论坛，用机器女声开始阴阳怪气地朗诵论坛里的帖子和回帖。

直接一点、正常一点的，说他们是怪胎，讨论是不是真的只有这种情商极低的怪胎才能拥有和年龄完全不符的专业素养，才能一门心思扑在专业上。

恶意一点的，绕到很远猜测埃文和简南的关系，猜测是不是塞恩家里赞助了这个项目。他们说黄村的案例不能复制，并不是所有村的村长都会说西班牙语，也并不是所有村都在做活祭，埃文只是找了一个最容易出彩的地方分派给了简南小组而已。

再恶意一点的，开始考古。

简南的纵火案，塞恩大量购入笑气的单据，普鲁斯鳄曾经做过的没有记录在案但应该确实做过的入侵某些敏感部门的记录等等，这些人只有一个逻辑，不管别人说简南他们在这个项目里面做了什么，意义是什么，采集出来的样本有多完整，他们统统反问：一个连做人基本规则都不遵守的人，凭什么在这个项目组里，凭什么当得起这样的盛赞。

当然，也有帮他们说话的，但只有零星几个人，很快就被淹没了。

塞恩似乎特别喜欢读这些东西，嘴巴没停过，机器声听起来非常热闹。

没人理他。

阿蛮知道简南并不在意，他正在磨那根真的快被磨秃的笔，眼睛看着电脑屏幕，不知道在想什么。

普鲁斯鳄嫌烦，早就切断了视频。

只有塞恩，孤独地用电脑女声固执地读完所有的负面评价，然后开始了他的反问三连。

意义是什么？成功了又能怎么样？人类就这样直接灭亡不好吗？

我要回家。

简南还是没理他，维持着盯着电脑的姿势，直到他从来没有正常响过的手机响了起来。

来电铃声是最最老式的电话铃。有人找他。

阿蛮站起身。

简南拿着手机快步逃离塞恩的机器女声覆盖的范围，站在走廊上，扭头看并没有马上跟来的阿蛮。

“是谢教授。”他说。

“你可以听。”他又说。

“走廊上……有狙击点。”他豁出去了。

阿蛮：“……”有个屁的狙击点，五公里外有座山倒是真的。但她到底挪了出去，站在他旁边一米远的地方。

简南点了免提。

这是阿蛮第一次听到简南提过很多次的谢教授的声音。

“阿南。”她听到谢教授这样叫简南，“我收到了埃文的邮件。”

“嗯……”很安静的傍晚，简南很安静地应了一声。

“我回了埃文的邮件。”谢教授听起来年纪并不算特别大，声音中气足，十分严厉，“我跟他说，不管你以后做了什么事，对这个项目有什么样的贡献，都不要再发这种邮件抄给所有人。”

阿蛮一怔。

简南又“嗯”了一声，没什么表情。

谢教授在电话那端叹了一口气：“送你上飞机的时候，我送给你的八个字，你还记得吗？”

“卧薪尝胆，韬光养晦。”简南看着远处，一个字一个字往外蹦。

“你做到了吗？”谢教授反问。

阿蛮简直要被这样严厉的声音勾出童年阴影，索性也跟着简南一起看向远处。远处，夕阳西下，晚霞满天。

“没有。”简南回答。

一问一答，半句废话都没有。可要说他对这个谢教授非常尊敬，那阿蛮倒也并没有感觉到。

简南带着气。她能听出来，谢教授肯定也能听出来。

“那你，就仍然不能回来。”谢教授重重地下了结论，“这八个字，你什么时候能做到了，什么时候再回来。”

“教授。”简南的半张脸被夕阳照得红通通的，另外半张脸隐在阴影里，还能看出因为下午的PTSD产生的红斑，“那场火不是我放的。”

“我知道。”谢教授回答。

简南不说话了。

“我让你去墨西哥，也不是为了惩罚你放了火这件事。

“纵火是刑事案，如果你真的做了，我会报警。”

“你如果还是觉得我让你去墨西哥是为了惩罚你让你师兄中风住院，是为了惩罚你纵了火，那你就白来了。”谢教授的语气越来越重。

简南的手指头在挂断电话的地方动了动，还没摁下去，就被阿蛮拦住了。

简南看着阿蛮，这是她今天下午知道包裹那件事情后，第一次主动对他做出的动作。所以他放下手，免提键继续亮着。

“我们这里是防护级别很高的动物实验室，而你，是被确诊有反社会障碍倾向的患者。

“哪怕你的成因非常非典型，但是大部分人只看结果，并不关心过程。

“我保了你十几年，让你进入核心项目，让你亲手做那些一般人挤破了脑袋都没办法做的实验……是我，让你锋芒太露。

“但是阿南，盯着你的人太多了，我快要保不住你了，你知道吗？

“陷害你纵火，或许只是个开始。

“你如果学不会那八个字，我只能把你远远地送走。”

“你明白吗？”阿蛮都快能想象出谢教授的样子——不苟言笑的专家的样子，急切地想帮助晚辈的长辈的样子。

“不。”简南固执地摇头，“我不明白。”然后，摁下了挂断键。

他的眼尾有点红，摁下挂断键的时候，显得有些狼狈。

不知道为什么，看起来像是再一次被抛弃的孩子。

等父母来接他放学的幼儿园的孩子……阿蛮终于明白简南为什么要用这样的比喻。

“晚上跟我出去一趟？”她知道他今天的工作都做完了，“我带你去个地方。”

他们聊聊。

阿蛮带简南去了一个他这辈子从来没有涉足过的地方——地下拳击馆。

在闹市区的巷子里拐了几拐，经过一个看起来已经完全废弃的篮球场，在场馆内部又绕了好几个圈，才走到地下室的门。

铁门。阿蛮单手拎起来，冲简南扬扬下巴。

钻进铁门，才是别有洞天。

将近一百平方米的地下室，零散地陈设了六七个拳击台和十来个沙包，还有几个正在和教练学拳击的小女孩，穿的都很朴素，看起来都是贫民窟的孩子。

阿蛮进来之后，几个拳击台上的人都吹起口哨，陆陆续续的，像是打招呼。

戴着帽兜的阿蛮径直走到最里面的一个拳击台，掀开围绳跃了进去，然后回头，看着简南老老实实地走台阶，老老实实地打开围绳外面的栏杆，老老实实地一步步走进拳击台。

她有时候挺欣赏简南的。在任何环境，任何地方，他都坚持自己的节奏，并不关心别人怎么看。

“这个地下拳击馆是我的。”阿蛮蹲在角落找适合简南用的拳击绷带，都太硬，看起来也不符合简南龟毛的卫生习惯。她站起身，冲外面吹了一声口哨。

一个扎着马尾的小女孩笑眯眯地跑过来，递给她一盒没拆过的绷带，十分好奇地瞟了简南好几眼。

小女孩低声说了句什么。阿蛮笑了，用西班牙语笑骂了一句“滚蛋”。语气温柔，笑意盈盈。是简南没有见到过的，阿蛮的另一面。

“拳击馆里面教的都是附近穷人家的小女孩。在治安不好的地方，女孩子学一些自保技能有时候能够救命。

“免费教，教练都是这附近的志愿者，我提供场地、装备和水电费，志愿者们提供人力。”

阿蛮拆开绷带包装，摸了摸绷带的软硬度，似笑非笑地骂了一声。

“这丫头居然给我一包最贵的绷带。”吝啬鬼上身的阿蛮心疼了半秒钟，“手给我。”

没好气的，心疼又好笑的。又是简南没有见到过的，情绪更加饱满的阿蛮。

简南伸出一只手。

阿蛮：“……两只。”

简南又伸出了另外一只手。

“十指张开。”阿蛮比了个手势。

沉默的简南一个指令一个动作。

傍晚挂断电话后，他就一直是这样的状态，配合度还是很高，但是从话痨变成了哑巴。

阿蛮一边把绷带一圈圈地绕在简南的手指和手掌上，一边抬眼看简南。他下垂着眉眼，抿着嘴，脖子延伸到衣领的地方，仍然有下午呕吐引起的红斑。

“握拳，试试看紧不紧。”阿蛮并不急着让他说话，她把手指塞进简南手上绷带的缝隙里，试了试松紧度。

“不紧。”简南说话了。第一次感受绑着绷带握成拳，阿蛮的手指在他掌心里的触感变得十分清晰，他慢慢地握拳，阿蛮的手指就慢慢地被他握在了掌心。

阿蛮笑，抽出手，指着拳击台角落的沙袋:“打一拳试试，不痛的话再给你选拳套。”

这些都是她空闲时教孩子的步骤，她驾轻就熟。

“好好打，刚才那小姑娘夸你帅呢。”在简南笨拙地出拳之前，阿蛮笑着补充了一句。

黑色的沙袋，上面有常年击打后留下的残破痕迹。简南挥出拳头，砰的一声，声音很闷。

沙袋一动不动。

阿蛮笑出声。她来到拳击馆之后笑了很多次，半眯着眼睛，咧着嘴笑，变柔和的五官看起来更像个孩子。

“像这样试试。”阿蛮站到简南面前，给他戴上拳套，“双脚分开，和胯同宽，左脚向前，右脚跟微抬起，膝关节微弯曲，重心保持在两腿之间。”

她一边说一边纠正简南的动作，靠得很近。

“下巴收紧，含胸收腹。”

“双拳握紧，不出拳的时候要保持拳头始终在下颚附近。”简南太高，阿蛮调整姿势的时候得踮着脚。

“为什么?”简南的注意力慢慢被拉了回来。

他必须得集中注意力，靠近的阿蛮存在感太强，这个姿势对他来说太别扭，他僵着身体，连呼吸都得非常小心。

“因为拳头放在这里，可以用最短距离防守住上半身所有薄弱的地方。”

“头，颧骨，下颚，脖子，肋骨。”阿蛮举着拳头，做出防守的动作，“打架的时候，除了攻击，剩下的全是防守。”

阿蛮说这句话的时候脸上的笑意还没完全消失，说得像是闲话家常。简南却莫名地挺直了腰，这辈子唯一一次，对自己的身体动作上了心。

“出拳的时候，以腰部和髋关节为转动轴，带动肩膀，再带动手臂，不要直接用手臂出拳。”

阿蛮做了一次示范。她没绑保护绷带也没戴拳套，赤手空拳，砰的一声打在了沙袋上。

和简南打上去的闷闷的声音不同，阿蛮这一拳听起来声音很脆，干脆利落。她打完之后扬扬下巴，示意简南试试。

脑子很聪明的简南学着阿蛮的方式挥出了拳头，却打偏了位子，整个人旋转太多，差点把自己扭成麻花。

刚才给他们送绷带的小姑娘蹲在拳击台边乐得嘿嘿直笑。

“再来。”阿蛮用脚重新调整简南的站姿，又扬了扬下巴。

这次打中了，砰的一声，并不太响。

击打这个动作看起来简单，其实练起来全身都在动，一点点些微的调整都会影响接下来的出拳。

阿蛮在边上教了一阵子，把那个一直嘿嘿笑的害羞的小女孩拎上台。

“帮我监督他！”阿蛮和小女孩咬耳朵。

“我去和其他人练练。”阿蛮冲简南挥挥手，跳下拳击台。

小女孩红着脸，继续嘿嘿笑，打了几拳就开始出汗的简南喘着气和小女孩对视。

“快点！”小女孩红着脸，却很认真，“阿蛮说你要打完两百拳。”

简南：“……”

他今天下午过得很不好，不管是无法解释自己为什么会藏起贝托的包裹，还是谢教授对他再一次的流放。

他压着满腔愤怒，觉得自己又一次回到了刚到墨西哥的时候，没有遇到伪鸡瘟、没有遇到阿蛮的时候。这是他认识阿蛮以来第一次不知道应该跟她说什么，他躲着她，却又跟着她。

可阿蛮没有再问他包裹的事，和往常一样，也没有对他和谢教授之间的通话做任何评判。她把他带到了自己的地盘，给他一个黑色的沙袋和一位只要和他对视就能笑得脸通红的小胖姑娘。

小胖姑娘很认真，还会纠正姿势，纠正完总会大喝一声“哈！”，每次“哈！”的时候都能把简南吓一激灵。

于是这一个下午的愤懑都被小胖姑娘“哈！”得差不多了，剩下的都是汗，还有沉闷的一拳拳击打在沙袋上的声音。

最开始的击打只是因为阿蛮没有给他说不的机会，机械地打了几拳之后，他的击打声开始和拳击馆里其他拳击台上的击打声融为一体，他看着自己从突兀的陌生人变成了里面灰扑扑的只盯着黑色沙袋的一员，他看着自己也变成了这个地下室里的风景。

击打逐渐找到快感，流汗开始有了方向。

他眼角能瞥到阿蛮左臂肆意张扬的葎草文身，她也在拳击台上，和一个身高体重都是她两倍的彪形大汉扭打在一起，看起来拳拳到肉，阿蛮却始终在笑，平时暗藏在帽兜下面的眼睛亮得出奇。

她偶尔也会像小胖姑娘那样发出“哈!”的一声，只是小胖姑娘“哈!”的时候还带着稚气，而她，像一只慵懒却蓄势待发的猫科动物。

肆意，优美，危险。

夜晚十一点，来学拳击的小女孩们早就散了场，几个看起来很凶狠笑起来却有些傻的志愿者打扫完场馆的卫生，也陆陆续续地走了，拳击馆里只剩下简南和阿蛮。

简南一身汗，气喘吁吁。他刚刚脱掉拳套，手指在长时间紧张之后骤然放松，一边痛一边抖。

痛快淋漓打了好几场架的阿蛮躺在拳击台上，看着一边呼气一边检查手指的简南笑。

“用冰敷。”她躺在拳击台上用脚指着冰柜的方向，“不然你明天做实验的时候手应该就废了。”

“明天不用去实验室，明天早上我约了心理医生。”简南拿了两个冰敷袋，想了想，又多拿了两个。

“又提前了？”阿蛮接过简南递给她的冰敷袋，放在下颚，“嘶”了一声。太久没活动筋骨，居然被那家伙偷袭成功了。

简南没回答。他把另外两个冰敷袋一个放在阿蛮的手肘边上，剩下最后一个自己捏着，冰住指关节。

阿蛮拍了拍她旁边的空位，拍得正大光明。

一开始没觉得有什么不对的简南也跟着躺了下去，肩并肩的时候，他眼瞳暗了暗，不着声色地往旁边挪了一点。

“这个地方，我没带任何人来过。”阿蛮看着地下拳击馆的天花板，指着天花板上贴的密密麻麻的星星，“这些都是这里的孩子们贴的，关了灯就能看到银河。”

真的贴了好多，孩子们因为爬得太高，还被她追着揍过。

阿蛮想到什么是什么，站起身关了灯，重新回到老地方躺好。

真的有银河，很简陋的夜光，嵌在天花板的每一个角落。

“好看吧。”躺在他身边的阿蛮炫耀。

“嗯。”简南的声音很轻。

他连呼吸都放轻了，剧烈运动后的汗水顺着他的额头流到头发里，再滴到拳击台上。

一片漆黑中，头顶是微弱的夜光，旁边是阿蛮清浅的呼吸声。他不知道为什么，又悄悄地手握成拳。哪怕指尖还在抖，哪怕指关节仍然很痛。

“我们真的是很熟了。”阿蛮看着天花板，“把你带到这个地方，我居然一点排斥感都没有。”

“我从来没跟人这么熟过，感觉挺奇妙的。”阿蛮在黑暗中咧嘴笑。笑的时候扯到下颚的淤青，又“嘶”了一声。

黑暗中，简南发出窸窸窣窣的声音，把自己手里的冰袋递给了阿蛮。

阿蛮摁住冰袋，顺手把简南的一只手也压在了冰袋上：“一起吧。”

她懒，懒得在黑暗中摸索她之前踢到一旁的冰敷袋。

“嗯。”简南又很轻地应了一声，没有挣扎，手背贴着冰袋，冰袋贴着阿蛮的下巴。

“所以我在想，你没有把贝托的快递告诉我，大概也是因为我们很熟了。”阿蛮抬手，拍拍简南的头，然后迅速嫌弃，“靠，都是汗。”

简南这次没有回答，他也在黑暗中弯起了嘴角。

大概是吧。他纠结了一个下午的答案。

因为很熟了，所以难免会开始关心。

因为他对情感的感受和表达很特殊，所以这样特殊的熟人，就有了特殊的占有欲。

“嗯。”他看着天花板，很久很久才应了一声。

“你嗯什么？”阿蛮扭头。

“没什么。”简南指着天花板上的银河，“这银河贴错了。”

阿蛮：“……”

“这只是个夜光带，不能叫作银河。”错得他都不知道该从哪里开始吐槽。

阿蛮：“……闭嘴！”

第10章
抓鳄鱼

给简南做心理咨询的专家有五十多岁，根据简南所说，已经认识他超过二十年，就是她最先发现了简南的异常，并前后进行了十几次专家会诊，确诊了他脑内的问题。

简南叫她“吴医生”，一个五官十分柔和，说话细声细气、慢条斯理的中年女人。

简南和吴医生在他的房间里视频了将近四个小时，阿蛮在外面做了三菜一汤。都是中国菜，清炒芸豆、清蒸海鱼、东坡肉，加了个土豆排骨汤，热气腾腾。

自从确定了两人真的挺熟之后，阿蛮对简南就更上心了一点，做的都是很费劲的菜。她照着菜谱一丝不苟地做饭，嘴里哼着不成调的歌。菜的分量很多，按照她平时观察的简南的口味，没有放辣，口味偏甜。

简南中途从房间里出来了一次，盯着阿蛮的背影发了一分钟的呆。

“你干吗?”阿蛮在用棉线捆猪肉，扎得太紧，把四四方方的猪肉勒出了腰，她颇有些气馁，语气听起来火气十足。

“……厕所。”简南如梦初醒。

“……左拐。”阿蛮以为简南被心理医生问傻了，都忘记厕所在哪儿了。

“你除了不爱吃辣之外，还有什么特别忌口的?”阿蛮终于绑好了一块四四方方的肉，等简南从厕所出来后，扬声问了一句。

“……棉线。”一直有些走神的简南因为图像记忆，该抓的重点仍然抓得很牢。

“滚蛋!”阿蛮远远地冲他虚踹一脚，“那是绑着好看的，不是给你吃的。”

声音带着笑，脸上也带着笑。

简南梦游一样走进房间，梦游一样关上门。

他刚才和吴医生沟通时花了很长时间思考措辞，就像昨天偷偷藏起贝托的包裹一样。他很难用语言表达他的心情，所以他从《白兰香》说起，说到一半出去上了趟厕所，瞬间又不知道该用什么样的语言来描述他刚才的心情。

阿蛮围着围裙，她并不适合围裙，居家的东西和她左臂的葎草文身并不搭配，可是这样的反差，视觉冲击很强。

她做饭也不是那种让人惊艳的味道，照着菜谱，中规中矩，偶尔会很咸，偶尔会很甜。

可当他打开房门，看到阿蛮弯着腰拿着棉线专注地扎五花肉的那一刻，他的鼻子酸了。毫无预兆地，眼眶红了。除了痛，除了恐惧，除了愤怒，除了生理反应，这是他记事以来第一次莫名其妙地鼻子酸了，眼眶红了。

“吴医生。”简南低下头又抬起头，“我很想知道一个人的过往。”

这辈子第一次。

他想知道她为什么会变成没有姓的阿蛮，想知道她为什么有多次被虐打的经历，想知道她在切市这个地方到底是怎么活下来的。

按照贝托的说法，她和贝托开始生死斡旋的时候才十六岁。

昨天晚上在地下拳击馆，她说女孩子在治安混乱的地方得学会自保技能才能活命。她说打架的时候，除了攻击，就都是防守。

她喜欢孩子，和小姑娘说话的时候总是弯着腰和她们平视，嬉笑怒骂都是最放松的模样。

她有很多面，藏在很深的地方，平时露在外面的样子却生人勿进，凶神恶煞。

他……和她很熟。熟到产生了分离焦虑症，熟到鼻子酸了，眼眶红了。

“吴医生。”简南看着视频里那个和蔼微笑的女人，“一旦跨过了人与人之间最安全的距离，是不是就再也回不去了？”

是不是就会失控？他问。紧紧握着手，指关节用力到发白。

阿蛮不能确定简南的心理咨询到底成不成功，他说他通过测试了，评估结果一切正常，他的分离焦虑症对现在的工作不会有消极影响，下一次评估会按照之前的频率进行。

一切看起来都很正常。但是阿蛮眼睁睁地看着简南把棉线吃进嘴里，还嚼了两下。他甚至只拿出了写着他自己名字的餐具，再也没有把一大家子人一字排开放在桌上吓人。

“我想自己吃。”简南解释了一句，孩子气地把写着家人名字的餐具包好，放到很远的地方藏起来。像个心情很乱想一个人单独静静的孩子。

“那我……”阿蛮犹豫了，“要不要回避？”

“……我想和你吃。”简南换了个更直白的说法。

阿蛮这次烧的都是他爱吃的菜，没有放辣椒。这顿饭是为他做的，他想两个人一起吃。

阿蛮搓搓鼻子。简南的直白有时候会让她想歪，如果换个男人来说，她可能会揍对方的那种“歪”。

“吴医生说，我的表现并不是典型的分离焦虑症。”简南吃了一口仍然有些腥味的海鱼，决定今天的主菜应该是那碗东坡肉。

“嗯?”阿蛮听得很认真。

“她说我应该是在新的环境里认识了新的人，产生了新的社交需求和新的情绪。”简南一口气说了四个“新的”,“她觉得只要不是负面的情绪，对我来说，都是好现象。”

“哦。”阿蛮没听懂。反正评估结果是正常的。对深奥的东西不是太有探索欲的阿蛮开始往自己碗里盛汤，满满的一碗汤泡饭，大口大口地往嘴里塞。

“你……吃慢点。”简南皱眉,“这样对胃不好。”

阿蛮翻了个白眼，当着简南的面把那碗饭灌进嘴里，三分钟，一碗饭。

“……”

简南默默地嚼着自己的白米饭。他把吴医生剩下的话都省略了。

吴医生说，他会出现情绪波动的点和普通人不太一样，他对感情的需求也和普通人不一样。她一直以来都十分不赞成他为了像普通人而背熟每一个社交准则，把自己活成输入输出的机器人的模样。

她警告过他很多次，这样的生活方式会让他离正常的情绪更远，对他的病情并没有任何帮助。

可是她也明白，他这样的生活方式是为了让自己更好地社会化。他的工作需要“社会化”，她清楚他因为缺乏社会化而失去了多少次机会，付出了多少代价。

吴医生对他这次的问题表现得比他想象中乐观很多，她问得很详细，甚至对他好几次出现不知道应该怎么用言语描述的行为表现出了欣喜。

她鼓励他更多地和新朋友接触，在没有出现攻击性负面情绪的前提下，他可以试着不要用他现在和普通人社交的准则去对待新朋友。

她说他需要走出舒适区，她觉得他在目前这个心理评估结果的范围内，是可以尝试一些更加激进的方法的。

她鼓励他越界。

他自己也是常年在实验室做实验的人，他能理解吴医生说的那些理论确实能带来他们想要的结果。

但是对方是阿蛮。阿蛮在人际交往上也有一堵很厚的墙，她是个很好的聆听者，但她从来不提及她自己。

“你说普通话有时候会有一点南方口音。”简南吃了两粒米饭，小心翼翼地开口。

“我还能有北方口音，还会好几个地方的方言。”阿蛮随便显摆了两句，“我在语言上面有点天赋。”

各种发音的英语、西班牙语、中文、法语，还有一点点日语。当初她养母让她必须学会的东西，她基本都学会了。因为她养母说这些是求生技能，她那时候太希望活着了，所以对所有的求生技能都来者不拒。

简南：“……”他果然不太适合迂回。

“我的意思是，你知不知道自己老家在哪儿？”他决定直接问。

阿蛮停下往嘴里倒米饭的动作，看着他。

“你知道普鲁斯鳄很精通搜索和查询，如果你想查自己的身世，我可以让普鲁斯鳄帮忙。”简南又挑了两粒米放进嘴里。

阿蛮放下碗。

“如果是通过正规渠道领养的，一定会有领养记录。”简南解释给阿蛮听，“二十几年前的领养记录还不算久远，应该不会太难查。”

“墨西哥这个养母并不是第一个领养我的人。”阿蛮面无表情，“按照我养母告诉我的信息，我一出生就被亲生父母卖给了邻村人当童养媳，养到一岁左右，那时候人口普查，严查人口贩卖，邻村人怕出事，就把我丢到了医院门口。”

“我在福利院长到两岁，被一户人家领养了，被领养当年，我养母就出车祸死亡，留下了我和我养父。

“我养父是在小镇上开传统武馆的，养母死了以后，他也不知道应该怎么照顾我，就常年把我丢在武馆，我从很小的时候就开始学扎马步。

“七岁左右，我养父也生病死了，我又重新回到了福利院。因为命太硬了，也没人敢再领养我，所以我在福利院又待了一年。

“然后才被后来这个养母领养，直接把我带到了墨西哥。”

“那时候太小，并不知道是不是走的正规领养流程，我养母这个人……”阿蛮顿了下，“不太容易找，人也不靠谱，十句话里面有九句半是骗人的……”

“所以我只记得我最后一次被领养时所在的城市，我查过那家福利院，可是早就关门了，我也查过我当时读的小学，学校名字我还记得，可惜学校也不在了……

“这样也可以查出来吗？”

八岁以后她再也没有回过国，查地球另一端的事情很难，等她有能力之后，她花了很多时间很多钱，得到的就是福利院和小学都已经不存在的消息。她的过往都消失了，八岁之前的所有东西，和记忆一起，都被尘封了。

她说这些的时候一直面无表情，语速却莫名的有些快。她问他能不能查到的时候，明明还是阿蛮式的漫不经心，但是简南发现，她一直捏着吃饭的筷子。

“能，有城市就可以。”简南点头。哪怕普鲁斯鳄查不到，他也可以找其他方法查。十四年前被外国人领养，并不久远，肯定能查到。

“普鲁斯鳄怎么收费？”阿蛮的眼睛亮了。

简南：“……”

“还是我单独去跟他谈？”阿蛮终于放下了筷子。

“或者等你们这个项目做完，我自己去找普鲁斯鳄单独谈？”她又有了新的方法。

简南：“……我去找他，如果他找不到，我再找其他人。

“他只是一个被招安的黑客，十几年前的东西通过电脑不一定查得出来。”

“……你不用单独去找他谈。”话题都不知道偏到哪里去了。

“那你……怎么收费？”阿蛮把东坡肉往简南那边推了推，“你多吃点。”

语气都不一样了。

简南：“……”

他以为他越界了，他以为阿蛮并不喜欢把这些事说出来。他没料到阿蛮会是这样的反应，她紧张到面无表情，她捏着筷子的样子就像他等着宣判心理评估结果的样子。

吴医生是对的。他有点高兴，也有点难过。

阿蛮，并不是看起来的那样，对自己没有姓这件事那么无所谓的。

他想帮她。不求回报的那一种，和他之前的社交准则完全不同的那一种。

他想试试。

或许是因为谢教授和埃文私下说了些什么，或许是埃文觉得简南小组前期开荒的工作量太大，需要休息，接下来两天，简南的队伍除了实验室的日常工作之外，并没有新的工作安排。

可是，简南的脸上却挂了两个非常明显的黑眼圈。

收到贝托的死亡威胁后，阿蛮真的就像她说的那样二十四小时贴身保护。

她晚上睡到了他的房间。一张凳子，非常浅的睡眠，简南半夜醒来经常看到阿蛮坐在凳子上用手机和人聊天。

她动用了她所有的人脉去找贝托，每天凌晨，她会翻下窗户和她的人脉接头，大部分都是些底层人民，穿着破烂，看到阿蛮的时候会笑得很灿烂。

阿蛮会给他们钱。

简南有时候想，阿蛮收费那么高，一次委托下来能到她兜里的其实不多。

她会因为工作失误主动扣钱，委托期间，她找的人脉都是她自己私下斡旋，她的钱还要长期维持一个免费教女孩子拳击的地下拳击馆。

那都是她的卖命钱。

想到这些，他就更加睡不着，甚至试图让出单人床的另一半，好让阿蛮晚上可以睡个好觉。结局挺惨的，他的手臂到现在还有点淤青。

阿蛮不喜欢有人在她工作的时候照顾她，这个人包括她的委托人。

针对贝托，阿蛮也和他深谈过。

她说她并不想把贝托假死的消息放出去，因为她觉得不是贝托也会是其他人。血湖的地理位置几乎贴着伯利兹的边境，走私方便，不管这场拉锯战最后是谁赢，都不会放过血湖这块地方。

她觉得与其和一个完全不熟的人交手，还不如留着已经半残的贝托。

简南同意。他想得比阿蛮深一点，他知道阿蛮在这之前一直和贝托保持着安全距离，她彻底站到贝托的对立面，归根结底是因为他。

所以，他不想阿蛮再和别的像贝托这样的人有任何牵扯，他不希望再有别的人因为其他原因，闯到阿蛮的房间，用枪口指着她。

他希望她安全，他希望她可以借着这次事情，彻底脱离贝托这样的人的掌控，可以不用看他们的眼色过日子。当然，他并没有把这样的希望说出口。

他只是在闲暇时和普鲁斯鳄一起，对阿蛮小时候被领养的城市进行了地毯式搜索，没有找到阿蛮说的福利院，也没有找到十四年前外籍人员的领养记录。

“这是个直到现在还是挺穷的边陲小镇，十四年前，信息化还没有普及，要查阿蛮的身世，可能需要亲自到当地去查。”普鲁斯鳄耸耸肩。

“嗯。”简南对这个消息并不意外。阿蛮查了那么多年都没有查到的东西，他肯定不可能那么简单就查到。

“你……”普鲁斯鳄做出个让简南戴耳机的动作。

简南愣了一下，看了一眼正在走廊上打电话的阿蛮和埋头在显微镜前不知道在干什么的塞恩，拿出了耳机。

“我知道你不喜欢这样私聊，但是接下来的话如果被阿蛮听到，我怕你会被打残。”普鲁斯鳄用的居然是中文。

“嗯。”简南皱着眉。

“你……”普鲁斯鳄犹犹豫豫的，“真的要揽下帮阿蛮找亲生父母的事？”

“嗯。”简南明显开始不耐烦。

“是这样的。”普鲁斯鳄语速很快，“阿蛮之前所在的福利院和领养信息我没查到，但是通过她给我们的关于她养母的资料，我查到了很多东西。”

“她的养母苏珊娜曾经是个雇佣兵。当然这并不奇怪，毕竟阿蛮很多技能都不像是普通保镖培训出来的。

“但是这事如果和你扯上关系，就会变得很奇怪。

“你现在这风评，加上黑市保镖，就已经很悬疑了，如果再加上个退休雇佣兵的养女，我觉得你的风评可能会变得很玄幻。”

普鲁斯鳄说着一口标准的北京腔，和他平时在视频里和人聊天时的英文不同，他现在说的话更接近他的母语。

“那又怎么样。”简南还是用的英语。他知道普鲁斯鳄因为各种原因并不想让人知道自己是谁，也不想让人知道他的国籍。

“……不怎么样。”普鲁斯鳄噎住了。

“所以你，真的要和她搞情侣关系？”普鲁斯鳄问的断点很精准，充分表达了他复杂的内心。

简南一心二用一边写周报一边闲聊的动作顿了下。

“不是。”他也没说什么不是。

“不是情侣关系，你为什么要弄得那么复杂？”普鲁斯鳄郁闷了，“阿蛮的事不是什么大事，回国后随便托个人找一下，可能没你亲自下场找的那么快，但是肯定能找到的。”

“反正不是。”简南随手拔掉了耳机。

普鲁斯鳄一句话都到了嘴边，又咽了回去。

“明天还是会按计划去抓鳄鱼的吧？”他迅速地切成了英文，暗搓搓地咒骂简南一万次。

“嗯。”简南表现得像是刚才没有戴过耳机，语气都没什么变化。

“带上摄像头。你们能给我直播多少，直接决定我接下来的工作态度和会不会在阿蛮的事情上拖你后腿。”普鲁斯鳄的表情阴森森的，对着镜头露出了鳄鱼头上的森森獠牙。他十分变态，在獠牙上画了好多红色的小心心。

“好。”简南面不改色。他进步了。再次听人提及情侣关系，他已经不会心跳加速，也不会说不出话了。

他查过情侣关系，太容易破裂，太不稳定。不适合他。

吴医生说过，再经历一段不稳定的破裂的关系，可能会导致他的病情恶化。

他还不知道自己再次恶化会变成什么样，但是反正，他们不是情侣关系。

他只是……

简南停下了敲键盘的手，看向挂在走廊扶手上打电话的阿蛮。

他只是……

简南低头。

他只是……心疼阿蛮。

科研人员抓鳄鱼，和阿蛮在电视里看到的差不多。

雇几个当地壮汉，配上急救人员和急救装备，四十几个人一大早就浩浩荡荡地出发。除了抓鳄鱼，他们还得在这段时间里摸清楚血湖总共有多少只鳄鱼，记录下鳄鱼的种类。

作为这个项目第一次大规模的鳄鱼样本采集工作，埃文对这件事很看重，这次采集鳄鱼标本的行动，他也跟了过来，穿着一整套的防护装，全副武装。

抓捕的过程和偷猎那种屠杀相比要平和很多，一样都是用鸡肉做诱饵，一样都是开枪，但是他们开的是麻醉枪。

被麻醉的鳄鱼会被抬到已经收拾干净的血湖边，由简南和其他几个兽医分别检查，采样，在鳄鱼身上打上采样标签，再放回到安全距离，等待麻醉的鳄鱼自行醒来。

需要采样的东西很多，比如鳄鱼各个部位的拭子、粪便、血液、体液、皮肤及其附属物。所以，他们需要抓不同年龄段不同性别不同品种的鳄鱼，遇到有明显健康问题的鳄鱼，他们会对其进行深度麻醉，然后送到血湖外待命的标本采集车上，运往附近的兽医院。

工作很繁复。和鳄鱼打交道并不是一件轻松的事，中间几乎没有什么人说话。除了不知道用什么办法把无线信号弄到血湖的普鲁斯鳄用一点都不卡的高速网络和BBC动物纪录片旁白的口吻一直不停地絮絮叨叨之外。

完全外行的阿蛮也被强行灌输了一堆标本采样的知识，还有各种鳄鱼的种类特征。

为了这次的鳄鱼抓捕工作，阿蛮提前做了六次踩点，当地壮汉的雇佣名单她也很早就拿到了，和埃文讨论之后，筛选掉几个她觉得可能会有问题的，补充了几个她觉得还不错的。

周围那两个有疑问的混居村庄，也让埃文以传染病防护的理由拉上了警戒线，总的来说，除了血湖里的猛兽，简南目前应该是安全的。

但阿蛮还是在血湖里发现了几个新鲜的陷阱和脚印。她一边听着普鲁斯鳄用惊叹的变态的口吻，介绍着刚才捉上来的那只鳄鱼拥有多大的咬合力，一边凝神研究印在血湖里的脚印。

五六个成年人的脚印，新鲜的，应该是昨天晚上留下来的。

一周之前，血湖发现了三种以上人畜共患的传染病，被下令全面封锁，不过由于人手不够，最终只封锁了入口和几个比较容易进出的口子，装了监控。

她自己还找了十几个人在血湖二十四小时巡逻，就是怕贝托和这附近混居的村庄仍然有联系，会对简南这次抓鳄鱼的行动造成危险。

就算这样，仍然有漏网之鱼。

阿蛮眼底有戾气。她还从来没和贝托这样面对面地正式交手过，一个纵横切市十几年的大佬，确实有异于常人的忍耐力和隐匿能力。

“阿蛮阿蛮阿蛮阿蛮蛮蛮蛮蛮蛮！”普鲁斯鳄突然从BBC旁白变成了学舌鹦鹉，“那边那边那边那边！”

阿蛮皱眉。为了不影响其他人的工作，连着视频直播鳄鱼的耳麦一直只有阿蛮戴着，她实在被吵得头痛，十分没好气地问了一句：“你到底想干吗？”

“简南！”普鲁斯鳄的声音带着莫名的亢奋，“简南那边，你赶紧过去，我刚才好像看到了一条杰斐逊钝口螈。”

他用的居然是中文。

“那是什么？”阿蛮动作很快，几步就跳到了简南那边。

“一种两栖动物。”普鲁斯鳄解释，“没有食物的时候会自己吃自己。”

“不应该啊……”镜头凑近，普鲁斯鳄非常清晰地看到了简南从鳄鱼嘴里抽出来的杰斐逊钝口螈。

“这不应该出现在这里。”几乎是同时，耳麦外面的简南也皱着眉头说了一句，表情凝重到几乎凝固。

杰斐逊钝口螈，主要分布在美国东北部、加拿大南部，会筑巢，穴居，夜间活动，生活的温度区间在14℃至20℃。切市温度常年在27℃上下，并是适合杰斐逊钝口螈生存的温度。

可这还不是简南表情凝重的原因。

“这几个月，血湖地表的平均气温是多少?”简南问的是塞恩。

“这个月最高，22℃。”塞恩的机器女声一出来，就把旁边的兽医吓了一跳。

“按理来说，血湖附近土壤的甲烷吸收能力大幅度下降，地表温度不应该太低。但是最近全球暖化，温度又创了新高，血湖水气蒸发造成空气中蒸汽含量上升，蒸汽含量上升又使血湖上方的云层变厚，气温下降，晚间热量减少，所以地表温度反而更低。”

塞恩应该是故意的，故意把这里大部分专家都懂的知识重复一遍，机器女声没有高低起伏，可听起来却颇有些嘲讽。

之前被塞恩吓了一跳的兽医专家讪讪的，退到了人群另一边。

阿蛮在内心感叹道，这些不合群的家伙真是半点走进人群的想法都没有。

简南没抬头，他对这种暗潮涌动一如既往地没兴趣，他一直在扒拉那只钝口螈。

两栖动物通常都长得不太符合人类审美，这只被鳄鱼生吞了的杰斐逊钝口螈，远远看起来像一坨黑褐色的黏稠体，观感很差。可周围的兽医都围了上来，包括全副武装的埃文，所有人的表情都不太好。

“你怀疑是蛙壶菌?”埃文低声问。

“现在不是钝口螈的繁殖期，它们又是穴居，这个时期的钝口螈是不可能出现在鳄鱼的嘴巴里的。行为表现无力，不能找到遮蔽处，无法逃跑，失去正常反射作用，这些都是蛙壶菌的典型症状。”

简南把钝口螈翻了个面。

“腹部皮肤呈暗红色，身上有脱皮，脚部及其他部分的浅表皮脱落，皮肤出现轻微粗化及细小的溃疡和出血。再加上塞恩刚才说过的，血湖的平均地表温度最高也只有22℃。”

简南没有再继续。

阿蛮有些意外地看了他一眼。她认识的简南应该还有很多话要说，这件事的结论，他建议的方案，最后应该还会毛遂自荐。但是他没有。

卧薪尝胆，韬光养晦。

阿蛮看着简南低垂的眉眼，不管他心里是不是还觉得委屈，不管他对谢教授的态度怎么样，他终归，还是想回家的。

“先把样本拿回去检测。”埃文这句话是冲着简南说的，“你们小组先把主要任务放在这里，一旦确定是蛙壶菌，我们再重新制定计划。”

简南点点头。

“怎么又是他。”周围有人愤愤不平，用大家都能听到的音量耳语，“第一个从血湖拿出样本的人是他，第一个帮助村民撤离的人是他，现在连蛙壶菌都是他第一个发现的。”

“要说巧合，那也太巧了。”对方不阴不阳地哼哼。

阿蛮抬头。说话的人藏在一群兽医专家里，其他的专家显然不是特别适应这种公开嘲讽的方式，都有点尴尬。

阿蛮侧头。阴阳怪气的那个家伙戴着口罩，穿着防护服，她只能看到他在国际兽疫局工作的胸牌。

阿蛮敛下眉眼，假装自己是简南身边的一道影子。重新插上了耳麦后，普鲁斯鳄正在那头十分恶心地复述对方的话，顺便吐槽塞恩：“靠，就我们几个人的时候，他读帖子读得那么婊里婊气，现在面对面了，屁都不敢放一个。”

阿蛮挑起嘴角。还不是都一样。刚才功放的时候，普鲁斯鳄还不是一样，屁都不敢放一个。

但是阿蛮敢。

因为蛙壶菌，当天的样本采样工作提前结束了。撤离之前，所有人都在收拾自己的随身物品，专家们互相之间都不太熟，除了同组的，其他人基本都是零互动。

只有刚才那个在人群中开群嘲模式的专家东张西望了一会儿，凑到了简南面前，也不说话，只是探头探脑地往简南包里看。

阿蛮挡了一次，被那人翻了个白眼撇开了。

简南动作一顿，看了那个人一眼，似乎不屑和他说话，只是把包合上，往边上退了一步，挡在了阿蛮面前。

又一次，委托人帮保镖挡住了不友好的视线。那人估计也没想到简南会挡在保镖面前，愣了下，露出一个意味深长的微笑。

然后阿蛮就敢了。她先是飞起一脚踹在了对方膝盖窝上，等对方吃痛跪下去之后，她跟简南说了句：“损失算我的，直接扣我钱。”

接下来的动作，简南就觉得有些眼花缭乱了。

阿蛮欺身上前的时候到底是先迈左脚还是右脚他都没看清，他只感觉黑影闪了一下，阿蛮就出现在了那人的身后，锁喉，拿膝盖抵住对方的脊椎，她好像还特别坏心地在百忙之中用拳头捶了下对方的鼻子。

等众人反应过来，那个人已经被阿蛮锁得死死的，因为鼻子挨了那一拳头，涕泪横流，又因为被阿蛮锁着喉咙，整张脸都开始发紫。

“怎么了怎么了怎么了？”埃文火急火燎地赶过来，一头的汗。

他也就是去调度今晚回基地的车辆安排，一回头就发现这里打起来了，前后连一分钟都没有！

“他偷东西。”阿蛮面不改色。

简南：“……”

众人纷纷露出迷惑的表情，塞恩和仍然坚强连线的普鲁斯鳄则一脸震惊。

埃文张着嘴，也不知道现在“啊？”一下会不会得罪这位脸已经开始发紫的专家。

这人他其实也不熟，是当地某个民间组织派来的专家，不是兽医，和环境学也没什么关系，只听说是当地一个做公共关系的很有名的行家，其实就是地头蛇。他们有几次和当地村民发生小规模的口角冲突，都是他想办法摆平的。

地头蛇是埃文最不敢惹的角色，所以他也有些难堪。

阿蛮像是直到埃文过来才突然发现那人脖子上的工作牌，松了手，但是仍然掐着对方的脖子：“这是工作人员？”她是反问。

埃文擦汗。他没那么了解阿蛮，但是也知道阿蛮这人更不好惹。

要论地头蛇，她认识的三教九流更多，还做过很多人的保镖，在切市六年，人脉也不是他一个外来的国际组织负责人能搞定的。

他大概猜得出阿蛮突然发难的原因。刚才在血湖，这人说的话确实不太合适，连他同组的人都避开了。他当时就担心阿蛮会做些什么，才刚松了口气，没想到这人自己凑上去了，所幸阿蛮似乎并不打算为难他。

“抱歉。”阿蛮又松开了一点，“他刚才一直在偷看简南的包裹……”

她话没说完，恰到好处地停住了。

彻底松手之后，对方除了粗着脖子呛咳，一时半会儿倒也确实不知道应该辩解什么，只是一迭声地问埃文，为什么项目组里会有这样的人，他只是想过来正常交流，他什么都没干。

“他不像是想过来正常交流的，除了看和笑，他一直都没开过口。”阿蛮一句话堵了回去。

塞恩没忍住，机器女声扑哧一声，诡异又好笑。

埃文仍然只想擦汗。他很愤懑，今天发现了蛙壶菌，他现在的重点全在这上面，实在不明白一个当地派来帮忙的希望项目更加顺利的行家，为什么会在这种时候触人霉头。

他敢拿自己的膝盖打赌，这人连蛙壶菌是什么东西都不知道。

“抱歉。”阿蛮却不打算耗在这里了。她对着埃文打了个招呼，转身拿起简南刚才折腾了半天都塞不进包里的防雨布，用力拧了几拧，防水布咔吱咔吱地被拧回了原来的圆筒状。

埃文扶着那个当地的行家，劝道：“这是个误会。”

埃文说得也不心虚。都是自找的，明明跟这人一点关系都没有的事，非要搅和。虽然他心里有数，这人之所以搅和，应该是收了项目里哪个人的钱。挺正常，人多了就总有那种什么都不如人却总是心气不平的人。

“她起码应该道歉。”行家本来还打算卖个惨，结果话没开口就被堵回去了，现在只能抓着对方先动手这一点不依不饶。

“我说了两次抱歉。”阿蛮转身，把那个圆筒随手一折，咔嚓一下，圆筒变成半筒。这下塞得进去了。

行家缩缩脖子，犹犹豫豫的，还想开口。

“埃文。”阿蛮却不打算再理他了。她把东西塞进简南的包里，叫住了想就此打住赶紧离开的埃文。

埃文不甘不愿地转身。阿蛮走向前，把埃文往旁边拉了两步。

“我是简南的私人保镖，这件事本来可以不告诉你的。”她先说前提。

“昨天晚上有其他人来过血湖。”她压低声音，“如果可能，这里最好能加强安保。”

“包括这个看起来有点来历不明的人，最好也能还给当地组织。”阿蛮这句话的声音压得更低。

“其他人来血湖干什么？”埃文疑惑，“这里撒了好多化学物质，不带防护装备进来，会受伤的。”

“为了野生动物和这里的边界线。”阿蛮笑笑，“利益比命大。”

埃文沉默。

“如果这个地方危险，我随时会叫停项目。”他等到阿蛮转身向简南他们走去，才开口，“比起一个血湖，我更看重人命。”

阿蛮脚步停住。

“所以如果有危险，请提前告诉我。”埃文看着阿蛮，“谢谢。”

“好。”阿蛮微笑。

她喜欢所有懂得害怕的人，也喜欢这个从来不扣她钱的委托人。

“刚才的事，不用扣你钱啊。”集体工作，简南一组人和项目组其他人一样，都坐在大巴车上。

最后一排，和其他小组隔开了起码四排位子。不合群得理直气壮。

“嗯，成功了就不用扣。”阿蛮打了哈欠。

“失败了也不用。”简南往旁边让了让，掏出一个颈枕递过去。

“唔。”阿蛮敷衍，也不知道有没有听进去。

她睡着了，忙累了好多天，终于靠着颈枕闭上了眼睛。简南又往旁边让了让，让阿蛮的空间可以更大一点。

“你其实可以靠过去，让她把头放在你肩膀上……”塞恩说到一半瞪大眼，一脸的不可置信。简南这个混蛋居然掐住了他发声器的麦克风。

“吵。”简南简单地回答了塞恩的疑惑，也闭上了眼。

和简南这群人在一起久了，会觉得在实验室其实很有意思。

一群人只聊工作很有意思，一群人目标完全一致很有意思，他们工作累了之后，随便泼冷水随便乱说话却永远没人接，也很有意思。

带回来的杰斐逊钝口螈的化验结果很快就出来了，确实就是蛙壶菌。

普鲁斯鳄作为计算机专家，只对异常的事情感兴趣，等弄清楚鳄鱼嘴巴里的确实是杰斐逊钝口螈之后，他就一直沉浸在当天捉鳄鱼的视频录像里，反复重放，嘴里发着奇怪的意味不明的感叹词和吼叫声。

塞恩一如既往地忙，阿蛮向来都不太懂他在忙什么，他总是能从看显微镜这件事引申出一百零八个回家的理由。

这人家里真的有个半成品的诺亚方舟，能让他在他说的末日里再多活五十年。他说他不需要五十年，他只是很倔强地想做最后一个人类，等人类真的灭亡了，他再从方舟里跳出来叉着腰大吼一声“我早就说过了！”。

奇奇怪怪的，但是显然对蛙壶菌没什么兴趣。

所以就剩下一个简南。查出结果后，简南给埃文打了一个电话，之后就一直在实验台前面来来回回走动。抿着嘴，一直来来回回地踱步。

阿蛮坐在窗台上，看他什么时候才能把地板磨出一个洞。

她轻叹。强迫症啊……之前在血湖那么多人面前忍着没说出来的话，都快把他憋出内伤了。

“蛙壶菌是什么东西？”她也不知道自己为什么要问这个问题。她觉得可能是为了拯救实验室的地板。

“是一种基于孢子的超显微结构的真菌。”简南转身，指着显微镜，“我拍了显微照片，你要不要看？”

阿蛮伸出手。为了拯救实验室的地板。

好几张照片，看起来就像是漂在水面的透明漂浮物。

“好清楚。”阿蛮这句话是真心的。她第一次看到显微镜下的照片，比她想象中高清，居然还是彩色的。

“嗯，这个我加钱买的。”简南也觉得很清楚，表情满足。

阿蛮：“……”

“这是它的游离孢子，直径大约5微米，长卵形，后端有一条19~20微米长的鞭毛。

“这是从横向角度观察到的过渡带上的鞭毛小管，可以见到内部的环状结构。毛基体并没有根。”

阿蛮一个字都听不懂，她只觉得这个长着鞭毛的东西有点像精子。

“说得简单一点，蛙壶菌以蛙类及其他两栖类动物的皮肤为食，能引发心脏病，导致被感染的动物死亡。”

阿蛮点点头，终于听懂了。

“蛙壶菌主要有两个生命阶段：无柄及繁殖的游动孢子囊，活动及有鞭毛的游离孢子。游离孢子只在短时间内很活跃，能够移动较短的一段距离。游离孢子到达寄主时，会在寄主皮肤下层形成一个孢囊，并进入繁殖阶段，发展为游动孢子囊。游动孢子囊会生产更多的游离孢子，不断感染寄主的皮肤，甚至感染周边的水生环境。

“我现在在杰斐逊钝口螈身上取得的大部分样本都是活动期的游动孢子囊，这些孢子囊一直在生产游离孢子，血湖现在肯定已经不是小范围感染了。”

“大范围传染会怎么样？动物会死吗？”阿蛮看着手里的照片，五微米，肉眼根本看不见，从形状上也看不出任何攻击性。

“大部分两栖动物都会死。”简南低头，“事实上，蛙壶菌从1998年被发现以来，已经引发了多个物种灭绝，这些灭绝的两栖动物同时也对对应生物链上的其他动物产生了一定程度的影响。”

“用塞恩的话来说，物种灭绝是毁灭性的，任何一个物种的减少或灭绝都有可能在生态系统中引发雪崩。”

被点到名字的塞恩茫然地回头。

“所以，大范围传染会变成灾难。”简南下这个结论的时候，用的是英文。

悲观的塞恩满足地点点头，补充：“我们一直都在灾难里，大范围传染，只会让灾难的进程加速。”

阿蛮:"……没有办法治吗?"

她不是个悲观的人，但是这段时间身边发生的事让她觉得自己都快变成塞恩了。这群人真的一直都在灾难里。

"小范围的几只可以通过药物进行治疗，但是大范围的很难。

"当然，也有过成功的案例。2015年，有一群生物学家在一个小岛上成功清除过蛙壶菌。他们捞出池塘里所有的幼生蝌蚪，在实验室里用抗菌药物伊曲康唑对它们进行治疗。他们还抽干了池塘里的水，用农业消毒药物清洗了池塘，再放回治疗过了的幼生蝌蚪，两年内，都没有在这个岛上再查出蛙壶菌。"

阿蛮:"……"她居然听出点乐趣来。原来科学家消灭细菌和普通人在家里搞杀菌消毒的方法也差不多。

"但是这个方法只适用于小范围，血湖这样的地方，操作起来难度太大。"

简南的话痨像是没有尽头。他把他刚才磨地板时的想法一股脑都倒了出来。

"我也想过提高血湖地表温度。只要地表温度高于28℃，蛙壶菌就会停止生长，再配合农业消毒和药物抗菌，应该就可以灭杀大部分的蛙壶菌。"

简南开始用英语，塞恩也终于放下了他的本体显微镜。

"这个方法风险太大。"塞恩摇头，"我不赞成大范围提高温度的方法，因为你根本不知道提高温度会不会带来其他病毒，也无法预估提高血湖的地表温度会害死多少植物，产生多少废弃空气，对其他地区造成什么样的蝴蝶效应。"

简南点头。

"所以我最终只能想到一个折中方案。尽可能多地挽救能够捕捉到的两栖动物的幼虫，在血湖里投放抑菌剂，和现在已经有的化学物质一起，希望能通过血湖治理改善周边的环境，让地表温度恢复到正常数值。"只要能达到切市的正常温度，蛙壶菌的活性就会大幅降低。

折中方案，其实就是长期抗战。

"但是你想的方案没有用。"塞恩又来了，"最终选择什么样的方案，还得埃文和当地政府讨论以后决定。"

"你这个方案太花钱，太花时间，后续还得安排专家定期过来检测蛙壶菌的灭杀情况，我觉得当地政府同意的可能性很低。"

"你好烦。"阿蛮皱起了眉头，烦得她都想揍他。虽然他说的是事实。

"明明是他一直在说话!"塞恩的话茬儿被打断，指着简南委委屈屈。明明是简南这个人说了中文还不够，还要说英文引诱他一起讨论。

第11章
主动出击

阿蛮不理他。

简南说话，她还挺喜欢听的，虽然有时候会听不懂。因为简南的话总是很真实，会有困难，也会有尽力解决困难的方法。她喜欢这样的沟通方式，所以她从口袋里又掏出一颗糖丢给简南。

“……还有贝托。”简南接过了糖，又换回了中文。

刚挑起话头就又被排斥的塞恩拿着发声器发了一会儿呆，打开聊天软件开始疯狂骚扰正在看鳄鱼的普鲁斯鳄。

“贝托怎么了？”阿蛮问。无视塞恩噼里啪啦的打字声。

“我想了一下。”简南说得很慢，“如果我是他，在发现蛙壶菌之前，应该不会有任何动作。”

“血湖里面有病毒这件事已经在切市甚至整个地区传开了，瘟疫区的猎物卖不出好价格，更何况他现在还在假死状态，很多事情也不方便出面。

“贝托不是简单的莽汉，从他知道骨髓移植可以转变DNA检测结果这件事就能看出来，要么他懂得一点医疗知识，要么就是他身边有信得过的行家。

“血湖的项目进度是完全透明的，在网站上可以查到。所以，如果我是贝托，在发现蛙壶菌之前我肯定会按兵不动，会一直等到血湖项目确定整改方案，大部分专家退出，当地重新接管之后再出现。

“因为和当地政府斡旋会和国际专家沟通要简单很多，而且那时候，血湖的问题基本查清，病毒减少，他的偷猎工作就可以继续了。”

贝托在意的重点一直都是血湖，这是他的事业重心和主要经济来源。所以他用腐烂的内脏吸引猛兽，当他发现这地方越毒，猛兽越多，他行事就越方便之后，贪欲让他逐渐失控。

“但是现在出现了蛙壶菌，蛙壶菌是世界动物卫生组织疫病名录里要求必须申报的传染病，其严重性和我们之前发现的病毒完全不同。”

“如果我是他，现在应该是出手的时候了。”简南低头，剥开糖果的糖纸。

今天是果汁奶糖，里面是奇奇怪怪的紫色。

“你会怎么出手？”阿蛮歪着头。

简南把糖果塞进嘴里。

“我会先让最近一直没什么动静的偷猎人行动起来，阻止项目组进入血湖，如果对抗激烈，就小规模引发几次不伤及人命的武力冲突。”

糖果奶味很重，很甜，有香精味。

“我还会用现有还留存的产业向政府施压，或者更有文化一点，制造舆论。”

贝托在切市纵横那么多年，倒了的生意王国只是表面，他假死了那么久都没被发现就说明他留了足够多的后手。

“经济压力，流通压力，再加上不停发生的小规模冲突，血湖项目就会基本停滞。”

简南皱起了眉。果汁奶糖里面的紫色居然不是葡萄，而是草莓，为什么会这么不合理？

“然后？”阿蛮听得很认真。

“然后他就会杀了我。”简南决定不嚼了，把那一坨香精草莓咽下去，补充，“碎尸之类的，做得惊悚一点，抛尸到血湖。”

“到时候，血湖项目就会因为安全问题而终止，他之前的怨气也都能报。接着，他可以高调回归。如果你到时还在切市，应该也会很惨。”

阿蛮：“……”

他的语速不快不慢，没什么特殊情绪，甚至还没有刚才咽下那颗果汁奶糖的表情来得丰富。

如果他是贝托，他会碎掉自己的尸体抛在血湖。像在说别人的事，语气，表情，态度，都稀疏平常。

只有这种时候，阿蛮才能真切地感受到简南的不一样，才能感受到简南只是用规则约束自己。实际上的他，想法和正常人是不一样的。

他可以面无表情地揣测贝托的意图，如果他是贝托，他会给敌人安排最震撼的死法，让利益最大化。

这才是他大部分时候眼瞳漆黑的原因。

这才是很多正常人看着他的时候，会觉得他瘆人的原因。

只是他从来没有表现出来，这次，是第一次。第一次在她面前表现出这样的样子，和反社会人格最接近的样子。

“你现在倒真的有点反社会的样子了。”阿蛮笑了，“你以前也这样吓过你的谢教授吧。”难怪谢教授让他韬光养晦，他这个样子在外人面前表露出来，真的会把人吓跑。

“火灾之后，我确实对教授说过。”简南没有否认，“我说如果我真的被逼到不得不放火的地步，一定不会等实验室里没人了才放火，也一定不会让人察觉到我有这样的动机。我会等实验室满员，用所有人都想不到的时间和查不到和方式，一把火烧光。”

他有这样的智商。让他做，不会漏洞百出，不会没有人员伤亡。

“你会怕吗？”简南看着阿蛮。

终于，问出了他心里最最想问的问题。绕了一大圈，聊了那么久，他用这样的方式，小小地再越一次界。

“我怕什么？”阿蛮轻笑。

简南只是在脑内进行假设，而这些曾经是她生活的日常。她从不相信人性本善，因为她见过很多人间至恶。

“我和那些人，是互通的。”简南也靠在窗台上，看着窗外。

阿蛮日日夜夜盯着的窗外并没有什么特殊的风景，只有一直来来往往的人，她辨认这群人的背景，保护着他在这样的地方不会被贝托这样的人伤害。如果不是她，他应该已经死了好几次了。

阿蛮在暗夜里的调查，迫使贝托不得不隐藏得更深。

贝托这样的人，一定是三番四次失败之后，才决定让血湖项目继续的。

“我能理解他们的想法，能猜到他们这样做的原因，有时候甚至会觉得，他们做得还不够狠。就像那天贝托闯进你的房间。其实他是可以开枪的，就算那是你的安全屋，就算那天他已经安排好了假死，他也是可以开枪的。

“那天晚上弄死我和你，可以解决很多事情。换成其他人，真不一定会疯到宁可得罪他也要想办法封锁血湖。”

“所以，冒着假死失败的危险弄死我们，从长远来看，是值得的。”简南叹息了一声，“贝托还是不够狠。”

阿蛮这次真的笑了。

“如果换作是你，你真能那么狠吗？”她反问。

“抛开你给自己定的规则，抛开谢教授让你做的韬光养晦，你真的就会变成贝托这样的人吗？”她笑看着简南，眼尾上扬，十分娇俏，“破坏环境，屠杀动物，活剥动物皮，漠视生命，你会吗？”

简南怔住。他从来不问自己这样的问题，因为他从来不会去想没有经过证实的假设，可是今天阿蛮用这样的表情这样的语气问了出来，问进了他心里。

他会吗？

“我是相信人性本恶的。”阿蛮转头，重新看向窗外，“人也是动物，自制力没有那么好的时候，谁都会有残暴的那一面，和人有利益冲突的时候，只要利益够大，人心总是可以被收买的。我和你，都一样。没有例外。但并不是每个人都会变成贝托。”

“大脑前额叶区块受损，本来是个可以理直气壮做变态的借口，我遇到过一些人，他们做了一些匪夷所思的事情，叫嚣着自己就是有反社会人格障碍，但其实真的被关监狱，做了相关检测，才发现他们也不过只是个普通人。

“你是可以‘持证上岗’的变态，但是你现在仍然会为了谢教授一句‘韬光养晦’就老老实实地压着自己心中的恶，你是一个成年人，仍然会因为你领导让你别回国，就真的乖乖待在这个随时会要了你的命的鬼地方。

“你在电话里甚至都没有提自己的难处。”

“你想要变成贝托，这中间起码还差了一个我。”阿蛮又从口袋里摸出了果汁奶糖，这次没扔，和简南一人分了一块。

这家伙想变成变态，路还长着呢。反正她是真的从来没见过这么严于律己的“反社会”。

简南拿着果汁奶糖，这次的糖纸是绿色的，上面写着香蕉味。他毅然决然地剥开逻辑不通的糖纸，塞进嘴里。

“吴医生也说过类似的观点。”香蕉味的香精还有甜腻腻的奶味，简南坚强地继续嚼，“但是我没听。”

这两年来，吴医生一直在告诉他，自我约束力太强并不是一件好事，尤其是对他这样的病人来说。

吴医生也试图让他相信他自己的自制力，吴医生也希望他能有相对激烈的感情，她想看到他对这些感情的应对方式，才能做出下一步治疗方案。

因为吴医生一直强调，他的大脑前额叶区块并不是像真正的反社会人格障碍患者一样没有反应，而是比较迟钝。找到原因，他应该可以恢复正常。

但是他一直不敢。他会被他脑子里偶尔掠过的暴力想法吓到，他会因为完全能理解新闻里罪犯的脑回路而选择退缩。

然后，今天阿蛮告诉他，他是个可以“持证上岗”的变态。

他突然觉得，自己好像有点伟大。

“我的话是不是比心理医生的中听。”阿蛮因为奶糖的甜味，有些得意洋洋。

“嗯。”简南点头。

真的中听很多，可以“持证上岗”的变态……听起来就让人心情愉悦。

“但是……”他咽下嘴里的糖，“下次的糖，我来买。”

既然她那么喜欢吃糖，又那么喜欢给他吃糖，他觉得得为自己找一条活路。

“这糖不好吃吗？”阿蛮危险地眯起了眼睛。

“……第一颗糖，紫色的黏稠物是草莓味的。”

阿蛮：“嗯？”

“第二颗糖，是绿色的香蕉味。”

阿蛮：“所以？”

“这不合逻辑。”简南把绿色糖纸递给阿蛮。全绿色的香蕉，真的不合逻辑。

“……你就不能有点想象力？”阿蛮的白眼快要翻上天。

“……想象力不是这样用的。”简南低头，看到阿蛮居然从口袋里掏出一把花花绿绿。

“这个。”她递给他，气呼呼的。

橙色的，橙子味的。符合逻辑。虽然也一样充满了香精的味道。

和简南与阿蛮越来越默契的相处比起来，简南一直以来都做得挺顺风顺水的血湖项目，因为蛙壶菌开始变得焦头烂额。

简南之前的猜测基本都对了，只是实际遇到了，比听到的更难。

关注蛙壶菌的人多了，参与的人多了，不太擅长社交的简南小组就变成了整个项目组的短板。

塞恩和普鲁斯鳄是彻底放弃社交的人，简南作为小组组长，硬着头皮参加了每次会议，几乎每一次，都得解释一遍阿蛮为什么会存在，几乎每一次，他都得原模原样地阐述一遍自己对蛙壶菌的想法和解决方案。

他仍然在韬光养晦，像个普通的阅历不多的年轻人，说完之后从来不提结论。他悄悄地让自己变成一块灰色的背景板，听着自己的方案被无数人转述，从成本、可行性甚至专业性的角度被三百六十度质疑，面无表情，语气谦逊。

一次又一次，各种各样的会。

埃文的周报不再单独提起简南的团队，他们熬夜做实验的成果被其他团队的人用各种理由借调，塞恩变得有些沉默，不再每天都嚷嚷着要回家，而普鲁斯鳄偶尔会觉得还是研发他的自杀预警项目更有意思。

简南，仍然云淡风轻，仿佛这些事和他都没什么关系，他要做的就只是完成埃文分派给他的工作，提出意见，被反驳，然后再重新提出意见。

只有阿蛮知道，睡眠质量很好的简南开始失眠。

他每天都在研究方案和预算的关系，但实际上他也无法理解，会导致大面积两栖动物死亡的病害，会让生态系统整个雪崩的蛙壶菌，为什么临到治理的时候，还得看预算。

时间要多久，得有多少专家投入多少天，每平方米消毒需要多少预算，人工费几何。

整个方案的每一个步骤都标注了成本，所有的东西都变成了资源，包括简南小组，方案列表上清清楚楚地标记着，他们工作一天，就是“3人 / 日”。

阿蛮会在闲暇的时候带简南去地下拳击馆，简南已经慢慢可以和那个小胖姑娘对打，挥拳的时候也不再拧麻花，但是，沉默了不少。

“我挺羡慕塞恩的。”又是一次讨价还价的拉锯战会议之后，简南躺在地板上，看着天花板。

因为阿蛮不屑睡他的单人床，所以简南索性把房间里的床拆了，学着拳击台，搞了一整个房间的地铺。阿蛮也终于可以躺下，和拳击馆一样的姿势，睡不着的时候，他会和她一起平躺着看天花板、聊天。

“羡慕塞恩可以藏起来？”阿蛮的声音在黑暗中听起来沙沙的，带着笑意。

很安静。

“嗯。”简南闭眼。

阿蛮总能很清楚他在想什么，所以也很清楚他最近的沉默。

“贝托应该开始行动了。”他说得简短。

“当地的支援变少，撤走了之前那个印第安村庄之后，剩下那几个混居村庄的人不愿意走，已经发生过几次小规模的冲撞事件。

“血湖第一期的治理情况也不乐观。地方太大，生物种类太多，土壤改进的进程缓慢，我们虽然弄到了大部分生物样本，但是病毒交叉感染，寄生虫泛滥，再加上蛙壶菌，第一期的实验应该会以失败告终。”

这本来不是大事。

血湖的治理肯定是反复递进的过程，失败的次数绝对会比成功的多。但是，没有成绩，就很难再获得支持。何况还有一直隐藏在幕后的贝托。

一个单纯的血湖治理项目，因为耗时，因为成本，因为蛙壶菌，还因为地头蛇，现在已经变成了一个每走一步都需要计算成本的奇怪的项目。

除了国际组织，所有人都在阻止。

当地的村民，希望血湖开通以便于通过边境的商人，还有暗处的贝托。

他们只希望国际组织能帮忙医治好附近莫名其妙的病，能灭杀那些有传染病的动物，然后越早走越好。

没有人希望他们长期逗留血湖，定时复查数据，没有人在意血湖的污染。

除了他们，这些被当地人称之为“异乡人”的他们。

就像简南说的那样，在贝托的指使下，当地居民和项目组成员之间的小规模暴力冲突变多，血湖之前搭建好的现场实验室被频繁破坏，监控装一个毁一个，甚至连一直以来跟着他们进出血湖的地陪也纷纷辞职。

一周之后，血湖项目的某个小组成员在现场做水质检测时和当地村民起了冲突，这次冲突中，双方都带着多日积怨，推搡了几下就开始失控，项目组成员重伤了一个，对方村民骨折了两个。

埃文给全项目组发了邮件，血湖修复的项目终于因为安全问题被暂停，恢复时间待定。埃文说，他希望各组专家能够在切市待命一周，项目管理层会尽力寻找继续下去的方法，如果一周之后仍然找不到共存的方法，兽疫局会把整个项目交给当地团队，国际项目无限期暂停。

“轮到我了。”简南关掉埃文的邮件，语气挺平静，甚至因为之前就已经猜到了贝托的计划，还有点小得意。

阿蛮正拿着手机和人聊天，听到这话，随手从桌子上拿了一支笔丢到简南的后脑勺上。啪的一声。一点点痛。

“我的意思是，贝托接下来应该会找我。”简南迅速改口，收起小得意的语气，把那句“我可能要被碎尸了”咽回到肚子里。

“是找你了。”阿蛮这才抬起头，举起手机，“暗网、黑市都开了盘口，赌你接下来会是个什么样的死法。”

很有排面。一堆根本不知道简南是谁的人疯狂下注。上次出现这种盛况，还是大家以为贝托日落西山就要被新人取而代之的时候。

简南伸长脖子想偷看阿蛮的手机。

“你想知道自己什么死法赔率最大?”阿蛮眯起了眼睛。

简南缩回脖子，掏出了两颗糖，递给阿蛮一颗，自己很自觉地把剩下的一颗放到嘴里。

包装很简单的糖，木糖醇，强力薄荷，可以清新口气。自从那天从阿蛮那里拿到了买糖权，简南提供的都是这种糖，寡淡无味。

阿蛮十分嫌弃，嚼的时候用的都是后槽牙。

“反正都是已经预料到的事情。”简南坐回到椅子上，“贝托这样做，也只不过想在气势上先赢过我们。”

他是真的不怕。他知道阿蛮也不怕。

她最近看起来轻松多了，她怕的一直都是无法预料，等贝托的每一步行动都被他们料得死死的之后，剩下来就是思考如何应对了。

阿蛮擅长应对。她行动力很强。

“贝托就是为了爽。”阿蛮纠正简南的文绉绉，“你不会连‘爽’这个字都说不出口吧。”她又企图教他说脏话。

“我以前试过，说脏话并不能让我的前额叶区有反应。”简南拒绝说脏话的理由非常简南。因为不能有反应，所以说了没意思。

无趣！没办法带坏好孩子的阿蛮撇了撇嘴，嚼着寡淡的糖，拿出手机继续聊天。

她确实已经做了很多准备，拿出了自己压箱底的看家本事，用保护要员的方法把简南固定生活轨迹周围的两公里保护得滴水不漏，别说贝托，现在多一只蝙蝠飞进来，她都能第一时间知道。

只是这种方法的人工费真的太贵了，没办法持久。

“如果埃文真的宣布血湖项目无限期暂停，你会回中国吗？”阿蛮在计算人工费，这句话是随口问出来的，因为从小就在墨西哥，所以她随口说出的话是西班牙语。

简南没有马上回答。

马上有反应的那个人是收到项目暂停邮件之后一直一动不动的塞恩。

塞恩最近情绪非常不好，和刚来时的话痨样子不一样。他这几天在实验室里都是直接关闭发声器的状态，不管阿蛮和简南说什么，他都没有任何反应，所以阿蛮这阵子经常把塞恩当成实验室里的固定摆件，他现在突然动了，阿蛮吓了一跳。

“蛙壶菌那么大的事情，怎么可能说不做就不做？”塞恩打开了发声器，“血湖的污染已经很严重了，如果修复工作再暂停，造成的损伤就不可逆转了，这样的项目，怎么可能说暂停就暂停？”

阿蛮怔住。

没有得到阿蛮的回答，塞恩又转头看向简南。

自从阿蛮问出那句话之后，简南就一直维持着看电脑屏幕的姿势，没有说话，也没有动。

“你当初让我进组的时候，并没有告诉我项目有可能会暂停。”塞恩看着简南，机器女声一个单词一个单词往外蹦，“你没有告诉我，你得罪了这里的地头蛇，你也没有告诉我，他会阻止血湖项目。”

简南提了，就在那天下午和他聊血湖数据的时候，但只是解释了他为什么请贴身保镖，只是告诉他项目执行的时候，当地村民可能会阻止的比较激烈。

他说的是可能，现在却变成了事实。

“……就算没有简南，贝托也不可能让这个项目继续下去的。”简南还是没动，阿蛮皱着眉，塞恩这样的说法让她心里很不舒服，“简南只是帮你们转移了战火。”

本来应该是整个项目来承担贝托的怒气，现在压力都集中到了简南这里。因为简南即将迎来的各种碎尸死法，黑市上甚至在预测、在欢庆。

简南已经承受了很多，没有必要再承受组里成员的迁怒。

“但是项目是因为他才立项的。”塞恩一反常态地反驳了阿蛮的话，“我们这些组员，是他亲自找来的。”

“是他给了我血湖的数据，是他撤走了第一个原住民村落，是他坚持要在血湖活捉鳄鱼样本并发现了蛙壶菌。”

“是他把所有的遮羞布都扯开了……”塞恩突然深呼吸，后面的话，没有再说下去。

是简南，带着阿蛮把他从诺亚方舟半成品的培养皿里拉出来，带着奇奇怪怪的队友在实验室里夜以继日地工作。

他们不用社交。他们在一起不合群。他们只关心数据，只关心实验。数据好起来一点点，对视一眼也会觉得通体舒畅。

这是他第一个带着发声器连续说话的地方。可现在，他好不容易通宵达旦地做出了血湖空气净化的方案，他一边吐槽简南的方案太费时费事，一边顶着莫名其妙的人力资源工时说法，做出了可以尝试利用水汽提高血湖地表温度的方案。就差一步。

塞恩突然拽掉了一直戴着的发声器，狠狠地丢到了垃圾桶里，站起身，头也不回地走出实验室。

阿蛮没有叫住塞恩。

简南仍然维持着之前的姿势，一动不动。

“如果项目无限期暂停，塞恩应该是受打击最大的那一个。”一直没说话的普鲁斯鳄叹了口气，视频里，鳄鱼头低垂着，“我们都没有失望过，只有塞恩，是失望之后又重新燃起希望的。”

别别扭扭地燃起来，别别扭扭地，变得比谁都在意。

阿蛮沉默。

门外又响起踢踢踏踏的脚步声，刚才跑出去的塞恩又跑了回来，目不斜视地走向垃圾桶，捞出自己刚才丢到垃圾桶的发声器，冲到简南的办公桌旁，用简南的酒精消毒喷剂喷了半天，重新戴好，才气喘吁吁地说了一句：“我就不回家！这一次，我打死都不回家！”

接着，他气馁地坐回自己的位子上，石雕一样僵在那里。

外面天黑了。他丢了发声器，司机也不在。

除了简南这群人从来没有觉得他有病之外，没有人可以忍受他那么久，将近一个月的同组，将近一个月的时间里，他每一天都不停地重复着自己的灰色言论，可没有人真的烦他。

他还受到过这辈子最大的夸奖。

和其他小组一同工作的时候，有人看不上他用发声器说话的样子，这个凶巴巴的阿蛮总是会凶巴巴地瞪人，瞪得久了，也就没人敢说他了。

“我不回去！”塞恩重复，吸吸鼻子。

“如果暂停，我们就想想别的办法。”像被定身咒一样定住的简南，终于开口说话了，“大范围的不行，就用小范围的方法。”

“就算小范围的也不行，我们现在也已经有了足够多的虚拟实验室数据。血湖的土壤、空气、水质，里面的动植物种类，现在都已经很详细了。

“在实验室里做出方案提供给当地的专家，也可以继续治理。”

项目没了，他们还有数据，他们还有人。

所有人都不甘心，包括当地跟着他们做了那么久项目的专家们，没有人在看到血湖的这一切之后，还能无动于衷。贝托再厉害，那也是个设计假死的只能出现在黑暗里的人。

“更何况，永久暂停也只是暂停，并没有结项。”简南说完最后这句话，就打开了实验界面。

阿蛮看着简南。他没有回答她的问题，刚才她随口问出来的话，被突然发飙的塞恩打断了，所以简南没有回答，他会不会回国。

她问了这个问题之后，简南就再也没有看她一眼，看起来很忙的样子，可是实验界面打开了，就再也没有变过。

他在走神。

普鲁斯鳄敲开了简南的聊天界面。

“你不打算回国了？”他问得直接。

谁都能看得出简南刚才走神了，塞恩发飙了那么长一段时间，他除了眨眼，似乎连呼吸都不记得了。

“回。”破天荒的，简南在实验界面开始闲聊。

“那你刚才怎么回事？”普鲁斯鳄打字的速度逆天，几乎秒回。

简南的手放在键盘上，反反复复摩挲了十几秒，才开始输入：“先解决这个项目。”

回车，关掉聊天窗口，对普鲁斯鳄再次弹出来的对话框视若无睹。

他回中国，阿蛮会留在墨西哥。

他居然从来没有想过这个可能性，直到刚才阿蛮问出口。

他觉得，这和被暂停的血湖项目一样，都是不允许的，不可以的。

因为暂停项目而情绪波动的小组不止简南他们。埃文是个很出色的项目经理，他在立项初期挑选项目成员的时候，并不仅仅把精力放在简南身上，他挑选请的大部分国际专家都是实干派的。

有些专家希望能在治理血湖的项目中取经，把经验用到自己国家类似情况的治理工作中；有些专家希望通过这类的国际项目，为自己博得更高的国际声誉；还有一些专家就是单纯的“轴”，像简南小组这样并不擅长社交，并不擅长表达感情，只是单纯喜欢做这样的工作。

虽然目的不同，但是都对血湖用了心。这一个月下来，花的时间和精力都是实打实的，没有人愿意接受项目无限期暂停这样的结果。

读书人的反抗方式往往很迂回。项目组大部分成员都选择留在切市原地待命，项目暂停期间，之前合作的实验室也仍然照常工作。很多专家开始公开血湖数据，转移自己擅长领域的血湖样本，他们大部分都做好了两手准备，万一项目真的无限期暂停，他们会把自己这一个月的研究成果带回自己的实验室。

部分生物学家甚至开始大规模捕捉血湖幼虫，采集植物种子，希望能在项目暂停前留下血湖的生态快照。就像简南之前猜测的那样，哪怕现场做不了，专家们也希望能在实验室里做出可行方案。

简南在费利兽医院闷头做了两天动物手术后，出现在了埃文的办公室。

除了阿蛮，没有人知道简南和埃文到底聊了什么。当天下午，埃文又发了一封全体邮件，宣布简南成为项目对外的官方新闻发言人，并在项目暂停期间代替埃文成为项目负责人，埃文即日起会回到总部寻求帮助，归期待定。

邮件一出，又炸了锅。

本来，因为简南最近的韬光养晦，他的存在感降低了不少，项目组其他人和简南也没什么仇怨，只是单纯的道听途说，热度过去了也就算了，但埃文这封邮件一出，所有人的焦点又放到了简南身上。

塞恩经常用机器女音朗诵的那个八卦论坛上，又开始说什么的都有。但是塞恩这次没有读帖子，他搬了个小凳子坐到简南旁边，双手托腮，状似少女。

“你不恶心吗?”普鲁斯鳄在镜头里面抖肩膀,“阿蛮都没你那么少女。”

“不对，阿蛮没有少女过。”大概是仗着距离远，普鲁斯鳄并不十分怕阿蛮。

但是他怕简南。

他说完这句话之后，简南就直接关掉了视频，等视频申请再次弹出来的时候，简南很有耐心地再次关掉。

“你们好幼稚。”状似少女的塞恩用机器女声很梦幻地总结着，继续维持托腮的姿势。

简南在发项目周报，看起来好厉害。

“你为什么要做项目经理啊?”他问简南，语气也奇奇怪怪。

“他有病。”普鲁斯鳄的声音又不知道从哪个地方功放出来，虽然没有视频，但还是能想象得到他那个逼真的鳄鱼头,“他有种开手机看看他那个谢教授会怎么骂他。”

简南敲键盘写周报的手停了半秒钟，继续噼里啪啦。

阿蛮仍然坐在窗台上。

她知道始末，她是让简南变成项目负责人和新闻发言人的“帮凶”。

她知道简南会在周报里写什么。除了常规的项目进度之外，简南会安排各组负责人提交申报各种科技专利的计划案——国际项目都是散装，这件事本来都是各人负责各人的，埃文从来没有干涉过，所以这也算是埃文暂时退居二线的原因：他不方便出头做坏人，简南方便。

他还在周报上要求各小组按照他发下去的海报格式，制作每个小组负责的传染病、环境整治以及濒危动物的海报。他没有在周报里说海报的用途，但阿蛮知道，简南打算批量制作这些东西，除了分发到周围的村庄之外，他还会让普鲁斯鳄用不足为外人道的方法，把海报发送到市内所有人的工作邮箱中。海报上写明了，血湖病毒如果扩散，他们到底会失去什么。这件事一旦做了，一定会得罪当地政府，所以埃文仍然不方便出面，而疯子简南很方便。

针对每个小组接下来的工作，他要求大家在项目暂停期间，把所有已经确定的病毒株和其他生物数据都上传到各自国家的生物信息库以及BHBD中，接下来会由他们小组的普鲁斯鳄带头，在最短的时间内整合所有数据，做一套完整的数据模拟系统，供项目组的每个人使用。

这件事其实是埃文一直以来想做的事，血湖项目的周期注定会变得很长，万一项目暂停，万一专家没办法长期驻守，数据模拟系统会是最好的选择。

最后，作为新闻发言人，简南在周报下面附上了他接下来需要接受的所有采访，征集相关采访素材，并言语真挚地感谢了所有的人。

围观了整个周报编写过程的塞恩始终维持着张嘴的状态，又一次黑进简南电脑的普鲁斯鳄对那个数据模拟系统发表了十几句极具创意的脏话。

“……他们，会听你的吗？”塞恩吓得都乱断句了。

这样的问题，阿蛮也问过简南。

“会的。”简南当时的回答很肯定。

没人希望项目暂停，也没人希望这个项目到最后一无所获，他用的方法激进，却是当下能应对项目暂停的最好、最全面的方法了。所以哪怕他们不喜欢他，哪怕他们对他接任项目经理这件事一定会有意见，但还是会听的。

因为，这种时候，只有疯子最适合站出来。

一无所有的疯子，才能做到这么不管不顾。

“你的损失会很大吗？”阿蛮记得她还问过。

在那个没有床的房间里，他们平躺着，肩并着肩。天花板上被简南很严格地贴上了银河，她这么天文盲的人都能看出牛郎星和织女星的那种银河。

“没有损失。”简南在黑夜里低笑。

没有损失，不喜欢他的人不会因为他做了这些就更不喜欢他，贝托也不会因为他强出头就把他多碎尸几块。这是一笔非常划算的买卖。

“你的谢教授呢？”阿蛮自从那个电话之后，就喜欢这样称呼谢教授。

唯一一个会让简南情绪波动的人。简南在墨西哥唯一一个会联系的人。他的谢教授，强迫让他韬光养晦的长辈。

结果，简南韬光养晦了两周就爆发了，比原来单枪匹马闯血湖的爆发更狠，他这次，打算当揭竿人。

古代最容易被砍头的那个。不论胜负，他得负全责的那个。

“其实，回国的方法有两种。”阿蛮不太记得简南当时说这句话的语气，但是她记得自己因为他这句话，多看了他两眼。

他最终还是要回国的。如果到时候合约没到期，她得把剩下的钱退还给他，应该够他再买个很高清的显微镜。

“第一个方法，就是听教授的话。让他满意，让他觉得我已经足够成熟，足够扛压，变成了一个看起来正常的人，不用靠心理评估报告来决定是否能够继续工作。”

这也是他来到墨西哥之后，一开始想做的事。

他曾经想，如果连着做半年的去势手术，是不是能让教授相信，他已经足够成熟了。但是事实证明，他做不到。他会无聊到在天台上抓鸽子，还是有人养着有人训练的那种。

“第二个方法，就是现在这个方法。”简南说得有点慢，“站在所有人都看得到的地方，接受所有人的质疑，解决这些质疑，不用让教授相信，也不用等教授点头，我就可以回国了。”

作为项目的代理负责人，解决血湖这次的危机，他的名字会频繁出现在各大科学期刊上，他会接受各种采访，他的名字最终会传回中国。国内需要他这样的天才专家，他会被请回国——略过谢教授，被请回国。

这个方法他原来根本不敢想，因为他觉得迟早有一天，他会因为那些暗地里的窃窃私语，会因为那些龌龊的和工作毫无关系的绊子，忍不住真的做出点什么。

他确实不敢站得那么高，他没有信心做好被所有人攻击的靶子。

但是莫名的，他现在有了。

因为血湖项目被暂停是不允许的。就像塞恩说的，这一切的起因是那只鸽子，是因为他锲而不舍，是因为他带着私心想做些什么来证明自己，是他开的头，必须由他自己来善后。

还因为，只有这样回国，他才能带上他的保镖。他才能跟阿蛮商量，我想回国做更危险的事，你有没有兴趣一起。

我们一起，和现在一样，肩并着肩。

我帮你找你的父母，而你，守着我。

吴医生说，有了特别想做的事情的时候，他的想法如果还是积极正面的，那么他就可以尝试一点更加激进的方法。

他尝试着越了几次界，终于决定迈出第一步。

“做吧。”阿蛮在黑暗中拍拍简南的肩，“我保护你。”

她昨天在简南家的卫生间水箱里拆掉了一个不明来源的定时炸弹，大前天，她的神车被人动了手脚，差点寿终正寝。

贝托一直在想方法杀他。简南做了这些，贝托的报复也不过就是变得更猛烈一些而已。她不怕。她说了一定能把他安全送回国，她向来说到做到。

“你就是因为请了我，才能有这样的底气。”阿蛮说完，有些幼稚地自夸，“所以我其实挺划算的。”

所以他一开始不跟她讲价，真的眼光挺不错。

简南笑，黑暗中，看着那颗亮晶晶的牛郎星，笑眯了眼。

他在一片喧嚣中发出了那封邮件。

二十六年的生命中，第一次，对一片黑暗的前路，有了一点点模糊的期待。

不逃避，迎头向前，是不是真的会不一样。

就像简南预估的那样，他发出去的那封邮件并没有受到很大的阻力，一直以来暗潮涌动互相较劲的项目成员在这种时候目标完全一致，有简南这样的人跳出来，所有人做事都简单了很多。简南甚至收到了一些十分善意的回邮，感谢他愿意在这样的时候站出来。

“人性真复杂。”普鲁斯鳄戴着鳄鱼头感叹。

抛开大是大非，大部分人的人性都没有明显的善恶，目标一致的时候是朋友甚至是挚友，利益相悖的时候，又会是另外一种样子。

简南了解这些。不知道为什么，他这样的人，了解这样的事，听起来就很悲伤。

但是简南并不悲伤。他忙成了陀螺。

之前他最最排斥的那些对外的公关、对内的管理，都变成了他这个阶段工作的重点，他用他独特的、特别能唬人的说话方式，真挚而全面地向大众解释了血湖项目的全貌。

他告诉所有人，血湖目前的污染正在以每年三平方公里的速度向外扩散，最先产生影响的是牲畜、植被、空气、水质，再然后就是人。

每年三平方公里似乎很小，和切市将近两百万平方公里面积比起来，这样的速度可以扩散几十万年。但是实际上，简南给大家看了一个模拟图——以血湖为圆心，污染的速度每蔓延十公里，就会影响到一个村庄，数百亩农田；如果这个村庄不撤离，根据传染病的传播模型，这个村庄的牲畜和人类也会形成一个圆心，开始传播各种传染性疾病。

血湖目前除了舌形虫之外确实没有发现更严重的人类传染病，一个村庄数百亩庄稼，听起来也和大多数人无关。但是按照这个速度，只需要五年，切市的市民就能明显感觉到，大批因为感染而被灭杀的牲畜导致鲜肉鲜鱼和日常粮食的价格变贵，市内需要从外引进的食物变多，各种名目的食品税增高，本地的食品加工厂频繁裁员。这是血湖污染扩散十五公里后对市民的真实影响。

再过五年，市民们会发现诊所、医院的资源开始匮乏，城市的宜居度下降，有资本的人开始迁徙，人们会迎来第二波失业潮。而那时候，血湖污染只扩散了三十公里，逐渐靠近市区，根据传染病模型，切市的市民里，患各种慢性皮肤病的人会超过百分之三十。

以上所有数据模型，都有大量的真实数据作为基础，推测的真实性无限接近真实的未来。

而且，这还是最好的可能性。污染是人类从二十世纪以来就面临的巨大难题，而传染病，则是从有生命开始就一直威胁着现存物种的东西，至今为止，没有人能准确说出病毒到底是如何形成的，接下来会产生什么样的变异。

所以，这样的数据模型并不能告诉大家，如果这十年对血湖不管不顾，人类接下来要面临什么样的灾难。也许会衍生出可以毁灭人类的超级病毒，也许一夕之间，血湖的毒雾因为气候原因迅速扩散，十年之内切市就会变成空城。

小小的血湖，就像切市体内一个微不足道的癌细胞，它会扩散，会繁殖，会复制，会变成无法预知的隐形炸弹。而这一切的起因，只是贪得无厌的偷猎人在潟湖里面投放动物内脏吸引了鳄鱼和蟒蛇。

阿蛮不知道简南这些话算不算危言耸听，和他当初跟她说伤口得消毒，不然就会死于各种奇怪疾病一样，她不知道简南说的这些会不会真的发生。

切市的市民也不知道。

甚至很少有人愿意花时间去听一个亚洲人在各种媒体上把这些话说完。信息爆炸的时代，人们听过太多奇奇怪怪的末世论，听多了，也就麻木了。

但是紧接着，就是普鲁斯鳄投放到每个人工作邮箱里的各种邮件，图文并茂，还做了小小的模拟数据游戏，告诉大家怎么玩才能把血湖玩爆炸。

一百个人里面，可能有五个人会听完简南的话；剩下的九十五个人里面，可能会有三十个人打开普鲁斯鳄的邮件，玩玩普鲁斯鳄设计的恶搞小游戏。

有些改变是渐进式的，有些信息传输是潜移默化的。切市只要有将近百分之二十的人大概弄明白血湖是怎么回事，弄清楚这群国际专家来这里到底是做什么的，接下来，推动整件事情发展的就不是血湖项目组了。

把自己推到高处的简南，成功了。

第12章
异母弟弟

其实并不意外。他做了很多人想过却没有做出来的事，不怕得罪人，不偏帮任何一方，把一直以来只有小范围人知道的事实放到了明面上，让想知道的人有了可以具体了解的渠道。

一周之后，简南的采访变多了。除了切市，还有周边的城市，专注环保的组织，传染病相关的期刊。一天下来三四个，密密麻麻地排满了行事历。

“下周这个电视台的采访你不能去。”阿蛮在帮简南过滤采访行程，“采访的咖啡馆是全玻璃的，不安全。”

简南越成功，贝托就越被动。一个本来只有郊区和几个原始部落知道的潟湖，一个奇臭无比正常人都不会接近的边境野外，在一周之内知名度暴涨。

甚至已经有了零散的小规模示威活动，质疑政府为什么默许这样的偷猎活动，有部分动物保护爱好者穿上了鳄鱼的衣服在大街上发放鳄鱼的传单——阿蛮觉得这大概是普鲁斯鳄在发邮件的时候夹带私货的原因。

贝托已经逐渐失去了自己的桃花源，暗夜里已经开始有传言，当时在警方追逐之下坠落山崖的那个人不是贝托——后院起火的贝托终于藏不住，开始放出风声铺路。

阿蛮觉得，这一个月内，贝托一定会出手。她把神经绷到最紧，连简南去公共厕所，她都面无表情地跟过去，检查完所有蹲坑，才冲一脸窘迫的简南十分高傲地抬抬手：“去马桶隔间。”

“或者你要直接在小便池我也不介意。”她补充一句。

“……我会尿不出。”处理这种事情通常比一般人冷静很多的简南十分为难地吸吸鼻子。

“关上隔板门不就好了！”阿蛮有时候也受不了简南娇滴滴的脾气。

男人不是在野外解开裤子就能尿的吗？羡慕不来的性别天赋呢，她多希望自己也能这样。

“会有声音……”简南已经很了解阿蛮，迂回没有用，遇到困难，要直接提出困难，“水声，会很尴尬。”

“你尿尿分岔？”阿蛮果然非常认真。

简南：“……没有。”

“尿频尿急尿不尽？”阿蛮歪着头。

简南：“……不是。”

他觉得大脑前额叶反应迟钝挺好的，不然他现在有可能会羞愤到跳楼。

“那我尴尬什么？”阿蛮想不通地反问。他没有隐疾，为什么要尴尬。

“不是你尴尬，是我尴尬……”简南一个读书人，觉得此时此刻真的有辱斯文，“算了……”

他放弃。他选择关门，在马桶上盖上一层卫生纸，坐着尿。还是会有声音，所以他破天荒地浪费水，打开了隔间里面的水龙头。

出来的时候，阿蛮正百无聊赖地靠在厕所门口，赶走所有要进来上厕所的男人，像霸王一样。

“……我好了。”他洗手，洗完之后问阿蛮，“你要不要洗手？”

没有上厕所的阿蛮面无表情地看着他。

“我给你吃糖。”他和她商量。都进过厕所了，他刚才看到她检查隔间的时候用手推的门。

阿蛮往前走了两步，十分矜持地在男厕所打开了水龙头。

简南最近买到了很不错的果汁奶糖，果味和糖纸颜色一致，奶味很足，没有香精味。阿蛮很喜欢吃，但是简南一般只在口袋里放六颗，早中晚各一颗，所以她每天到了早中晚这种时候，特别听话。

简南有时候觉得他找到了驯化猛兽的方法。

阿蛮终归才二十二岁，经历坎坷，仍然少女心性，喜欢吃甜，喜欢零食，喜欢各种包装花里胡哨的能塞嘴里的东西。这可能是她唯一一个嗜好。因为无伤大雅，因为不会影响到她的工作，所以她放纵这种爱好变成嗜好。

“其实我能听见。”阿蛮洗完手吹干，走出男厕所大门的时候，嚼着糖吐槽，“我耳力是练过的，你开着水龙头在马桶上面铺层纸，我还是能听得见。”

简南：“……”

“你憋了很久吧。”阿蛮小小声的，笑嘻嘻的，“好急。”

读书人简南：“……”

恶趣味成功的阿蛮心情很好地笑，抬头，看到了站在费利兽医院大门口的熟人，说只离开切市一个月实际上走了快三个月的熟人——戈麦斯。

“阿蛮？”戈麦斯瞪大了眼睛，“你怎么……”从男厕所出来。

后面还跟着个简南——满脸窘迫，耳根很红，眼神飘忽看起来被调戏过了的简南。

“哥。”一个男孩子的声音，也带着惊讶。

阿蛮感觉简南明显地怔住了。

“哥。”那个男孩子再叫了一声，缩在戈麦斯身后，露出了半颗脑袋。

戴眼镜，祖传的高和瘦，五官看起来并不十分像，二十出头的样子。很白。

眼神……并没有看向简南，而是上上下下地打量着阿蛮，眼瞳黑漆漆的，让人十分不舒服。

简南有弟弟？她记得简南那十几双筷子和调羹里面，并没有“弟弟”这个称谓。

“你……弟弟？”阿蛮轻声问。

“唔。”已经全然没有刚才那副轻松样子的简南很轻地应了一声，伸手抓住了阿蛮的衣角。

简南的弟弟叫简北，二十一岁，在美国读书。戈麦斯在学术交流会上遇到的，当时简北正在会场做志愿者。简北说他非常想念哥哥，学校又正好在放暑假，于是他就跟着戈麦斯一起到了墨西哥。

阿蛮觉得，简南并不喜欢这个突然冒出来的弟弟。他没有把简北带回家，而是叫了一辆出租车，直接开到了切市最好的酒店，订了客房，顺便在那里解决了晚饭。两兄弟之间基本零交流，简南没有问简北会在这里住多久，简北也没有问简南过得好不好。

点菜的时候，简南直接把菜单交给了简北，简北点完之后，简南拿过菜单多点了一份Capirotada。墨西哥传统甜点，他只点了一份，上菜后直接放到了阿蛮面前。

简北看起来有很多话想说，但吃饭却非常安静，阿蛮注意到简南吃饭和平时不同，他吃的速度比平时快，也不像平时那么挑食。

很压抑的气氛。

“爸爸说，”全部吃完，服务员撤走了碗筷，上了餐后饮料，简北才正式开口，“他之前并不知道你被外派到了墨西哥。”

阿蛮看了简北一眼。

简南在切市已经快半年，他的真空内裤都快用完了，他爸爸居然才知道？

“他说……”简北看了阿蛮一眼，欲言又止。

阿蛮当着他的面，把简南给她点的甜点卷成一个卷，塞进嘴里。

简北：“……”

“她可以听。”简南并没有像往常一样显摆阿蛮是他的私人保镖，他看起来一点都不想向他的弟弟分享他的生活。

简北喝了一口甜酒。

“爸爸说，”这三个字似乎是简北的口头禅，“你如果不想待在墨西哥，可以直接辞职回家。”

简南放下水杯。

简北咽了口口水：“他说，你可以在上海开一家宠物医院，他投资参股。”

阿蛮微蹙着眉。她也不喜欢这个简北，眼神闪烁，言语吞吐，每一句“爸爸说”后面似乎都藏着言外之意。

“不用。”话痨简南惜字如金。

简北就又卡了壳，继续犹犹豫豫地，看一眼阿蛮再看一眼简南。

“你放心，我不会回家的。”简南杯子里的水几乎没动过。

简北涨红了脸。

“我也不会用爸的钱开宠物医院，他会不会给我钱，你妈妈应该很清楚。”简南还在继续。

简北涨得眼睛都红了。

阿蛮觉得，可能是因为有她这个外人在的原因。

简南是有攻击性的，他不爽的时候，并不会给对方留面子。这个从美国特意赶过来看哥哥的简北，显然触到了简南的逆鳞。

阿蛮没觉得简北的面子很重要，所以并不特别遮掩自己旁听时的表情。

你妈妈——阿蛮听懂了这个称呼。同父异母吗？

“我……只是想来看看你。”简北从牙缝里挤出几句话，“我妈妈说，希望我们能好好相处。”

阿蛮嘴角弯了一下。这孩子，二十一岁了，口头禅不是“我爸爸说”就是“我妈妈说”。

“我也挺想你的。”或许是阿蛮翘起的嘴角刺激了简北，简北梗着脖子又补了一句。

“想我什么？”简南问。问得很认真。以至于阿蛮觉得，这句话有可能不是反问也不是嘲讽，是真的疑问句。

可是简北答不上来，他眼神飘飘忽忽，含含糊糊地答了一句："你是我哥，我就不能想了吗？"

听起来像是撒娇，却让简南的眼瞳彻底地沉了下去。

"我每个月仍然会看心理医生，做心理评估。我不会因为爸爸离婚再娶而失去理智，杀光家里所有的人，也不会带着实验室的病毒回家，让家里的人生不如死。"

"我很好，所以不用想。"简南看着简北，冷着脸，没有表情，没有温度。

"你……不用这样。"简北窘到手脚都不知道该往哪里放。他盯着简南，咬着嘴唇，同样白皙的脸上，藏着很深的怨恨。

"因为我不喜欢撒谎，我也不能撒谎。"简南并没有饶过他，"就算抛开我的心理问题，你也并不会想我。你妈妈喜欢比较，而你，永远没办法赢过我。"

简北猛地抬头。

"我现在的学历都是正常读书读出来的，甚至因为太简单，等待考试的时间还多学了几个学士学位。

"我没有熬过夜，没有特别努力，也没有放弃娱乐。我的智商是天生的。

"你不是。"

所以，简北永远没办法赢过简南。不管是什么事，只要简南想做，他一定能做得比简北好，哪怕做坏人，他也能做最坏的那一种。

简北慢慢地握拳。

"酒店的房间我订了两天，你如果想住得更久，就自己付钱。"简南喝光了水站起身，"切市附近有不少玛雅文化的遗址，你可以四处看看。"

他犹豫了一下，又说："我的手机号码没变，你如果要找我，可以打我手机，但是我不一定会接。"

"切市的治安一般，我现在做的项目并不安全，你如果跟着我，可能会被迁怒。"简南最后补充了一句，就不再说话。他看着阿蛮，眼神几乎要无奈。

阿蛮还在吃甜品，一人份的甜品似乎有点多，她把自己塞成土拨鼠，站起来的时候嘴角还有坚果碎。她还瞪着眼，似乎很郁闷他居然说走就走。

"走吧。"他低声，抽了张纸巾递给阿蛮。那么难吃的东西，亏她吃了好多，一顿饭点上来的东西几乎都是她吃完的。

"哥。"简北仍然坐在那里，红着脖子红着眼，"我得在这里待一周。"

简南回头。

"爸爸知道我过来，马上走不好。"简北补充。

简南几不可见地微微颔首，这次真的走了，走的时候头也没回。阿蛮跟在他后面，个子矮小，动作却很快。

简北坐在凳子上，手里的饮料杯几乎要被他捏碎。

他确实来者不善，听说简南被领导外派到混乱的墨西哥，他一直非常兴奋，特意调查了简南在墨西哥的领导，查到了戈麦斯，也查到了戈麦斯的行程。

他是故意出现的。他想看看这个天才哥哥在外面混得怎么样，他记得他社交能力很弱，他记得他根本吃不惯外国菜，他还记得，他那个领导非常偏爱他，如果被放弃，那他肯定会很难过。

他就是过来看这些的。为此还兴冲冲地打了好几个电话给爸爸妈妈，告诉他们，他为了这个从来都不回家的哥哥，决定勇闯墨西哥。

然后，被简南丢在酒店，走的时候头都没回。

简南看起来过得不错，胖了，脸色挺好，心情居然也不错。

在来费利兽医院的路上，戈麦斯一直在盛赞简南，他说了简南现在这个项目，他说简南可能是历史上年纪最小的项目负责人了，虽然是暂代的。

他以为很凄惨的简南，在这个鬼地方如鱼得水，甚至好像还交了女朋友。

“我看到简南的女朋友了。”他给他爸爸打电话，“不知道是哪国人，全身都是文身。”

“全身都是文身”的阿蛮正领着简南在拳击馆消灭负能量。已经很晚了，拳击馆只有他们两个人，阿蛮陪着他练，动作灵活，他根本打不到她。

“你为什么要抓我衣角?”阿蛮躲过了简南的左勾拳，皱眉，“你这角度是在放生吗?”离她的脸起码有十厘米。

“什么衣角?”简南索性不打了，笔直地躺在拳击台上。

除了打架真的没太大进步之外，简南其实还是有很多改变的，比如现在对躺在地上这件事完全不矜持了，也不会威胁她说拳击台上可能会有多少留存的细菌。

“看到简北的时候。”阿蛮也躺下，拽起自己的背心演示给简南看，“你拽了这里。”他拽的还不是外套，于是她耿耿于怀。

简南:“……”

“我父母是因为我离异的。”他开口，说的却是另外一件事，“我小时候就表现得和普通孩子不太一样，说话说得早，记忆力很好，大人说过的话我全都记得住。”

“所以我妈妈带我去测了智商，发现我属于天生的高智商人群，而且比高智商人群的智商平均值还要高很多。”

阿蛮眯着眼。好想揍他。

“给我测智商的那个医生估计从来没见过我这样的孩子，所以拉着我妈说了很多话，给她介绍了很多特殊学校，还交给她一扎名片。

“这些东西，让我妈变成了另外一个人。她怕普通教育会耽误我，也怕我因为智商太高走极端，还怕我被普通孩子孤立。”

简南笑笑。

“总之，她怕很多东西，怕得久了，人就变得比较极端。

“我调皮了，她怕我智商下降，我安静了，她又怕我得了其他的心理病，还经常找各种理由带我去医院做脑部检查。别的孩子和我打闹，她也会非常紧张，怕我被欺负，被孤立。

“再后来，我爸妈也开始为了我的教育问题吵架，吵得多了，就离了。

“简北是我爸爸和现在这个妻子生的孩子。我爸喜欢的女人可能都是一个类型的，简北的妈妈跟我妈妈的脾气很像，只是因为她没有天才儿子，所以相对来说比较正常。

“她只是爱比较，从简北小时候开始，什么时候开始说话，什么时候开始走路，什么时候开始识字。简北只是普通孩子，或者比普通孩子再聪明一点点的那种，所以肯定没有一样是赢的。所以他从小就恨我。

“仔细想想，其实挺可怜的，从小到大都有一个无法超越的榜样在他面前，他从来都没有松懈过，牺牲了很多东西，才终于在这个年纪考进了常青藤。”

简南停顿了一下。

“但是我讨厌他。胆小，懦弱，喜欢撒谎，还很会讨好父母。”

阿蛮歪着头看他。简南不说话了。他对简北没有亲情，哪怕知道简北变成这样也是另外一个悲剧，但是他仍然讨厌简北。劝不好的那种。

“所以，”阿蛮问得很慢，“你为什么要抓我衣角？”

简南：“……”

“我以为是什么危险人物，整顿饭下来都把手放在匕首旁边。”阿蛮磨牙。结果只是病态弟弟，他一个人就能完胜了。害她最后一块牛排都没有吃完。

“不要随便抓我衣角！”阿蛮很郑重地警告他。

他抓了，她就以为他害怕了，他害怕了，她就想着要见血了。

谁知道只是狗血家庭剧。切。

因为简南不管不顾地往外捅，血湖项目的进展变得比原来顺利很多，也透明了很多。

有部分热心的切市市民自发组织了保卫队，保护那些进出血湖采样的项目组专家，简南还根据项目优先级，安排记者跟拍蛙壶菌，同时注册了血湖官方推特账号，除了网站，他也在社交账号上实时推送血湖项目的进度。

项目进度用的是非常直观的图表模式，绿色代表血湖目前存在的物种，黑色代表已经感染的物种，橙色代表已经有专家介入的物种，灰色代表在血湖已经消失的物种。

随着黑色和灰色的区域越来越大，这个官方社交账号的粉丝越来越多，血湖项目的影响力也越来越大。项目暂停期间，简南收到了无数志愿者申请加入项目的邮件，他用他惊人的阅读速度分门别类，转给了远在总部的埃文。

在这样的氛围下，贝托几乎没有可以再次插足血湖的机会。而和贝托缠斗多时的新势力，在这个时候突然站出来宣布，他们的人绝对不会涉足血湖一步，他们的公司终生不会在血湖偷猎鳄鱼，所有进入血湖偷猎导致血湖环境恶化的人，都是他们的敌人。

不管这群人做这样的宣言初衷是什么，这一次，确确实实是把贝托架到了火上烤，支持他的人少了，他能做的事少了，这种时候再跳出来，反而就有些不尴不尬了。

疯子简南打了非常漂亮的一仗，然后被阿蛮丢到了安全屋。

安全屋离费利兽医院很近，是阿蛮花了很大力气布置的，离他们原本住的小公寓只有几百米路。六层楼，他们住第四层，一共六套房子。上下都有邻居，楼下就是警察局。她把简南丢进去后，两人就再也没出过门。

四层的窗户全都是特别设计过的，从外面看进来，看不清楚里面到底住了几个人。阿蛮每天随机给各个房间亮灯，随机时间熄灯，然后和简南随机在六套房里任选一套睡觉。

她知道贝托已经被逼得退无可退，以贝托的个性，哪怕彻底失败了，他也一定会在自己咽气之前先弄死简南。所以她干脆把简南藏了起来，让简南和普鲁斯鳄一样，用普鲁斯鳄铺好的专用网络，每天工作都是通过视频的方式，背景是阿蛮拉的黑布，简南有时候会错觉他是被人绑架了。

每天都很忙，忙着项目，忙着隐藏自己不要被杀，所以简南都快忘记他几天前刚刚把简北丢在了酒店里，他也懒得去问简北到底有没有回美国。他不说谎，他说不喜欢就是真的不喜欢。

在这期间，简北给他打过两个电话，一个是在半夜，他掐掉了，另外一个他当时正在开会，也顺手掐掉了。

所以今天手机再次响起来，他看着来电显示，着实愣了愣。

“爸。”他接听的时候还在和小组成员视频，这一声“爸”叫出来，所有人都停下了手里的活儿。

阿蛮十分不掩饰地端了个小板凳坐到了简南旁边。她现在十分敏感，恨不得连简南的内裤都用仪器好好检查一遍，万一真空前浸泡了毒药……

简南往旁边让了让，觉得开免提太便宜了那两个偷听的组员，于是只是单纯地调高了通话声音。阿蛮耳力好，坐在旁边肯定能听见。

简南爸爸的声音听起来像是老一点的简南，连语气都有些像。

“你现在在墨西哥？”简南爸爸明知故问。

“嗯。”简南也明知故答地应了一声。

父子两个，明显疏离，不知道应该怎么说话。

“简北过来找你玩了，你知道吗？”简南爸爸安静了一秒，继续明知故问。

“嗯，我知道。”简南配合地点头，手指开始在鼠标上摩挲。

“他说你有了女朋友，不知道是哪国人，全身都是文身。”简南爸爸终于进入正题，“我在想，他是不是看错了。”

坐在旁边的阿蛮一脸惊讶。

“你有女朋友？”她用口语。

简南：“……他看错了。”

才反应过来的阿蛮眼睛瞪得更大了，她手指指着自己：“我???”她只有半臂文身好吗！

简南：“……”

阿蛮平时的智商没什么问题，但是最近真的是绷得太紧了，草木皆兵——简南在心里帮迟钝的阿蛮找了个科学的理由。

简南爸爸又安静了一秒，简南的手继续摩挲着鼠标。

“你工作很忙吗？”简南爸爸问得客气，“墨西哥这地方不太安全，我不放心把简北一个人丢在那里。”

阿蛮十分不客气地翻了个白眼。

一样都是亲生儿子，老大在这里半年，亲爸爸都不知道，老二在这里待了三天，还是在酒店，就不放心了。两人只差了五岁而已。

简南因为阿蛮的白眼，嘴角抽了一下。

“我走不开。”他回答，一如既往很直接。

“那你……”简南爸爸还在犹豫，“找个人陪陪他？”

并没有问简南为什么忙，为什么走不开。

“我没朋友。”简南继续回答。

“简南！”简南爸爸的声音终于沉了下来，“他是你弟弟！”

那又怎样，他弟弟成年了啊。阿蛮又翻了个白眼。又不是简南让他来的。

“我会买好机票，明天叫车把他送回美国。”简南不再摩挲鼠标，他别开眼，避开阿蛮的白眼。

心里不知道为什么，有点点想笑。在这种时候，在他最凄惨的时候。

“会安全送到的。”他跟他爸爸保证。

他已经好几年没看到过的爸爸，小时候会偷偷给他吃零食让他不要告诉妈妈的爸爸，多少年没有主动打过电话，今天破天荒地打了一个电话过来，只是为了告诉他，简北是他的弟弟。

狗屁弟弟。

简南挂掉电话。几乎同时，手机又一次响了起来。所有人再一次抬头，因为简南这异常热闹的手机，好奇心都快溢出屏幕。

打电话过来的人是戈麦斯。简南以为是工作，直接用了免提，刚刚接通，就传来了刺耳的消防车警报声。

“简南！”戈麦斯的声音带着呛咳，“费利着火了。”

简南一怔。阿蛮也怔住，走到窗前撩开窗帘。大火，隔着几条马路和几幢房子都能看得到火舌和黑烟。

“你……和简北在一起的吧？”戈麦斯又问。

简南站起身：“没有。”

他听到戈麦斯那边长久的沉默，然后又听到戈麦斯和别人对话的声音：“里面应该还有一个人，年轻人，不知道是在厕所还是在医生办公室。”

“医生办公室里没人了！”莎玛操着让人熟悉的大嗓门喊着，“我就是从那里出来的。”

“那应该就是在厕所。”戈麦斯很焦急，“要么就在手术室。”

“简北在里面？”简南问得很慢。

“他一个早上都在，说想看看你工作的环境。”戈麦斯说得又急又快，“我早上有几个手术，没空管他，出手术室的时候也没看到他，就以为他去找你了。”

还有一句话，戈麦斯没有说出口。他一直觉得二十一岁是成年人了，哪怕简南没空见他，他也应该有他自己的行程。毕竟切市周边有很多治安还可以的旅游点，他没料到简北都没去，反而天天在他身边来来回回的。

简北好奇的东西，似乎只有简南，可简南已经消失三天了。

戈麦斯知道阿蛮的手段，所以一直没问过简南的行踪，也没告诉简北简南现在的情况，只是基于他是简南的弟弟，又是自己亲自带到墨西哥的，所以就尽尽地主之谊。

谁也没想到费利兽医院会着火。突如其来的大火。人都跑出来之后，连里面的动物都来不及全部救出来。

“你先别急，消防员已经进去了。”戈麦斯不知道在安慰谁，“刚才出来的时候谁都没看到他，也有可能他已经不在里面了。”

那么大的火，大家都在喊着“赶紧出来”，说不定简北已经出来了。

简南一动不动。

“他在里面。”简南明明在说话，阿蛮却觉得他已经静止了。

“他应该在天台。”简南说，“因为我在那里抓到了鸽子。”

几乎同一时间，电话那端响起了陌生人的呼声：“天台！天台上还有一个人!!”

“下来了下来了!”莎玛的大嗓门，“是简北!”

“救出来了救出来了。”戈麦斯一迭声的，呛咳声越来越重。

“你先上救护车!”戈麦斯的电话被一个女人抢走了，“我是急救员，请问你是天台上那位患者的家属吗?”

现场估计一片混乱，各种声音交织，对方又提高音量问了一次：“请问你是简北的家属吗?”

“是，我是。”简南沉静地都不像他了。

“是这样的，人虽然救下来了，看外表也没有太严重的烧伤，但是因为吸入太多烟雾，现在还昏迷不醒。”急救员说话很快，声音利落，“刚才给你打电话的老人在跑出来的时候受了伤，已经送到医院急救。”

“这火烧得很急，现场非常混乱，大部分人都受了伤。”

“如果你是那位患者的家属，能不能麻烦你来医院一趟，急救的时候我们需要家属在场。”急救员一边说一边在现场做救援指挥，听得出来非常忙乱。

“好。”简南点头。

“我把医院地址发给你。”急救员迅速挂断了电话。

简南拿着手机，盯着窗外的浓烟。

“我跟你一起过去。”简南收到了医院地址，阿蛮看了一眼，开始联系沿途的安保，“你先别急。”

“我不急。”简南眼瞳黑漆漆地看着窗外。

阿蛮一怔。普鲁斯鳄的短信飞快地弹了出来。

“简南对大火有异常反应。”他发得很急，一段一段迅速地弹出。不知道他设置了什么，阿蛮的手机桌面除了不停弹出的短信，其他的什么都做不了。

“他在大脑前额叶区块出现问题之前，曾经遭遇过一场火灾，起火的具体原因不明。

“接受心理干预后，他已经遗忘了那场大火，但只要是火灾，都会刺激到他的大脑前额叶区块，反应会很剧烈，如果有必要，需要打镇静剂。”

阿蛮皱眉。

“麻烦你。”普鲁斯鳄难得地变得非常有礼貌。

阿蛮伸出手，拉住了简南的手。

“走吧。”阿蛮晃晃手机，“我送你去医院。”

简南用黑漆漆的瞳孔盯着阿蛮。

阿蛮拽出了自己的背心：“要不要拉着？”她笑嘻嘻的，和窗外的黑烟形成了浓烈的对比。

简南伸出另外一只手，牢牢地抓住了阿蛮的背心。

“我不急。”他重复。眼瞳黑沉，像外面的浓烟。

急诊室里很混乱。医生护士来回奔跑，坐着躺着的有很多都是费利兽医院附近的市民。

大火的着火点在费利兽医院的后巷，切市的夏天雨少风大，火势借着风势迅速蔓延了半条巷子，就像急救员说的那样，受伤的人很多。

但是简北并不难找。莎玛大老远的就看到了简南，大嗓门再加上大块头，在嘈杂的急诊室里杀出了一条血路。

“在这里在这里！”莎玛看起来没有受伤，只是鼻孔被烟熏得有些黑，发尾都熏焦了。

简南从看到火势开始就变成了牵线木偶，没有很大的反应，额头却一直在出汗。

“普鲁斯鳄告诉我了。”阿蛮冲莎玛挥挥手，把简南拉到了急诊室一角，“我刚才问过护士，并没有亚裔的重伤患者，所以你弟弟的情况应该不算太严重。”

“我在这里有认识的护士，你如果实在难受，我可以找她帮你先打一针镇静剂。”

阿蛮一直拉着简南的手，而简南到了急诊室之后，却再也没有做出拉阿蛮衣角的动作。她发现简南连嘴唇都快要变成灰铁色，眼瞳的颜色却越来越深。

“普鲁斯鳄很多事。”简南看着阿蛮，“我没事。”语气，是阿蛮从来没有听过的冷漠疏离。

“我们先去看看简北。”

简南避开阿蛮的目光，往前走了两步，却发现阿蛮没动。阿蛮还是牵着他的手。所以阿蛮没动，他就没办法往前走。

简南有些微微的不耐烦，想要甩开，却因为阿蛮眯起的眼睛，不知道为什么，甩开的动作只做了一个开头。

“你甩开试试。”阿蛮阴森森的。

这个男人，不是简南，起码不是正常时候的简南。脸色太苍白，瞳孔颜色太深，举止太冷漠。但是在人来人往的急诊室，那一头是受了伤的戈麦斯和费利兽医院的兽医护士，还有那个麻烦精简北。

阿蛮抿起了嘴。

“你今天必须跟着我。”她脸色很不好看，“不然我就打晕你。”

她说完就径直往莎玛那边走，走得很快。平时走路有些四肢不协调的简南只是快走了两步就跟了上来，完全没有跌跌撞撞。

阿蛮的心情更不好了，从牵着变成拽着，现在变成直接钳住。

“我不会跑。”一直很阴沉的简南似乎被弄痛了，皱起了眉。

“我知道，我只是不爽。”阿蛮阴森森地歪歪嘴。

“你们来得挺快的！”莎玛是个急性子，往前迎了两步，然后拽着阿蛮就走，“简北的呼吸道黏膜有些损伤，肺部问题不大，需要留院观察一个晚上。”

“戈麦斯呢？”阿蛮没在急诊室里发现戈麦斯。

“还在手术。”莎玛比了比自己的手臂，“火灾之后他跑进实验室，强行把几个培养皿抢救出来，然后这里烧伤了。”

“不算太严重。”莎玛补充，“只是年纪大了，医生说清创的时间可能会有点久。”

“消防队的人检查了着火点，确定是有人纵火，不知道是不是因为戈麦斯很久没有交保护费了。”莎玛说得又快又急。她把所有能想到的都说了一遍，然后举起手指了个方向：“简北在B区三号床。”

“兽医院受伤的人挺多的，我得在这边等着其他家属，你们先进去。”

一阵风一样的莎玛来了又走，剩下两个气氛十分微妙的人，站在原地又沉默了半分钟。

“进去吧。”又是简南率先有动作，仍然阴沉。

阿蛮从来没有觉得简南的个子高到压迫人的地步，这一次，却莫名地觉得她仰着脖子看他很难受。脖子难受，心里面也莫名其妙地难受。

这个人的背影也不是简南。不是那个因为不喜欢看她的背影，所以很少给她留下背影的简南。

揍一拳会不会变回去？阿蛮蠢蠢欲动，她的拳头其实挺有镇静效果的。

可是……她仰头看着简南的后脑勺。普鲁斯鳄说简南因为心理干预才忘记了让他变成这样的那场大火，那到底是一场什么样的大火，让简南得变成现在这样才能正常活着？

急诊室的B区基本都是轻症患者，相对安静，穿梭的医生护士也不多，找到莎玛说的三床很容易，只是床外面有隔挡的帘子遮着，看不到床上的人是不是简北。

阿蛮还想规规矩矩地找护士问一声病人方不方便探视，简南却已经长手一伸，直接拽开了隔挡的帘子。

拿着手机不知道在做什么简北一脸惊慌地看着他们。

他看起来很狼狈，脸上都是烟灰，挂着点滴，灰头土脸，等看清楚来人是谁之后，他飞快地藏起了自己的手机。

简南这回真的松开了阿蛮的手，往前走了一步，直接抢走了简北的手机。

“你干什么？”因吸入过量烟雾，简北的声音嘶哑，像是百岁老翁，吼完之后就开始咳嗽。

“你呼吸道黏膜有损伤，现在大喊大叫有可能留下后遗症。”简南把手机放在简北面前，用他的脸直接解锁，“就跟变声期的时候喊坏了嗓子一样，会很难听。”

简北张着嘴，吼声消失了。

简南似乎满意了，抿着嘴开始检查简北的手机。

平时这种时候，简南都会选择坐下或者靠在什么地方，方便阿蛮跟他一起看。但是这次，简南没有。他直挺挺地站着，手指迅速滑动，并没有打算分享。

阿蛮觉得，她讨厌这样的简南。如果当初找她做保镖的是这样的简南，她可能会要求两倍价格。

“鳄鱼皮是你寄的吧。”简南迅速地翻过了简北所有的聊天记录，把手机丢到了床上。

简北狼狈地捡起手机，抿着嘴不说话。

“你太贪心了，想一次性弄死我，所以找人用了最名贵的鳄鱼皮。”简南嘲讽地笑笑，“结果那个人对我产生了兴趣，私下查了我很多次。”

“他现在很想杀了我，却因为我找到了切市最好的保镖，始终找不到机会下手。”

切市最好的保镖阿蛮：“……”不知道为什么，这句话甚至还没有简南一开始说他觉得她有安全感来得动人。

“所以现在，他顺着你这条线，查到了我对火灾有严重的过敏反应。他烧了费利兽医院。他想用这样的方法逼我出现，却没想到费利兽医院的天台上有一个你。”简南弯腰，凑近简北，“你在天台，是想查到我是怎么发现伪鸡瘟的吧。想找找我是不是放了什么伪鸡瘟的病毒在天台，故意捉了一只鸽子假装是自己无意发现的？”

“找到没有？”简南弯起了嘴角。

简北咽了口口水，却因为喉咙灼烧，又开始呛咳。

“我挺后悔的。”简南直起腰，“我应该说这只鸽子是从实验室拿出来的，这样，你今天就有可能真的死透了。”

简北红着眼眶，捂着咳嗽，全身发抖。

“真可惜。”简南叹息。

阿蛮站在角落，看着这样的简南。黑色的，毫无温度的，眼里压着浓重黑雾的简南，她一直以来都觉得不对劲，却始终没机会看到的简南。

平时的兽医简南，怕的，是自己会变成这个样子。

一个火灾，就能随时把他打成现在这个样子，所以普鲁斯鳄说，他可能需要镇静剂。所以那天晚上，得意洋洋的贝托才会问她，到底知不知道她想保护的人是个什么样的人。

简南是个什么样的人呢？

同父异母的弟弟花巨资搞了三块稀有鳄鱼皮，她查过中国的量刑，如果当时简南没发现，直接把鳄鱼皮带回国，这个数目是有可能被判无期徒刑的。

他有十双筷子和调羹，吃饭的时候舞得虎虎生风，他说那是因为他想念过年时候大家庭的氛围。可是，他父母很早就离异了，他想念的，到底是什么时候的大家庭？

她和他形影不离了三个月，这三个月里，除了谢教授，没有人找过他。亲爸给他打电话，问的是他的弟弟，他那个据说小时候很紧张他的妈妈，一个电话都没有。

他一个月接受一次心里评估。他因为对她的背影产生焦虑反应，非常谨慎的提前进行心理评估，并且因为评估正常而高兴了很久。

他承认自己是个疯子，接下已经被宣布暂停的项目，用他不管不顾的方法，和贝托正面对抗，把本来可能彻底暂停的项目重启，做得风生水起。

而他，把所有的资料都寄给了埃文，成功之后，他开始淡出公众视野。

他是这样的简南。

他的额头还在出汗，他的脸色苍白，他眼底的黑色翻涌得像是想把自己彻底拉入深渊。

但是阿蛮，却觉得过瘾。

简南，需要这样的简南，偶尔“持证上岗”的变态。能把一个正常人说不出来的话全说出来，不要顾虑血缘，不要顾虑人性。

他不喜欢简北。简北试图害他，甚至差点就自作自受死在火海里。确实，可惜了。

“你……”简北在深呼吸了无数次之后，终于有勇气说出了一个字。

“我要让世界上所有的人都知道，你有这样一面！”简北咬着牙，一字一句。

“你是个变态，演技再好，也有露馅的一天！”简北最后那句话说得像是诅咒，“总有一天。”

“所以？”一直没说话的阿蛮突然插话，看着简北笑了。

“跟你又有什么关系？”她问他。

“别人会说，你的哥哥是个变态。别人还会说，你的哥哥虽然是个变态，但是仍然样样都比你强。”

阿蛮笑了。

“你真是，又蠢又坏。”她下了结论，对简南抬了抬下巴，“走不走？”

她不想拉他的手了，反正他也不稀罕。

“跟上。”她头也不回地挥挥手，“回家。”

和简北这种坏种，多说一个字她都觉得冤枉！

第13章 陷阱

阿蛮和简南并没有马上回家。

他们出急诊室的时候，正好看到从手术室里出来的戈麦斯。岁月到底不饶人，平时看起来精神矍铄的老人，经历了一场大火，就像突然老了十几岁。

戈麦斯见了简南，第一句话就是“简北怎么样了”。简南看起来有些不耐烦，被阿蛮掐着手心，不甘不愿地说了一句“没什么大事”。

一生心血都被突然烧光的戈麦斯于是挥了挥手，闭上了眼睛。

阿蛮也跟着安静了。

费利兽医院，一直是她很喜欢的地方，里面的前台莎玛很凶，里面的戈麦斯很唠叨，里面的动物很吵，而且臭烘烘的，却是她在切市唯一一个可以安心被麻醉了缝伤口的地方。

她算是被好心的戈麦斯捡回去的。为了保住一个因为丈夫欠钱被追债人追杀的孕妇，她的左臂被砍了一条很长的口子，她一个人没办法做缝合，觉得可能要死于失血过多，所以躲在下过雨的暗巷里，正在思考自己是谁又为什么要活着这种哲学问题。

拦住戈麦斯只是因为生存本能，他那天穿得很像个医生，她没想到他并不是给人看病的医生。

十六岁，六年。一场大火。

“你很难过?”正在“持证上岗”的变态简南下一句话就变得十分欠揍，“费利兽医院这几年一直在亏本，戈麦斯早就想关了兽医院退休了。”

“这场大火挺好的，费利很早以前就买了巨额保险，里面的员工们都能得到赔偿，戈麦斯自己也能拿到丰厚的退休金。”

“只要人没事，就没什么好难过的。”变态简南面无表情地下结论。

“闭嘴。”阿蛮不想理他，迅速地结束了话题。

“贝托应该已经知道我们住在哪儿了。”简南没有闭嘴，他“变态”以后就基本不听话了，除非阿蛮直接用武力镇压。

贝托放火的目的很简单，就是要逼出简南，显而易见，他成功了。

“嗯?”阿蛮弯腰检查自己的神车。

“现在再躲，已经没有意义了。”简南指出了显而易见的事实。

阿蛮停下手里的动作。这确实是她烦躁的原因。简南这次被逼出门，意味着他们现在住的安全屋也有可能被曝光，再躲下去确实没什么意思。

“现在的贝托没那么可怕了，我保得住你。”阿蛮站起身，把手里的扳手丢到工具箱里。

简南这一仗几乎把贝托打成半残，主要的偷猎走私场地血湖没有了；为了找机会杀简南，又错过了公开假死消息的最好时机，手下的人逐渐分崩离析；再加上明面上的对手的打压，现在的贝托，和那个拿着霰弹枪到她的安全屋里神定气闲地威胁他们的贝托已经判若两人。

以前的贝托从来不会焚烧民宅，他自诩为“暗夜里的守护者”。而现在的贝托，烧掉大半个巷子，只为了一个曾经嗤笑过他的异乡人。

乱了阵脚。所以，没什么好怕的了。

阿蛮把手里的头盔递给简南。简南没动。

“如果，我主动去找他呢?”简南问。

“想早点被碎尸?”阿蛮毒舌。

“我想把之前商量的计划做了。”简南对阿蛮的毒舌没什么反应，正常的时候他还会无语几秒钟，但在当前这种无感知状态，他直接当作没听见，“把贝托骗进陷阱，然后报警。”

阿蛮没有马上回答。找个安全屋躲起来只是权宜之计，贝托不会轻易放过他们，他们和贝托面对面的交锋其实是不可避免的。

所以简南还有另外一个计划。

之前因为蛙壶菌的问题，简南小组尝试把血湖里所有能抓到的两栖动物幼虫都抓了出来，消毒灭菌，留下了不少能存活的。为了让这些幼虫有个良好的过渡期，他们在离血湖一百公里左右的地方找到了一个血湖雏形。

潟湖，湖底有腐烂物，但不是人为倾倒的，更接近大自然的生态。

简南小组把这个地方作为血湖生物迁徙的备用地，为了让生物过渡更加平缓，他们一直在复制血湖的环境，把腐烂物控制在生态安全的数值范围内。但湖底腐烂的微生物发酵需要时间，现在，那个地方还处在试验前期。

阿蛮陪着简南在那个试验地检查生物品种的时候，发现了很多老旧的猎人陷阱，应该是附近的印第安人为了捕猎留下的，都是最古老的那种陷阱。那时候，狩猎遵循自然法则，陷阱设计的孔眼很大，只抓成年野兽，放走幼年野兽。

普鲁斯鳄对所有古老的东西都感兴趣，所以空闲的时候，他们修补了部分陷阱，一方面是怕野兽出没会破坏试验环境，另外一方面，其实是为了贝托准备的。

简南想利用“仿制血湖”这样的诱饵，把贝托骗进陷阱里，再报警。

对曾经的贝托来说，报警或许没有用，但是现在有用。他想一次性解决贝托，在回国之前，解决血湖项目所有的后顾之忧，也解决阿蛮的后顾之忧。

这个计划，他们演练过很多次。普鲁斯鳄为这个计划做了一个非常高端的跟踪装置，能躲过仪器的检查，信号很好，而且还能清晰地收听到现场的声音。

那个血湖雏形的试验场地也和血湖一样，装了无线信号，只要把贝托骗进来，他的行踪、位置就仿佛透明一样。

阿蛮也特意在那附近安排了不少她的暗哨，为的就是在不得不正面交锋的那天，可以控制贝托残留的手下。

所有计划都做好了，他们等的只是一个时机——贝托会相信他们的时机。

贝托这一生顺风顺水，性格刚愎自用，在切市做了那么多年的大佬，背叛他的人很少。这次，他大部分的生意被人一点点蚕食，甚至端掉，已经算是他这一生遇到的最大难关。

从假死开始，他计划的每一步几乎都是错的。只有过度自信的人才会相信自己的王国在自己死亡之后仍然会存在，只有过度自信的人才会相信，那些在案发地献上的花束是为了缅怀他，而不是因为人们想要一个保护者。

其实，对于大多数人来说，这个保护者，并不是非贝托不可。

他和阿蛮提防着贝托的那段时间里，假死的贝托也一样尝尽了人间冷暖，所以最后才会打破原则，烧掉平民的房子。

现在的贝托已经成了多余的人，在他心中，对东山再起的渴望已经大过一切，只要给他一点希望，他绝对会抓住不放。更何况，离开阿蛮的保护的简南，在贝托眼里只是个手无缚鸡之力的读书人。

他们一直等的那个时机到了，只是……

“你现在这个情况，可以做这件事吗？”阿蛮看着简南。

他脸色仍然苍白，仍然在冒冷汗。

“现在和之前，都是我。”简南轻笑，“不管是哪种状态的我，对付现在的贝托都绰绰有余。”

阿蛮："……"

"持证上岗"的变态简南，比正常的简南更狂。

虽然他说的确实是真的。她在他身边三个多月，见过他太多的计划，每一个计划都接近天衣无缝。她知道他有狂妄的资格。

"会很危险。"阿蛮觉得自己犹豫得不像她自己了。

这是到目前为止他们能想到的最优的计划，虽然危险，但现在的贝托早就已经不是以前那个进出动辄几十个打手的大佬了。她调查过贝托现在的手下，真正能打、真正忠心的，只剩下五六个人。

五六个人，换作平时，她肯定已经毫不犹豫了。

"你身上虽然有定位器，但是为了不让贝托起疑心，我只能待在离你一公里以外的地方，万一有危险，我肯定跑不过子弹。"

"他不会杀我的，杀了我就什么都没有了。"简南陈述事实。

"他不会杀你，但是不排除他会折磨你。"阿蛮拧着眉，"他是个变态。"

"……我也是。"简南继续陈述事实。

阿蛮："……"

"他不会放过我们，费利兽医院只是一个开始。血湖项目的前期工作已经做完了，我迟早是要回国的，如果走之前不把贝托解决，我们之前的心血就白费了。"

专家撤走之后，血湖能不能按照计划逐步改善，取决于贝托有没有伏法。

"这是最好的时机。"简南说出了最后一个事实，"错过了今天，我们再找这样的机会，可能得承受更大的损失。"

烧了费利兽医院，他才有借口投降，才能让自信的贝托觉得他们已经无路可退。

阿蛮一直没说话。简南安静地等。无法感知，但是他仍然相信阿蛮的判断力，她如果点头，这个计划的成功率会高很多。

"你的病。"阿蛮终于开口，问的却是不相干的问题，"吃药治不好吗？"

这是她第二次问这样的问题。第一次的时候，她说他这样很可惜。不会骂脏话，很可惜。

"治不好。"简南愣了愣。

在这个状态下听到这个问题，和之前听到，完全是两种感觉。

在这个状态下，他意识到，专业的阿蛮，不应该在这个时候问这样的问题。

这不是他印象里的阿蛮。

“你打车走。”阿蛮戴上头盔，终于同意了，“我会跟着，距离不会超过一公里。”

“普鲁斯鳄给你的定位器连着你的心跳，只要定位器开着，我可以实时听到你那边正在发生什么事。一旦感觉不对劲，哪怕会破坏计划，我也会冲进去救你。”阿蛮决定了，就不再犹豫。

“这个方法是不错，但是很冒险。万一你身上的定位器出现问题，或者贝托那边出现什么意外，我需要你自己想办法保全你自己，任何方法都可以。

“不管你在哪儿，半个小时内，我一定出现。”

保镖阿蛮终于戴上了全黑的头盔，随着“啪”的一声，她整个人成了夜色中最最浓重的那抹深色。

离开了阿蛮的简南，觉得自己进入了群狼环伺的丛林，周围那些本来面目模糊的路人，看他的眼神似乎都变得别有用心。倒是没觉得怕，只是单纯地发现，矮小的阿蛮平日里挡住的东西，比他想象中还要多很多。

在应激状态下，他想问题会更直接，所以更能看到事物的本质。虽然阿蛮是他用一百多万元人民币聘来的保镖，保护他的安全是阿蛮的职业本分，但是他对她太信任了。也……太离不开了。

他听着阿蛮的摩托车轰鸣声越来越远，皱着眉头上了一辆突然在他面前停下的黑色轿车。

“你好。”他看着前排开车的司机，“请带我去找贝托。”

本来打算下车抓人的司机愣了愣，坐在副驾驶座的黑衣人也愣了愣。

简南不再说话，闭上了眼睛。双方都省点力气吧，大街上推推搡搡的也不好看。他接下来得撒很多谎，吐很多次……这烦人的PTSD。

三个多月未见的贝托，选择的重逢地点并没有太大的新意。一个空旷的破旧仓库，贝托坐在仓库正中间，昏黄色的灯光打在他的身上，有点美国西部电影的老旧质感。

贝托对简南的合作并不意外，在他的逻辑里，放火烧费利兽医院只是个开始，后面还有国际兽疫局的办公室、他们合作的实验室。

简南聪明，知道及时止损。

“晕车?”贝托对于简南的合作给予了一定程度的礼遇，起码没有一开场就直接拿棍子砸过去。他的手下说简南在路上吐了两次，要求他们紧急停车，然后吐得昏天黑地的那种，下车的时候甚至身形不稳，差点摔了一跤。

虽然没动手，但是很狼狈。这一点，也取悦了变态的贝托。

“压力过大导致的呕吐。”简南抽出纸巾擦嘴，发现仓库里面没有垃圾桶，又把纸巾叠好，放到了裤子口袋里。从容不迫。

他也是个变态。把简南调查得很清楚的贝托笑了笑。一路人。这人的反社会人格比他还严重，医生盖章定戳的那种。

“今天没带上那丫头？”贝托开始闲话家常。

这就是贝托致命的问题。

简南站在仓库门口，看着这位纵横切市十几年的大佬。

他杀人如麻，他做了很多肮脏事，他靠着活剥鳄鱼皮起家，但是他，仍然希望自己是个有人性的上位者。他会伪装成长辈，他会压下自己嗜血的本能，他会以为，从泥潭里爬到现在这个位子，就可以靠金钱和权力洗白。

所以，坏人变得不够坏，杀人需要理由，变态需要名目。明明可以肆无忌惮的，却偏偏把自己困在了囚笼里。

贝托不够狠。这才是他现在会一败涂地的原因。

“这里不需要她。”简南向前走了两步，站到了贝托面前，站到了阴影里。

“你知道我找你是为了什么？”贝托跷着二郎腿，在一片破败中，维持着自己大佬的姿态。

“不知道。”简南摇摇头，“但是我找你有事。”

贝托一愣，大笑出声，他身边那六个全副武装的打手，也跟着大笑出声。

“说说看。”贝托饶有兴趣的样子。他太喜欢和简南这样的人说话了，每一句话都能戳到他的兴奋点——别人都碰触不到的他心里面最嗜血的那个地方。

“我们在做血湖项目的时候，为了重现现在的污染情况，做了很多实验。”这句是实话。

“但是没有办法完全重现，只依靠动物内脏和残肢发酵的腐烂物，并不能够引来数百公里外的鳄鱼和蟒蛇。”这句也是实话。

贝托眯着眼睛。他残掉的那只眼睛装了新的义眼，纯黑色的，和脸上的文身融为一体。

“我想和你合作。”接下来的话，他在车上预演了无数次，吐了两次，他不知道这次说出口会不会吐，所以语速快了一点，“在距离血湖一百公里左右的地方，还有一个潟湖，面积比血湖小，但是生态一致，植物和动物种类也基本重合。”

“我想在那边重塑血湖，但是需要你的帮助。”这句话严格来说也不算撒谎。为了重塑血湖，他们确实用了不少贝托曾经用过的方法。

“帮你重塑血湖?”贝托说得很慢。

“也是帮你。”简南看着贝托。他在暗，贝托在明，他只觉得灯光晃眼，而贝托却觉得站在阴影里的这个年轻人，也许可以带给他除了虐杀的愉悦之外的价值。

“这个潟湖比血湖还靠近边境，有一小半已经不在墨西哥境内。

“公众的视线都在血湖，没有人关注这个潟湖。”

这两句也算是实话。

贝托安静了一会儿。

“你们为什么要重塑血湖?”他问。

“不是我们，是我。”简南纠正，“你在血湖投入的时间并不算长，仅仅十年的时间，只是依靠投放动物内脏，就把血湖弄成了现在这个样子。”

“因为屠宰场丢弃的动物内脏而造成环境污染的，并不是只有你们这一个地方，地理位置比你们更适合吸引鳄鱼的地方其实有很多，但是真正成功的，生态也彻底被破坏的，只有血湖。

“我虽然可以加速潟湖湖底的物质腐烂的速度，但是没有办法完全复制。”

简南停顿。这句谎撒得太大了。这么简单的复制，有时间谁都能做。他快要吐了。在车上进行的脑内演习没有用，他的呕吐看来还是因为说谎时前额叶区太过活跃而引起的。

“你可以加速湖底物质的腐烂速度?”贝托却在简南这些话里抓到了重点。

“对。”简南点头。

这就是他笃定自己可以骗到贝托的重点。

找到一个潟湖很简单，找到一个潟湖，把动物内脏丢进去，也很简单，但是形成一个血湖，却需要十几年时间。贝托没有下一个十几年了，他走的这条路，一旦失去了主要经济来源，就会被路上虎视眈眈的其他人撕成碎片。

“按照你能做到的腐烂速度，最快多久可以成型?”贝托的脖子下意识伸长。是渴望的姿态。

“一年。”这个谎并不是很大，简南的语速又逐渐恢复平静。

贝托不动了，仓库里，所有人都陷入了安静。只有简南一动不动地站着，气定神闲，像是已经放出鱼饵的钓鱼人。

“你居然真的把他放出去了!”

普鲁斯鳄夸张又纯正的英文听起来像在唱歌剧。

“我知道他肯定能说服你，他永远可以说服所有的人。你当时就不应该给他说话的机会。”

“这种时候，他只配拥有镇静剂!!”普鲁斯鳄声嘶力竭。

说实在的，很吵。但是她需要普鲁斯鳄时刻监控简南的定位器，所以只能勉为其难地戴着两个耳机，一边全神贯注地听着简南那边的情况，一边任由普鲁斯鳄往她的耳朵里面倒垃圾。

“你犯了大错。”普鲁斯鳄还在继续，“你以为我是在担心他吗？我担心的是贝托！万一他发起疯来直接把贝托忽悠进潟湖淹死怎么办?”

“你是知道他能力的，你知道他做得到!”普鲁斯鳄从美音切到英音，只为了能把最后这句话说得更加有戏剧性。

“你为什么不叫他的名字?”阿蛮终于听到简南那边安静下来，才开口说了第一句话。

“啊?”普鲁斯鳄的情绪一下子没下来，这一声“啊”像是歌剧魅影。

“你一直在说他，好像简南是另外一个人。他是他。”阿蛮的声音听起来倒是没什么情绪，只是单纯地陈述事实。

“我……”普鲁斯鳄一下子卡了壳。

“你也是中国人吧。”简南那边的沉默让阿蛮觉得焦躁，她已经不能再靠近了，无法完全得知简南那边的情况，偏偏简南的心跳在这种时候稳如老狗。

太烦躁了，所以她开始找普鲁斯鳄的麻烦。

“啊?”刚才抑扬顿挫声情并茂的普鲁斯鳄变成了单音节动物。

“那我直接说中文了。”阿蛮自顾自的。

“你跟简南应该认识很久了。”她藏在树丛里，声音很轻，却非常清晰。

他们认识很久了，普鲁斯鳄知道简南身上所有的毛病：喜欢数字三，强迫症，PTSD，还有他对火灾的应激反应。

“可是你还是把应激后的简南称为‘他’。”阿蛮语气终于有了一点点变化。

“我……”普鲁斯鳄想辩解，开了口，又不知道该怎么说下去。

“似乎，很少会有人站到简南这一边。”阿蛮看着路边的车子来来往往，“他的家人很离谱，他也没有朋友，做事情喜欢跟人等价交换，和其他人一直保持着距离。”

奇奇怪怪的，特别孤单的。

“所以他才那么喜欢做项目吧，因为做项目的时候，大家的项目目标是一致的，做项目的时候，会有很多人和他站在同一边。”

所以他说，那些人只是看不惯他，工作上面仍然是专业的。

“他也是简南。”阿蛮说，“不是精神分裂，也不是双重人格，他的应激状态只是为了适应环境，为了活下去。”

“所以我相信他。”

不管什么状态，他都是简南。

就算失控，就算反社会，就算破坏规则，她也仍然相信他。因为这个家伙，在暗夜里上车的时候，对着那个打算劫走他的司机说了一句“你好”，气得她差点从摩托车上摔下来。

贝托最终没有抵住血湖一年内就能恢复的诱惑。简南说的这个潟湖，地理位置比原有的血湖还优秀，跨越国境，走私起来更加方便。

他觉得自己能理解简南，简南这个人本来就不守规矩，平时只是装得乖巧而已，纵火伤人这些事他也没少干。一个偏执狂在没法拿到自己想要的结果的情况下选择铤而走险是很正常的事，更何况，简南现在连命都在他手里。

但他还是谨慎的。先是查看行车记录仪，确定简南上车后，身后没有人跟踪；然后让人把简南身上所有的衣物都剥光了，丢到热水里煮了一遍再给他重新套上去——这是他们常用的防追踪方法，再厉害的科技产品，遇到沸水仍然会变成一堆破铜烂铁。

简南被迫穿上湿漉漉的衣服，又吐了一遍。短时间连着呕吐了三次，他白皙的皮肤已经染上了神经质的红色血点，眼眶猩红，看起来倒是有了几分真正的变态的样子。

“抱歉。”贝托又恢复了从容不迫的上位者的样子，“做事谨慎对大家都好。”

简南没理他。他要是能听到普鲁斯鳄说话，他的耳朵现在估计已经被对方的炫耀声震聋了。

“防水！防烫！防仪器！看起来就只是裤子口袋里的一根线头！”他都能想象到普鲁斯鳄说话的语气。

嘴巴里很苦。他掏了掏口袋，里面还有两颗糖——今天晚上的糖，他还没来得及给阿蛮。

他低头，剥开两颗糖，都塞进嘴里。这糖很贵。阿蛮嘴刁，吃过一次贵的，下次如果给她便宜的，她就会甩脸色。

贝托对简南的淡定非常欣赏，甚至和手下窃窃私语。简南听到一点点，大概意思是变态就得像他这样。

这糖太甜。简南猩红着眼睛坐在车后座。吃这么甜真的不好。

贝托这次出行总共有三辆车，三辆车上都坐满了人，连他在内，一共十五个人。这可能是贝托短时间内能够搜罗到的所有能用的人了。对他来说，今天晚上本来只是一场虐杀之旅，他并没料到他的事业会有新的希望。

浸淫黑道十多年的大佬，在人员调配上做到了极致。

他先安排了一车人停在离潟湖入口一公里左右的地方，五个人，分别占了三个交通要道，盯着来往的车辆，一旦发现可疑，就会第一时间通知第二梯队。

第二梯队的人跟着贝托和简南进了潟湖。地处野外的潟湖，四面八方都是入口，这几个人一声不吭地迅速隐匿到了黑暗中。简南眯着眼看，觉得他们的动作比阿蛮慢了不少。

真正跟着简南和贝托进潟湖的，只有连他和贝托在内的五个人。三个贝托的亲信，都和贝托一样，光头，脸上文着奇奇怪怪的文身。这三组人被要求每间隔半小时就用对讲器报一次自己的方位，用贝托他们自己的暗语。

半个小时，正好是阿蛮答应简南遇到危险她一定会出现的时间。简南敛下眉眼，莫名地感到一阵心安。

阿蛮知道贝托的做事风格。半个小时，是她从外围冲进潟湖的时间。她胸有成竹，她承诺的时间并不是随口说的。

贝托在最后面对他的手下做了一个手势，他的手下一声不吭地卸下了简南的一条胳膊。动作很快，直接拉脱臼，一阵剧痛之后，简南开始疯狂干呕。

“抱歉。”贝托再次假笑，“我得保证你行动不便逃不出去才行。”

他已经很仁慈，没有直接敲断简南的腿。事实上，他确实也觉得卸一条胳膊就够了，腿还得走路，在这个密林里，行动不便太麻烦。

简南冒着冷汗，应了一句：“没事。”这句话是说给阿蛮听的。

他没事，所以不要破坏计划。脱臼而已，接回去，再休息一下就没事了。

只是痛，只是更加想吐了。

“你们这些所谓的专家，身体确实不行。”贝托等简南干呕了一会儿，一脚把简南踹进了树丛。

这个潟湖的环境让他想到了血湖，让他想到了他曾经的一呼百应，如果没有这个神经病，他根本不用在半夜三更跑到这样的荒郊野外。

只是可惜，还得合作。但是怒意仍然控制不住，他这一脚踹得有点狠。

简南往前踉跄了好几步，似乎想伸手抓住点什么，但是右臂脱臼了，没有办法使力，他整个人往前滚出去好几圈。半晌，贝托才听到“啊”的一声，接着是重物落地的声音。然后，就再也没有了声音。

潟湖周围的密林很原始，树木茂密，马路上的灯光并不能投射进来。今天天气不太好，没有月亮，星星也稀稀拉拉，所以，除了贝托他们几个人手上还拿着手电筒，根本看不到前方的情况。

“简南?”贝托喊了一声。

没有回应。贝托皱起了眉，晃了晃手上的手电筒，让他的手下先去看看。

这三个手下是跟了他十几年的副手，做事利落，没什么声音。手下迅速消失在了黑暗中，贝托却也迅速地连手电筒的光线都看不见了。

简南消失的地方像一个会吞噬一切的黑洞，当然也吞噬了并不怎么亮堂的手电筒。贝托又叫了一声。除了不知名昆虫和其他水生动物的声音，仍然没有属于人类的回应。

贝托拿着电筒在原地站了一会儿。

前方有水声，吹过来的风里面，有他熟悉的腐臭的味道。不管前面发生了什么，这确确实实是一个湖底藏着腐烂物的潟湖。

贝托往前走了两步，探到了很结实的土地。他低咒了一句脏话，拿着对讲机说了两句，又大踏步地往水声方向走，走几步停几步，用手电筒照着四处看。

他在想，把潟湖变成血湖后应该怎么做。这个地方的树可以都砍掉，做成祭祀台，潟湖上游可以围上渔网，靠近边境的地方，可以再造一个屠宰场。名义上是屠宰猪牛，等夜幕低垂的时候，可以用来屠杀那些浑身都是金子的野兽。

他仿佛彻底被潟湖的水声蛊惑了，在漆黑的密林里，看到了自己东山再起的希望。哪怕没有简南，这样的地方，他也能重新开始。

贝托的手电筒晃动了好几下，他走路的速度开始变快。突然，晃动的手电筒突然抛出一条长长的光线，重物落地，一切又恢复了宁静。

一片黑暗。只有潟湖的水声和水边的蛙叫。刚才进入潟湖的五个人类，就这样彻底消失在了黑暗里，连呼吸声都听不到了。

阿蛮用了二十分钟搞定了前面两拨人。她耳机里一直没有简南的声音，除了他开始变得缓慢的心跳，其他的什么消息都得不到。

没事个屁！阿蛮恨得想把这个混蛋揪出来暴打一顿再丢到湖里洗洗脑。要不是他这句“没事”，她起码可以早五分钟赶到。

“定位到没有!”她声音已经很不耐烦了。

狗屁的精准定位，之前跟她说可以定位到十米之内，现在到了密林，她才发现在这个鬼地方，十米也是很长的距离，摸黑找她可能得再花十分钟。

“他心跳慢下来只是因为比较冷。这个数值是正常的。”普鲁斯鳄那边都是键盘敲击的声音，“你不要再催我了，精确到十米范围内的定位，你有种给我找个更先进的出来！”

“你不要乱走，这个地方都是陷阱，真掉进去了，我找谁再把你们救出来？警察说了赶过来还得要半个小时。”

普鲁斯鳄的话多到让阿蛮抓狂：“我靠。”阿蛮爆粗。

“半个小时已经算是快的，要不是因为这人是贝托，他们能等到明天早上再来。”普鲁斯鳄瘪嘴。

在切市，失踪人口的申报时间是七十二小时，简南严格意义来说只失踪了二十三分钟。为了能让警方出警找人，普鲁斯鳄用上了贝托的名字，还花了好长时间告诉对方贝托没死。警方将信将疑，但到底同意天亮后出警。然后他继续软磨硬泡，才磨到了立即出警。他也很卖力了……

“Shit！”阿蛮继续爆粗。

“我让你别走了！”普鲁斯鳄急死了。

阿蛮身上的定位器动得跟猫和老鼠里面那只老鼠似的，根本不听劝。

“我在树上。”阿蛮又跳到了另外一棵树。

“我答应他半个小时内会到。”她低声，“简南这个人轴，他真的只会算计自己在半个小时内的安全，超过半个小时他就不管了。”

她还记得自己说半个小时一定赶到的时候简南的表情。他信她，所以，她不能食言。

“你有没有去做过心理评估？”普鲁斯鳄彻底无语了，“我觉得你可能也有点问题。”保镖做久了，保护欲爆棚失去理智之类的病。

“二十八分钟。”阿蛮终于在一片黑暗中看到了一抹白色，是简南的衣角。

“二十九分钟。”她纵身跃下，脚下是一个被撞开的野兽陷阱，她借着树干，倒挂在树上，半个身子伸进了陷阱里。

“半个小时。”她笑。

捂着胳膊的简南坐在陷阱的角落里，他在一片黑暗中，看到了倒挂着从天而降的阿蛮。

“我来了。”阿蛮如释重负。

简南非常非常轻地松了一口气。他快晕倒了。

这个地下陷阱很大，有倒刺，他凭着自己的记忆力，把自己藏在了最角落，他知道黑暗中的其他地方有贝托和他那三个手下。他们都在陷阱里，都在找他。

只是陷阱里面太复杂，暗道太多。

半个小时，他赌阿蛮能找到他。湿掉的衣服撕开太难，他一只胳膊用不上力，只能用另外一只胳膊拽住衣服往陷阱的刀片上面砸。

阿蛮没有食言。贵得值得！

在等警察的时候，阿蛮很忙。她先用自己随身背包里的简易滑轮把简南从陷阱里拉了上来，用绳子绑在腰间往上拽的那种。被拉上来的时候，一米八几的大高个儿看起来毫无尊严。

“活该。”阿蛮哼哼。她就没见过为了捕猎先把自己丢进陷阱里的猎人。

“贝托对你还挺仁慈。”她快速地检查完简南身上的伤口，除了明显摔伤和被树枝草丛刮伤之外，就只剩下右手胳膊。

“忍一忍。”阿蛮低声说了一句，动作异常熟练地把他脱臼的胳膊重新接了回去。她从背包里拿出卷绷带，固定好他刚刚归位的胳膊，犹豫了一下，又抽出背包里的毛毯和一瓶水。

她还是不太确定简南现在的精神状态。密林太黑，他脸上很脏，露出来的眼睛血丝密布，看得出来是吐狠了。除此之外，很难判断简南的应激状态是不是已经好了。她不擅长和这样的简南沟通，递给他毛毯和水的时候，什么都没说，姿势僵硬。

简南拿过水和毛毯，先放到一边，伸手拉住了阿蛮的背心衣角。

“……你好了？”阿蛮被他这个动作弄得心跳莫名其妙地漏了一拍。

“还没。”简南终于说话了，声音沙哑，“如果恢复了，我会先把毛毯和水放在干净的地方。”而不是随手一丢。

他正常的时候想事情的支线太多，为了好好利用脑子，为了不浪费智商，他思考问题的时候会给自己画很多路线图——没有现在这么直接。不会像现在这样，什么都没想明白就先动手。

“我这件背心是在小巷子里的跳蚤市场买的，标牌都剪掉了，十件一包。”阿蛮看着简南，“质量很好，很耐穿，所以我一口气买了好几包。”

简南傻傻的，靠坐在树干下，不明白阿蛮为什么在这样的时候说这样的话。

“你如果喜欢，我可以送你一包。”阿蛮揭晓谜底，“你自己拿回去洗干净，抽真空。”

简南：“……”他松手，多少有些讪讪的。

“你休息，我干活。”阿蛮把简南丢到一旁，把毛毯结结实实地盖到简南身上，还非常细致地帮他把矿泉水的瓶盖拧开，放在他的左手边，然后双手叉腰，站在洞口居高临下。

“他们都在里面?”阿蛮看着黑漆漆的陷阱。

“这是很古老的狩猎坑洞。附近将近两百平方米的空地上都是这样的陷阱，普鲁斯鳄找工人来把下面打通了，做了一个地下迷宫。我是等到他们都走进这个坑洞范围内才让他们落单的，而且我也听到了他们掉进陷阱后骂人的声音。”

起码有一个贝托的手下，应该就掉在他前面五十米不到的地方。

人在漆黑的地方会迷失方向，下意识地原地打转，而这附近坑洞陷阱密布，在黑暗中根本躲不开。这就是个万无一失的计划，只是做计划的时候，他想象中的自己并没有现在这么狼狈。

他是真没想到阿蛮随身会带着简易滑轮，而且除了简易滑轮，她还带了个烟熏器。

简南:“……”她的背包比他的还要疯。

“我得把他们熏出来。”阿蛮解释，声音很轻，用的中文，是只说给简南听的，“警察过来还需要时间，这地方太大，万一真跑出去了就亏大了。”

“而且他们身上肯定带着枪，现在不开枪，是怕里面太黑，地形太复杂，容易走火伤到自己。由着他们在里面，太危险。”

这个烟熏器和阿蛮很配，简单粗暴。阿蛮捡了一堆的枯树叶和奇奇怪怪的粪便丢到容器里，然后把管子往陷阱里一丢。

“你们知道我们在哪儿，不想被熏死的就自己上来。”她用西班牙语扬声说了一句就立刻戴上了口罩，递给简南一张餐巾纸。

“没毒，就是臭。”她的脸藏在口罩里面，应该是在笑，眼睛弯弯的。

是真的很臭，比现在的血湖还臭，人类根本无法忍受的那一种。

不知道为什么，简南就在这样的环境下，也跟着笑了，拿着那张餐巾纸捂着嘴，看着阿蛮在烟雾弥漫中大展拳脚。

这应该是他认识她以来，见过她打架打得最认真的一次。不是单方面碾压的那种，也不是在拳击馆和几个壮汉你来我往的那种，这一次，阿蛮对着从烟雾里面呛咳着爬出来的人下的都是狠手。

都是他这个闲着没事考了个护理从业资格证的人都能看出来的致命要害。

这四个人都不是阿蛮的对手，阿蛮甚至没有使用武器。阿蛮在帮他报仇，因为她卸掉了所有人的右臂，然后用一根绳子把四个人绑得严严实实。

烟雾器起烟容易灭烟难，臭得所有人都没力气说话。莫名其妙栽在阴沟里的贝托甚至连一句狠话都来不及放，就被难得准时的切市警察戴上手铐塞进了警车。走之前，贝托脸上还带着一半阴狠一半被熏吐的表情。

纵横切市的大佬，最后被人引到了印第安人的原始陷阱里，用屎熏了出来。这应该是所有人都没有想到的结局。

十六岁的阿蛮随手救了一个被人围殴的黑帮混混，被混混带到贝托面前，当年，贝托问她要不要跟他混的时候，他们两人都没有想到，宿命会用这样的方式，给两个人的羁绊画上句号。

受了伤的简南也被送上了救护车。阿蛮一个晚上干掉了十四个壮汉，身上也挂了彩，和简南一起也被塞进了救护车。

两人一辆车。阿蛮坐着，简南躺着。

简南本来就呕吐了一个晚上，再加上阿蛮的烟雾催化，他上急救车前呕吐不止，急救人员根据简南的要求给他打了镇静剂。

终于如愿以偿。那个黑色眼瞳怪里怪气的变态随着镇静剂慢慢变得安宁，呕吐止住了，简南眼里的血丝也慢慢地消退了。

“你好了？”阿蛮又问他。

“你很想我好吗？”简南躺在那里看着阿蛮。

阿蛮双手托腮。她觉得这个问题很复杂，是她以前会刻意避开的不容易想明白的问题。

“我可以问问你为什么一撒谎就吐吗？”阿蛮没回答他的问题，反而问了个新的问题。

“因为我小时候智商很高。”简南平躺着，微微弯起了嘴角。

阿蛮：“……”

阿蛮最讨厌他说他自己智商很高，每次听到，她都能白眼翻上天。

“其实我身上所有的问题，都是因为智商太高。”简南收到了阿蛮的白眼，心情很不错。不知道是镇静剂的作用，还是因为这里的一切终于跌跌撞撞地告一段落了。

“我说的智商很高，指的是真正意义上的天才，不是那种比普通人聪明一点的或者在某些领域特别有天赋的，我指的是已经失衡的那种高智商。

“这个世界需要平衡，社会需要，自然界需要，甚至大到整个宇宙，都需要平衡。失衡的东西，其实就是残次品。

“我就是这样的残次品。”

阿蛮没说话。

“正常的人类和我这样的残次品生活在一起，都会遇到一些实际问题。比如他们会经常忘记自己说过的话，比如他们身为大人却经常逻辑不通，比如他们想得到一些东西却又不愿意失去一些东西，比如，他们希望这个残次品是独一无二的，是只属于他们的。

“我有时候会让他们觉得害怕。我会要求他们兑现他们早就已经忘记的承诺，我会纠正他们前后矛盾的逻辑，我会跟他们说我觉得我爸爸昨天晚上半夜才回来是因为去见那个阿姨了，那时候我才四岁。

“四岁的孩子这个样子是很可怕的，大部分人接受不了。所以那段时间，我的生活陷入了混乱。

“从小教育我的教育机构觉得我并不适合他们现在的教育。我爸爸觉得我妈妈的教育方式太可怕，但是他自己却有了外遇。我妈妈在各种压力下，只能一直跟我说，我必须变成最好的那个，我必须成为像牛顿那样的人。她说，如果我努力，我长大了就可以改变人类历史。

“她不允许我犯错，当她发现我的智商高到犯了错她也发现不了之后，她开始纠正我的撒谎行为。不停地喂我喝水，只要我撒谎，她就逼着我一瓶一瓶地喝水，直到吐出来为止。

“这件事持续到我父母离婚之后。她单独把我带到六岁，整整三年，我一反抗就被灌水，所以就留下了一旦说谎就会觉得食道里面都是水的心理暗示。”

阿蛮张着嘴。

简南微笑。他觉得还不错，这件事他只对吴医生说过，说的时候还吐了。

这大概是镇静剂的作用，让他可以这样放松地把这件事说出来，说出来，成功地让阿蛮露出了惊讶的表情。

“……我本来。”阿蛮安静了半天才开口，“我大概知道这个故事肯定很悲惨，所以本来打算拿我的悲惨的过去来安慰你的。”

简南：“……”

“你知道的，觉得自己很悲惨的时候，听到别人也一样悲惨，心情就会好很多。”阿蛮解释。

“……那是同理心。”简南无语。

“哦……你没有。”阿蛮搓搓鼻子。

简南：“……”

第14章
再见，墨西哥

“阿蛮。”简南一直到快到医院了才开口。

“嗯?”阿蛮靠在救护车侧壁，懒洋洋的。

“这件事结束后，我应该就要回国了。”他说。他已经陆续接到了一些Offer，国内国际都有。名气打出去了，选择余地就多了。

“嗯。”阿蛮拿出手机看了眼日历，“我们的合约还有三周。”她一直算着呢，钱也一直没动。

简南伸手，拽住了阿蛮的背心衣角。

阿蛮:“……”

“你跟我一起回去吧。”他拽紧了才说，“我选个离你老家近的地方工作，我帮你找父母。”

“我们，一起回国好吗?”他看着阿蛮。

眼瞳仍然是黑的，嘴唇也仍然是灰白色的，额头上还是有冷汗的痕迹。他没有完全好转，但是想说的话都是一样的。他想回国，也想阿蛮和他一起回国。

“……我。”阿蛮难得有些词穷，表情看起来十分为难。

“你还打算继续请我吗?”她问得小心翼翼。他回国了，应该就不会再遇到贝托这样的人了，他还打算请她吗？她很贵啊。

简南:“……”

“我……”阿蛮继续卡壳，“我总得有个回去的理由。”

她梳理了一下:“我现在这份工作能拿到的工作签证都是短期的。说实在的，和你一起回去，做你的保镖，工作强度肯定没有这里大。到时候我天天跟着你，能做什么呢?”

“……其实我还是挺想回去的。”阿蛮又觉得自己梳理不了这一团乱七八糟了。她心跳有点快，不知道是因为被拽了衣角，还是因为简南说“一起回国”。

她想回去！但是，这样回去算什么?

“我……”简南也开始卡壳。

“我觉得可以不用工作签证。”他本来以为这话可以等到他们确定回国之后才说的。

阿蛮：“……”

“就是，你还是可以用之前来墨西哥的方法重新回国。”简南说，“虽然你成年了，这事有点难办，但是我这段时间让普鲁斯鳄帮我找过一些特例。”

简南说得很慢。普鲁斯鳄说，他这句话一旦说出去，可能就直接往生了。但他还是想试试。

“就是通过领养。”他坚强地，把话说完，“我领养你，然后我们一起回国。”

阿蛮：“……”

“谁教你的？”阿蛮问得很冷静。

冤有头债有主，要杀人也要找对仇人。

简南的智商真的很高，但是智商对社交没用，她不相信简南的脑子能想出领养成年人这么……让人猝不及防的东西。

“其实是可以尝试的。”简南显然非常不怕死，“领养只是为了方便你理解的说法，更准确的说法是‘意定监护’。”

他说：“也就是说，你书面授权我做你的监护人，我用监护人的方式给你发放邀请函，这样你就可以申请超过一百八十天的探亲签证。在这期间，我们只要找到你原户籍所在地，就可以马上申请恢复你的国籍。”

阿蛮：“……我成年了。”她很早就没有监护人了。

简南回答得很快：“意定监护就是给成年人用的，万一你出现意外丧失行为能力的情况，我就需要履行监护职责。”

阿蛮：“……谁教你的？”她还是想杀人。

“……普鲁斯鳄。”简南终于回答了，答完还有些不服气，“他只是开玩笑地说了‘领养’，后面的资料都是我自己查的。”

救护车终于停到了定点医院，救护员打开车门。阿蛮冲救护员挥挥手，自己先行一步下车，拨通了手机。

“啊？？他真的说了？？”自从阿蛮揭穿普鲁斯鳄的国籍后，普鲁斯鳄在私聊的时候都是一口京片子，“他还活着吧？”

“不要教他奇奇怪怪的东西！”阿蛮警告。好好的孩子，本来脑子就不好了，这样很容易被人打死。

“我靠，大姐我六月雪啊！”普鲁斯鳄已经彻底放弃伪装自己的国籍了，“是他让我帮他查查都有哪些延长签证的方法，我查到什么就告诉他什么啊。”

“长久居住证那个办起来时间太长，工作签证也需要耗时很久，我都怀疑你这个职业能不能拿到社保部发的《外国人就业许可证书》，毕竟你以前的委托走的都是黑市。所以，就只有探亲这一条是最靠谱的，你和简南最快成为亲人的方法就是结婚或者领养，我这是陈述事实。”

“他本身就奇奇怪怪了，怎么就变成我教的了！”普鲁斯鳄对阿蛮的指控感到非常委屈，气哼哼的，“他有毛病，一定要找个关系最牢固并且对你影响最小的，结婚又得双方自愿，那肯定就只有领养这条路了，我又没说错！”

阿蛮直接挂断电话。

简南已经被推进急诊室。大概是因为一直没得到她的回答，他走之前还昂着脖子看她，表情又变成了放学等家长来接的孩子。

婚姻没有家庭牢固，所以他选择了家人。

婚姻对她会有影响，所以他要做她的监护人。

阿蛮低头，笑了。这还真是……简南式的思维。

“我同意了。”阿蛮快走两步，走进急诊室，冲着简南点点头。

她同意了。她没有告诉他，这是她这辈子唯一一次自己点头同意的牵扯，以前被领养是被动的，以前被放弃也是被动的。

这是第一次。从认识到现在，一路下来都是自己选择的，自己努力的。

“我跟你回国。”她接着说，“你帮我找父母，我帮你打坏人。”

她守着他，因为他身边从来都不缺坏人。

简南蔫坏蔫坏的。在医院检查了一轮，确定没有大问题，但是因为打了镇静剂，医生建议留院观察一晚，他趁机自作主张，给自己转了院，然后直接打车去了简北住的那家医院。

还是急诊室。就安排在简北旁边。

戈麦斯和莎玛还以为他们两个兄弟情深——哥哥下场帮弟弟报了仇，回头还来医院里陪弟弟——尤其感情丰沛的莎玛，眼睛都红了，一直嚷着她就知道简南不是简北说的那么冷漠的人，她就知道简南一直有苦衷。

她用一双肉嘟嘟的大手握着简北的手，用规劝叛逆小孩的语气，红着眼眶，说：“我早就说过了，简南不是这样的人，他连给流浪猫狗做去势手术都会切很漂亮的刀口。”

简北：“……”

阿蛮在一旁冷眼旁观。因为糖分流失，她去医院外面的二十四小时便利店里买了一个墨西哥卷，里面除了辣椒就是辣椒。她咬了一口，总算过瘾地愿意开口了："你真幼稚。"

她声音很轻地糗他。

她以为他大半夜办转院手续只是单纯想气气简北，直到第二天，她看到了简北的妈妈，简南的后妈。

这是一个保养得非常好的中年女人，和简北长得很像，英文有口音，但是很流利，穿着得体，举手投足都是受过良好教育的中产阶级的样子。

她根本没看到简南，径直冲向简北，还没开口眼泪就掉下来了。楚楚可怜。那种没有声音但是眼泪一颗颗往下掉的神奇哭法，阿蛮自己试过，差点噎死。

"我就说……我就说你没必要为那个人特意跑这么一趟！"她用的是中文，周围都是外国人，她说话也就没什么避讳，"你爸都让你不要管这件事了，你干什么还非得飞过来？他是神经病你不知道吗？连亲妈都……"

阿蛮掀开床上的帘子，"哗啦"一声，打断了简北妈妈接下来的话。

简北妈妈一开始只看到了阿蛮，东方面孔，一手臂的文身，头发短得毛刺刺的，再加上昨天晚上打了几场架，她现在看起来差不多就是电视上不良少女的翻版——墨西哥的不良少女。

简北妈妈十分戒备地往前走了一步，想挡住阿蛮看自己儿子的视线。然后，她看到了简南。脖子上挂着固定胳膊用的绑带，脸上有擦伤，伤势看起来比她的儿子简北严重很多倍。

"你怎么也……？"简北妈妈瞪大眼睛，想到自己刚才说的话，有些难堪。

"你这孩子，你哥哥就在旁边，也不跟我说一声。"简北妈妈迅速变脸，作势拍了下简北的肩膀，冲着简南颇有些不好意思地笑，"我不知道你也在这里。伤得重不重，要不要给你爸打个电话？"

"不用。"简南没什么表情，"我就是在这里等你来，我有话跟你说。"

"你说。"简北妈妈看起来很亲昵地坐到了简南床头，走路的时候，刻意避开了凶神恶煞的阿蛮，"其实你直接和简北说也行的。"

她看起来十分尴尬，却仍然笑容满面。

"我马上要回国了。"简南连一分钟的寒暄都不打算做，"我不会回上海，也不会联络我爸。"

"你们之间的那些事情，不要再算到我头上来。我很早之前就说过了，我爸的钱我一分都不会要，他的遗嘱跟我也一点关系都没有。"

简北妈妈的脸涨红了。

“他其实从来没有想过把家产留给我，他一直用我来吓唬你们，只是因为他觉得你还不够好。或者就像你想的那样，他在外面有了别的女人和孩子。这并不奇怪，他出过一次轨，肯定也会出很多次轨，你肯定不会是最后一个。

“你们的目标不是我，所以，别再浪费力气在我身上。

“简北应该很清楚，很多事情我没有说出来，不是因为他和我有血缘关系，而是因为一旦扯出他，我爸肯定会找我。我爸找我，对我的病情没有好处，只有坏处。

“所以，你们如果想要顺利地拿到家产，就离我的生活远一点。简北知道我是什么人，真疯起来别说家产，我连亲妈都能送到牢里。”

阿蛮发现，坐在床沿的简北妈妈手指一直在发抖。她怕他，从她看到简南的那一刻起，她脸上都是强堆出来的笑容。简南的继母，怕他。

在简南说了那么多话之后，那母子两人一句话都没说，直接办了手续离开了医院。走得急匆匆的，背影都带着残影。

“你爸爸很有钱？”阿蛮正被护士摁在凳子上上药。简南有强迫症，但是一只手废了，只能从想给阿蛮上药变成了看别人给阿蛮上药，顺便偶尔发出奇怪的声音。

“你再发出这种声音，我真的会打死你。”阿蛮在简南又一次倒吸一口气之后，实在忍不住了。

“我爸很有钱。”简南盯着伤口，答得心不在焉，“他是做房地产的。”

“你这样她会留疤。”简南终于忍不住了，在护士打算直接处理伤口的时候，伸手拉住了护士的袖子。

“这样快，而且不会那么痛。”护士翻白眼。

“这样会留疤。”简南坚持。

最后阿蛮只能翻着白眼看着简南又叫过来一个年长的护士。

“当然不能留疤。”年长的护士笑嘻嘻，“小姑娘脸上留疤了就不好看了。”

那天，关于简南父母的话题，就此终结。

没有好奇心的阿蛮并不好奇，不想聊的简南也并不想主动挑起话题。

人和人之间变熟了以后，很多事情都会自然而然地抽丝剥茧。

有些人，越剥开越无趣。

有些人，越相处越投契。

简南和阿蛮离开切市的那天，意外地，有很多人送。

埃文终于回到切市，项目前期的病毒样本采集工作都已经完成，有病治病，有动物传染病的就小范围灭杀，项目第一阶段已经初见成效。很多兽医相关的专家志愿者都陆续回国，简南算是比较晚的那一个。

塞恩选择了留在切市，他本来就是墨西哥人，哪怕天天嚷着人类即将灭亡，但是阿蛮看得出，他热爱这片土地。

“我会去看你们的。”塞恩没有去人来人往的机场，选择了他熟悉的视频通话，“等我的出国限制解除了，你们那边如果有好玩的事，也可以叫上我。”

傻兮兮的环境专家因为购买过多违禁品被限制出国，但是他这一次没有像以前那样十分悲观地告诉他们，他们这是最后一次见面了，毕竟谁都不知道什么时候会出现末日。

来送他们的人里面，还有坐着轮椅的印第安少女米娜，她的右脚最终还是截肢了，人瘦了一点，白了一点，气色好了很多。

“谢谢！”米娜用十分生疏的英文，说完之后笑眯眯地递给阿蛮一张拍立得，照片里面是阿蛮和米娜。

是前两天阿蛮去跟她告别的时候在医院里拍的，照片里的阿蛮还是穿着一身黑，冲着镜头很酷地比了一个“耶”。

“再见。”阿蛮摸摸米娜的头。

“再见。”米娜还是那一口生疏的英文，笑嘻嘻地冲阿蛮挥手。

生活中，有很多很多过得异常艰难的人，他们不见得真的能像所有人安慰的那样，慢慢地变好起来，但是他们能微笑。

微笑，是最简单的获得幸福的方法，无关贫穷，疾病、困苦，甚至无关死亡。

阿蛮在飞机上，冲着外面做了个飞吻。

再见，墨西哥。

上飞机之前，阿蛮甚至都没有问简南目的地是哪里。

她忙着做各种回国的准备：整理自己的小金库，把地下拳击馆的土地所有权转交给了戈麦斯，转租掉自己所有的安全屋，并在贝托老家门口丢了几块牛粪。所以她都没来得及问简南他们到底是要去哪里，也没来得及问简南他到底接了个什么样的工作。

“兽医顾问？”她对这个名词很陌生。

“对一些比较棘手的动物疾病和传染病提供独立和中立的建议。”简南拍拍电脑，“独立机构。”

"……你自己开公司?"阿蛮在想，她是不是一直低估自己委托人的经济实力了。

"塞恩开的，收集各国的怪人，承接所有疑难杂症。"简南看了阿蛮一眼，"你也在。"

"在哪里?"阿蛮反应开始迟钝。

"在塞恩的这个……"后面的话说起来可能烫嘴，简南咕噜了一下，"末日公司。"

阿蛮："……"

"你属于我的工作助理，有合同。"简南抽出一叠纸，"工资肯定没有你之前接的委托那么高，但是在合同期间，你随时都可以接别的保镖单子。"

"只要提前跟我说一下。"简南想了想，补充。

阿蛮一脸茫然地接过合同，先看了看前面的工作内容，主要工作是安保，保护简南的工作安全，兼职做做兽医助理，手术的时候搭把手之类的，倒是不难，都是她之前做过的工作。

工资其实也合理，和私人保镖不能比，可正常过日子是足够的。但是……

"二十年?!"阿蛮炸了，"你是笃定我不敢把你从飞机上扔下去对吧?"

在一万米高空把他丢下去让他自由飞翔。

"我这里还有十年的。"简南立刻又拿出一份合同。

一模一样，只是期限改了。阿蛮太过无语，以至于直接笑出了声。

简南耳根有点红，但是拿着那份合同很坚持。

"说实在的……"阿蛮终于笑着接下了那份合同，"你这种行为是真的很变态，但是我并不排斥……"

大概是因为都是奇奇怪怪的人，大概是因为对简南这个人越来越了解，她开始觉得简南这种显而易见地拉着她不放的行为，并不让人反感。

十年很久。所以合同里絮絮叨叨地写了好几页这十年万一出现变动的对应条例，简南脑子好，他几乎把所有的天灾人祸都想了一遍，每个条例背后都是她无条件免责，她甚至可以无条件单方面解除合同。

一份雇佣合同，把她写成了甲方。像是哭嚷着不让朋友走的孩子拿出自己所有的宝贝玩具。所有的都给你，唯一的条件是你不要走。

二十六岁的简南在处理人际关系这方面单纯得一眼见底。他用了所有他能用的方法，她想找到自己的根，他帮她；她想回国，他帮她；她需要一个工作的理由，他也帮她。

唯一的条件是这份合同，按月给钱，随时可以单方面解除，时间是十年。或者贪心一点，二十年。

“为什么这么想留下我？”阿蛮问。

他说过很多夸奖她的话，他说她给他安全感，他说她是切市最好的保镖，他说过他对她产生了特殊的分离焦虑症。

她之前只是单纯地觉得被依赖的感觉很好。

她一直很喜欢被人依赖的感觉，她学会的求生技能其实可以帮助她胜任很多工作，但是她最终选择了保镖，就是因为在委托期间，她的委托人会用很依赖的眼神看她，危险的时候，人多的时候，做重要决定的时候。

被依赖，会让她觉得自己在这个地球上是不会被淹没的。

孤儿最怕的就是被淹没。出生、疾病、死亡都没有人关心。

她在这方面有心疾，做保镖可以治疗这样的心疾。可这种藏在心底的心疾并不会让她失去理智到直接抛掉切市的一切，跟着一个只认识半年多的男人回中国。

她一直很疯。因为一个人无牵无挂，所以活得肆意妄为。

但是，她其实一直很惜命。她并没有疯到明明再等一个小时就能等到警察，却偏偏要孤身冲进不知道几个人几把枪的黑暗里，只因为她在简南的定位器里听到了他的闷哼声。还有重物坠地的声音。

所以哪怕当时简南的心跳血压都在正常范围内，她仍然不管不顾地冲了进去，当时她脑子里在想什么？

她在想，他绝对不能死。

不是因为他是她的委托人，而是因为，单纯的，简南不能死。

她似乎，依赖上了一个依赖自己的人。所以她一点都不排斥他做她的监护人，不排斥和他一起回国，甚至不排斥这份合同。哪怕二十年，只要简南拿着，她就真的会签。

所以她终于问出了这个问题，平时她绝对不会问也绝对不会多想的问题。

为什么要一直像孩子一样拽着她，又给糖又给钱，还带着隐形的哭闹。

“我不知道。”简南从不撒谎，“我确实不知道。”

他觉得他们的关系早就超过了所谓的朋友，他越界那么多次，阿蛮都由着他越界，所以他觉得，这是双方默许的，他们之间比朋友更亲密。

他知道男女之间比朋友更亲密的是什么，恋人或者夫妻。

他没见过不吵架不分手的恋人，也没见过不搞外遇的夫妻。人在这方面其实和动物差不多，一直没有进化过，看起来文明，不过是因为有道德约束。他脑子里的道德约束都是背出来的，所以他一直排斥这种关系。

那么，就只有家人。可他……并没有那么想做阿蛮的……家人。家人不会做之前那样的梦！所以他不知道。

阿蛮定定地看着他，足足一分钟，简南就屏住呼吸，整整一分钟。

“行!”阿蛮点头，靠回到椅背上。

“行什么?”简南憋得脸都红了。

“其实我也不知道。”阿蛮把飞机上送的眼罩拆开，拍了拍，“既然都不知道，那慢慢地总会知道的。”

太复杂的，就不想。她的原则。反正她现在挺开心的。

“你不问问我去昆明干什么吗?”简南眼看着阿蛮打算戴上眼罩睡觉了，就有点急。她怎么就这样睡了。飞机刚刚起飞，拉拉杂杂的都是人声，她怎么这样都能睡着。

阿蛮扯下眼罩遮住鼻子露出眼睛：“干什么?”

“到了昆明，我们还得再开八个多小时的车，到滇西边境的曼村，那里有鱼生病了。”简南说完就停了。

这是一句很荒谬的话。从切市飞十几个小时到中国，下了飞机再开八个多小时的车，去看那个村的鱼。

他觉得阿蛮接下来应该是要揍他了。他居然有点期待。他反正是变态。

“哦。”阿蛮发出一个单字节，正要重新拉上眼罩，想了想，又拉了下来。

“你怎么知道那边有鱼生病了?”她又抓了一手好重点。

“……谢教授告诉我的。”简南多多少少有点措手不及，他一直觉得阿蛮的脑回路很奇怪，非常奇怪，和别人都不一样。

“你们和好啦?”阿蛮有兴趣了。

“我给他发了一封邮件，他同意让我试试。”简南说得挺简单的。

阿蛮“哦”了一声。被他吵了两次，现在有点睡不着了。

“给我看看。”她伸手，“邮件。”

简南把笔记本电脑递给她，打开邮件页面。她不睡就好了，看什么都行。

“好长……”阿蛮迅速地看了一眼，迅速地失去了兴趣。

“而且你们都是中国人，为什么要用英文?”她满肚子郁闷，英文的读写她学得没有中文深。

“谢教授要求的。”简南拿回笔记本，“我翻译给你听。”

阿蛮在椅背上找了个舒服的姿势。

“谢教授尊鉴。”简南开始读。

“啥?”阿蛮一脸问号。

“……”想要翻译出信雅达的简南默默地改口,“谢教授你好。”

阿蛮翻了个白眼。

简南嘴角微微翘了起来。

他读信的语气很平缓，一字一句，吐字清晰，声音很轻。

这封信其实很简单。他把自己一直以来的担忧都说了出来，他说他确实也非常担心自己大脑的问题，尤其是在实验室，所有人都盯着他拿出结果的时候。

他很多时候的想法都是灰暗的，特别是当自己大脑出现问题这件事被所有人知道的时候，他确实有过偏激的想法，所以他才会听从谢教授的安排，把自己流放到墨西哥。

他在切市经历了很多事，认识了一些人。

他仍然很担心自己这颗定时炸弹会在某个时候突然爆炸，他仍然会每个月接受一次心理评估，但是他现在心里渐渐踏实了。

“血湖项目让我在自我和社会之间，找到了某个平衡点。

“我现在仍然很难说清楚这种平衡点代表了什么，但是在血湖项目暂停之后，我清楚地知道了自己的作用。

“在动物世界里，群居动物保持合群是为了生存。群居动物为了合群会做很多事。鱼会为了成为鱼群的一部分，放弃自己的温度偏好。社交能力越强的鱼，越容易偏离自己喜欢的温度。

“阿拉伯鸫鹛为了良好社交，会一起飞舞，一起沐浴，甚至互送礼物。

“狐獴为了保护族人，会设置哨兵，日常生活中会用互相梳理毛发、摔跤、赛跑这样的方式来维持感情，保持良好的社交。

“这些动物都为了合群跳出自己的舒适区。群居动物为了生存，把这些牺牲变成了本能。”

阿蛮歪着头，打了个哈欠。书呆子啊，难怪这信那么长。

“我一直告诉自己，这样的牺牲是为了生存，这样的牺牲是为了让自己不要变成逆行者。

“到切市之前，我一直试图让自己变成主流，或者说，假装成主流。

“但是我一直都忘了，在一个秩序过于完善的社会系统中，其实需要有不一样的人，去发现、去完善社会系统的盲区，去提高这个种族适应环境变化的能力。”

像他这样，像阿蛮这样，像普鲁斯鳄和塞恩这样的，像富N代塞恩创建的末日公司里面即将到来的那些人一样的。

“就像每个高度协作的蜂群里都会有少数无社会性的个体，这些个体更全能，会在蜂群采集单一花粉资源的时候，发现别的植物资源，提高适应环境的多样性。

“所以我觉得，社会性不是演化的顶峰，只是演化过程中的一个结果，在这个过程中，遗漏在社会性外面的个体，其实也有关键的存在价值。”

他们，也有关键的存在价值。不是定时炸弹，不是边缘人物。

阿蛮微笑，闭上了眼睛。

简南后面还说了什么，她其实已经听不太清楚了，她只知道那封信真的很长很长，长到她觉得谢教授可能是不想读完才敷衍地跟简南和好的。

到底是个狂得不行的家伙。说了那么一大段，不过就是想告诉谢教授，他可以做的很多，他能做的很多，他在血湖试过了，他还想在其他地方试试。

她微笑，是因为她听出了他信里面一直有她。睡着了，也能听到他越读越轻，到最后咕哝了一句：“这么吵都能睡着。”

一边咕哝一边给她盖毯子。怕吵到她，轻手轻脚又笨手笨脚的。

她肯定是疯了。和这个又狂又胆小的家伙在一起，连目的地都不在乎了，睡着了，都能带着笑。

可能是因为，他们都是遗漏在社会性外的个体。

可能是因为，他们其实都一样，都在寻找活着的价值。

事实证明，她还是在乎目的地的。阿蛮没想到自己身经百战，居然会栽在这种九转十八弯的山路里——她晕车了。

“越到后面的路越不好开了，你们两个小娃娃要去那么偏的地方整哪样?”司机是个原住民，坐在马路牙子上抽着水烟，吧嗒吧嗒的。

“……给鱼看病。”阿蛮擦擦嘴，努力让这句话听起来像一句正常人会说出口的话。

就算要做疯子，也不能看起来比简南更疯。

他居然没吐。顶着大太阳跑出老远去给她买水，满头大汗，带回来满满一袋子。冰的、常温的矿泉水，还有一些零食和水果，青芒果包在透明袋子里，撒上辣椒面和稍许的盐。

阿蛮刚才在路边停车买过，他见她挺爱吃的，就又买了一点。

他还给司机买了两包烟。到了国内，他的社交能力看起来还挺好，很积极，看到谁都喊“师傅”。

“你们这俩娃娃就是去曼村给鱼看病的那两个国际专家？”司机居然知道这件事，瞪圆了眼睛，说话也不避讳，“毛都没长齐呢！”

“长齐了。”简南很认真地回答，“一般来说，人类在十五到十八岁之间，身上各种体毛的位置和数量就基本确定了。”

司机张着嘴，连水烟都忘记抽了。

阿蛮使劲拧了下简南的胳膊，脸上堆着笑：“只有他是专家，我只是助理。”她才不要跟他一样变成毛长齐的人。

司机跟着阿蛮一起假笑。

“不是我没礼貌。”那司机一听说是国际专家，普通话都变标准了，“我们一直以为来的会是两个年纪很大的外国人。”再带上翻译、地陪一群人，毕竟是国际的，还是专家。

坐在马路牙子上的司机又瞅了他们两眼。

“村里很多村民是靠捕鱼过日子的，今年降温之后，鱼一茬茬地翻肚子……你们真的是专家？有文书吗？”

他也顾不上礼貌不礼貌了。他只是听村长说近期会来两个外国专家，是村长把鱼的问题上报到镇上，镇上再上报到市里，市里又一层层地报上去，才申请下来的顾问。

村长为这两个专家准备了村里最好的房子，收拾了好几天，里里外外都洗了一遍，结果就来了两个毛头孩子。那女娃娃看起来都没到一米六，这男娃娃个头倒是高了，可走路都打晃，白得跟没晒过太阳一样。

国际专家，听说最近做了个大项目……结果，就这？这看起来还不如村头的老兽医靠谱！

“我们是生物院委派下来的顾问，有邮件，也有纸质公函。”简南并不介意被质疑，他有自己的标准台词，“我是天才，双博士，刚从墨西哥做了项目回来。”

阿蛮还在晕车的余韵中，没来得及翻白眼，只是内心飞过了几只乌鸦。她想给他挂个牌子，以后有人问，就掏出来让他们自己看，牌子做成红色的，喷上金色油漆。

“她是墨西哥最贵的保镖，现在是我的助理，暂时还是个外国人。”

阿蛮：“……”

她的新身份，被简南放在天才后面，连在一起，都很值得翻白眼。

司机也不知道有没有被简南黑漆漆的眼珠子忽悠住，抽完了手里的水烟，收起水烟筒，还是把他们俩送到了曼村。

九转十八弯的。阿蛮中途又吐了好几次，一边吐一边漱口一边吃芒果，除了觉得喉咙烧得慌之外，倒是没有脱水。

曼村很小，村里总共一百多户人家，居住地只有四十多亩。

从国道的柏油路开车下来，转到水泥路，再转到夯实的硬面路，还要往里面开一点点，才能看到错落的村庄。有傣族的竹楼，也有普通的砖瓦房，能看得出，并不富足。

司机直接把车子开到了村长家门口，刚刚停好就跳了下去，叽里呱啦嗓门很大地说着当地方言。

简南十分镇定地拿出了所谓的公函，站在原地等着被质疑。

“你下次可以把胡子留出来，戴上眼镜，擦点黑粉。”阿蛮上下打量简南，“换个衬衫长裤。”

也不怪人家司机不相信他，这人还穿着飞机上睡觉时穿的宽松T恤和五分裤，脚上还是一双大头拖鞋，头发也乱得跟鸟窝似的。连看起来很老到的村长急匆匆地跑出来，也着实愣了半分钟。

“我是简南。”简南主动伸出右手。

“……简博士？”村长没有司机那么直接，但是语气中的迟疑已经十分说明问题。

简南直接递上了公函。

阿蛮站在旁边，觉得自己像在看古早的武侠片，大侠们每到一个驿站就会提交身份文书。挺好玩的。在切市腥风血雨里穿梭多年的阿蛮，甚至觉得这样的场面十分温馨。

如果没有接下来发生的事情的话。

村长非常热情。

阿蛮并不知道原来在这样的地方，只要村长在喇叭里喊一嗓子，一百多户人家就会迅速出动，家家户户都搬出了家里的桌子椅子，半个小时的时间，就在村委会外面那块空地上摆好了接风宴。

各式各样的桌子排成长龙，女人们都在后院宰杀猪羊，男人们开始一缸缸的往外端酒。

据说这是村里最高规格的迎宾宴，为了这一天，家家户户都准备了拿手菜。盛情难却，平时没有委托的时候最多喝半瓶啤酒的阿蛮，被硬灌了两大碗不知道是什么但据说喝了以后就能长命百岁变成老乌龟的酒，喝完以后吐了几个小时，胃开始火辣辣的，也说不上是不舒服，就是眼睛开始失焦。

简南还在旁边介绍自己，不厌其烦地说自己是天才，是双博士，说完之后总是不忘补充，她是阿蛮，她很贵。

估计是他说得足够真诚，估计是他身上带来的公函增加了公信力，估计是酒过三巡大家都喝多了，总之气氛热热闹闹的，菜的味道很好，酒很香。

阿蛮打了个酒嗝。她的气场和一般人不太一样，喝酒之后话就少了，眯着眼睛坐在那里，来来往往的村民居然没有几个敢上来继续劝酒，于是大家都把焦点放到了简南身上。

"简博士。"村长夫人悄悄地过来，压低了声音，"你和阿蛮小姐是夫妻吗？"

简南转头，有些疑惑。

村长夫人搓搓手，有点尴尬。她不敢再找那个话很少很少的阿蛮说话了，但是刚才阿蛮又说得不清不楚的。

"是这样的。"村长夫人有点紧张，"本来我们以为这次会来好几个人，所以我把村中心最好的屋子空了出来，收拾了四五个房间，想问问你们需要几床被褥。"

"但是阿蛮小姐刚才跟我说不用那么麻烦。她说……你们两个住一个房间就可以了。"最后这句话说完，村长夫人就更尴尬了，尴尬里还透着几分八卦和好奇。

曼村很小，小到家家户户谁家里有几只蚊子都瞒不住人。新来的专家自己要求一间房就够了，在这样的村庄里，是个爆炸新闻。

"嗯。"简南含含糊糊地应了一声，没否认，也没承认。

阿蛮这么说是因为她压根没往八卦上面想，他们在墨西哥也天天睡一起，她是真的觉得不用这么麻烦。简南这样应，是想把话题就此终结。他觉得这事没什么好解释的，民风不同，教育程度不同，见过的世面也不同。

结果没想到村长夫人眼睛一亮，两手一拍："这可不是巧了吗！"

简南："……"

"之前咱们以为会来很多人，房子不好找，空出来的屋子虽然不错，但是离村子有点远。村里没路灯，夜路不好走，过去其实有点麻烦。

"但是如果你们两个人结了婚，那就简单了啊！"

“村西边王二家里给儿子弄了个新房，新造的房子，独门独院的，而且离鱼塘也近。”村长夫人是个爽利性格，说风就是雨，冲着酒席里的人扯着嗓门喊，“王二家里的！你给儿子的新房能不能空出来给这小夫妻俩住？”

这一嗓子号得全场都安静了。

王二家里的也是个反应快的，马上大嗓门号回去：“那当然好啊！那房子本来就空着等明年才用的，真要让专家住进去了，这彩头多好啊！”

旁边有个胖胖的中年女人跟着笑：“那专家要是能在那屋里怀上个娃，彩头更好！以后你们家孙子肯定整得成啦！”

“那可不，这房子我找婆子算过的。”王二家里的笑出了声，“可旺了！”

农家人说话，舌尖口快，生冷不忌，本来还因为对方年纪小，又是专家读书人，说话都悠着来，现在一听说是结了婚的小夫妻，话题立刻就轻松了不少。

喝了酒之后话越来越少眼睛开始对不了焦的阿蛮一脸莫名地看向简南，没想到自己只是“嗯”了一声就引起轩然大波的简南也一脸震惊得和她对看。

“你一口都没喝？”她大舌头了，脑袋凑到简南旁边。因为矮，非常容易就钻到了简南胳肢窝下面，然后钻出来，脸很红，表情很严肃，语气带着控诉。

这个动作本来非常亲密非常暧昧，但因为是“小夫妻”做出来的，周围人就都带着善意的笑。

“新娘子喝醉了吧，这脸红的。”坐在简南旁边的村长笑，“我们村里的酒烈，上头。”

“赶紧回去吧！我让我家丫头给你们带路。”村长夫人挥挥手，“听说是一下飞机到昆明就直接开车过来的，估计都累坏了。”

王二家的掏出一把用大红绸扎起来的钥匙交给村长夫人的女儿。

“赶紧赶紧。”村长一边说一边笑，“把媳妇儿背回去！”

全村人又都开始哄笑，几个年轻人一边笑一边想架起阿蛮往简南身上推。

简南十分清楚阿蛮的战斗力，怕这顿饭吃到后面变成全武行，吓得赶紧自己一把抱住阿蛮，捂住她随时可能会揍人的手。

“你看看这急的！”人群中哄笑得更加厉害。

只是因为自己应了一声“嗯”，眼看着就变成闹洞房的简南满头满脸的汗。

“你居然一口没喝！”觉得简南长出了八只眼睛的阿蛮十分不甘地嘀咕。

真上头了，话都变成了西班牙语。

一团混乱。被丢进张灯结彩的新房里的简南，满脑子只有这四个字。

明天怎么办？他的天才脑子开始打结。明天，他要怎么跟阿蛮解释她已经从助理变成了简夫人……

“这床上的被子床单为什么都是红的？”

进了王二家的婚房，阿蛮不知道是酒醒了还是更上头了，把脚缩在一张四方凳子上，拉住外套盖住膝盖，再往下拽。

整个人和凳子融为一体，只露出一颗脑袋，毛刺刺的短发，圆溜溜的眼睛。

简南试图用身体去挡门上的红双喜，无奈王二家对喜字很执着，太巨大，一个人完全遮不住。他是真没料到王二家明年的婚房居然是已经布置好的那一种，龙凤蜡烛都在大堂里放着，上面扎着红绸布。

等阿蛮酒醒了，他……都想不出自己会被揍成什么样子。幸好阿蛮现在酒还没有醒，她的关注点还在床上。

“是想讨个好彩头吗？”阿蛮歪着头，“希望你可以快点把鱼治好？”

简南：“……”

阿蛮说完大概自己也觉得很好笑，嘻嘻哈哈地在方凳子上晃成了不倒翁。

“你为什么可以不喝酒？”她笑完，又把话题绕了回来。这对于酒醉的她来说可能是个非常大的疑问，所以她问了好几遍，皱着眉，很认真的困惑。

“他们劝酒的时候都很热情，唱着歌，跟我说喝了可以长命百岁。”阿蛮像不倒翁一样，又晃了几下，“这是第一次有人跟我说，我会长命百岁。”

简南听到这里，忙着遮住红双喜的动作停了，安静了。

“简南。”阿蛮抬头看他。过于怪异的姿势，过于认真的表情。

“这里……”她压低了声音，“是不是靠近我老家？”

她眼睛都快要醉得没有焦距，却很执着地看着他。

她是云南人，她让简南帮她寻找家人的时候，给的地址是云南某个镇上的福利院。简南说会带她找家人，结果来的第一个地方，就让她觉得莫名熟悉。

“红色的土地很像，梯田很像，植物很像。”阿蛮听起来像在喃喃自语。

和她梦里很像。

如果这里靠近她老家，如果今天晚上的接风宴上面有一对夫妻，就是曾经把她卖给隔壁村做童养媳的亲生父母……

如果又正好那么巧，他们祝她长命百岁……

“这个村里面没有。”简南知道她想问什么，“国内这几年发展得很快，勐腊镇上已经找不到你说的福利院和武馆，甚至连小学的旧址也已经拆掉了，要找到之前的资料得花一些时间。”

“来之前，我和普鲁斯鳄已经查过这个村在你出生那年前后五年的出生记录，没有女婴被买卖。”

一百多户人家，查起来并不难。

阿蛮眯起了眼睛。幸好。没有太狗血。

“你背后是什么？”她终于看到了那个刺眼的红双喜，又红又金。

看到了红双喜，就能看到客厅里的龙凤蜡烛，还有一担担用红纸或者红布遮得十分精致的不知道是什么东西的竹篓。和床上大红色的龙凤被特别搭配，特别喜庆。

“……我又被卖掉做童养媳了？”还没有完全清醒的阿蛮的第一个反应。

简南：“……”

“也不对，现在谁敢卖我……”阿蛮对自己的认知一直非常清晰。

“……村里的人为了感激你，决定把村花嫁给你？”阿蛮又有了新的脑洞。

“你在墨西哥还能看得到中国的乡土剧吗？”简南放弃挣扎，蹲在地上开始拆行李。

和去墨西哥一样，他来之前就寄了很多东西过来，刚才决定搬到这里住，村长又找了辆卡车把东西运了过来。大部分都是他工作用的器具，小部分是他的怪癖，还有很小一部分，是他回国前在网上买好的东西。阿蛮的东西。

“今天太晚了，他们明天应该就会把这些东西拿走。”东西运过来的时候没有按顺序，简南强迫症犯了，舟车劳顿之后开始堆叠他的包裹，“床上的四件套，我有买好的，一会儿换掉就行了。”

阿蛮还是眯着眼睛。刚才说了几句话，酒气散了一点，再加上这满目的红色，她酒气又散了一点。

“……村长给我们安排了婚房？”她终于弄清楚了。

简南堆包裹的手一顿，“唔”了一声。

“没了？”阿蛮反问。

简南这个人很鸡贼，不能撒谎，所以每次不想说的时候话就会很短。越短，说明藏得越多。

简南放下包裹，说：“你跟村长夫人说，我们两个一个房间就够了。”

阿蛮点头，她还记得。

“所以村长夫人问我，我们是不是夫妻，我回答，‘嗯’。”简南描述得非常精准，一字不差。

阿蛮：“……”

“还有，这屋子的主人王二说，这房算过，很旺。”反正都说了，干脆就死得透一点，“我们如果能在这里怀孕，还能给他们家讨个好彩头。”

“你明天碰到他们，他们可能也会这么说。”所以他就先说了，怕明天阿蛮听到了会打人。

阿蛮：“……”

“国内一些经济落后的地区，信息闭塞，男女关系明面上是很保守的，未婚夫妻住在一起都有可能被人诟病，更何况我们两个人连未婚夫妻都不是。”阿蛮越沉默，简南话越多。

“这样说可以少一些麻烦，村里的人也不会因为我们男女关系混乱就觉得我们不够专业。”简南开始喋喋不休。

“我说的男女关系混乱，并不是真的混乱……”他开始习惯性地话痨。

“闭嘴。”阿蛮伸手，做了个暂停的动作。

“……我们都不算男女关系，并不混乱。”简南小小声的，坚强地把这句话补充完整。

阿蛮翻白眼。

“你幸好提前跟我说了。”她站起身，酒已经彻底醒了，她开始习惯性地检查这屋子的安全隐患。看起来很忙，看起来并不在意简南说的那些话。

“要不然明天穿帮了就麻烦了。”她用手指搓了搓墙，“啧”了一声，“好新。”

村里的人，居然用那么新的房子招待他们。

“你能治好村里的鱼吧?”阿蛮开始担心。

这里的人对他们真的很好，吃的喝的住的，人也热情，刚才晚宴上的水果都是最新鲜的，他们村里没有，是村长大老远开车出去买的。

“我们治好了才走。”简南重新定义了因果关系。

不是能不能的问题，这是工作，做完了才能走。

第15章
生病的鱼

阿蛮对这个答案很满意，注意力转移到了客厅的龙凤蜡烛上。非常传统的龙凤蜡烛，凤穿牡丹，盘龙戏珠，阿蛮怕弄坏了，弯着腰远远地看。

“好漂亮。”她感叹。

她觉得大红色的东西通常都被赋予了神圣的含义，就像她随身包上的那个红色的“平安”。

“……你不生气?”简南觉得自己大概是有了新的病，居然在讨打，“我们可能会在这里住很久。”

“可能会有人跟你开黄色玩笑。熟了以后还有可能会有人问你什么时候要孩子。”

这都是他熟悉的，很有中国特色的小村庄的善意或者八卦或者毫无隐私。

阿蛮安静了一会儿。

“我做私人保镖的时候经常需要伪装。”她直起腰，“偶尔也会装夫妻。”

“放心，我装得很像。”她冲他笑笑，“我不会让你尴尬的。”

简南抿起了嘴。

阿蛮看起来还在忙着研究屋子，这次的注意力在窗上，她在研究这窗上的锁够不够牢。

他没说话，她也就没开口。

简南站了一会儿，重新蹲下，木着脸开着整理那堆快递包裹。这是他很喜欢做的事，把无序的东西整理成有序，可以让他的心情平静。他刚到切市的时候，就靠着这些事渡过刚到异国他乡的漫漫长夜。

他堆叠到第二排，伸手，戳到最下面一个箱子，刚刚堆好的纸箱就全倒了，稀里哗啦的满地都是。

阿蛮吓了一跳。

“他们会叫你简太太。”简南蹲在地上，看着阿蛮。

阿蛮："我知道啊。"

简南还是木着脸。

"你如果不喜欢，我会让他们还是重新叫回阿蛮。"

称呼而已，有什么好纠结的。

阿蛮不研究屋子了，她发现简南不单单是木着脸，他连眼珠子都开始变得更黑。着火了？

"你……不介意吗？"简南这句话问得很慢。

"我……要介意什么？"阿蛮蹲在简南面前，看着他的眼睛。

不对劲。刚才哪句话碰到他大脑的前额叶区了，他现在看起来又像要"持证上岗"了。她最后一句话明明是让他放心，明明是一句好话。

"这只是工作，等你治好了鱼，我们也不会和这些村民再有什么交集，所以我应该介意什么？"阿蛮觉得晚上的酒对大脑不太友好，她似乎抓住了一点什么，又似乎忽略了一点什么。

"没什么。"简南迅速低头，开始收拾地上乱成一团的包裹。阿蛮那句"这只是工作"一榔头敲了下来，他有点头昏脑涨。

这是工作，他刚才心里的烦躁和愤怒是哪里来的？因为她无所谓做不做简太太，还是因为她说，她偶尔也会和别人假扮夫妻？

合同是一种契约，是最最稳固最最稳定最最不会出差错的关系，他们签了十年，有法律效应。这是他这段时间花了很多时间想通的事情，这是他觉得最可以判定他们两人关系的方法。是他最安心的方法。

那么他刚才，是怎么回事？

"我去把床单换掉。"他捡起一个包裹，落荒而逃。逃的时候撞到了地上的其他包裹，差点一个趔趄在平地上砸出一个坑。

阿蛮还是蹲在那里。没有追，也没有问。

她有点懂，也有点不懂。喝多了，反应迟钝，不代表她没感觉。

可能是这洞房花烛的装饰让他们两个今天晚上都有些怪异。

阿蛮低头，抱着膝盖，看着满地的包裹叹了一口气。

凌晨四点多，外面仍然很黑，隔壁院子里有公鸡打鸣声。

阿蛮睁开眼睛。

陌生的环境，偏远的乡村，平民不允许持枪的国家，她的故乡。

入目都是大红色，红双喜，红色龙凤被，桌上摆着红绸布扎着的龙凤花烛。

床上的四件套是简南昨天晚上换的，简南风格的黑白灰，双人床，双人枕头，两块薄毯。

昨天晚上谁都没睡好，简南一直在翻来覆去，她没动，却也一直没闭眼。在陌生环境里，她很少合眼，这是长期训练的结果，但是她昨晚没闭眼，却不是因为训练结果。

简南昨天晚上推倒的那些包裹，也推破了他们之间的那层纸。

她不知道他们到底是什么关系，却隐约有些明白，这个阶段，他们并不适合假扮夫妻。

她对“简太太”这个称呼的感觉并不是真的只有称呼而已。

她昨天晚上一直装忙，装不在乎，装没事。喝了酒装的，演技很拙劣，以简南的智商，应该早就看出来了。

所以他昨天最后递给她一个包裹，里面是很精致的个人洗漱用品和各种大小的毛巾。

“你现在可以不用再用一次性的用品了。”他说得很别扭，刚才发脾气的余韵还在。

她现在是助理，不是保镖，不需要再经常自我训练以营造安全屋的氛围，不需要再使用一次性用品以湮灭自己存在的记录。

她接过那个包裹，却什么都没说。

她其实还是需要的，就算签了十年长约，十年后呢？

她的养母苏珊娜告诉她，她能活多久，取决于她的警惕心能存在多少年。

她的世界一直是弱肉强食，适者生存，这些成语不是比喻，是真实存在的，血淋淋的，和人命有关的。所以她一直警惕，一直自我训练，永远无法深眠。

这是她的生存手段。

但是她却接过了简南递给她的个人用品。指尖的毛巾触感柔软，电动牙刷是她之前看简南用过的牌子，她当时多看了两眼，因为牙刷上面的花纹是五角星，她觉得很好看。

都是她喜欢的，简南挑的时候很用心。所以她用了，有记忆以来，第一次用了非一次用品。

然后失眠。

简南是三点多睡着的，他睡姿向来不错，很安静，仰面躺着，嘴巴半张，皮肤白皙到在黑暗中仍然能看得到微弱的反光。

阿蛮翻了个身，看着简南的侧脸。

她其实从来没有和委托人睡过同一张床。她接的工作基本都是短期的，就算要假扮夫妻，那也是住在酒店里，她坐着警戒，委托人安心睡觉。

长期的、超过一个月的委托，她只接过简南的。

为了表示自己很专业，她从来没有慌乱过，包括简南在切市把床拆了，把整个房间的地板做成了一张床。

第一个晚上，她就是这样盯着他的侧脸，盯了一个晚上。

他没同理心，却很任性地无法接受他躺着她坐着，所以折腾出了这样的方法，却并没有考虑到他们两个的男女之别。

阿蛮有男女之别的意识。像每个独立很早的女孩子一样，她学的拳脚功夫首先是为了自保，然后才是保人。

一对一的委托，委托人是个异性的时候，她会非常注意双方的肢体接触是否带着别的色彩。她是为了保护别人，她的委托费并不包括提供别的服务，合同里面写得很清楚，一旦发现，对方需要支付双倍违约金。

只是大部分时候，为了专业，为了不让委托人尴尬，她对正常的肢体接触都面无表情。

而对于特殊的简南，她一开始并没有把他当成成年男人。但是睡在一起就很难忽略一些事情，尤其切市常年温度都很高，晚上睡觉的时候，裤子都不厚。

简南已经非常注意，睡姿一直很安静，但是总难保睡着了之后，凌晨的时候。所以她知道了，他到底是个健康的成年男人。

阿蛮在黑暗中眨了眨眼。

十六岁独立以后，她一直都有三个愿望。

第一个愿望是赚很多很多的钱。

第二个愿望是能找到当年把她卖掉的亲生父母，找一个人去告诉他们，他们当年卖掉的那个女儿现在很有钱，她想认回他们，但是前提是得知道当年是谁出主意把她卖掉的。

她没安好心。狼多肉少，人性贪婪，她想看看把自己卖掉的那几个人，最后会是什么样的下场。

第三个愿望，等这一切都做完之后，她想像苏珊娜一样，周游世界，帅哥月抛。

帅哥月抛，曾经是她希望的自己最终的归宿。纸醉金迷，物欲横流，很适合孤儿，无牵无挂，无亲无故。可她却在小金库基本成型的时候，回到中国，来到云南，和这家伙签了十年长约。

阿蛮在黑暗中，很轻地骂了一句：“靠。”

简南转身，和她面对面。

双人床，给新人用的，做的尺寸并不大，翻了个身，他们两个人之间的距离不会超过五十厘米。

他睁着眼，没睡着。

她刚才盯他盯了那么久，想了那么多她以前很少会深想的事，他居然都是醒着的。

蔫坏。

“靠。”阿蛮大声了一点，没头没脑地又骂了一句。

简南没说话，屋里黑漆漆的，阿蛮只能大概看到简南的眼睛是睁着的，嘴巴是抿着的。

“要不要起床？”两人这样侧躺着对视很蠢，黑漆漆的什么都看不到就更蠢。

简南还是没说话，只是伸出了一只手，很精准地抓住了阿蛮的手。

阿蛮僵硬，身体本能的反应是揍他，却动不了。

简南闭上眼睛。

“天还没亮。”他说，声音沙沙的。

“你拽着我的手，天也不会亮的。”阿蛮的声音咬牙切齿，她自己却听出了色厉内荏。

简南也听出来了，把拽着她手的动作改了，只是伸出手，覆盖住她的手，没用什么力气，只是盖着。

他手很大，盖住了，她手背上就全是他的温度。

阿蛮的手在他的手心里握成拳，简南的手就跟着她的拳头拱起来一点点。阿蛮的手松开，简南的手就跟着她的手往下压平。

阿蛮就这样抿着嘴，拳头一会儿松开，一会儿捏紧，像个发脾气的小姑娘。

“靠。”她又骂，这次声音小了，语气带着不甘心。

手背被简南捂得快要出汗，屋外的公鸡一声接一声，叫得她想半夜过去抓过来拔毛烧成爆炒仔鸡，但是她终于闭上了眼睛，绷紧的手背慢慢地松弛下来。

睡着了，隐约感觉到简南握着她的手更用力了一点，还听到简南低声说了一句什么，还叹了一口气。

“叹屁气。”

她咕哝，把头在枕头上摩挲了一下，彻底睡了过去。

等再次醒来，天就真的亮了。七点多，简南已经起身刷牙洗脸。

长途飞机加上舟车劳顿再加上晕车，只是短暂睡眠之后的阿蛮有些犯懒，翻了个身，趴在床上看简南蹲在那里找衣服。

“穿灰色的。”阿蛮指着简南左手边的衣服，然后换了个手，指向右边，“配这条裤子。”

简南的手指顿了顿，按照阿蛮的搭配拿出了衣服，进了洗手间。

被顺毛的阿蛮晃了晃脑袋表示满足，坐起身，在床上开始做拉伸。

简南出来的时候，阿蛮正在倒立。她单手比了个大拇指，大概是夸他这套好看。普通人用双手都觉得吃力的倒立动作，她单手，还能来来回回跳几下。

“一会儿王二家会过来拿东西，吃了早饭之后，我们和村长一起去村头老兽医那里，先看看这边的情况。”简南把昨天晚上散落的包裹都收拾到一边，却没有像以前那样根据时间戳叠好。

阿蛮翻身，站直，又开始劈叉。

她劈叉和别人也不一样，能把自己折成飞机。

简南在屋子里站了一会儿。

“吃早饭吧。”他低声说，径直自己走出了屋。

阿蛮还在劈叉，侧着脸看着他的背影。

白天了，太阳出来了，有很多东西就会蒸发，比如昨天晚上那一点点莫名其妙的奇怪情绪。她打算装作什么都没发生，也去吃饭。

但是简南似乎对她这样的假装并不满意。他还在别扭，以至于一早过来拿东西的王二家那口子，一直在偷偷摸摸地打量简南的表情。

这个国际专家，脸色好像没有昨天好。

“隔壁的公鸡是不是太吵了？”王二家里的有些担忧。

村里人淳朴，哪怕心里对这个年轻专家的能力还打着鼓，却仍然会担心他们招待不周。

“不吵啊。”阿蛮喝着粥摇头，“我们睡得挺好的。”

她凌晨都能听着鸡叫声睡着了，听到后面就觉得还挺有节奏感。

“屋子也好。”她补充。

王二家里的就开始笑。

很奇怪，她不怕简南，对小个子一直挺和善的阿蛮却始终觉得有些距离。可能是因为她那一大片蔓藤一样的文身。昨天晚上没看到，今天一进屋，看到的时候吓了一跳。

还真是外国人。王二家的有点发怵。

“中国菜，你还吃得惯吗？这是从村长家里带过来的，如果不合你的口味，明天给你们带面包。”不知道为什么，对着外国人说话，就会莫名其妙地断句，普通话都不利索了。

阿蛮索性只是摇头笑。

王二家的也跟着笑，笑着笑着，就有些按捺不住好奇心。这毕竟是给儿子弄的婚房，她有些想炫耀。

“那个……”她压低了声音问阿蛮，“床还好的吧。”

阿蛮一愣。王二家的挤挤眼。

“我们家的床，床头压了符。”王二家的声音更小，“夫妻和睦，早生贵子的符。”

“特意去镇上求的，可灵了。”

说了几句话，阿蛮一直笑眯眯的，王二家的也就放开了。

“床还好的吧？”她又问了一句，这次笑出了精髓。

“……好。”昨天晚上说自己能装得很好的阿蛮，不知道为什么就想到了侧身和她对视的简南，还有那双手。

“挺好的。”她难得地假笑，咧出了大白牙。

对面一直沉默着吃早饭的简南，终于抬起头，看了她一眼。

看屁！再看把你眼珠子抠下来！黑漆漆的，一看就不是好东西！

村头的老兽医姓金，村里人都叫他老金。中年人，精瘦精瘦的，个子不高，皮肤黝黑。简南他们过去的时候，他正坐在门口抽水烟。

村长很尊重他，来的路上跟他们说了很多老金的事。

老金是村里唯一的兽医，擅长针灸，这么多年来，村里的猪牛羊难产都是他接生的，平时家禽家畜有个什么毛病，到他这里弄点草药也很容易就好了。

曼村的主要经济来源都在畜牧业，所以村里的人对老金都很尊重。但是老金这个人不怎么爱说话，五十多岁了，一直单身，一个人住在村头的老房子里，脾气古怪，不喜欢孩子们靠近，也不乐意参加村里的任何活动。

村里的鱼塘出现问题，村里人一开始也是找的老金，是老金蹲在池塘边研究了半天之后，连夜敲开了村长的门，让村长赶紧把照片带到镇上上报。

具体什么病，他也没同村长说，只是每天都蹲在池塘边，让村里几个壮实的汉子堵住了池塘的出入水口，这几天又开始频繁地往外跑。

“可别是什么传染病。”村长是个见过世面的，看到老金讳莫如深的样子，心里面已经有了几分猜测，“咱们村今年花大价钱买了很多优质鱼苗，这要是传染病，会出大事的。”

“听说你在墨西哥治好了很多动物传染病？”村长昨晚让女儿在网上查了一晚上，就查简南这个人。还真查到不少东西，真是专家，年纪轻轻就得到了很多盛赞。

“只是发现了一些，完全治愈根除的只有一个伪鸡瘟。”简南一如既往的实诚，“其他的都还在控制阶段。”

“传染病很麻烦，短时间内很难彻底根除。”他还补充了一句。

村长的脸开始有点发白。

坐在门口抽水烟的老金正好听到了简南说的最后一句话，拿着水烟管在地上磕了磕，一声不吭地进了屋，门“哐”的一声直接关上了。

老金再次出来时，是从后门出来的，背了个大包，戴上了墨镜。

“鱼都还没看到就说是传染病！”老金显然是误会了，“年纪轻轻，做事就是没办法做踏实！”

“老金，简博士不是这个意思。”村长有些讪讪的。

“跟我去鱼塘！”他不理村长，冲着简南挥挥手，看到了简南身后的阿蛮，“你出门还带老婆？”

阿蛮：“……”

“她是我助理。”简南强调，“她也是来工作的。”

老金戴着墨镜，也看不出什么表情，随手挥了挥：“那就跟上。”他才不关心这些专家的私生活。

“你就别跟过来了，碍事。”老金又停了，把跟在他们屁股后面的村长往外推了推。

“我得接待啊。”村长一脸为难。把这俩娃娃丢在老金手里，总觉得这俩娃会吃亏。

“这都什么时候，你还在这里搞官僚。”老金嗓门大了起来，“他们是来干活的，不是来好吃好喝的。”

村长：“……”老金说得也对。

村长灰头土脸地往回走，边走边回头。他想再提醒老金两句，人家是国际专家。他看到简南的照片放在一堆英文里，挺给中国人长脸的。别太凶了，万一凶哭了不来了该怎么办。几万尾鱼苗啊，他们村一年的收入呢。

“看过照片没有？”老金问得没头没尾。

鱼塘离村庄有点远，得翻过一座土坡。老金带路，走得很快，简南已经有些气喘。

“看过了。”简南迅速回答，答完了才喘了口气。

“你觉得是什么？”老金问。

“我还没有看到鱼。”简南觉得这样一边走山路一边聊天对体力实在是消耗太大，只能把手撑在膝盖上又大喘了几口气。

他没有别的意思，只是单纯觉得现在下结论太早，这个地方也不太适合聊天，他会喘。但是老金又误会了，毕竟他们刚才见面第一句话，就是他教训简南鱼都没见就不要乱说话。老金觉得简南是在拿话堵他。

怪脾气的老金被彻底惹毛了，骂了一句当地方言，往前走得更快。

简南却不动了。他手撑在膝盖上，喘了好几下才平复下来，然后慢吞吞地摘下背包，慢吞吞地抽出两瓶水，一瓶递给阿蛮，一瓶自己打开。

“你怒了？”阿蛮看出来了。

简南没吭声。

阿蛮有点想笑。这两人从见面开始就一路误会，一路上的聊天都不在一个频道，她还在想简南打算忍多久，结果只走了十分钟，他就忍不住了。

不知道是不是她的错觉，她觉得简南慢慢地变得和刚开始认识的样子不太一样了。

情绪多了，忍得少了。她觉得是好事，所以她也乐见其成。

走了老远的老金回头发现两个人都没跟上来，气得眉毛都快要飞起来，又噌噌噌地往回走。这两个城里人，坐在树荫下面喝水吃糖，看起来还挺悠闲。

“你们倒不如直接回去？”老金阴阳怪气，“就当来这里一日游度蜜月了。”

这都是什么专家组织，太不靠谱了。这世界真的要完了。

“我是来工作的。”简南把水放回背包。

老金眉毛快要飞上天。

“我不会特意去解释我们之间的言语误会，也不会为了照顾你的情绪，去斟酌怎么开口说话。”

“我就是来工作的。”简南强调，“所以如果我们之间没有办法和平共处，我会和阿蛮单独去检查鱼塘，之后遇到问题，我也会直接和我公司里的人讨论，不会再带上你。”

“你敢?!”老金没料到简南把话说得那么绝，冒出了一句戏剧化的反问。

“我为什么不敢？”简南背上背包，“你不是我上司，也不是我爸。”

阿蛮嘴里的糖差点滑到嗓子里，咳嗽了两声。

老金的脸涨成猪肝色，站在原地走也不是留也不是。

简南却也没有马上走。他和阿蛮站在原地，等老金一张老脸气得都快要铁青了，才开口："要一起吗?"问得好像刚才那些话都不是他说的一样。

他其实胜之不武。抛开自己给自己定下的那些道德枷锁，他对这样怼长辈毫无心理负担，怼完了也不会觉得特别爽。

"他就是希望能顺利工作。"阿蛮站出来打圆场，给老金一个台阶，"一起走吧，我们耽搁太久了。"

"谁不让他工作了?"老金哼了一声，又戴上了墨镜。

红土地的土坡有些滑，简南走的时候差点摔了一跤，是阿蛮眼疾手快地拉住他，顺便给他弄了个树枝做拐杖。

"男不男女不女!"老金经过这两人，阴阳怪气地继续哼。

简南这次没理他。

该说的他都说了，如果老金不合作，他后面的工作不会再叫上他。

至于男不男女不女……

简南看了旁边的阿蛮一眼，说她飞檐走壁夸张了，但是这样的泥土坡对她来说真的只是平地，她脸上连汗都没出。

这句话真不知道是在说谁……

简南吸吸鼻子。他们两个，从主流眼光来看，都挺男不男女不女的。

所以也不算骂人……

曼村的鱼塘是用挖掘机挖出来的，之前的出入水口是几公里外的南腊河，老金发现死鱼情况不对之后，第一时间封锁了出入水口。鱼塘变成死水之后，死的鱼更多了，整个鱼塘一股臭味。

"我在塘里撒了盐和石灰粉。"老金不甘不愿地说了下自己的工作，然后捞了几条已经翻肚子的鱼上来。

"这塘里以前主要养的是鲤鱼。最近几年对鱼塘做了野生化整改，开始培育洱海金线鱼。前年刚刚培育出来一批，今年村里又花巨资买了鱼苗。"老金从这几条鱼里面拎出一条，丢到地上，鱼扑腾两下就彻底不动了，"都是这个样子。我清除了不少病鱼，但是剩下的这些还是接二连三地变成这个样子。"

"浮出水面，鱼体出现较大面积的红色或灰色的浅部溃疡。"老金用脚踢着死鱼，展示给简南看。

简南带上橡胶手套，开始翻那几条鱼。

阿蛮习惯了简南工作的样子，他认真干活的时候通常都不说话，这种时候，她都会习惯性地四处看看，看看有没有安全隐患，或者其他奇怪的东西。

她单独行动的时候不需要顾及简南，动作放开了，就很容易看出她不太像普通人的身手。

“你老婆会功夫？”老金估计是被简南随身带着的那些装备顺毛了，居然开始闲聊。

简南带着护目镜抬头，看了一眼挂在树上的阿蛮。

“……嗯。”他又重新低下头。

阿蛮这样的时候，通常不能叫她，他有次好心让她小心点别掉下来，被她砸了一头的黄泥巴。

“你怀疑是EUS？”简南终于检查完了捞上来的几条鱼。事实上，他们也是因为怀疑这些鱼患了EUS才过来的。

“说人话！”老金眼睛一瞪。

“丝囊霉菌感染，流行性溃疡综合征。”简南迅速说人话。

所以老金才堵住了出入水口，开始往池塘里加石灰和盐。

“或者是水霉、绵霉。”老金蹲下，“但是用药效果都很差。”

“得切片，放到实验室培养。”简南拿出包里的样品采集器。

“如果真是丝囊霉菌怎么办？”大概是简南到了池塘边后的一系列操作看起来还真的挺像个专家，老金开始问问题。

“这塘鱼就都不能要了。”简南看了一眼池塘，“你当初封了出入水口，不也是这么打算的吗？”

鱼塘连接的是南腊河，澜沧江水系，支流复杂，地形变化很大，河里有很多珍稀鱼种。如果病鱼流出，责任就很大了。

一池塘的鱼，和一条河的生态，老金知道怎么选，却不知道该怎么面对村民的怒火。

这个老金，找国际专家过来不是为了诊断病情，主要，是为了给他撑腰的。

老金住的老房子里藏了个简易版的生物实验室，十平方米的房间，放了一张试验桌，两个器皿柜。老金平时会在这里捣鼓他的中草药。

从鱼塘回来之后，简南借了村长的卡车，把之前寄到的仪器一次性运了过来。拆箱的时候，老金乐得像个孩子。

“你这娃怎么把这些东西都给运过来了。”一个上午时间，简南已经从做事不踏实的年轻人变成了“这娃”,“这多贵重啊。”

“等这边事情结束，这些装备还得运回去的。”简南又搬出一个装在木箱里的分析仪，小心翼翼地拆开泡沫外保护，检查里面是否有破碎。

老金的笑容卡了一半，想骂脏话又怕简南真的像之前说的那样把他赶出项目，憋憋屈屈，伸手摸了一把分析仪。

阿蛮对着一地的东西并不怎么关心，她只知道简南把切市那个拍得很高清的显微镜拿过来了。当时装箱的时候，塞恩正好在实验室，听说这些是简南自己卖房子买的装备，着实被惊着了，因为他没想到简南那么穷，买个显微镜都需要卖房子。

阿蛮的笑容有些惆怅。在那个地方待了那么多年，突然就走了，居然还是会有些想念。

“单反。”她在简南终于开始拆相机的时候伸手。

这是她的相机，也是重金投资的，当初去血湖偷拍的时候用的就是这个。

“我出去一趟。”她拿着单反，打了声招呼就直接出了门。

“你老婆……”老金咂咂嘴，觉得得说得委婉点,“挺独立的。”

虽然一直笑笑的，但是话少，气场也不是一般人。他也算是活了大半辈子了，见过很多人，自认识人的眼光也算毒辣，但阿蛮这样的，他真是第一次见。

二十二岁，明明还是个孩子的年龄，眼神却能让人发憷。

“嗯。”简南心不在焉地应了一声。

阿蛮刚才那个笑容，让他心里紧了紧。

阿蛮挺爱笑的。她的真实情绪除了烦躁，其他的都隐藏得很深，平时不怎么会露出来，哪怕夜深人静，她也很少会在他面前表露。这是很难得的一次。他在阿蛮脸上看到了惆怅。

她想切市了。他几乎立刻就明白了。

那是她一手打拼出来的地方，不见得给她带来多少美好回忆，但是她在那里仍然有朋友：戈麦斯这样的；当初给他做保镖的时候，她雇佣的帮她做外围保镖的那些人；还有那个地下拳击馆。

那里有阿蛮所有的生活，虽然她斩断一切的时候，没有任何犹豫。

“她想家了。”简南低声说了一句。

他也知道老金的意思。

其实所有人和阿蛮都很难亲近。阿蛮自带距离感，身上藏着很多谜，大部分人都害怕和这样的人接触。所以他忍不住帮阿蛮辩解了一句，好像这四个字，能给阿蛮带来点温度。

“那当然了，大老远的飞过来。”老金现在的态度已经完全不同了，仪器越多，他说话越好听，“你们感情很好啊。”

简南笑笑，没接话。

“这个给你。”眼看简南又拆出一打混合纤维素滤膜之后，老金终于有些按捺不住了，拿出了自己的笔记本。

硬皮抄，上面写着“观察日记”四个字。

“这是发现死鱼这一周以来鱼塘的观察日记。”老金像捧宝贝一样双手捧着。

他本来不打算给简南看的，昨天晚上听说来了两个专家，年龄最大的那个才二十六岁，他气得抽了一晚上的水烟。

他要的是能镇得住场子的国际专家，不是要俩孩子来过家家的！鱼塘的病不难查，难的是怎么处理，就两个娃娃，他要怎么相信他们能说服村民直接放弃这一批鱼苗？弄不好连鱼塘都得填了。

一百多户人家一年的收成啊！

所以他今天一开始就是打算找碴儿的，最好能把这两人气回去，让上面再派其他人过来；就算其他人没有那么快过来，他也能暂时把村里人的怒火集中到这两个小娃娃身上。反正人家已经拍屁股走了，背后骂几句也没什么关系。

没想到，差点被气哭的人是他。简南那几句话真的把他怼得高血压都要犯了。再加上他在池塘边检查鱼的手法和带来的这一堆东西，还有他那个人狠话不多的老婆。

这阵容是他根本想象不到的。他甚至觉得弄不好这两个娃娃真能解决这件事，毕竟一个能打，一个能想。

“你看看。”老金很殷勤。他不怎么要面子，只要能解决事情，让他跪下叫简南爷爷都行。

非常详细的观察日记。

日期、天气、气温、简易测试的水质指标，泼洒碘制剂、硫醚沙星、石灰粉和盐的分量及日期，每日死鱼的数量、种类、大小、体重和症状。

这等于帮简南减少了起码一周的观察工作。

这个老金，专业得不像是会在这样偏远的地方待一辈子的老兽医。

“你别小看我，我也是八十年代从重点大学毕业的，实验室经验比你这小娃娃多多了。”老金咂咂嘴，“这就是没仪器，送检得活体或者冰运送到市里，时间太久，要不然，我自己都能确诊EUS。”

刚才还说简南不说人话，现在自己说起来倒是很顺口。

“你又不是因为确诊不了EUS才叫我来的。”简南嘀咕，站起身，穿上试验防护服，对刚才从鱼塘里捡回来的患病活鱼样本进行深度麻醉，迅速把溃疡和健康皮肤交接处的皮肤肌肉切了下来，放到福尔马林溶液中固定。

老金在旁边戴着口罩，看得啧啧有声：“年轻人刀用得不错，手也稳啊。”

这句话倒不是为了讨好简南，真的干净利落。

简南透过护目镜看了老金一眼。他接下来还得做病原分离，还要给患病活鱼肌肉注射，养殖做生物测定。旁边黏着个两眼放光的老金，实在碍手碍脚。

“你要不要做病原分离？”他问老金。

老金头点得不像是个五十多岁的中年人。

颈椎不错。

“我很多年没碰过这些了。”老金穿好防护，有些感慨。

无奈这个不爱尊重长辈的年轻人并没有打算听，把装备丢给他，就去忙自己的了。

是个有前途的家伙，老金摸着多年没碰到的玻璃器皿感叹。

年纪轻轻，六亲不认。

或许是老金和村里人说了些什么，也或许是简南那一车随便一个都要四位数的玻璃器皿太过霸气，总之，简南和阿蛮从老金家里回王二家新房的时候，门口聚了一波人，王二家的堵在门口，手里拿着个大篮子。

“简家媳妇啊！”王二家的快走两步拉住阿蛮的手。

阿蛮瞥了简南一眼。还“简太太”呢，没文化，哪个村里的人会管人家老婆叫“太太”，他以为拍电视呢？

“村长让我包了你们两个人的伙食，这一日三餐我都准时送过来。”她掀开篮子给阿蛮看她篮子里的三菜一汤。

“但是我寻思着你们两口子估计也想自己在家里折腾点吃的，中午就和我家老头一起把这屋的灶台给开了，放了点调料，柜子里也放了米面，万一你们晚上肚子饿了，也可以给自己下碗面。”她拉着阿蛮进厨房，一一指给阿蛮看，院子里那井，我今天也清理了一遍，一些肉食可以用塑料袋扎紧了，用篮子吊到井水里，比城里的冰箱好使。”

“另外这些……”王二家有些为难地看着屋外围着的村民，“都想让你们有空去他们家看看……”

大家心里其实都打着小九九，国际专家顾问，听村长的意思，会在这里待一阵子，治鱼的时候弄不好还能帮他们看看鸡鸭牛羊猪的。机会难得，说不定被专家摸过的猪肚子能一口气生十只呢。

这时候，王二家就显得近水楼台了。其他人都恨不得给自己家的儿子再弄个婚房出来。

"我过来主要是为了鱼塘。"简南很快就懂了。

他一直懂得很快，只是处理方式和正常人不太一样。

"你们家里的牲畜可以先登记，有什么疑难杂症是老金没办法治的，再来找我。"阿蛮有些意外地看了简南一眼，他居然没有一口拒绝。

"另外。"简南看向王二家的，"我要找村长。"

"我带你去！"王二家的拿到了专家会帮忙看其他病的准信，兴奋得嗓门都大了。

一群人，又浩浩荡荡地跟着一起去了村长家。

途中经过老金家，老金本来在门口抽着水烟回味刚才实验室的香气，听说简南一回家就要找村长，吓得鞋子都没穿好就踢踢踏踏地跟了过去。

这家伙想干什么？老金都快吓出白毛汗。不会当着这么多人的面说要把这鱼塘填了吧！他看起来还真像是会做这种事的疯子。

"鱼塘的情况并不乐观。"简南果然一开口就没好话，而且也没等进门，村长迎上来他就直接开了口。

"不能治？"村长慌了神，周围的村民一下子就安静了。

"临床诊断是丝囊霉菌感染，但是具体阶段和感染情况，还要等到实验室诊断出来才能判定。可能需要一周左右。"

"啥……啥子菌？"村长求助地看向老金。老金的脸已经"金"了，村长只能又重新看回简南。

"死亡率很高的鱼类的传染病。"简南一锤定音。

四周一片吸气声。老金手上的水烟管"啪嗒"一声掉到了地上。

靠，这人，是真的疯了吧！

"传染源还不确定，但是应该和前段时间的暴雨有关系。"简南站在一群人中间，声音不大，吐字发音却很清晰。

阿蛮站在他旁边，恍惚间觉得自己又看到了切市那个拿着瘟鸡直面医闹的傻子。

傻子一直是傻子。

而她，从旁观者变成了他的助理，从完全不理解，到现在不管他做什么，她都相信他有他的理由。

“丝囊霉菌感染在中国属于二类动物疫病，传染性、致死率都很高。

“老金在发现死鱼之后就封闭了出入水口，在鱼塘里撒盐、石灰和药物进行治疗，但只是初步控制住了病鱼向外扩散的速度，塘内的治疗效果一般。

“接下来这个星期，针对鱼塘，我们还是会用老金现在的方法，看看能否减缓塘里的感染速度。针对丝囊霉菌，我们会在实验室做病原分离，用实验室的方法判断池塘里的丝囊霉菌对哪种消毒方法敏感,从而确定下一个治疗步骤。

“治疗的进度，我每周这个时间会在这里跟大家汇报，如果有问题，大家也都可以在这个时候提出。包括各家家里的牲畜的疾病，我都会尽量回答，但是时间会控制在一个小时内。所以，建议大家有问题的最好统一汇总到村长这里，可以节省很多时间。

“其他的时间，希望大家尽量不要找我。因为我们只来了两个人，要判断病源，要做实验，还得修复鱼塘的水质，会非常忙。”

简南一点停顿都没有，说得噼里啪啦。

村里人都因为鱼塘里这种致死率非常高的传染病而震惊，对简南刚才那一大段一大段的话都还没来得及消化。

“怎么会有传染病的……”先是有人很小声地疑惑。

“难道是买的鱼苗有问题吗?”又有另一个人问。

“这鱼苗不是比去年贵了很多吗?”

“我就说金线鱼苗太娇贵，我们村里又没有育苗专家，你看看，这不就出事了?!”

“老金为什么要封出入水口，这样鱼不是死得更快吗?”

“他早就知道是传染病了吧，所以最近才经常去镇上。”

围观的人群中，说话的人越来越多，从一开始的疑惑到各种猜测，再到后来的互相指责，从小小声的嘀咕到大声吵闹。

简南始终没动。阿蛮知道，他在等他们问他问题。

“简博士。”村长被这突如其来的信息公开弄得一个头两个大,“你看这……”

他也不知道应该问什么。

“能治好吗?”过了半天，村长总算憋出来一个问题。

“如果实验室里完全分离出丝囊霉菌，按照丝囊霉菌感染治疗的方法，根据现有的情况，可以制定阶段性的治疗方案。”

简南一开口，周围的人声就又小了下来。

“那现在塘子里的鱼苗，能留下多少？”问了一个问题之后，接下来的就相对简单。

村长问的都是大家最关心的问题——到底能不能治好，到底会损失多少。

“丝囊霉菌在鱼苗中的传播能力并不强。如果是普通的养殖鱼苗，我的建议是找挖掘机再开一个池塘，把现有的养殖鱼苗捞出来，进行消毒清理，再放到另外一个池塘里，应该能保存百分之七十以上。

“但是洱海金线鱼的养殖还在摸索阶段，为了配合金线鱼半穴居的生活方式，你们的鱼塘都是做过野生生态化处理的，水深，水质好，而且还都是活水。再造一个这样的鱼塘，投入会很大，时间也会很久。”

简南说到这里，难得地停顿了一下，阿蛮发现他看了一眼老金——淹没在人群中的老金。

“如果不及时把这些鱼苗从鱼塘中拿出来消毒，等鱼苗长大，这批鱼苗的死亡率应该在百分之九十以上。而且金线鱼的成长期是两年，今年活下来的鱼苗，大概率会在明年这个时候再次爆发丝囊霉菌感染。”在一片抽气声中，他终于说了，“所以，我们可以筛选出小部分鱼苗，用小池塘试验繁育的方式保存下来。”

“能保存多少？”这句话不是村长问的，是老金。

“最多，百分之二十。”简南回答。

“实验繁育的方式需要很多资金。”老金沉吟。

“对。”简南点头，“所以需要大家来判定是否值得。因为实验繁育有失败的可能性，有可能投入了却血本无归。”

周围的人倒抽了好几口气。

“你这个人，怎么嘴里都没有好话……”终于有个村民忍不住，弱弱地嘀咕了一句。

“丝囊霉菌感染这件事，不是好事。”简南回答。

不是好事，他怎么能说出好话。

村长噎住了，村民也噎住了，老金在经历了疯子的洗礼后，反而淡定了。

“就按照简博士说的做吧。”老金看着村长，“没有别的方法了，他提出的都是最优方案。”

后生可畏，一天时间，想出的止损方案都是最优方案。虽然这样的方案，大部分兽医都能想到，可是他胆子够大，想到了就直接说了，而且还是当着全村人的面说。

是个专家。

不怕担责任，不怕出头，也不怕被质疑。

这样的人站出来，才能镇得住场面。

大部分普通人在这种时候会下意识慌乱，慌乱了就会失去理智，互相推诿，互相指责，不能解决问题，反而把事情弄得更加混乱。这时候如果有一个人能站出来，说一不二，给大家一个小阶段的目标和要做的事，慌乱的人群有了可以到达的方向，这件事就能慢慢稳下来了。

这就是他想要申请来撑场面的专家。

二十六岁。

真难得。

第16章
亲密关系

“你就不怕村民不接受，或者场面太混乱?”回去的路上，老金有些好奇。

“医生只负责说实话，兽医也一样。”

简南的回答很简南，听惯了简南一句话切中要害的阿蛮已经对这样的话免疫，而老金，却着实愣了很久。

是他想岔了。他想着村民得蒙受多少损失，想着如果说出来，多少人得以泪洗面。他知道这鱼苗是村里有些人掏光了积蓄买来的，如果鱼都死了，这些人要怎么活下去。

但现在的情况是，鱼确实要死光了，不管他说不说出来，这都是事实。

医生只负责说实话。

“做了一辈子兽医，居然被后生教育了。”老金苦笑。他老了，心软了，已经把这个地方当成家了。

关心则乱。

“我们不一样。”简南被夸了也没什么兴奋的表情，“你要在这里生活，我不用。”

“你这两个月不也得在这里生活吗?”老金不服气了，什么叫他不用!

“我有阿蛮。”简南陈述事实。

他有阿蛮，他们两个在哪儿都能生活，哪怕没有村民支持，他们两个也能把这件事做完。

低着头在想事情的阿蛮茫然抬头。

老金万万没想到问出这个问题会被秀一脸的恩爱，单身了一辈子，突然之间心如刀绞。

“我去你的。”怪老头终于生气了，头上冒着青烟，踢踏着鞋子一个人走了。

“他怎么骂人?”阿蛮刚才全程都在神游，闻言一脸莫名。

“他脾气不好。”简南面不改色。

阿蛮："……哦。"

"你在鱼塘发现了什么？"简南低头。

阿蛮从鱼塘回来之后就有些心不在焉，拿着单反去拍了照，回来之后脸色更奇怪。他一直在忙，没机会问。没想到问了，她居然就不说。

简南皱起了眉，伸手拽住了阿蛮的背心。

"……你这到底什么毛病。"阿蛮无语。但是这个习惯从切市带到了曼村，一模一样的人，一模一样的拽法，一模一样的背心。

"真烦人。"阿蛮自己都没注意，她说这句话带着笑，尾音带着俏。

"我在鱼塘周围看到一些脚印和几个烟头。"阿蛮由着简南拽着她的衣角，"脚印不是老金的。我刚才看了一下围观的村民，这里的人穿的大多都是布鞋，那个脚印像是高级登山鞋的印子。"

"烟头也不是这村里的人会抽的烟，我看这里的人大多都是抽水烟。"她想到什么说什么。

"所以应该是外村人。

"其实也不是什么大事，我只是挺奇怪，这么偏的鱼塘为什么会有外人经过，而且看脚印，也不像是第一次来。"

"然后，你不要再拽了。"阿蛮扭头，"这里买不到这种背心了。"

村里没路灯，太阳下山之后就渐渐地看不清路，阿蛮打开了手电筒。

"我买了很多糖。"简南牛头不对马嘴地开口。

"嗯？"阿蛮在想要不要直接和简南牵手算了，老纵着他拉背心算怎么回事。

"都是你以前买过的那些，还有那个逻辑很不通的果汁奶糖。"简南继续说。

阿蛮停下脚步。

"我们可以经常回切市看看的。"简南微笑，"去看看血湖治理得怎么样，去看看贝托有没有伏法。"还有阿蛮的地下拳击馆。

"还有塞恩。"阿蛮接话。

简南微笑了一半，脸僵了。

"他不好看。"他郁闷。

"直接牵手吧，别拽了。"阿蛮伸出手。

郁闷到一半的简南又愣住了。

"路黑。"她像是想要掩饰什么，补充了一句。

"刚才那个脚印我都拍了照片，回去了给你看。"阿蛮的话莫名变得有点多，"我刚才看了王二家的菜，有红烧肉。"

“你怎么不说话？”阿蛮声音气哼哼的。

“路黑。”简南回了一句，紧紧地拉着阿蛮的手。

路黑。

拉了手，才能一路向前。

阿蛮有时候在想，他们两个人可能是注定要在一起工作的。

太信任，太默契，分工太明确。

简南在实验室里的时候，她满村子跑；简南去鱼塘采样的时候，她就沿着水道跑到更远的地方。

阿蛮觉得这样很好。她调查那些外村人的脚印，简南负责治疗鱼塘的鱼，晚上见面的时候两人一起吃顿晚饭。王二家的饭菜味道好、分量足，两三天下来，她觉得自己的脸都圆了。

“你有没有兴趣学做实验？”第四天早饭，简南突然没头没脑地来了一句。

“实验室缺人？”阿蛮是不太相信的。老金是实验狂魔，几乎二十四个小时都在实验室。

当初在血湖的时候，几个病毒的实验同时进行，还有费利兽医院的各种大型手术，简南都能一个人搞定，现在加了个老金，缺人是不可能缺人的。

“不缺，所以我有时间教你。”果然。

“学解剖吗？”阿蛮有点兴趣。

“……学洗器皿。”简南没想到阿蛮志向那么高，噎了一下才回答。

阿蛮放下碗，面无表情：“不去。”

“哦。”简南委委屈屈，一碗白粥吃了好几口还是满的。

阿蛮把简南手上的写着“简南”的筷子抽走，递给他一个写着“外婆”的，说：“你拿这个吃。”

简南外婆吃饭是十双筷子里面最快的……

“哦。”简南拿着写着“外婆”的筷子扒拉了一大口。

阿蛮满意了。

“怎么了？”满意了才有心情问问题。

“这里太太平了。”简南口味淡，喝白粥通常都不吃小菜，“白天都看不到你的人。”

以前做私人保镖的时候，上厕所时她都在外面。

阿蛮又一次放下碗，一言难尽地看着他。

“洗器皿其实挺好玩的……”脸皮很厚的简南并不介意阿蛮看神经病的表情，“不同的化学试剂可以把水变成不同的颜色。”

阿蛮拿起碗。

“我再去两趟鱼塘入水的上游，应该就有时间去实验室了。”她没拒绝。

简南乐得连塞两大口白粥，才想起来要问：“查出脚印来源了？”

他一点都不怀疑阿蛮的能力，他甚至觉得阿蛮如果做公职，可能会是个扬名国际的刑侦大拿。不过她的个性不可能去做公职。

“有点想法需要证实，确认了之后再说。”阿蛮喝掉最后一口粥，放下碗筷，擦干净嘴。

“简南。”她叫他的名字。

简南抬头，莫名地，手抖了一下。

“我们到底是什么关系？”她问。

简南喝粥的动作定格了。

阿蛮靠在椅背上，也一动不动地看着他。

那天之后，她装作没事发生，他闹了别扭，却也没有了后续。

只是每天晚上他都会翻身面向她，伸手握住她的手，只是他对她的独占欲再也不遮不掩。她听到过好几次别人叫她“简家媳妇”，简南都在笑，一脸满足的那一种。

他们到底是什么关系，这已经不再是她不想去想就可以躲过的问题了，所以她问出了口。

简南似乎是在斟酌，他没有逃避这个问题，在一脸认真地斟酌措辞。他好像一直在等她问这个问题，答案早就到了嘴边，看起来十分紧张。

一向无所畏惧的阿蛮在那一瞬间突然觉得口干舌燥。

“你……等一下。”她抬手挥了挥。

“你的答案会不会很可怕？”她问，问得小心翼翼。

“会。”他答，答得斩钉截铁。

阿蛮爆了句粗。

“你知道，我人生愿望里面最重要的一个愿望，是希望自己以后能够帅哥月抛。”阿蛮没头没尾。

简南一开始没听懂，把这句话咀嚼了一下，愣住了。刚才的斩钉截铁不见了。他有点傻。

“所以，是冲突的吧？”阿蛮继续问得小心翼翼。

简南突然站起身。

阿蛮仰着头，张着嘴。

“我……”简南脸色有些苍白，“去实验室。”

他似乎连说出这四个字都得费很大很大的力气，手一直握着拳，四肢变得更加不协调，转身的时候就把凳子撞倒了，出门的时候又被门槛绊到了。

“对不起。”他使劲稳住自己不要摔跤，手指关节发白，嘴唇也发白，但是坚持转身。

“对不起。”他重复。

他不知道她的人生愿望。他……对不起。

阿蛮站起来，也有点慌乱。

“怎么了这是？”端着鸡蛋进院子的王二家那口子，一进来就差点撞到闷头往外跑的简南。

“吵架了？”她发现两人的脸色都不怎么好。

“小两口吵架多常见啊。”王二家的开始劝，“不过这一吵架就往外跑的习惯不好，太不好了！”

“……是吧。”阿蛮很有同感。

跑什么啊！鞋子都穿错了，一只拖鞋一只布鞋的，他没感觉吗？他打算穿着睡觉的衣服去实验室吗？头都没洗啊。

“不过年轻男人都这样。”王二家的安慰阿蛮，“年纪大了就好了，到时候也跑不动了。”

“……是吧。”阿蛮心不在焉地应了一声。

年纪大的简南吗？到时候骨质疏松，摔一跤就得骨折了……他这吃饭的习惯得改改。

阿蛮看着屋外的拖鞋和布鞋，还有简南滑了一跤的脚印，很长一道，估计脚后跟也破了。

真是个傻子。阿蛮低头笑。年纪大的简南，她似乎，还真的并不排斥。

老金觉得，简南今天像没了魂。

早上过来的时候一瘸一拐的，穿拖鞋的那只脚不知道撞到了什么，脚后跟磨破了一块皮，大脚趾头被撞翻了一块指甲盖。

让他上药，他也不上，随便喷了点碘酒，拿了个食品袋包着就进了实验室。

进了实验室，老金才意识到大事不妙——简南今天不让他做实验了。准确来说，他没给他插手的机会。

老金一直到今天才明白，他之前夸简南刀用得好，动作快，其实还是白夸了。和简南今天的速度比起来，那天简南明显是放慢了动作给他做示范的。

老金的老脸又一次丢光了，不过不怎么爱要脸的老金并不介意。他一整天都在忙着叹为观止，忙着看简南精妙的刀法，忙着看他一秒钟都不考虑的采样方式，一刀下去就是二十毫克，像机器一样。

而简南在沦为实验机器人的同时，还有空在中午吃饭的时间上了网。他上的这个网，直接让好几天没联系的普鲁斯鳄一个电话视频打了过来。

简南挂断，普鲁斯鳄就开始疯狂地弹消息。

“你搜‘帅哥月抛’是什么意思？你知道什么叫‘月抛’吗？

“还是其实你想搜‘约炮’？？我们认识了那么久，我怎么一点都没发现你的性向？？？

“不是……是我没有吸引力吗？我戴的鳄鱼头套没有让你产生想约会的想法吗？……不对我是直的。

“不是，你到底为什么要搜这个啊？还是其实是阿蛮拿了你的手机搜的？”

简南关机。

他现在连“阿蛮”这两个字都看不得，一看到，脚趾头就抽痛跟要了他的命一样。

他在各个搜索引擎里都搜了“帅哥月抛”。他想知道是不是自己想错了，或者听错了。搜索结果有很多，排除掉隐形眼镜，剩下的，居然都有组织。

各种社交媒体网络，各种圈子，大家快乐地分享自己想月抛的对象。在他不知道的地方，社会已经发展到了有很多和他一样对男女关系不抱希望的人，有了另外一种寻找快乐的方式。

阿蛮就是其中之一。

她说，这是她的人生愿望。

人生愿望是没办法改的，就像他的人生愿望是成为兽医一样。当初他妈妈用了多少力气让他改愿望，甚至想电击他，他现在仍然是个兽医。

他以为他想清楚了。他以为对方是阿蛮，他的那些消极想法也许能改。他甚至偷偷地给吴医生发了一封邮件，问她，他现在的心理状况会不会对异性造成不良影响。

吴医生回了邮件，祝他成功，后面跟了好几个笑脸，像是早已预料。

说实话，他没想到阿蛮会拒绝。

他又把一个样品的溃疡肌肉部分切成了十块精准的二十毫克，听老金在他耳边又是一阵惊叹。

机械的工作是最好做的，他不知道老金在惊叹什么。他有点烦躁，摘下护目镜，想走出实验室透透气。

门外都是脚步声，跑步声，人声，隐隐约约还有哭声。

“简博士，你怎么还在这里?!”村长夫人看到简南，吓了一跳，使劲跺脚。

简南摘下口罩。

“要命了啊，简家媳妇掉到鱼塘里了!”村长夫人一边跺脚一边拉简南。

简南踉跄了一下，停下动作，拉住村长夫人。他拉得非常用力，手指几乎钳住村长夫人的手腕:“什么?”

他问。问得非常慢。

村长夫人愣了一下，手腕传来的剧痛让她差点不认识眼前这个一直很温和的男人。

“二丫，就是老李家的小孩，跑过来跟我们说她看到有人掉鱼塘里了。”简南的态度让村长夫人非常谨慎地把听到的情况一个字一个字地复述出来，生怕漏了点什么，“二丫说她看到两个陌生男人，还有简家媳妇。”

“简家媳妇被那两个陌生男人推下鱼塘，二丫吓着了，就赶紧跑了回来，想来叫人。那鱼塘可深了，里面缠人的水草也多……”说到一半，村长夫人伸手抽自己的嘴。

“我让其他人到老金家来找你了。”她赶紧改口，“你怎么还在这里呢?”

“他们可能到院子里看了一眼，发现没人，就走了。”这个时候，简南居然看起来还十分镇定，逻辑清晰。

他松开村长夫人的手。

“阿蛮的身手，不可能被人推下鱼塘的。”他甚至扯起了嘴角。

两个陌生男人，怎么可能打得过阿蛮。开什么玩笑。

“那你跑什么啊!”村长夫人愣了半天才回过神。

那他跑什么啊。赤着脚，穿着塑料袋，怎么能跑那么快?

一溜烟就没影了!

人在特殊情况下会爆发潜能，但是这并不包括脚上穿着食品袋跑土坡。更何况昨天凌晨还下了一场雨。

简南摔了好几跤，人群里面有人想拉他一把，被他推开了，他只觉得这些人碍眼，拦着他的路，走路还都比他快。

他扯掉了脚上的食品袋，很奇异地，并没有感觉到痛，于是终于可以跑得更快。

理智一直都在，这两个陌生男人身上就算扛着火箭筒，阿蛮都可以全身而退。她愿意跟他们缠斗，就说明她应该有其他的计划。

但是……他一边跑一边喘，脑子里“但是”了之后就开始空白。一片空白，他甚至想不起来他跑成这样的理由。

眼前有金黄色，夕阳的光线，老旧的房子，放在客厅里的老式留声机，吱吱呀呀的，没有音乐，只有刺耳的空转的声音。

有奇怪的味道，刺鼻，像是用了很多年的遍布尘土的地毯被点燃的味道。

他在一片空白的金黄色中奔跑，能听到自己的脚步声，甚至能感觉到周围的嘈杂。村民很多，有人和他擦肩而过，有人试图拉他，有人试图和他讲话。

他又摔了一跤。这次又有人扶他，他甩手，留声机吱吱呀呀的空转让他异常烦躁。

“你这是什么鬼样子？”被抽成真空的黄昏房间里突然晃了一下。

简南继续甩手。

“喂！”

房子晃动得更加厉害，简南觉得这一声“喂”很生动，有脉搏。

他茫然地抬起头。

拉他起来的那个人弯下腰，用身上的外套给他擦脸。外套是湿的，一股鱼塘鱼腥味。

这下那个黄昏房间彻底塌了，鼻子里刺鼻的地毯烧焦味不见了，他往后仰，屏着气。太臭了，细菌的味道。

刚才摔跤时被红泥糊了脸，现在终于能从眼睫毛缝隙里看清楚那个弯下腰的人。

阿蛮。湿漉漉的阿蛮。

“你这是什么鬼样子？”这句话也是阿蛮问的。她又问了一次。

周围还有人在说话，简南却维持着狗啃泥的姿势，一动不动。

阿蛮蹲下，继续用她身上臭烘烘的外套给他擦脸，擦完脸又给他擦手。

简南继续屏住呼吸。他觉得泥巴其实比阿蛮身上的外套干净，但是他动了动嘴，主动把另外一只没擦的手递了过去。

“你这是一路滚过来的吗？”阿蛮的语气听起来像是在调侃，给他擦手的动作却很用力。

“他们说……”简南决定把他们的名字都说出来，“村长夫人告诉我老李家的小孩二丫跑到村里说看到你被两个陌生男人推到鱼塘里了。”

阿蛮被他的叙述方式弄得转了几个弯才明白他话里的意思。他这是真的被吓着了，所以把这两个传话的人记得清清楚楚。

“就两个陌生男人，身上还没武器，你没脑子吗？”阿蛮低声骂他。

“我不知道你会不会游泳。”简南终于想起了那个“但是”，那个他大脑进入真空状态前的“但是”。

“你有可能在和人打架的时候，因为脚滑掉到鱼塘里。这个鱼塘为了培育洱海金线鱼，挖得很深，里面很多海草和洞穴。”

“我不知道你会不会游泳。”他重复。

所以他连这个“但是”都不敢想。

“我不但会游泳，我还能无装备深潜，还能跳伞、滑雪、蹦极。”阿蛮终于把简南的脸擦出了皮肤原本的颜色，“所有和生存有关的事情，我都会。”

那是她能活到现在的筹码。

“哦……”简南呆呆地应了一声，还是趴着不动。

“你等一下。”阿蛮发现简南早上跑路时穿出去的拖鞋已经没了，他赤着一只脚，膝盖上有擦伤，被红泥巴糊满的赤脚上，大拇指指甲那一块有不太正常的凸起。

她站起身，拉住了旁边一个村民，轻声说了两句。

那个村民看看阿蛮，又看看简南，往回快跑了两步。

“就那个人。”阿蛮指着简南身后，“穿黑色衣服的那个。他身上没伤，就呛了两口水，把他拽下来，换简南上去。”

简南这才看到大部分村民都已经从鱼塘出来了，他身后有三副担架，每副担架上都躺了一个人。他看着村民十分迟疑地和阿蛮交换眼神。

“就那个。”阿蛮点头，毫不犹豫，“拽下来，他自己肯定能走。”

于是村民真的把躺在担架上的那个人拽下来了，对方“哎哟”了一声，听起来倒是中气十足。

“担架上那两个，我已经做过急救，都只是骨折，问题不大，等救护车来了，把他们送到镇上的医院，剩下那个直接送到镇上的派出所。”阿蛮吩咐，“我先把简南送到卫生所。”

“你真是要死了。”阿蛮等村民把简南抬到担架上，压低了声音恶狠狠地骂他。怕他在村民面前没威信，还凑得很近。

“下次跑出去再不穿鞋子，我就把你的脚剁下来喂狗。”她说着不可能做到的威胁，气哼哼的。

她说“下一次”。

“我大拇指的指甲翻出来了，脚后跟也磨破了。

“刚才跑过来，摔了六跤。”

他刚才进入了真空模式，倒还记得很清楚。

“闭嘴！”阿蛮恨不得掐他。

“刚才那三个人就是你说的外村人的脚印？”他的话痨技能突然解封了。

因为阿蛮说“下一次”。

“关你屁事。”阿蛮凶巴巴。

……他就是过来治鱼的，当然关他的屁事。

“你也掉水里了吗？”不过阿蛮心情不好，他就不问，“要消毒，回去洗澡之前先用我给你的药水。鱼塘里有石灰粉，伤皮肤。”

阿蛮：“……”

“你不痛吗？”她倒是真不知道简南那么不怕痛，上次胳膊脱臼痛到一直吐的人，这次居然不觉得痛了。她都看到他被红泥土包围的脚后跟上渗出来的血渍了。

“麻了。”简南咧嘴，在担架上躺平，两手规规矩矩地交叉，放在肚子上。

麻了，没感觉。

阿蛮没事。

阿蛮说，下次。

村里卫生所的医生跟着那几个受伤的人上了救护车，村长在卫生所里徘徊了一阵，想找人帮忙处理简博士脚上的伤，都被阿蛮劝走了。

“他不喜欢被人碰。”阿蛮和村长说。

简南躺在卫生所的床上，歪着头。他确实不喜欢被人碰，人多了也会烦躁，但是阿蛮是怎么知道的？他平时明明挺喜欢碰阿蛮的，他对阿蛮的手都已经熟悉到能画出她手指指纹的程度了。

他也大概知道了今天在鱼塘到底发生了什么。

阿蛮一开始去了河道上游，看到三个陌生男人形迹可疑，就一直暗中跟着，看着他们在河道口取水，又跟着他们到了鱼塘，在他们打算拿容器往鱼塘里倒东西的时候突然出现。取水的那个人被吓得摔下鱼塘，阿蛮跳下去救人，没想到岸上那两个人居然不想让她上来，拿了根木棍，打算把她敲下水。

后面的事情就顺理成章了。阿蛮卸了岸上两个人的胳膊，缠斗的过程中，这两人又自己扭伤了脚，在村民们赶到之前，她已经报了警，又联系了救护车。

“我这边发现的东西都在相机里，他们往鱼塘里面倒的东西我也截下来了，已经都交给了民警。”阿蛮把村长送出卫生所，“也留了手机，有问题随时都可以找我。”

她一如既往地想得周到，做事情干脆利落，很容易让人忘记她今年只有二十二岁。

但是简南最近却经常记得她的年龄,尤其是她眼睛圆溜溜地看着他的时候。

会心跳加速，会呼吸急促，会不自觉地口干舌燥。

“你的伤我都会处理。”那双圆溜溜的眼睛的主人现在正看着他，“但是我是久病成医，我的处理方式可能会痛死你。”

“所以，护理专业的简博士。”阿蛮凑近他，“你现在大脚趾头指甲外翻，脚后跟不知道被什么东西割破了，膝盖、脚底板、手肘、手心都有擦伤。现在卫生所里只有碘酒、酒精、绷带、消炎药、抗生素，要怎么帮你?”

赶走村民又撂挑子的阿蛮理直气壮地看着他。

简南突然就笑了，抬手摸了摸阿蛮的头。他一直想做这件事。她的头发又长长了，发质更软了。

她才二十二岁，她会对亲近的人撂挑子，她也会对亲近的人耍脾气。

她只会对他这样。他是她唯一亲近的人。

“按照你的方法来。”他在阿蛮翻脸前迅速收回了自己的手，躺平，“我想试试。”

“试什么?”阿蛮一脸嫌弃地找纸巾擦掉自己头发上沾上的红泥巴。

真讨厌！脏兮兮的手到处摸!

“试试痛。”简南看着阿蛮，只回答了三个字。

试试阿蛮经历过的痛，虽然这只是很小很小的一部分。

试试好几次让他心里愤懑翻涌的阿蛮曾经被虐打的历史，他没有同理心，感觉不到别人的喜怒哀乐，但是他能记住自己的。

记住阿蛮是怎么痛的。

“不用打破伤风吗?”说要痛死简南的阿蛮拿着热毛巾，先帮简南擦干净手，看到擦痕之后，皱起了眉。

“兽医会定期打破伤风和狂犬疫苗。”简南觉得手心很烫，被阿蛮摸过的地方，比热毛巾还烫。

“我也会定期打破伤风针。”阿蛮还挺惊喜，“苏珊娜教我的，很小的时候就开始打了。”

简南又想摸摸她的头，这次却被阿蛮眼明手快地拦了下来。她还冲他龇牙，威胁道：“再摸剁了它！”

她举起简南的爪子，凶狠极了。

简南又开始笑。

很奇异地，一整天心情像过山车一般，放松下来之后，在这个水泥地板都不算特别干净的破破烂烂的卫生所里，他突然就变得很容易笑。

阿蛮给他手上的擦伤简单地涂了点碘酒，就开始帮他擦膝盖上的红泥巴。

她没有防备心的时候，真是小孩子心性，先处理简单的，然后才想着去处理难的。

和她工作的时候完全不一样。

如果她不是孤儿，只是个在普通家庭长大的女孩子，她现在估计刚大学毕业，还在实习，会和网上那些希望这辈子帅哥月抛的人一起，聊聊帅哥，开开黄腔，再抱怨抱怨生活不易、上司变态、工作烦躁。

“阿蛮。”简南喊她。

“嗯？”阿蛮已经处理好了他的膝盖，现在正盯着他的指甲。

“我父母长得都不错，我的五官遗传了他们的优点，所以很小的时候就有人叫我小帅哥。”他每次自夸的时候，描述都非常一言难尽。

听的人能尬到脚趾抓地，他却一脸认真。

“所以？”阿蛮放下手里的镊子，怕一不小心捅下去。

“所以我想把早上的话题继续下去。”简南这一次，终于不犹豫了。

“因为我父母的原因，我很排斥恋人关系，成年以后又学了两性关系，导致我对婚姻制度也存在很大的疑惑。如果婚姻制度是一种契约关系，那么解除契约的时候，需要付出的赔偿比之前已经付出的差距太大，太不公平。

“相比婚姻契约，我更相信工作合同。所以，我一直在用我认为的最牢固的方法维系我们两人之间的关系，我一直专注于怎么样才能让这样的关系更牢固，更有保障，但忽略了我做这件事的前提。”

阿蛮没动。她在想，她大概想象得到简南接下来要说的那些话，她也大概能清楚简南的逻辑。

他拉着她不放，用各种各样的方法。

很多时候，在正常人眼里，他其实挺变态的。

他希望把所有的事情都分出因为所以，因为这样，所以他得那样。他们两个之间的关系，现在光靠合同说不通了，所以他又折腾出了新的理论，在这个理论之前，他又一次加上了很多很多理由。

很多很多，和感性没有关系的理由。

但是这些理性的理由没办法让他变成现在这样，躺在脏兮兮的卫生所，身上都是红泥巴，刚才摔在地上抬头的那一瞬间，脸白得让她心里一窒。

她其实一直都被他骗过去了。

因为他理性，所以她也下意识地跟着理性；因为他觉得这样稳固，所以一直以来都很信任他的她，也跟着相信这样稳固。再加上她自己也对两性关系没什么感觉，对自己的短板向来非常谦虚的她，自然而然就跟着学霸走了。哪知道，学霸其实是个坑。

简南还有很多话要说，他现在说话的语气就是长篇大论的开头。

这个呆子，再说下去可能就会拿出一份新的合同，不知道这一次他又打算赔上什么。

只不过怕她离开罢了。

只不过想在一起罢了。

只不过，他们两个想法都一样罢了。

"简南。"阿蛮拉住简南的手，打断了他的喋喋不休。不知道他心里打了多少次草稿，说得真流利。

"我知道我们俩是什么关系。"她欺身上前，和他的脸凑得很近。

简南的喋喋不休停了，呼吸也停了。

阿蛮低笑，扬起了嘴角，嘴唇很轻很轻地碰触了一下简南的嘴唇。

"我们是这样的关系。"她说，说完之后意犹未尽地舔了舔嘴角。

"早上亲就好了。"她十分郁闷，"现在脏死了。"不过他嘴唇的触感和她想象中一样好。

"洗干净了再亲。"她决定了，撑起身体准备起身。

变成木头人的简南，喉结突然上下滚动了一下，动作十分迅速地搂住了阿蛮的腰，用力把她拉下来，紧紧地抱着。

"唔。"他含糊不清地发声。

这下真的完蛋了。

简南睁着眼睛。

这下，他连一厘米的空隙都不想有了。

只想这样抱着，一直抱着，天荒地老。

阿蛮乖乖地趴在简南怀里。

被人抱着对阿蛮来说是非常新奇的经验，所以她提出了要求:“你晃一晃。”

像她在电视剧、电影里看到的那样，抱得紧紧的，然后晃一晃，晃得周围的空气都甜甜的。

简南抱紧她，在床上使劲晃，却“咚”一声砸在了卫生所的木板床上。

动作静止。

阿蛮趴在简南身上开始闷笑，简南等自己手肘没那么麻了，也跟着笑。笑声带来了胸膛的振动，新奇的阿蛮又觉得好玩，索性爬上单人床，直接趴在了简南身上。

本来想着一厘米的空隙也不想有的简南在几分钟之内就实现了自己的愿望，闷笑改成了傻笑。

“是不是很自然?”阿蛮夸自己。

她以为自己不会紧张，可是嘴唇贴上他的嘴唇之前，她心跳得很快，嘴唇都快要抖起来了。所以她吓得赶紧后退，以免被简南发现她嘴唇发抖太没面子。

第一次拿枪的时候，苏珊娜跟她说，如果九发子弹都打不中靶子那第十发子弹就直接往她脑袋上打的时候，她心跳都没这么快过。

到现在还有点后遗症，所以她干脆腻在简南怀里不起来了。

简南的傻笑收敛了一点。

阿蛮亲上来的那个瞬间，他突然意识到，他错了。

情侣关系，两性关系，夫妻关系，纠结的人都是他。因为纠结，所以他用了很多种奇葩的方式，希望能留下阿蛮，希望能找到他不觉得别扭，阿蛮也能接受的方法。

他一直都想永远在一起。

一开始是因为他觉得他们合得来。阿蛮武力值爆表，有她在，他总是莫名地能有很多勇气。

再后来，这种合得来变了质。从那天半夜起来洗澡丢内裤开始，他内心深处一直都明白变了质，只是不觉得这种变质会影响他的生活。

再再后来，他发现自己没有办法离开阿蛮了。这种发现让他开始恐慌，他做了很多只顾自己的事，聘请阿蛮，帮阿蛮找父母，越界，再次聘请阿蛮，带她离开墨西哥。

他问过阿蛮愿不愿意，那是因为他知道，他给的条件阿蛮肯定会愿意。

他没有同理心，所以他只想到了自己。从头到尾，都只想到了自己。

直到阿蛮捅破了这一切。

怀里的阿蛮，真实的触感，让他把脑子里所有的有法律效应的、可以互相保护的契约关系都抹掉了，剩下的只有阿蛮，臭烘烘的散发着鱼腥味的阿蛮。

她让他晃一晃，很孩子气。

她问是不是很自然，很尴尬的。

他的心就这么揪成了一团，拧拧巴巴的，每一个褶皱都在告诉他，阿蛮紧张了。

他们两个人的关系，没有甲方乙方。

他这个带有缺陷的有病的脑子终于后知后觉地想到，这么长时间以来的纠结，难受的人不止他一个。他拉着阿蛮往前走的时候问的那些愿不愿意，其实都没有给她选择的余地。

他没有先顾虑别人的习惯，因为他知道自己智商够高，他能想到的事情比大部分人想到的都全面，所以他安排好一切，其他人跟着做，肯定都不会出错。

但是对阿蛮，他错了。错得离谱。

他应该先亲她的。

因为阿蛮没有很厉害，阿蛮没有无坚不摧。

阿蛮和他一样，有情绪，会紧张。

“阿蛮。”他笑容凝固在嘴角，“你要不要把我那个指甲拔了？”

阿蛮抬头，下巴搁在他的胸口，一脸问号。

“直接拔。”他说，“用镊子，拔不下来就左右旋转，再拔不下来就直接剪，用剪刀连着肉一起。”

阿蛮脸上的问号更多了。

“你……”阿蛮觉得这时候嘴巴太毒有点奇怪，毕竟才亲过，毕竟她还在他怀里。

“你……”阿蛮试图想一个委婉的说法，最终选择了一种，“是不是喜欢小皮鞭加蜡烛油的？”被虐倾向？刚碰了下嘴巴就这样？她还没有准备好呀……

“不是……”简南乱七八糟的脑子又空白了半秒。他跟不上阿蛮的脑回路。她脑子里没有逻辑，全部都是蜘蛛网。

“我需要疼痛记忆。”他觉得他还是直白一点的好，“这件事是因为我害怕、逃避，才变得那么复杂，我不应该让你主动的，我应该先亲你的。”

阿蛮面无表情：“哦。”

“……我心痛，所以想让脚痛。”他放弃长篇大论。

“那让你心再痛一点不是更容易记住？”阿蛮翻白眼。

她懂了。真奇怪，他那么多奇怪的想法，她都能秒懂。

“我刚才很紧张呢，手都抖了，你摸摸，指尖还是冷的。”她果然精准地掐住了他的命门。

“我这里，刚才被那人用木棍子敲了一下，在水里敲的，我没地方躲，硬扛了一下。”阿蛮把外套一拉，露出半截肩膀，红肿了一片。

“……你不早说！”简南这下顾不得心痛脚痛了，第一个反应就是翻身下床帮她拿冰敷，但是卫生所连个冰箱都没有，他又立刻想给她热敷，可是刚才放在旁边给他擦手的毛巾都冷了。

“你等一下。”他想把身上的阿蛮扒拉下去。

“我还没说完呢。”阿蛮用力把他摁回床上。

“我没被人抱过，或者被抱过，但是不记得了。”阿蛮回到原来的位置趴好。

简南僵住了。

“没有人主动给我送过药，你是第一个。”哪怕他们当时不认识。

“没有人尊重过我的命。我拼了命地想要活下来，这个过程挺难的，发现这件事的人好像也只有你。”她拍拍他的肩，算是感谢。

简南身体僵得更加厉害。

“孤儿，最怕消失。”

一开始只是想让简南难受的阿蛮，说着说着，声音就轻了。

被父母抛弃的人，天生会有一个洞，无论用什么都无法填满。因为她和这个世界没有联系，浮在空中，水泡一样，戳一下就蒸发了，连痕迹都不会留下。

“我帮你找父母。”简南后悔了。

他觉得还是拔指甲更好，起码不会痛得他头皮都发麻。

他记住了，这辈子都不会忘了。

“找到以后帮我。”阿蛮往他脖子那边爬，在他耳边压低了声音，用悄悄话的音量，把自己之前的愿望说了出来。

孩子气的愿望。他们卖了她，她也不要让他们好过。这些人没有良心，她就用贪心搞垮他们。阿蛮式的报复。

“好。”简南点头。

“那帅哥月抛呢？”阿蛮有了新的烦恼。

简南这次保持沉默。之前的痛还在，所以他不想接受这方面的痛。于是他把阿蛮的脑袋摁下去，抱紧，选择逃避。

“其实选择月抛，也是有原因的。”阿蛮从来都没有听话过，她还记得简南说的疼痛记忆。

其实她心里也确实有气。由着他胡闹了那么久，晚上由着他握手，白天由着他黏着她。结果最后是她主动。因为她心软。

这个没同理心的变态，自己把自己绕进死胡同里，还试图带她一起。

气死了。

“一般都是花钱。花了钱就可以像你当初雇我一样，让帅哥二十四小时黏着我，我说一他说一，我要什么他给什么。”

只要钱够多就行了。

简南：“……”这丫头绕了那么大一圈，就为了这个。

“你不花钱也可以的。”他承诺，“我会黏着你，你说一，我说一，你要什么，我就给什么。”

阿蛮咧嘴：“嘿嘿嘿嘿嘿嘿。”

她开心了。那么容易开心，他心就更痛了。

“你上来一点。”刚才把她摁下去了，他想拉她，又怕碰到她的肩膀。

阿蛮拱啊拱的拱上来，眼睛圆溜溜地看着他。

“你不是一个人了。”简南看着她的眼睛。

“你有我。”他从来没有那么认真地承诺过。

你有我。我一直在，不管发生什么，都会一直在。

阿蛮抿起了嘴。

简南伸手扣住她的后脑勺，微微抬头，在她额头上轻轻吻了一下。

“就这？”破坏气氛的阿蛮感动了半秒钟，立刻嫌弃。

就这？她都动嘴了啊！

“就这。”简南肯定，“不然我们都得刷牙消毒。”

“那鱼塘里除了石灰粉，还有很多东西。”他想列举，嘴巴被阿蛮用手捂住。

“行了我知道了。”阿蛮继续翻白眼。

她知道了。他吓人的功夫向来很好，他什么都没说她就觉得全身痒了。所以她很郁闷，把还残留的一点点水渍都擦到简南衣服上。

“你的指甲怎么办？”阿蛮想起了正事。

“等卫生所的医生回来弄吧。”他今天够痛了，不想折腾了。

“不会发炎吗？”她刚才只是简单清洗了一下，简南的血让她心揪揪的，居然不太敢下手。

“有消炎药。”简南倒是很看得开。

“哦。”阿蛮也看开了，继续躺着。

简南正在帮她揉肩膀上的伤，手法挺好，果然是学过护理的人。

“鱼塘的鱼会不会是被人投毒才死的？”阿蛮空不下来，被简南揉了两下，就又有了新的话题。

“如果是从上游过来的人，应该就不是投毒。”简南安静了一下，“毕竟他们想让你出不了鱼塘。”

他们想灭口。一池塘鱼，不至于。

“我以为这里很太平呢。”阿蛮咂咂嘴。

简南早上还嫌弃这里太太平了。有人的地方，都不可能太平。所以简南需要她。

阿蛮挺开心，仰头，嘴巴正好碰到简南的下巴。

“哎呀呀呀……”门外突然传来了关门的声音，“对不起对不起对不起……”

阿蛮：“……”

“那个……”门外那个声音小小的，十分尴尬，“一会儿民警要过来……”

“卫生所的医生。”简南用口型。

“那怎么办？”阿蛮也跟着用口型。

“我们是夫妻……”简南提醒她。

“那也不能在卫生所……”阿蛮小声吐槽，“大白天的……”

“没事了！我们好了！”阿蛮提高声音。

简南：“……”

本来什么都没干，现在全村都知道他们干了，大白天的，在卫生所。

阿蛮故意的，她气还没消。

挺好的。简南握着她的手。

都挺好的，从遇到她的那一天开始，所有的。

（上册 完）